재미있는 한·일 고대 설화 비교분석

김 화 경

1947년 경북 상주에서 태어나 1971년 서울대학교 문리과대학 국어국문학과를 졸업했다.

1981년 일본 쓰쿠바대학筑波大学 대학원에서 〈한·일 설화의 비교연구─실꾸리형 뱀사위 영입담을 중심으로 한 고찰〉로 석사학위를 받았고, 1988년 동 대학 대학원에서 〈한국설화의 형태론적 연구〉로 박사학위를 받았으며, 영남대학교 국어국문학과 교수로 재직하였다.

재미있는 한·일 고대 설화 비교분석

초판 제1쇄 발행 2014. 6. 27.
초판 제2쇄 발행 2015. 7. 10.

지은이   김 화 경
펴낸이   김 경 희
펴낸곳   (주)지식산업사
         본사 ◉ 413-120, 경기도 파주시 광인사길 53(문발동 520-12)
              전화 (031) 955-4226~7 팩스 (031)955-4228
         서울사무소 ◉ 110-040, 서울시 종로구 자하문로6길 18-7(통의동 35-18)
              전화 (02)734-1978 팩스 (02)720-7900
         한글문패   지식산업사
         영문문패   www.jisik.co.kr
         전자우편   jsp@jisik.co.kr
         등록번호   1-363
         등록날짜   1969. 5. 8.

책값은 뒤표지에 있습니다

ISBN 978-89-423-4061-3 (93810)

이 책을 읽고 저자에게 문의하고자 하는 이는
지식산업사 전자우편으로 연락 바랍니다.

이 저서는 2009년 정부(교육부)의 재원으로 한국연구재단의 지원을 받아 수행된 연구임 (NRF-2009-812-A00225)

재미있는 한·일 고대 설화 비교분석

김 화 경

지식산업사

책머리에

논어에 "사람의 근심이 다른 사람의 스승 되기를 좋아하는 데 있다."[人之患 在好爲人師]라는 말이 나온다. 인간이면 누구나 다 다른 사람보다 좀 더 잘난 체하고, 좀 더 아는 체하면서 남들 앞에서 뽐내려고 하는 습성을 가진 것을 경계한 말씀인 듯하다. 이렇게 공자님께서도 걱정을 하셨던 선생이란 직업을 택해서 40여 년의 세월을 보내고 퇴직을 하였다.

저자가 대학에 입학을 한 1965년도에는 한·일 국교 정상화를 반대하는 시위로 미군정美軍政 아래서 사용되었던 위수령衛戍令이란 것이 발동되기도 했던 때였다. 그 당시에는 일본과 국교가 정상화되면, 당장이라도 매판자본買辦資本이 들어와 나라가 망하는 것으로 착각하고 있었다. 그렇게 반대를 했던 일본에, 그것도 일본 정부의 장학금을 받아 유학을 했으니, 어쩌면 친일파가 되었다고 할 수 있을지도 모른다. 아니 장래에 누군가가 반드시 그런 말을 한다고 해서 아무런 이상할 것이 없다고 생각하고 있다.

그러나 일본에 발을 들여놓으면서, 그때까지 배워온 반일교육이 거의 전부 허구에 지나지 않는다는 것을 느꼈을 때의 그 허무감이란 것은 말로 표현하기 어려운 것이었다. 일본이 한국을 식민지화하고자 연구한 한국 관계의 서적이 목록만 해도 책 한 권이 된다는 사실을 처음 알았을 때의 감정이란 정말로 형언하기 힘든 것이었다는 말이 더 적합할 것 같다.

내가 유학을 한 1970년대 말까지만 하더라도 일본은 세계 제2의 경제대국이었다. 그리고 한국을 속속들이 알고 있는 나라이기도 했다. 그런데도 우리는 일본이 지닌 저력을 제대로 평가하지 않았을 뿐만 아니라 일본을 우습게 보는 반일교육에 물들어 있었다. 일찍이 신숙주申叔舟는 《해동제국기海東諸國記》에서 "왜와는 평화의 관계를 잃어버리지 말라勿失和於倭."라고 한 적이 있다. 그렇지만 그 뒤의 우리 조상들은 그러한 교훈을 제대로 따르지 않았다가 임진왜란과 같은 전란을 겪었고, 또 경술국치庚戌國恥와 같은 치욕의 역사를 경험해야만 했다.

그러므로 우리는 감정적으로만 일본을 대할 것이 아니다. 더욱 일본을 철저하게 분석하고 연구해야만 한다. 그리하여 그들이 한국에 대하여 어떤 정책을 펼 것인가 하는 문제를 예견하고, 그에 대한 대응책을 세워야 마땅하다. 이것은 "왜 역사를 왜곡하느냐?"라든지 "종군위안부 문제에 대해 왜 사과하지 않느냐?"라고 외치기 이전에 이루어져야 할 급선무이다. 그렇지만 일본에 대한 연구는 정확한 사실을 파악하는 것보다는 그들을 폄하하는 것이 대부분이다. 바로 이런 것의 대표적인 예가 전여옥의 《일본은 없다》라는 책이었다. 말할 것도 없이 남의 것을 표절한 것으로 밝혀졌기에 대단하지 않다고 할지 모르지만, 이 책이야말로 한국 사람들이 일본에 대한 교만심을 갖게 하는 데 너무도 많은 구실을 했다는 점에서 냉정하게 되짚어보아야 할 것이다.

이런 뜻에서 일본에 유학한 것을 매우 잘한 일이었다고 자부한다. 더욱이 일본에서 만났던 스승들의 은혜는 결코 잊을 수가 없다. 먼저 저자에게 역사의 중요성을 일깨워주신 지카마쓰 요시유키近松良之 선생님께 감사의 인사를 드린다. 선생님은 만주의 심양[봉천]에서 태어나신 탓에서인지, 일제日帝의 식민지 지배에 대한 이해가 무척이나 깊으셨던 학자였다. 그런 선생님에게 한국어를 가르쳐드리고, 그 대신에 선생님은 저자에게 북한 김석형金錫亨 선생님의 《고대 조일 관계사》라는 책의 내용을 가르쳐주셨다. 지금 생각해보면 선생님께서 일본의 고대사에 대한 정확한 이해를 하라는 의미에서 그렇게 하신 것이 아닐까 한다.

어쨌든 이렇게 지카마쓰 선생님의 가르침으로 알게 된 김석형 선생님의 책은, 그 뒤에 저자의 일생을 일본 연구에 바치도록 하는 계기가 되었다고 할 수 있다. 사실 지금에야 밝힐 수 있는 것이지만, 당시까지만 해도 한국 사람들은 거의 대부분이 북한의 자료에 접근할 수 있는 기회를 얻지 못했다. 북한의 자료는 어떤 특정 부류 사람들의 전유물이었다는 표현이 더 적절할 것이다. 그때 북한의 자료를 본다는 것은 반공법, 곧 지금의 국가보안법에 따른 처벌의 대상이 된 것은 두말할 것도 없었다.

그러던 때 그 책을 읽은 느낌은 그야말로 충격 그 자체였다. 당시까지만 해도 남한의 역사학계에서는 일본 제국주의 어용학자들이 주창했던 '임나일본부설任那日本府說'이란 것에 대하여 본격적인 비판을 하지 않았다. "길이 아니면 걷지를 말고 말이 아니면 믿지를 말라."는 속담에서와 같이, 우리 역사학계에서는 숫제 이것을 검증하려고 들지도 않았던 시대였다. 그런데 그 책은 일본 어용학자들의 '임나일본부설'은 완전히 거짓에 지나지 않는다는 것을 논리적으로 입증하고 있었다. 쉽게 말해, 일본 열도 안에 한국에서 건너간 집단들이 여러 개의 분국分國을 이루고 있어 이들 사이의 역학관계를 말하는 것이 '임나일본부설'이기 때문에 한반도와는 무관하다는 것으로 요약할 수 있다.

지금도 일본의 고대사학계가 이 이론의 굴레에서 벗어나지 못하고 있다는 것을 생각하면, 김석형 선생님의 이 업적은 이데올로기를 떠나 모든 한국 민족이 다 같이 높이 평가해야 할 역사적 작업이었다고 해도 좋을 것이다. 그래서 내 책에서는 이와 같은 김석형 선생님의 이론을 설화 또는 신화의 측면에서 입증하려고 하였다. 다시 말해 한반도에서 건너간 집단들, 더욱이 일찍부터 국가의 형태를 확립하였던 신라나 가락국, 백제, 고구려에서 건너간 집단들이 남겼던 이야기 자료들을 바탕으로 하여 한국과 일본의 문화적 관련 양상을 밝히려고 한 것이다.

그러나 이야기 자료들을 근거로 한 문화적 관계를 구명하는 작업이 의도한 대로 이루어졌다고는 생각하지 않는다. 한국이나 일본에 전해지는 자료들로 신라나 가락국과 관련 있는 것들은 그 존재가 명확했으나, 백제와 고구려의 흔적을 더듬을 수 있는 자료들을 찾기는 쉽지 않았다. 하지만 앞으로 이 방면의 자료들을 찾아서 보완하겠다는 약속을 하면서 이 책을 세상에 내어놓기로 하였다.

이 과정에서 저자의 저술 동기를 높이 평가해주시고 연구비까지 지원해주신 한국연구재단 관계자들에게 깊은 사의를 전한다. 그리고 출판시장의 척박한 환경에서도 출판을 흔쾌히 허락해주신 지식산업사의 김경희 사장님께도 고마움의 인사를 드린다. 또 원고의 교정을 세심하게 보아주신 지식산업사의 임유진 님에게도 진심에서 우러나온 감사의 인사를 표하는 바이다.

갑오(2014)년 구정 원단
백자산 자락 서재에서　김 화 경 씀

차 례

제6장 결론과 전망   337

제1장
서 론

1. 연구 목적

한국과 일본은 유사 이전有史以前부터 매우 긴밀한 관계를 유지하고 있던 이웃이었다. 이런 증거는 고고학상의 발굴 성과에 그대로 드러난다.[1] 더욱이 일본 후쿠오카 현福岡縣 니시 구西區의 요시타케 유적군吉武遺跡群에서 한국형 세형 동단검細形銅短劍이 발굴된 것이라든지, 횡혈식 석실고분橫穴式石室古墳이 규슈九州 일대에서 발굴된 것[2] 등은 역사시대 이전부터 한국과 일본 두 나라의 문화가 상당히 깊은 관련을 가지고 있었음을 말해주는 증거라고 보아도 좋을 것이다.

두 나라의 이와 같은 관계는 역사시대에 접어들어서도 그대로 이어졌다.[3] 그렇지만 일본 학자들의 한국사韓國史에 대한 연구는 이러한 사실과는 정반대되는 것이었다. 다시 말해 그들은 한국의

---

1) 片岡宏二, 《弥生時代 渡來人と土器·靑銅器》, 東京: 雄山閣出版, 1999, 1~129쪽.

2) 吉田晶, 《日本と朝鮮の古代史》, 東京: 三省堂, 1979, 61~102쪽.
   全浩天, 《朝鮮からみた古代日本》, 東京: 未來社, 1989, 11쪽.

3) 金錫亨, 朝鮮史硏究會 譯, 《古代朝日關係史―大和政權と任那》, 東京: 勁草書房, 1969, 67~326쪽.

고대문화가 일본 문화의 형성에 끼쳤던 영향을 부정하고, 오히려 일본이 한국의 일부를 식민지로 장악했었다는 주장을 굽히지 않고 있다.

이것이 바로 '임나일본부설任那日本府說'이다. 이것은 4·5세기 무렵에 야마토 조정大和朝廷이 한국의 남부 지방에 '미야케屯家'[4]라는 것을 설치하여 그곳을 직접 지배했었다는 것으로 요약된다.[5] 그렇지만 이와 같은 주장은 일본 제국주의자들이 한국의 식민지화를 합리화하려는 수단의 하나로 만들어낸 허구에 지나지 않는다는 것은 두말할 나위도 없다.

예로부터 어떤 나라가 다른 나라를 침략할 때에는 자기들의 행동에 정당성을 부여하고자 적당한 구실을 조작하는 것이 하나의 정해진 수법이었다. 이 경우에 동원되는 수법이란, 있지도 않은 불의不義를 시정하겠다든지, 아니면 역사적으로 존재하지도 않았던 어떤 원상原狀을 회복하겠다든지 하는 형태를 취하는 것이었다.

19세기 말에 서양 제국주의의 이식에 한발 앞섰던 일본이 첫 번째 희생의 대상으로 선택한 것이 조선(뒤에 대한제국)이었다. 이 때에 그들은 한국의 식민지화를 정당화하려는 수단으로, 이른바 '식민지사관'이란 것을 날조하였다. 이것은 한국사의 주체적인 발전을 부정하고 그 역사와 문화가 정체적停滯的이고 당파적이며 사대적이었다는 것으로 요약된다.[6]

---

4) 미야케란 중앙의 조정에서 관할하던 직할지直轄地를 가리킨다.

5) 스에마쓰 야스카즈末松保和가 말하는 '임나任那'는, "지리적으로 말하면 여러 한국들의 하나인 구야한국狗耶韓國=임나가라任那加羅에서 기원하고, 백제·신라의 통일권統一圈 내에 들어가지 않는 모든 한국을 포함하는 지역의 총칭이며, 정치적으로 말하면 더욱 광대한 기구 가운데 일부 곧 임나가라를 중심으로 하는 여러 한국을 직접 지배하는 체계이고, 더욱이 그것만으로 한정되는 것이 아니라 외각에 간접 지배하는 백제·신라를 복속시켜, 임나·백제·신라의 3자가 하나로 합해서 고구려에 대항하는 것"이었다. 末松保和, 《任那興亡史》, 東京: 吉川弘文館, 1949, 69~70쪽.

그리하여 그들은 한국에서는 대륙의 풍파에 영향을 받는 비주체적인 역사가 전개되어 왔다는 논리를 하나의 정설로 조작하였다. 이 과정에서 만들어낸 것이 앞에서 언급한 임나일본부설이었다. 그리고 이 임나일본부설에서 끝난 것이 아니라, 한국의 북부 지방은 태곳적부터 중국에 점령당해 있었다고 하는 한사군설漢四郡說까지 만들어냄으로써 한국 역사의 주체성을 송두리째 부정하는 만행蠻行을 자행하였다.[7]

이러한 논리의 정립은 일본 역사학자들의 조선사朝鮮史 연구와 밀접하게 연계된 것이었다. 당시에 이루어진 일본 역사학자들의 조선사 연구는 크게 두 가지의 유형으로 구분된다. 곧 일본사의 입장에서 조선사를 보려고 했던 것과, 대륙사大陸史 또는 동양사의 입장에서 조선사를 보려고 했던 것이 그것이다. 전자의 입장을 취했던 학자들로는 쓰보이 구메조坪井九馬三를 비롯하여 기타 사다키치喜田貞吉, 이마니시 류今西龍, 쓰지 젠노스케辻善之助, 가나자와 쇼사부로金澤庄三郎 등을 들 수 있다. 이들은 일본 국가의 기원과 그 뒤의 일본사의 발전을 밝히려는 수단으로 조선사에 눈을 돌렸다. 그 결과 만들어낸 것이 이른바 '일선동조론日鮮同祖論'이란 것이었다. 이것은 달리 '일선일역론日鮮一域論'이라고도 일컫는 것으로, 일본과 한국은 동일한 조상으로부터 피를 나눈 혈연관계에 있다는 것을 주장함으로써 일찍부터 조선은 일본의 지배 아래에 있었다는 주장을 펼쳤던 것이다.[8]

---

6) 이에 대한 체계적인 비판은 이기백李基伯이 제시한 바 있다.
　이기백,《한국사신론》, 서울: 일조각, 1967, 1~9쪽.
7) 이런 논리에 따르는 경우, 한국은 독립국가로서 그 존재를 주장할 수 없고, 일본은 한국에 대해 되찾아야 할 권리를 가지고 있다는 해괴한 논리에 빠지게 된다.
　홍원탁,《백제와 야마토 일본의 기원》, 서울: 구다라인터내셔널, 1994, 10쪽.
8) 旗田巍 編,《朝鮮史入門》, 東京: 太平出版社, 1975, 17쪽.

이와 같은 일선동조론은 일본의 조선 지배정책에서 그 근간을 이루었던 동화정책同化政策을 마련하는 데 아주 유용하게 이용되었다. 그리고 그들은 한국인들의 민족운동을 억압하는 하나의 관념적인 무기로서 이를 활용하기도 했다. 그래서 3·1운동이 일어난 다음해(1920년)에 조선을 방문한 기타 사다키치는 〈일선 양 민족 동원론 경개日鮮兩民族同源論梗槪〉9)란 글을 발표하였다. 그는 이 논고에서 유물과 문헌, 언어, 신화, 습속 등 여러 방면에 걸친 자료들을 이용하여 일본과 조선이 같은 조상을 가진, 동일한 근원에서 유래되었다는 것을 자세하게 설파하면서 일본의 조선 지배에 대한 정당성을 강조했다. 그러면서 여기에 반대하는 조선 사람들의 민족운동을 극렬하게 비난한 바 있다.

이러한 그의 논문에서 주목해야 하는 것은, 조선인과 일본인의 관계만을 논의하는 데 그치지 않고, 이 일선동조론을 한층 더 확대하여 만주와 몽골 여러 민족에게까지 그 범위를 넓혔다는 사실이다.10) 이와 같은 견해는 일본이 뒷날 대아시아주의를 외치면서 일으켰던 대동아전쟁大東亞戰爭으로 연결되는 이론적 틀을 마련해 주었다는 점에서 일제 강점기에 이루어진 그들의 동아시아 전략의 일단을 엿볼 수 있다.

한편 후자의 입장을 취한 사람들은 조선사 연구를 출발점으로 해서 그 연구 영역을 차례로 확대하여 동양사라는 개념을 창출하기에 이르렀다. 이 부류에 들어가는 학자들로는 동양사학의 개척자였던 나카 미치요那珂通世를 비롯하여, 시라토리 구라키치白鳥庫

9) 喜田貞吉, 〈日鮮兩民族同源論梗槪〉, 《同源(3)》, 서울: 同源社, 1920, 1~38쪽.
  이것은 일본이 제2차 세계대전에서 패전하고 난 다음 에가미 나미오江上波夫가 제창한 기마민족설騎馬民族說로 다시 살아났다는 것을 밝혀둔다.
  江上波夫, 《騎馬民族國家》, 東京: 中央公論社, 1967, 157쪽.
10) 旗田巍 編, 위의 책, 18~19쪽.

吉, 이케우치 히로시池內宏, 쓰다 소키치津田左右吉, 이나바 이와키
치稻葉岩吉 등을 들 수 있다.

이들은 서양사학에서 강한 영향을 받아, 서양적인 합리주의·근
대주의의 입장에서 아시아의 역사를 재단하려고 하였다. 그래서
일본을 포함한 아시아 여러 나라의 고전에 대해서 과감한 비판을
하면서, 그 고전에 기록되어 있는 신화와 전실을 허망한 것이라고
하여 역사에서 제외하는 실증사학을 주창하고 나섰다.

그들의 입장에서 본다면, 일선동조론은 당연히 망언妄言에 지나
지 않는 것이었다. 이러한 그들의 대표적인 연구로는 쓰다 소키치
의 《일본 고전의 연구》11)와 이케우치 히로시의 《일본 상대사의
연구》,12) 나카 미치요의 《외교역사外交繹史》13) 등이 있다. 그들의
일선동조론 비판은 면밀한 문헌 비판과 문헌에 대한 합리적인 해
석 등을 추구하고 있다는 점에서 하나의 커다란 성과로 평가해도
좋을 것이다. 그렇지만 그들은 서양의 근대 문명을 자기들이 도달
해야 할 목표로 설정하고 있었기 때문에, 아시아는 후진·미개로
보일 수밖에 없다는 문제점이 있었다.

따라서 그들이 이미 자기들의 식민지로 전락한 조선 문화에 대
하여 그 주체성을 인정하려고 하지 않았던 것은 너무도 당연한 귀
결이었다. 환언하면, 조선은 중국 문화를 일본에 전해주는 다리 구

---

11) 이 《일본 고전의 연구日本古典の研究》 상권은 1948년에 출판되었고, 하권은 1949년에
   출판되었다.
12) 이 《일본 상대사의 연구日本上代史の研究》가 출판된 것은 1947년으로 제2차 세계대전
   이 끝난 다음이었으나, 그 내용은 전쟁 전에 도쿄대학東京大學에서 했던 강의를 중심으
   로 하는 것임을 밝혀둔다.
13) 이 책은 그가 죽은 지 7년째가 되던 1915년[다이쇼大正 4년]에 그의 공적 기념회가 《나
   카 미치요 유서那珂通世遺書》의 일부로 출판한 적이 있으며, 1958년에 《외교역사外交繹
   史》란 이름으로 복간되었다.
   那珂通世, 《外交繹史》, 東京: 岩波書店, 1958, 스에마쓰 야스카즈의 해설 참조.

실을 하는 데 지나지 않았다는 것이었다. 이런 인식은 곧바로 조선 사의 정통성을 부정하는 방향으로 전개되었다. 그리하여 러일전쟁 이 끝난 뒤 만주와 조선을 경영하고자 국책회사로 '남만주철도주 식회사'를 세웠고, 거기에 '만선역사지리조사실'을 설치하였다. 이 조사실에서 시라토리 구라키치의 지도 아래 쓰다와 이케우치, 이 나바 등이 연구원으로 참여하여 만주와 조선의 역사 연구를 시작 했다. 그로부터 조선사는 '만선사滿鮮史'의 일부로 다루어지게 되었 다. 이것은 조선사가 만주를 포함하는 대륙사大陸史 속에 흡수되었 다는 것을 의미했다. 이로써 조선은 단순한 지리적 명칭으로 전락 하였고, 한국 민족의 독자적인 역사는 무시되었으며, 조선의 역사 는 한반도에 침략해온 대륙 세력의 파동의 역사로 간주되었다. 바 꾸어 말하면, 조선의 정치나 사회, 문화 등 모든 것이 외래 세력에 압도되어 자주성을 잃었다고 요약한 것이다.[14]

　이렇게 두 부류로 나뉘는 일본 학자들의 조선사 연구는, 표면적 으로는 상당히 다른 것처럼 보일지도 모른다. 하지만 그 밑바탕에 는 조선사의 후진성과 정체성停滯性이라고 하는 기본 인식의 공통 점이 있었다. 그 때문에 메이지明治 이후의 조선 연구자들은 거의 전부가 조선의 미개성 또는 야만성을 언급하는 데 매달렸다. 그리 고 그러한 주장은 하나같이 일본의 조선에 대한 식민지 지배의 합 리화에 귀착되었다. 곧 뒤떨어진 조선을 개발해준 것은 일본이라 고 하는 생각이 깊이 작용을 하고 있었던 것이다.

　이와 같은 일본 학자들의 주장은 사실을 구명한 것이 아니라, 식민지 지배의 정당성 확보라는 미리 정해 놓은 전제를 충족시키 려는 입론에 지나지 않는 것이었다. 그렇기 때문에 그들은 그러한 논리를 입증하는 데 필요하다면 자료들의 왜곡도 서슴지 않았다.

---

14) 하다타 다카시旗田魏 編, 앞의 책, 21쪽.

그런데 더 심각한 것은 이렇게 뒤틀린 논리가 현재까지도 그대로 남아 있다는 사실이다. 우리는 제2기 한일역사공동연구위원회에서 '임나일본부설'이 사실이 아니라는 데 합의했다고 해서, 일본의 학자들이 이것을 포기한 것으로 오해하고 있다. 그들이 발표한 문면 속에는 사실로 인정하기 어려운 곳이 있다는 것을 지적하지 않을 수 없다. 곧 "지난 4세기에서 6세기까지 일본이 한반노 남부를 지배했다는 일본 교과서 내용과 관련해 일본의 야마토 정권 세력이 한반도 남부에서 활동했을 수는 있지만, '임나일본부'라는 공식 본부를 설치해 지배 활동을 했다고 볼 수는 없다는 데 합의했다."15)는 것이다.

그러나 이런 합의가 일본 역사학자들의 '임나일본부설' 폐기를 의미하는 것은 아니란 점에 유의할 필요가 있다. 분명하게 실체가 없었다는 것을 지적하기는 했지만, 어떤 형태로든 한반도의 남쪽 지방에서 일본의 야마토 세력이 활동을 하고 있었다는 것을 인정한 것은, 한국의 학자들이 일본 측의 논리에 동의하는 모양새가 되어 버렸다. 실제로 일본의 학자들이 아직까지도 '임나일본부설'을 근거로 하여 그들의 고대사를 논급하고 있다는 것은, 그들의 한국 역사에 대한 프레임이 바뀌지 않았음을 말해주는 증거가 아닐 수 없다.16)

이런 의미에서 북한 김석형金錫亨의 고대 한일관계사에 대한 연구는 매우 훌륭한 본보기라고 할 수 있다. 두루 알다시피 그는 일본 학자들의 그와 같은 악의적인 임나일본부설에 대하여 전면적인 재검토를 했다. 그리고《고대 조일관계사 ― 야마토 정권과 임

---

15) 김유진,〈한-일 '임나일본부설' 폐지 합의. 일 스스로 폐기〉,《시사일번지 폴리뉴스》, 2010년 3월 23일자.

16) 김현구,《임나일본부설은 허구인가》, 서울: 창비, 2010, 23쪽.

나》라는 저서를 출간했다. 이것은 일본 학자들이 《일본서기》의 왜곡된 기술을 바탕으로 하여 한국의 남부 지방에 '미야케'라는 직할지를 관장했다고 하는, 그 임나일본부설의 허구성을 구명했다는 점에서 한·일 사이의 고대사 연구에 새로운 이정표를 마련했다는 평가를 받아 마땅하다. 이런 업적을 남긴 김석형은 아래와 같은 결론을 이끌어 내었다.

　　"초기 조일朝日 관계 역사는 일본 학자들이 말하고 있는 것과 같은, 일본의 남부 조선 지배와 경영이 주되는 내용이 되는 것이 아니라, 역으로 조선 제국諸國의 서일본 개척과 조선 사람들의 일본 역사 발전에 수행한 문화 개척자적 선진적인 역할이 내용이었다. 천 년간 일본에 조선 선진문화의 유전流傳 과정은, 우선 그 초기에는 조선적인 성격을 그대로 보존하고 있었으나, 그 시기가 지나자 원주민이 그것을 흡수하여 왜倭의 지방색을 가지게 되었다고 하는 합법칙적인 경향이 있다. 그것은 6세기 말 7세기 초의 불교 문화만이 아니라 야요이 문화弥生文化, 고분 문화古墳文化에서도 볼 수가 있는 일반적인 경향이었다. 이 기저基底에는 틀림없이 조선 계통 이주민 집단의 역사적 역할이 있었다. 이 역할은 《일본서기》가 설화적으로 왜곡하였고, 일본의 학자들이 더욱 합리적으로 덧붙이어 선전하고 있는 것과 같은, 처음부터 커다란 세력이 일본에 귀화하여 귀화인으로서 수행한 역할은 아니었다. 그것은 조선 이주민들이 일본의 국가 통일과 문화의 단위가 형성되는 오래 전부터 고국에 계통적으로 연결되는 독자적인 정치 경제 문화 세력으로서 일본에서 수행한 것이었다. 그러나 이것은 어떤 계층의 일본 학자들에 의해 말살되어, 조선의 역사를 모독하고 모욕하는 자료로서 이용되어 왔다. 유일한 황실의 일본 지배론을 만든 《일본서기》의 저자들, 8·9세기에 반反신라 소동을 일으킨 사람들, 그 후예인 18~19세기의 극단적인 일본 국학자들, 나아가서는 일본

제국주의의 어용학자들, 이들이 지금 여기에서 말하는 학자들이다. 이 천황 광신론자들은 자국 일본의 역사 여명기와 고대문화 발전에서 신세를 졌던 이웃나라 조선에 대하여 이성을 가진 사람으로서는 차마 못할 소리도 거리낌 없이 하고 있다. 일본의 어용학자들이 제국주의에 어떻게 봉사하는가 하는 것은 우리 조선 사람이 관여할 바가 아니다. 그렇지만 문제가 조선의 역사에 관여되는 한에서는 그대로 내버려 둘 수는 없으며, 바르게 파악하지 않으면 안 된다."[17]

이렇게 일본 어용학자들의 그릇된 연구의 문제점을 지적한 김석형이 이 책에서 해명한 것은, 한반도에서 건너간 집단들이 일본 열도 안에서 소국小國들을 통일한 것이 야마토 정권大和政權이었다는 것이다. 그의 이러한 논리에 따르는 경우, 임나일본부는 한국의 남부 지방에 존재했던 것이 아니라 일본 안의 가야 세력 범위 안에 존재했었다는 것을 확인할 수 있다.

그래서 이 책은 한국이나 일본에 남아 있는 설화[18] 자료들을 대상으로 하여, 김석형이 제시한 이와 같은 가설의 타당성을 입증하고자 마련하였다. 바꾸어 말한다면, 설화 자료들을 이용하여 일본 안에 한국에서 건너간 다양한 세력집단, 이를테면 신라나 가락국, 백제, 고구려 등 한반도에 존재했던 국가에서 건너간 이주민들이 어떤 역할을 하였는가 하는 것을 해명하는 것이 목적이다.

그러나 설화는 어디까지나 전해 내려오는 이야기일 따름이므로, 이것들이 어떤 역사적인 사실을 반영한다고 단정하기는 쉽지가 않은 것 같다. 하지만 설화라고 해서 전연 역사와 관련 없는 허구

---

17) 金錫亨, 朝鮮史硏究會 譯, 앞의 책, 470쪽.
18) 이 책에서는 '설화'라는 용어를, 신화와 전설, 민담을 아우르는 말로 사용하면서, 논의의 편의에 따라 이들 용어를 분리하여 사용하는 경우도 있다는 것을 미리 밝혀둔다. 장덕순 공저,《구비문학개설》, 서울: 일조각, 1971.

라고 단정하는 것도 문제가 있다. 실제로 설화들 가운데는 역사적 사실의 한 단면을 이야기해주는 것들도 많이 존재한다. 이런 의미에서 설화들 속에 용해되어 있는 역사적 사실을 찾아내는 작업도 어느 정도까지는 가능하지 않을까 한다. 그래서 한국과 일본에 전해지는 설화들 가운데서 이 책의 목적에 부합하는 자료들을 선택하여 문화 교류의 관련 양상을 해명하는 작업이 전연 불가능하지는 않다는 것을 미리 밝혀둔다.

2. 연구 방법

위에서 언급한 것처럼 이 책의 목적은 설화 자료들을 대상으로 하여 한·일 사이의 문화적 교류 양상의 한 단면을 밝히는 데 있다. 이러한 연구 목적을 성취하는 데에 여러 가지 방법론이 있을 수 있다.

실제로 오늘날까지 설화를 연구하는 많은 방법론들이 개발되어 왔다. 그 가운데서 합리적인 연구 방법론으로 평가받는 것이 역사·지리학파의 전파론적傳播論的 이론이다. 이것은 19세기 후반에 성립되어 흔히 핀란드학파라고도 부르는 것으로, 율리우스 크론Julius Krohn과 칼 크론Kaarle Krohn 부자가 확립하였다.

칼 크론은 민간전승의 문헌에 따른 이동을 주장한 아버지 율리우스 크론의 견해를 이어받아, 구비전승물이 발생지에서 다른 곳으로 전파되는 수단으로 전체집단의 이동이나 개인의 이주, 그 가운데서도 결혼을 중시하였다. 그러면서 사냥꾼이나 어부, 장인, 선원, 군인과 같은 순례자들의 일시적인 방문이 고려되어야 한다는 것을 지적했다. 그의 견해에 따르면, 이러한 매개자들을 거쳐 이루어지는 설화의 전파는 그 노정이 멀면 멀수록 변환을 일으키는 요인들이 더 많아지기 마련이라는 것이다. 그 때문에 연구자는 각 지방의 개별적인 변체變體, variable를 추적할 수 있는 모형 구조 pattern structure를 결정하지 않으면 안 된다고 하였다.[19]

칼 크론이 제시한 이와 같은 설화의 원형을 다시 짜[再構]는 방법은, 1970년대에 성행하였던 구조주의적 접근 방법과 상당히 비슷한 것처럼 보일 가능성이 있다. 하지만 그가 "지역석인 보형 형태와 함께 전승물의 기본적인 형태basic form를 결정하는 데는 그 변체의 분석적인 연구를 필요로 한다."[20]라고 했던 것으로 미루어 보아, 후대의 구조론적인 연구 방법과는 분명하게 구분된다.

이러한 초창기의 전파론적 방법론을 한층 더 발전시킨 사람은 안티 아르네Antti Aarne였다. 그는 《설화의 비교연구 입문Leitfaden der vergleichenden Märchenforschung》이란 저서를 통해서, "(설화의) 변화는 곧 사유와 공상의 일정한 법칙에 따라 일어나는 것이므로, 그 법칙은 언어현상을 지배하는 언어의 법칙에 비견될 만한 것이다."[21]라고 하면서 몇 가지의 변화 법칙을 예로 들었다.

그런 다음에 이 방법론을 원용하는 연구자의 첫 번째 목표는 설화의 본래의 형태를 찾아내는 데 있다고 하면서, 그 "변화는 사유와 공상의 일정한 법칙에 따라 생겨나는 것이기 때문에, 연구자는 여기에 근거를 두고 같은 유형의 이야기들을 비교함으로써 설화의 운명을 거슬러 올라가 추적하여 뒤에 첨가된 부분을 제거할 수 있다."고 전제한 다음, "설화는 일반적으로 여러 가지의 모험을 결합한 것이다. 그러므로 이야기 전체를 검토하는 것은 곤란하기 때문에 이것을 중요한 부분들로 나누어 각 부분들

---

19) K. Krohn, *Folklore Methodology*, Austin & London: University of Texas Press, 1971, pp.58~59.
20) K. Krohn, 위의 책, p.60.
21) A. Aarne, 關敬吾 譯, 《昔話の比較研究》, 東京: 岩崎美術社, 1979, 32쪽.

을 개별적으로 연구하지 않으면 안 된다. 그러나 개개의 모험이라고 하더라도 대단히 복잡한 것이므로 이것을 다시 순차적으로 그 중요한 소재와 특징으로, 즉 인물과 사물, 수단, 행위 등의 특징으로 나누어서 그 본래의 형식을 찾지 않으면 안 된다. 따라서 개개의 특징을 연구하려면 그 속에 들어 있는 소재를 전부 고찰하여야 한다. 이리하여 설화의 본래의 형식을 찾아내는 일은 결국 이야기를 구성하고 있는 각 부분의 원형을 찾는 것이 된다."[22]라고 하였다.

그러면서 안티 아르네는 "설화의 발생지를 결정할 때 더욱 실제적인 방법의 하나는 우선 알려져 있는 비교적 오래된 문헌상의 비슷한 이야기를 충분히 검토하는 것이다."[23]라고 하여, 문헌설화의 중요성을 역설하기도 했다. 하지만 인류의 긴 역사에서 문자를 사용하기 시작한 것은 매우 근래의 일이라는 점을 고려하지 않으면 안 된다. 그런데도 설화들의 원형을 재구하기 위해서 문헌에 정착된 자료에 의존한다면, 결국은 유문자 사회有文字社會 중심의 연구가 될 수밖에 없다는 문제점이 생긴다.

그런데 이처럼 설화 하나하나의 원형을 재구하여, 그 전파 문제를 해결하지 않고, 어떤 설화를 가지고 있는 집단의 문화적 성격을 찾아내어 집단 상호 간의 문화적 관련성을 구명하려는 연구 방법론이 19세기 후반에 독일의 역사 민족학historical ethnology에서 개발되었다. 이 학파의 학자들은 영국의 인류학파人類學派들과는 다소 다른 색채를 띠었는데, 방대한 미개민족의 신화자료들을 역사 민족학적으로 정리하려고 했다. 초창기의 대표적인 학자는 프로베니우스L. V. Frobenius, 1873~1938였다. 그는 신화의 가장 낮은 단계

---

22) A. Aarne, 關敬吾 譯, 앞의 책, 52~54쪽.
23) A. Aarne, 關敬吾 譯, 앞의 책, 63쪽.

가 동물 신화인데, 이 시대에 인간은 아직 자신을 자연의 기구機構
에서 동격同格의 일부분에 지나지 않는다고 생각하고 있었으며, 비
이성적인 동물에 견주어 인간이 이성적이며 또 더욱 완전하고 능
력이 우수하다고는 생각하고 있지 않았다고 주장하였다. 이런 세
계관을 이루고 있던 것이 마니즘manism 곧 조상숭배였는데, 이 시
대는 고급 신화가 성상하는 선구석인 성격으로서의 저급 신화 단
계로, 인간의 관심 범위는 동료인 인간의 운명을 초월하지 않은
채 죽음의 문제에 결부되어 있었다고 보았다. 그리고 그 다음 단
계로 생성·성장의 상징으로서의 태양, 광선이나 생명을 떠받치는
것으로서의 태양이 온갖 노력의 중심이 되었으므로, 인간의 생애
와 만물의 존재가 태양과 결부된 태양적 세계관이 형성되었다는
것이다.24)

　이와 같은 세계관 이론을 한층 더 정교하게 천착한 사람이 바로
슈미트W. Schmidt, 1868~1954였다. 그는 태양 신화를 부권父權 토테
미즘적인 고급 수렵민 문화에 속한다고 보았고, 달 신화를 모권
재배민 문화에 속한다고 생각했다. 다만 슈미트의 특징은 그가 최
고층最古層의 문화라고 생각했던 원시적인 채집 수렵민 문화인 원
문화原文化의 창조 신화를 중요시했다는 점을 들 수 있다.25)

　이렇게 특정 신화와 그것을 가진 민족과의 관계를 더욱 명확하
게 한 사람이 바로 바우만H. Baumann, 1902~1972이었다. 그는 슈미
트가 제시했던 세계관에 대하여 한층 더 정교한 이론을 제시하여
주목을 끌었다.

　　"부권적이든 모권적이든 고층古層 농경 여러 문화의 세계관은,

---

24) 大林太良, 《神話學入門》, 東京: 中央公論社, 1977, 27~28쪽.
25) 大林太良, 위의 책, 31~32쪽.

'대지―육체―영혼―삶과 죽음'이라고 하는 공식으로 정리할 수가
있다. 이들 사물을 둘러싼 전 세계상世界像이 형성되고, 그것은 이
상하게도 내면화되었으며, 그리고 대지에 바탕을 둔 것이다. 하지
만 수렵민적-축민적 여러 기본문화의 세계상은, 이보다도 훨씬 더
광범위하고 다양하다. 즉 이 자연-세계관의, 본래의 소재로서의
'삼림森林―바다―하늘과 성신星辰―동물―역질力質'이라고 하는 공
식은, 이상하게도 확대된 시야를 시사하고 있다. 이들 두 개의 공
식에서 우리는 ― 아마도 세계관과 신화의 동일시라고 하는 우리
들의 전제가 정당하다고 가정한다면 ― 신화가 자연 신화만 존재
할 수 없다는 것을 인식할 수 있을 것이다.

곧 자연-신화관이라고 하는 것은, 커다란 규모에서는, 대부분
수렵민적-목축민적 기본적인 여러 문화와, 본질적으로는 그 위에
수립되는 것보다 후대적인 여러 문화(고문화高文化)에 있어서만 고
유적인 것이다. 그렇지만 미개 농경민은, 우선 첫째로 애니미즘·마
니즘의 여러 문제, 즉 육체와 영혼의 운명을 설명하는 신화를 가
지고 있다. 달과 관련을 가지는 것까지도 여기에서는 인간적이고
생물적인 관계를 가지게 된다."[26]

그러나 이와 같이 이론적으로 깊이 들어가지는 않아도 될 것 같
다. 왜냐하면 이들 역사 민족학파의 학자들은 신화를 문화적인 산
물로 보았으므로, 그 신화가 어떤 문화의 산물인가 하는 문제에
더 많은 관심을 가지고 있었기 때문이다.

한국에서 이러한 문화사론적인 연구 방법론을 도입하여 설화들
을 연구한 학자는 손진태孫晉泰였다. 그는 1927년 8월부터 15회에
걸쳐 《신민新民》이란 잡지에 〈조선 민족 설화의 연구 ― 민간설
화의 문화사적 고찰〉이란 일련의 논문들을 발표하였다. 여기에서
그는 설화의 문화사적 연구를 "한 개의 민족 설화가 어떻게 어느

---

26) 大林太良, 앞의 책, 33쪽.

곳에서 발생하여 어느 시대에 어떠한 까닭으로 어느 곳으로 전파된 경로를 고구考究하는 방법"[27])이라는 것을 명확하게 하였다.

손진태의 이와 같은 설명에서 알 수 있는 것처럼, 설화들을 문화사론적 입장에서 자리매김하는 이 방법론은 발생과 이동의 문제에 깊은 관심을 드러내고 있다. 따라서 이 책에서는 한국이나 일본에 공통적으로 존재하거나, 아니면 두 나라 사이의 관계를 서술하는 설화 자료들을 이용하여 문화의 관련 양상을 해명하게 될 것이다.

3. 기존 연구 성과의 검토

위에서 지적한 것과 같이, 손진태는 문화사적인 연구 방법론을 원용하여 한국의 설화와 주변 민족 설화들의 영향 관계를 이미 구명한 바 있다. 더욱이 이 연구에서 그는 한국과 일본의 관계에 대해, 아래와 같은 지적을 하였다.

"삼국 시대 말에 백제 고구려의 유민들이 다수 일본에 이주 귀화한 것은 일본의 기록상에 허다히 발견되는 바이지만, 유사 이전에도 대륙 민족이며 반도 인민들이 다수 이서移居한 것은 최근의 일본 사학자들이 많이 주장하는 바이다. 일본에서 조선에 귀화한 자도 옛날[昔日]에는 적지 않았지[不少]마는, 그 수는 결코 전자에 비할 수 없을 것이다. 어떤 일본 학자가 일본 민족의 인종적 구성을 대별하여 선주민 즉 피정복 종족을 아이누 족 남방족南方族이라 하고, 야마토 족大和族 즉 후래後來의 정복 종족을 대륙족大陸族 — 대부분은 조선을 통하여 — 이라고 주장하게 된 만큼, 과거의

27) 손진태,《조선민족설화의 연구》, 서울: 을유문화사, 1947, 2쪽.

조선 문화는 일본에 비상한 감화를 주었다. 일본의 속학자俗學者들이 소위 일선민족日鮮民族의 동원론同源論이란 제題와 정치적 가면 하에서 조선을 정치적 경제적으로 지배 착취코자 하던 운동도 결코 그 이유가 없는 것은 아니었다. 그러나 인종과 문화에 약간 공통점이 있다 하여 양자가 반드시 동일한 민족인 것은 아니다. 민족이란 것은 의식상의 문제이므로, 과거의 사소한 혈연관계血液關係와 문화관계로 오늘[現日]의 문제를 그들과 같이 논할 것은 아니다. 그러나 옛날의 조선과 일본 사이에 문화적 인종적 접촉이 비교적 많았던 것은 부정치 못할 사실이니 설화 상으로도 그 영향이 보인다."28)

이와 같은 언급으로 미루어보아, 손진태는 한국과 일본이 조상이 같은 근원[同源]이었다기보다는 문화적·인종적으로 접촉이 많았었다는 것을 해명하려고 했던 것 같다. 그리하여 그는 일본의 지배 세력으로 군림한 야마토족이 한국을 통해서 들어갔다고 하는 일본 학자들의 견해를 수용하여, 한국의 문화가 일본에게 많은 영향을 끼쳤다고 보았을 것으로 상정된다. 그리고 그는 이러한 접촉 관계의 구명을 위해 한·일 양국에서 비슷한 모티브로 이루어져 있는 설화 자료들을 고찰한 것이 아닌가 한다.

손진태가 대상으로 한 설화들 가운데 하나인 '청개구리 전설靑蛙傳說'에 대한 고찰에서는, 먼저 "청와 전설은 원래 중국의 불효자 전설不孝子傳說에서 조작된 것이다. 그러나 중국에서도 그 불효자가 혹은 보통의 사람이며 혹은 낭자이지만 조선에서는 그것을 청와라고 하는 것이 특색이다. 그리고 중국 설화에서는 비 올 때에 회심悔心한 불효자가 사모死母를 위하여 운다는 점이 없지마는 조선의 설화에서는 그 점이 역시 특색으로 되어 있다."29)고 하여, 한

---

28) 손진태, 앞의 책, 140쪽.(한문 투의 표현은 현대어로 바꾸었다는 것을 밝혀둔다.)

국의 설화가 중국의 그것과 차이점을 지닌다는 사실을 지적하였
다.

그리고 일본의 '올빼미 전설' 및 '청개구리 전설'의 자료들을 소
개하고 난 다음, "이러한 일본 설화는 조선 '청와 전설'의 특색을
구비하였으므로 중국의 기록에서 조출造出된 것이 아니요 아마 조
선의 그것을 거의 그대로 선하는 보양이다. 올빼미라든가 청개구
리란 것은 그 전설을 가진 각 지방의 지리적 조건의 상위相違로
각각 그들에게 친밀감을 가진 조류鳥類 합류蛤類를 취한 것일 터이
다."30)라는 결론을 도출했다.

이러한 그의 견해는 당시에 일본의 학자들이 주창하고 있던 조
선 문화의 교량역할론橋梁役割論에 상당한 거부감을 느끼고 있었다
는 것을 말해준다고 하겠다. 이렇게 말하는 까닭은, 이 유형의 한
국 설화가 중국의 그것과는 다른 것임을 강조하고 나서 일본의 설
화가 한국의 그것에 더 가깝다는 사실을 밝혀내고 있기 때문이다.

이와 같은 그의 연구 태도는 다른 설화들의 비교에서도 그대로
이어졌다. 손진태는 '가지로 도적을 막은 설화'의 고찰에서, "(한
국에서) 가지로 막았다고 하나 (일본에서) 호박 꼭지로 막았다고
하나 동일한 의장意匠이다. 전자는 가지이므로 그것이 창을 때렸다
고 하는 것이요 후자는 가지로 막았다는 것이 좀 무리하므로 호박
꼭지로 막았다 하고 다만 방귀 소리에 도적이 놀랐다고만 한 것이
다. 이러한 의장이 반드시 양 민족 사이에 독립적으로 발생할 수
없는 바는 아니지마는 이것도 역시 조선의 것이 일본에 전한 것이
라고 보는 편이 다분히 타당성을 가질 것이다."31)라고 하였다.

---

29) 손진태, 앞의 책, 143쪽.
30) 손진태, 앞의 책, 145쪽.
31) 손진태, 앞의 책, 162~163쪽.

그리고 결론적으로 그는 다카기 도시오高木敏雄가《일본 신화전설의 연구》에서 지적한 설화들, 곧 한국의 '흥부 설화'가 일본에 전해져 '혀가 잘린 참새 이야기'가 된 것과, '혹 떼러 갔다가 혹 붙이고 온 이야기'가 일본으로 가서 '혹 붙인 이야기'가 된 것, '무심출 설화無心出說話(결혼 첫날밤에 뀐 방귀로 이별 당한 신부 이야기)'가 일본의 오이타 현大分縣 어떤 지방에 그대로 남아 있는 것, 성현成俔의《용재총화慵齋叢話》권4에 있는 '치형점제癡兄點弟의 소화笑話'가 규슈九州의 한 지방에 남아 있는 것 등을 들면서, 조선에서 일본으로 건너간 문화의 흐름이 있었음을 밝혀냈다.[32]

이러한 손진태의 연구는 조선의 문화가 일본에 미친 영향을 논증하려고 했던 것이라고 볼 수 있다. 하지만 일제 강점기를 살아간 지식인으로서 연구의 한계를 그대로 드러내고 있다는 것도 아울러 지적하지 않을 수 없다. 왜냐하면 다만 비슷한 설화의 모티브들을 찾아내어 그것이 일본으로 건너갔다는 것을 언급하는 데 머물렀기 때문이다.

한편 최남선崔南善은 1930년 4월 25일과 26일 이틀에 걸쳐 방송한《조선의 신화와 일본의 신화》에서 두 나라 신화들에 대한 비교 연구의 가능성을 제시하였다. 그는 이 원고에서 우선 "조선의 신화가 원시 조선 및 그 구성자의 사상·감정·지식·행위 등을 담은 것으로서 절대적인 가치를 지니고 있음은 말할 필요도 없는 바입니다마는, 나아가 동방 문화의 본지本支 관계를 심구尋究함에 좋은 안내가 되고, 특히 그 지리적 직능에 의한 대륙 문화와 해상 주민과의 관계를 지극히 명료하게 증시證示해주는 점에 있어 우리들의 흥미를 더 한층 돋우어주는 바가 있습니다."[33]라고 하여, 한국

---

32) 손진태, 앞의 책, 163쪽.
33) 최남선,《육당 최남선전집(5)》, 서울: 현암사, 1973, 36쪽.

의 신화가 동아시아에서 차지하는 위치를 밝힐 수 있다고 보았다.

그리하여 그는 "한국의 신화와 일본의 신화는 전반에 걸쳐 너무나 그 기구·내용을 같이 하고 있는 바이므로, 세심한 독자는 쉽게 《삼국사기》와 《삼국유사》와 같은 조선의 문헌 중에서 일본의 신대사神代史를 완미玩味하고, 《일본서기》나 《고사기》 중에서 원시 조선의 모습을 그려볼 수가 있을 것입니다. 또 나아가 조선 신화의 상실 편모를 일본에서 구하여 보고, 일본 신화의 해석하기 어려운 것을 조선의 신화에서 해명하는 것이 분명히 적지 않을 것입니다."라고 하여, 두 나라 신화의 상보적 관계相補的 關係를 언급하였다.

그리고 최남선은 한국과 일본의 건국 신화에 포함된 천손 강림과 국가 양도, 동방 흔구欣求의 모티브들이 거의 일치한다는 사실을 밝히면서, 이러한 현상은 "조선과 일본 내지는 동 범위 내의 제 민족들이 그 문화의 원천을 같이하고 있기 때문이라는 것"34)이라고 보았다. 그의 이와 같은 해명은 한국과 일본의 문화가 같은 연원을 가지고 있다는 점을 강조했다는 점에서 한·일 설화의 관련 양상을 해명하는 연구에서 매우 중요한 의의를 가진다고 하겠다.

그러면서도 최남선은 이어서 "이와 같이 신화 전설이 일치하거나 풍속 습관이 일치하거나 유물 유적 — 즉 고고학적인 많은 일치를 본다거나 하더라도, 이러한 것들은 요컨대 문화상의 일이며 민족의 본질 내지는 연원 그 자체는 아니니, 문화론과 민족론은 별개의 범주에 속한다는 것을 밝혀두고자 하는 바입니다. 그리고 조선과 일본이 문화적으로 동원同源 관계에 있다는 것은 인정되지마는, 민족적 이동異同 여하라는 문제가 되면 학술적으로 아직 불분명한 것이므로, 오히려 경솔하게 동원론同源論을 농롱弄하는 것이

---

34) 최남선, 위의 책, 45쪽.

매우 불근신하고 불충실하다는 것을 여기서 첨부해서 말씀해두는 바입니다."[35]라는 지적을 하였다.

실제로 일본은 끊임없이 한국을 일본에 동화시키려고 했었다. 바로 그러한 운동의 일환에서 나온 것이 기타 사다키치의 '동원론'[36]과 같은 한·일 양 민족의 원류가 같다는 논리였다. 이와 같은 논리는 당시에 일어났던 3·1운동을 무마하기 위한 전략적인 것이 었음은 두말할 나위도 없다.

그리고 이러한 동원론을 한층 더 합리화하려고 했던 것이 가나 자와 쇼사부로의 이른바 '일·선 동조론日鮮同祖論'이었다는 것은 두 루 아는 사실이다. 이것은 일본과 조선이 같은 핏줄이라는 것을 증명하기 위해서 역사적 사실이나 지명地名 등을 이용하였을 뿐만 아니라, 그 문화도 같은 계통이었다는 것을 증명하고자 하였다.[37]

이런 일련의 일본 학자들의 주장에 대하여 경계심을 드러낸 것 이 최남선의 위와 같은 지적이었다. 그는 문화론과 민족론은 별개 라는 입장을 견지하였다. 바꾸어 말하면, 문화가 같다고 하여 반드 시 민족이 동일하다고 주장할 수는 없다는 것을 강조함으로써 일 본 사람들의 논리에 경계심을 표명하려고 했었던 것이다.

이와 같은 그의 지적은 상당한 타당성을 지니고 있다. 왜냐하면 누천년 동안 제각기 다른 삶을 살아온 민족이 몇 가지의 문화적 동질성 때문에 같은 민족이었다고 단정한다는 것은 아무래도 무 리가 뒤따르기 때문이다. 이런 점에서 한국에서 일본 문화를 고찰 하는 사람들의 연구 태도는 매우 신중한 접근이 요구된다는 것을 지적하지 않을 수 없다.

---

35) 최남선, 앞의 책, 45쪽.
36) 喜田貞吉, 〈同源論〉, 《同源(3)》, 京城: 同源社, 1920, 1~38쪽.
37) 金澤庄三郞, 《日鮮同祖論》, 東京: 刀江書院, 1929, 61~88쪽.

어쨌든 최남선의 이러한 연구가 발표된 다음, 1960년대에 이르기까지 한국의 학계에서는 일본의 설화가 제대로 연구되지 않았던 것이 사실이다. 그러다가 북한의 역사학자인 김석형의 《고대 조일 관계사 — 야마토 정권과 임나》가 발표되면서, 한국의 고대 선진 문화가 일본 문화의 성립에 끼친 영향 관계에 대한 본격적인 연구가 이루어졌다. 그는 이 저서에서 〈일본의 신화 전설들이 전하는 한국 주민들의 서부 일본 진출, 한국 계통 소국들의 형성〉이란 장章을 마련하여, 천손 강림 신화天孫降臨神話와 이즈모 신화出雲神話, 그리고 아메노히보코 설화天日槍說話와 쓰누가아라시토 설화都怒我阿羅斯等說話 등을 집중적으로 검토하였다.[38]

김석형은 우선 《일본서기》에 전해지는 니니기노미코토邇邇藝命의 탄생담인 천손 강림 신화와 《삼국유사》에 전해지는 수로왕 신화를 비교·고찰한 다음, "일본 고문헌에 실린 천강天降한 천손의 이야기는 가락 이주민들의 것이었다고 생각하지 않을 수 없게 한다. 가락 사람들은 규슈九州 섬에 이주한 후에도 오래도록 자기의 개국 신화를 보존하고 있었고, 고국의 하늘은 '아마'=바다로도, 그 고국 자체로도 되었다. 그들이 나중에 야마토 지방을 중심으로 한 연합 세력 내에서 유력한 귀족 세력으로 된 때가 있었기 때문에 그것이 바로 야마토 지방의 건국 신화의 가장 중요한 대목으로 들어갔던 것"[39]이라고 주장했다.

그리고 그는 이즈모 신화와 고고학적인 발굴의 성과를 종합하여, 이 신화의 "연대는 추론컨대 야요이시대弥生時代의 처음부터 시작하여 고분시대古墳時代의 초기까지를 포괄하는 기간일 것이며, 그 사이에 일어났던 한국 동남 지역으로부터의 계통적인 이주민

38) 金錫亨, 朝鮮史研究會 譯, 앞의 책, 124~170쪽.
39) 金錫亨, 朝鮮史研究會 譯, 앞의 책, 137쪽.

의 내착來着과 그들 세력의 확대 발전에 대하여 전하여 주는
것"40)이라는 견해를 피력했다. 또 김석형은 아메노히보코 설화와
쓰누가아라시토 설화를 검토한 뒤에, "두 인물이 다 설화상의 존
재이므로 어느 쪽이 옳다 그르다 하는 것은 무의미할 것이다. 다
만 이 이야기들을 통하여 신라 계통의 이주민과 못지않게 가락 계
통 이주민에 관한 사실도 일본 고문헌들에 그 흔적을 남기고 있
다."41)는 추정을 한 바 있다.

이처럼 김석형은 해박한 고고학적·역사학적 지식을 바탕으로
신화와 전설들을 고찰하여 상당히 설득력이 있는 견해를 발표하
였다. 그리고 그가 제시한 '삼국분국설三國分國說'42)은 일본 학자들
의 임나일본부설이 터무니없는 주장이었다는 사실을 밝혀냈다는
점에서 당연히 높이 평가되어야 할 것이다.

이와 달리 남한의 경우는 1970년대에 들어서면서 비로소 일본
의 신화에 관심을 표명하기에 이르렀다. 이때에 이르러 일본의 신
화를 연구한 학자로는 현용준玄容駿을 들 수 있다. 그는 1977년에
발표한 《일본 신화와 한국》이란 책에서 한·일 양국의 개벽 신화
와 건국 신화들을 비교한 다음에, "거기에는 상위점도 상당히 있
지만, 유사점도 놀랄 정도로 많다. 그 유사성은 개벽 신화의 쪽보
다도 건국 신화의 쪽이 현저한 것이어서, 고대 일본의 지배자 문
화가 한반도에서 유래했다는 것을 강하게 시사하고 있다."43)는 결
론을 도출한 바 있다.

---

40) 金錫亨, 朝鮮史研究會 譯, 앞의 책, 148쪽.
41) 金錫亨, 朝鮮史研究會 譯, 앞의 책, 158쪽.
42) 삼국분국설이란 한국에서 건너간 사람들이 일본 안에서 제각기 그들 나름의 왕국들을
    세우고 있었음을 밝힌 것이다.
    金錫亨, 朝鮮史研究會 譯, 앞의 책, 272~325쪽.
43) 玄容駿, 《日本神話と韓國》, 東京: 有精堂, 1977, 21쪽.

또 이 무렵에 성기열成耆說은 일본 설화들의 본격적인 연구를 시도했다. 그는 1979년에 발표한 《한일 민담의 비교 연구》란 저서에서 한·일 양국의 설화들을 체계적으로 비교·연구하여 학계의 주목을 받았다. 성기열은 이 저서에서 먼저 한·일 사이의 문화에 대하여, "한일문화의 접촉 양상은 극히 일방적으로 한국 문화의 동류現상으로 일언할 수 있는 섯으로서, 이에 오늘날 일본 문화의 저층에 흐르고 있는 민속적 제 양상은 물론, 그 사고방식의 근원적 형태를 생각할 때에는 우리 한반도를 제외하고는 탐색할 수 없는 밀접성을 지니고 있는 것이다. 간혹 일본 문화의 소원溯源을 남방에서 구하고 또 그것을 고집하는 일본 학자가 없는 바 아니고, 또한 그런 요소를 아주 무시하는 것은 아니나, 근간으로서의 흐름은 한반도 문화의 동류 영향이 가히 절대적이라 할 만큼 강한 것을 확언하고 싶다."[44]라고 하여, 한국 문화가 일본 문화의 성립에 끼친 영향이 절대적이었음을 강조하였다.

그리고 그는 동물담과 인간담,[45] 소화에 들어가는 17편의 설화들을 비교한 다음, "일본 문화의 밑바닥에 흐르고 있는 일본의 민담은 상당수가 한반도를 경유하여 건너간 대륙의 양식을 바탕으로 하여 변이된 것이다. 민담에 대한 기왕의 연구는 주로 일반 문화사적인 차원을 벗어나지 못했다. 본 연구에서는 그것이 구비전승까지도 포함한 비교 연구에 역점을 두었다. 확실한 고향을 알수 없는 이야기들이었지만, 그것이 한국에 전래되면서 그냥 정체停滯함이 없이 계속 일본으로 다시 건너갔으리라는 심증이 군어지는 유화類話들이 너무나 많았다. 물론 오늘날 우리 눈앞에 나타나

---

44) 성기열, 《한일민담의 비교연구》, 서울: 일조각, 1979, 59쪽.
45) 성기열은 "완형담完形譚이니 본격담本格譚이니 혹은 일반담一般譚이니 하고 일컬어 온 것"을 인간담이란 용어로 불렀던 것 같다.
성기열, 위의 책, 24쪽.

는 이야기의 모습은 그것이 서로 상이한 것처럼 나타나 있지만, 이야기의 골격, 다시 말해 줄거리를 꿰뚫고 있는 주제에는 변화가 거의 없다. 즉 같은 주제이면서도 그것을 나타내는 살·색깔이 각각 두 나라 민족의 독특한 성격에 의하여 각색되었음을 발견할 수 있다."[46]고 해서, 같은 계통의 이야기들이 서로 다른 문화적인 특색을 가지게 되었다는 것을 논증하였다.

이러한 성기열의 연구는 한·일 사이의 문화적인 차이들을 무시하고 비슷한 것만 있으면 모든 것이 한국에서 건너갔다고 주장하는 한국 학자들의 연구 태도에 반성을 촉구한 중요한 작업이었다고 할 수 있다. 이런 지적을 하는 이유는, 지금까지 연구자들은 같은 뿌리의 문화라고 하더라도 오랜 기간에 걸쳐 전해져 오는 사이에 두 나라 문화의 본질적인 차이에 따라 변형될 수밖에 없었다는 것을 보지 않고 지나쳐 버려 왔던 것과 달리, 그는 이런 차이에 주목하여 그 성과를 추출했기 때문이다.

어쨌든 성기열의 연구를 뒤이어 황패강黃浿江도 일본의 신화에 관심을 가지기 시작했다. 그는 1980년대에 〈일본 신화 속의 한국〉과 〈야마사치山幸·우미사치海幸 신화의 역사적 문맥과 신화적 구조〉란 논문을 발표하고, 이어서 〈일본에 있어서의 신화 의식의 전개 과정 연구〉와 〈한일 신화의 천강 모티브〉, 〈신화에 나타난 한일 교류〉 등 일련의 논고를 내놓았다. 그런 다음에, 그는 1996년에 이것들을 《일본 신화의 연구》라는 한 권의 책으로 묶었다.

황패강은 〈일본 신화 속의 한국〉에서 '(쓰누가)아라시토 설화'와 '아메노히보코 설화', 그리고 '백조처녀白鳥處女 설화'[47]를 고찰

---

46) 성기열, 위의 책, 232쪽.
47) 황패강이 이용한 백조처녀 설화는 《풍토기風土記》에 전해지는 오미국近江國 이카고 군伊香郡 요고 마을與胡鄕에 전해지는 것이었음을 밝혀둔다.
    秋本吉郎 校注, 《風土記》, 東京: 岩波書店, 1958, 457~459쪽 참조.

한 뒤, "이 세 가지 신화는 표면적 차이에도 불구하고, 기본적인 구조에서 거의 일치하고 있다. 다만 A(쓰누가아라시토 설화), B(아메노히보코 설화)는 '기기記紀'48)의 기술이라는 점도 있어 신화 외적인 의도가 작용하고 있다. 즉 위와 같은 신화 구조 안에서도 한국과 일본을 상대적으로 관계 짓는 일을 잊지 않고 있다. 속적俗的 세계를 한국[가라국伽羅國·신라국新羅國], 성석聖的 세계를 일본에 대응시키고 있다. 제3의 설화인 '백조처녀'에서는 그와 같은 의도가 전혀 나타나지 않으며, 또 그런 의도 자체가 무의미하다."49)는 주장을 펼쳤다. 이러한 그의 연구는 일본의 역사가들이 《고사기》와 《일본서기》를 편찬할 당시부터 한국을 속된 세계로 깎아내리려고 했었다는 사실을 해명했다는 점에서, 그 연구사적 의의를 찾을 수 있다.

그리고 그는 '진구 황후神功皇后의 신라 정벌'에 관한 기사에 대해서도, 이것은 "한국 기술에 관한, '기기'의 기본태도를 드러낸, 가장 의미 깊은 주제다. '진구神功의 신라 정벌'이 사실 아님은 말할 것도 없다. 정치적 의도로써 사실화하려 하였으나, 끝내 설화의 문맥 외의 것이 될 수 없었던 것이 '기기'의 '진구 신라 정벌'이다."50)고 하여, 일본 고대 사가들의 역사적 사실 조작의 일면을 밝히기도 하였다.

한편 장덕순張德順은 1981년에 〈한국의 야래자 전설과 일본의 미와산三輪山 전설과의 비교 연구〉란 논문을 발표하였다. 그는 이 논문에서 이들 두 설화가 지닌 농경문화적인 공통성에 착안하여, 한국의 야래자 설화가 야요이 문화의 전파와 더불어 일본으로 건

---

48) 일본에서는 《고사기古事記》와 《일본서기日本書紀》에서 끝 글자만 취하여 이들 두 책을 표현할 때에 '기기記紀'라고 지칭하고 있다.
49) 황패강, 《일본신화의 연구》, 서울: 지식산업사, 1996, 55쪽.
50) 황패강, 위의 책, 56쪽.

너갔을 것이라는 견해를 밝혔다.[51] 이와 같은 장덕순의 논문은 특정 설화에 관한 것이기는 하지만, 문화사론적인 입장에서 한국과 일본의 설화를 비교 연구하는 발판을 마련했다는 점에서 매우 중요한 의의를 가진다고 하겠다.

이러한 장덕순의 연구에 시사를 받아, 저자도 1990년에 〈한·일 신화의 비교 연구 — 국가 양도 신화를 중심으로〉와 〈한·일 신화의 비교 연구 — 일본의 스사노오노미코토 신화須佐之男命神話를 중심으로〉라는 두 편의 논문을 발표했다. 전자에서는 국가 양도 신화의 범주에 들어가는 한국 측의 자료인 해부루解夫婁의 동부여 건국 신화 및 송양왕宋讓王의 비류국沸流國 양도 신화를 일본의 오쿠니누시노카미大國主神의 국가 양도 신화와 비교 고찰하여, 이들 신화를 선주先住하던 농경문화 집단이 후래後來한 수렵문화 집단에게 나라를 물려주었음을 말해주는 것으로 보면서, "이렇게 동일한 구조와 의미로 되어 있는 일본의 신화에서 지리적으로 거리가 있음에도 불구하고 한국과 관계를 직접적으로 기술하는 부분이 있다는 것에 착안하여 후래의 지배자 세력이 가락국과 밀접한 관계가 있다."[52]는 결론을 이끌어냈다.

또 후자에서는 일본의 스사노오노미코토 신화에 내재된 혼인에 따른 국토의 인수 모티브가 고주몽의 고구려 건국 신화의 그것과 비슷하다는 점에 착안하여, 이 신화는 일본의 지배 계층으로 군림한 고구려·백제계 사람들이 기록하였을 가능성이 있다고 보았다.[53] 아울러 스사노오노미코토의 비범성을 드러내려고 삽입한

51) 장덕순, 〈한국의 야래자 전설과 일본의 미와산 전설과의 비교연구〉, 《한국문화(2)》, 서울: 서울대 한국문화연구소, 1981, 13~16쪽.

52) 김화경, 〈한·일 신화의 비교 연구 — 국가 양도 신화를 중심으로〉, 《국어국문학논총》, 서울: 여강출판사, 1990, 751쪽.

53) 김화경, 〈한·일 신화의 비교 연구 — 일본의 스사노오노미코토 신화를 중심으로〉,

〈야마타노오로치 퇴치담八俁大蛇退治譚〉은 한국에서 구전하는 〈지하국 대도 퇴치담地下國大盜退治譚〉과 깊은 관련이 있다는 추정을 하였다.54)

그리고 저자는 이러한 일련의 논고들을 발표한 다음, 《일본의 신화》라는 저서에서 과감한 가설을 제시하였다. 저자의 가설에서는 먼저 일본의 신화들을 문화적인 특성에 따라서 두 부류로 구분하였다. 곧 스사노오노미코토를 주신主神으로 하는 이즈모계 신화出雲系神話 및 아마테라스오카미天照大神와 다카기노카미高木神를 주신으로 하는 다카마노하라계 신화高天原系神話가 그것이다. 이들 두 부류의 신화들은 전자가 대지의 원리를 신봉하는 농경문화적인 산물로 한국 동해안의 중심세력이었던 신라에서 전해 받은 것인데 견주어, 후자는 하늘의 원리를 신봉하는 유목·수렵문화적인 산물로 한국의 서해안의 중심세력이었던 고구려와 백제에서 전해 받은 것이라는 결론을 내렸다.55)

이와 같은 저자의 가설은, 일본의 신화학계에서 이제까지 이즈모계 신화를 남방에서 전래된 것으로 보아온 것에 대한 비판적 성찰로서 문제를 제기한 것이었다고 할 수 있다. 그렇지만 이런 가설의 타당성 여부는 고고학적인 발굴 성과와 여러 문화 현상들의 비교를 거쳐 검증하여야 한다는 점에서 학제적 연구가 필요한 문제라고 하겠다.

한편 노성환魯成煥은 1995년에 《한일 왕권신화》라는 저서에서 일본과 한국에 나타난 고대 왕권 신화의 논리를 비교 고찰한 다음, 〈한일 왕권신화의 비교〉란 장을 설정하여 일본 신화의 논리를

《학산 조종업 박사 화갑기념논총》, 서울: 태학사, 1990, 382~384쪽.
54) 김화경, 위의 책, 384~390쪽.
55) 김화경, 《일본의 신화》, 서울: 문학과지성사, 2002, 291~298쪽.

아래와 같이 정리하였다.

　"일본의 왕권 신화는 크게 나누어 천손 강림과 타계他界 방문의 두 가지 요소로 구성되어 있는 특징을 가지고 있다. 전자는 부계 父系의 출자出自가 '하늘'에서 연유되었다는 것을 설명하는 것이며, 후자는 하늘에서 내려온 왕권이 모계母系를 통하여 '타계'라는 외부성을 확보하는 것을 설명하는 신화이다. 여기에서 특이한 현상은 모계의 외부성을 확보하기 위해서는 왕권의 주인공이 타계를 방문하여 타계의 여성과 혼인한다는 것이다. 그러므로 왕권 신화에 있어서 타계 방문담은 왕권에 필요한 타계의 외부성을 확보하는 기원신화인 동시에 모계 시조의 출자담이기도 했다. 이러한 일본 신화의 특징은 일본의 고대 왕권으로 하여금 부계를 통하여 수직적인 외부인 '하늘'을 확보하고, 모계 시조를 통하여 수평적인 외부인 '타계'를 확보할 때, 비로소 완벽한 왕권이 탄생할 수 있다는 하나의 원리를 낳게 했다."[56)]

　노성환이 지적한, 이와 같은 일본 고대 왕권 신화의 논리는 부계가 하늘에서 연유하였고, 모계가 타계에서 연유하여야만 완벽한 왕권이 될 수 있다는 것을 밝힌 것이었다. 하지만 일본의 경우는 야마토 정권이 탄생한 다음, 그 당시까지 전하던 자료들을 취합하여 자기들 왕권의 정당성과 정통성을 강조하고자 상당히 치밀하게 신화들을 변개했다는 사실을 제대로 보지 못하고 넘겨 버려서는 안 된다. 바꾸어 말하면 야마토 정권은 그들이 장악한 왕권의 당위성을 확보하는 수단으로 이러한 신화적 논리를 창출했기 때문에, 이것을 일본 고대 왕권 신화의 일반적인 논리라고 보기에는 얼마간의 문제가 있다는 것이다.

---

56) 노성환, 《한일 왕권신화》, 울산: 울산대출판부, 1995, 163~164쪽.

어쨌든 일본 왕권 신화의 이런 논리적 특징을 언급한 뒤에, 노성환은 한국 고대 왕권 신화의 특징을 아래와 같이 요약하였다.

"한국의 경우는 많은 고대국가의 왕권 신화가 존재하기 때문에 전체를 한 마디로 표현하기는 매우 힘들다. 보다 정확하게 파악하려면 시대별로 나누어 생각해야 한다. 편의상 한반도에 한사군이 설치되기 이전의 시대와 삼국 시대 그리고 신라 말기 및 고려 초기의 시대로 나누어 살펴보면, 신화적 특징은 대략 다음과 같이 정리할 수 있다.

그 첫째로, 한사군 이전의 시대에 존재했던 고조선의 왕권 신화에서는 왕권의 주인공이 부계와 모계 중 어느 하나가 '하늘'에서 유래되고, 또 다른 한쪽이 동물 또는 자연의 신이 되었다. 다시 말하자면 부계와 모계의 외부가 고정화되어 있지는 않았던 것이다.

그러나 둘째로, 이러한 특징이 삼국 시대에 이르게 되면 부계와 모계의 외부성은 고정화되어 나타난다. 즉 부계는 '하늘'과 모계는 물을 상징하는 '수계水界'로 정해졌던 것이다. 그러므로 이 시대의 왕권 신화에서는 부계가 '하늘'에서 유래되었다는 천손 강림 신화와 모계의 출자가 '수계'에서 그 연원을 두는 모계 시조의 이야기로 구성되어져 있다. 그런데 이 시대에서 빼놓을 수 없는 또 하나의 특징은 왕권의 주인공이 알에서 태어나는 난생 신화이다. 고구려의 고주몽, 신라의 혁거세, 가야의 김수로 등 모두가 알에서 태어난 왕권의 주인공들이었던 것이다. 이러한 난생 설화는 고조선의 신화 및 그 이후 시대의 신화에서는 찾아볼 수 없는 이 시대의 독특한 성격이라 할 수 있다.

그러던 것이 셋째로는, 신라 말기 및 고려 초기에는 후백제와 고려의 왕권 신화에서 보이는 것처럼 부계와 모계 중 어느 쪽에 관계없이 '산'과 '수계'와 관련되어 있으면 정당한 신성 왕권으로서 성립될 수 있었다. 가령 후백제는 부계를 통하여 수계를 상징하는 '지룡地龍'을, 그리고 모계는 산을 상징하는 '호랑이'에서 그 출자의

기원을 찾았고, 고려의 경우는 그와 반대로 부계를 산신의 '호랑
이', 모계를 수계의 '용'에서 출자의 기원을 찾았던 것이다. 여기에
서 보듯이 이 시대의 왕권 신화에 나타난 출자의 특징은 지금까지
왕권의 출자와 비교하여 보면 이 시대의 특유한 또 다른 한 가지
특징을 발견할 수 있다. 그것은 다름 아닌 이 시대의 왕권이 다른
시대의 왕권과 달리 그 출자를 하늘과 연결시키지 못하고 있다는
점이다. 즉 바꾸어 말하자면 부계와 모계 중 어느 한쪽의 출자를
수계에 두는 것은 삼국 시대의 왕권 신화와 같다고 할 수 있으나,
하늘을 확보하지 못하고, 호랑이를 통하여 '산'만 확보하고 있다는
사실은 그 앞 시대의 왕권 신화와 확실히 차이를 이루는 이 시대
의 특징으로 지적할 수 있을 것이다."[57]

노성환이 말한, 이러한 한국 고대 왕권 신화의 특징은 시대별로
그 차이를 구명했다는 의의가 있다. 하지만 일본의 야마토 정권이
'천황제'라는 제도를 확립하여 자기들 왕권의 당위성을 확보하려
고 신화를 창출하였던 것에 견주어, 한국에서는 여러 국가의 흥망
성쇠가 있었고, 이들 국가마다 자기들의 독자적인 왕권 신화가 있
었기 때문에 신화의 내용이 다양해졌을 뿐만 아니라, 시대의 흐름
에 따라 사람들의 지혜가 발달함으로써 신화도 변모하지 않을 수
없었다. 이와 같은 사실을 도외시한 채 양국의 신화를 비교하는
경우에는, 자칫 일본의 신화가 잘 정리되어 있는 것과 달리 한국
의 신화는 그렇지 못하다는 결론을 도출할 가능성도 있을 수 있으
므로 더 신중한 자료의 검토가 요구된다고 하겠다.

이러한 기존의 연구 성과들을 참고로 하여, 본 연구에서는 왕권
신화나 건국 신화에 국한된 가설을 제시하는 것이 아니라, 그 폭
을 넓혀 고구려와 백제, 신라, 가락국이 일본 열도와 제각기 어떤

---

57) 노성환, 앞의 책, 164~165쪽.

관계로 서로 연계되어 있는가 하는 문제를 더 구체적으로 살펴보려고 한다. 그리고 일본에서 건너온 것을 서술하는 자료들도 아울러 검토함으로써, 문화란 것이 일방적으로 영향을 미치는 것이 아니라 상호작용하면서 전이轉移되고 변모變貌된다는 것을 해명하는 기회를 얻을 수 있을 것이다.

제2장
신라 세력의 일본 진출

1. 일본에 진출한 신라 세력

신라 사람들은 아주 이른 시기부터 일본 진출에 나섰던 것 같다. 이런 추정은 그들의 기층문화 형성과 밀접한 관련을 가지고 있는 이즈모계 신화出雲系神話로도 입증이 가능하다. 두루 알다시피 이 계통의 신화에서 그 중심에 있는 신은 스사노오미코토須佐之男命, 素盞烏命이다. 스사노오노미코토는 아마테라스오카미天照大神가 다스리는 다카마노하라高天原에 가서 갖은 나쁜 짓을 다 하다가 결국은 추방을 당하고 말았다. 그런데 그가 '다카마노하라'라는 높은 하늘나라에서 내려온 곳은 일본이 아니라 한국의 '신라'였다. 바꾸어 말하면, 그는 먼저 신라에 내려왔다가 다시 일본의 이즈모 지방으로 건너갔다는 것이다.

신화시대를 배경으로 한 이와 같은 전승은, 야마토 정권이 성립되기 이전에 신라에서 이주한 집단이 일본 열도 안에서 상당한 세력을 구축하고 있었다는 것을 증명해주는 것이 아닐까? 실제로 이병도李丙燾는 신라 지역에서 일본의 중앙지대〔단바丹波1)·다지마但

---

1) 교토京都와 효고 현兵庫縣 일부 지역을 말한다.

馬2)·하리마播磨3) 등지]에 이르는 항로에 두 개의 길이 있었던 것으로 상정하였다. 하나는 동해를 건너 산인山陰4)·호쿠리쿠北陸5) 지방에 도착하는 것이고, 다른 하나는 남으로 쓰쿠시筑紫6)의 북쪽 해안에 이르러 다시 동쪽으로 돌아 세토 내해瀨戶內海로 들어가는 길이라는 것이다.7)

이러한 두 개의 경로 가운데 하나가 바로 전자에 해당하는 것으로, 신라가 자리한 한국의 동해안에서 일본의 이즈모로 건너가는 길이었다. 이 경로가 실제로 존재했음을 드러내는 것이 바로 스사노오노미코토의 일본 이주移住 신화였다.

【자료 1】

스사노오노미코토의 행동이 예의에 벗어났다. 그리하여 여러 신들은 많은 공물을 과하여 벌하고, 드디어 (다카마노하라에서) 추방하였다. 이때에 스사노오노미코토는 그 아들 이소타케루노카미五十猛神를 데리고 시라기국新羅國에 내려와서 소시모리曾尸茂梨라는 곳에 있었는데, 이에 더불어 말하기를 "이 땅은 내가 살고 싶지 않다."고 하면서 마침내 진흙으로 배를 만들어 타고 동쪽으로 가서 이즈모국出雲國의 히강簸川 상류에 있는 도리카미 봉鳥上峯으로 갔다.8)

---

2) 오늘날의 효고 현의 북부 지방을 가리킨다.
3) 오늘날의 효고 현 일부 지역을 가리킨다.
4) 동해에 면한 일본의 서부 지역으로, 이즈모出雲를 거쳐 교토로 들어가는 길 일대를 말한다.
5) 오늘날 산인 이북의 후쿠이 현福井縣과 이시카와 현石川縣, 도야마 현富山縣, 니가타 현新潟縣 등을 가리킨다.
6) 규슈九州의 지쿠젠筑前과 지쿠고筑後를 합친 이름이다.
7) 이병도,《한국사(고대편)》, 서울: 을유문화사, 1959, 322쪽.
8) "素戔嗚尊所行無狀. 故諸神 科以千座置戶 而遂逐之. 是時 素戔嗚命帥其子五十猛神 降

이것은 아직 역사시대의 여명이 밝아오기도 전에 상당한 세력을 거느렸던 집단이 신라에서 일본의 이즈모 지역으로 건너갔다는 것을 나타내는 증거로 볼 수 있다. 실제로 일본의 고대사 학자들은 고대의 이즈모를 하나의 해양국가로, 스사노오노미코토와 그 일족一族이 개척한 왕국으로 보기도 하였다. 그리하여 이 자료를 비롯한 스사노오노미코토 전승을 바탕으로 하여, 이즈모가 처음 나라를 만들 때부터 신라와 관계가 깊었다는 것을 인정한 사람도 있다.9)

데와 히로아키出羽弘明는 이렇게 보는 근거로《이즈모국 풍토기出雲國風土記》에 나오는 '국토 끌어당기기 신화[國引神話]'를 들고 있다.10) 여기에는 미사키御埼[오늘날의 히노미사키日御碕]를 신라에서 떼어다 붙였다고 하는 것과, 이와미石見와 이즈모의 경계가 되었다고 하는 사히메 산佐比賣山에 얽힌 설화가 수록되어 있다. 이로 미루어 보아, 현재의 시마네 현島根縣 이즈모 일대는 일찍부터 신라 사람들이 진출했던 곳이었다는 것을 알 수 있다.

그리고 이러한 사실은 이 일대에 분포한 신라 신사新羅神社들을 보면 더욱 더 명확해진다. 1997년에 발굴된 돗토리 시鳥取市의 가쓰라미 유적桂見遺跡에서는 조몬 시대繩文時代 후기(약 3,500년 전)의 대형 통나무배가 출토되어, 이미 이 시기에 배로 물건들을 운반하였다는 것이 확실해졌다.11) 그리고 원래는 '신라대명신新羅大明神'을 모셨다고 하는 시라히게 신사白鬚神社가 있는 돗토리 시 고

到於新羅國 居曾尸茂梨之處 乃與言曰 此地吾不欲居 遂以埴土作舟 乘之東渡 到出雲國 簸川上所在 鳥上之峯."

井上光貞 共校注,《日本書紀(上)》, 東京: 岩波書店, 1967, 126쪽.

9) 出羽弘明,《新羅の神々と古代日本》, 東京: 同成社, 2004, 84쪽.

10) 全浩天,《朝鮮からみた古代日本》, 東京: 未來社, 1989, 137~138쪽.

11) 出羽弘明, 위의 책, 81쪽.

쿠후 정國府町에는 한인韓人 제철기술 집단製鐵技術集團인 대장장이들이 살았던 유적이 남아 있다.[12] 따라서 신라에서 이 일대로 건너가는 항로가 있었고, 또 그 항로를 이용하여 신라 사람들이 이 지역으로 이주하였다는 것은 거의 확실하다고 보아도 크게 잘못이 없을 것이다.

한편 이병도가 다른 하나의 경로, 곧 신라 경역에서 출발하여 남으로 쓰쿠시의 북쪽 해안에 이르러 다시 동쪽으로 돌아서 세토 내해로 들어가는 길을 상정한 것도 고대 한·일 사이의 교류 양상을 고려한 것이었음은 두말할 나위도 없다. 이런 상정의 타당성을 인정하는 이유는, 이 일대에서도 마찬가지로 신라 세력들의 정주 흔적이 발견되고 있기 때문이다.

일문逸文으로 전해지는 《부젠국[13] 풍토기豊前國風土記》에는 아래와 같은 가하루 신鹿春神에 얽힌 이야기가 실려 있다.

【자료 2】

　　다가와 군田河郡의 가하루 마을鹿春郷에는 강이 있다. …… 옛날 신라국의 신이 스스로 건너와서 이곳 가하루에 정주하였다. 곧 (이 신을) 명명하여 가하루의 신이라고 한다. 또 마을의 북쪽에 산봉우리가 있고, 꼭대기에 늪이 있다. 황양나무가 자라고, 용골龍骨[14]이 난다. 두 번째 산봉우리에는 구리銅와 함께 황양, 용골 등이 난다. 세 번째 산봉우리에는 용골 등이 있다.[15]

---

12) 出羽弘明, 위의 책, 84쪽.
13) '부젠국豊前國'은 지금의 후쿠오카 현福岡縣과 오이타 현大分縣에 걸쳐 있었던 지방을 말한다.
14) 동물 뼈의 화석化石을 말한다.
　　秋本吉郎 校注, 《風土記》, 東京: 岩波書店, 1958, 512쪽의 주註 참조.

이러한 가하루 신사의 연기담緣起譚에는 밑줄 그은 곳에서 보는 것처럼 신라의 신이 스스로 도래한 것으로 되어 있다. 이처럼 신라에서 건너온 신들은 가라쿠니辛國 오키나가타라시히메노미코토息長足姬命와 아메노오시호네노미코토天忍穗根尊, 아마쓰카미도요다마히메노카미天神豊玉姬神 등이었다. 이들 3명의 신을 받드는 가하루 신사는 ㄱ 일대의 중심 세력이었던 신라 계봉의 집단늘이 신봉하던 신사였으며, 동시에 부젠국의 구리 광산과 밀접한 관련이 있는 신사이기도 했다.16)

그런데 가하루 신사의 가까운 곳에는 고대의 큰 구리 채굴 광산이 있었다. 이 구리 채굴 광산은 8세기 이후 일본의 정치와 문화에 많은 영향을 미쳤다. 그러므로 그 광산이야말로 가하루 신으로 대표되는 신라 이주민 집단이 당시로서는 뛰어난 기술을 가지고 구리 광산의 개발과 채굴, 제련을 하던 곳이었을 것으로 추정하고 있다.17)

이렇게 신라의 신을 받드는 곳은 부젠국의 가하루 신사에 국한되지 않았다. 부젠국 중심지의 하나였던 우사宇佐 일대에도 신라 신을 받드는 곳이 있는데, 우사 신궁宇佐神宮이 바로 그곳이다. 우사는 나카쓰 평야中津平野를 앞에 두고 야마쿠니 강山國江을 끼고 있어 비옥한 땅과 풍부한 관개灌漑 덕분에 농사가 잘 되는 곳으로 알려져 있다.

이런 곳에 자리한 우사 신궁은 우사노기미宇佐君〔우사의 수장首長〕가 제사를 지내면서 관할하던 곳이었다. 이 신궁은 8세기 이전

---

15) "田河郡 鹿春郷 此郷之中有河. …… 昔者 新羅國神 自度到來 住此河原 便即 名曰鹿春神. 又郷北有峯 頂有沼 黃楊樹生 兼有龍骨, 第二峯有銅幷黃楊龍骨等, 第三峯有龍骨." 秋本吉郎 校注, 앞의 책, 512쪽.

16) 大和岩雄, 《日本にあった朝鮮王國》, 東京: 白水社, 1993, 24~27쪽.

17) 조희승, 《일본에서 조선 소국의 형성과 발전》, 평양: 백과사전출판사, 1990, 185쪽.

까지 히메노카미姬神를 받드는 히메 신사姬神社와 야하타노카미八幡神를 받드는 미륵사彌勒寺로 나누어져 있었다고 한다. 이것은 8세기 이전에 히메노카미로 상징되는 원주민 세력인 우사 씨宇佐氏와 야하타노카미로 상징되는 (가야계)신라 계통 세력인 하타 씨秦氏의 가라시마노스쿠리韓島勝18) 세력이 이 일대에 있었음을 말해주는 것이다.

우사 신궁의 전승에 따르면, 이곳의 형성에 관여한 것은 우사노카미가 아니라 오가노히기大神比義라는 인물이었는데, 가라시마노스쿠리가 그들을 정복한 것으로 되어 있다. 이런 내용은 《우사궁연기宇佐宮緣起》와 《우사미륵사 연기宇佐彌勒寺緣起》 등에 전해오는데, 여기에는 그 신궁의 신직神職을 우사 씨, 오미와 씨, 가라시마 씨가 세습해온 것으로 되어 있다. 그러던 것이 헤이안 시대平安時代 이후에는 신직들도 우사 씨와 오미와 씨가 주축이 되었다고 하나, 그 이전에는 신라 계통인 가라시마 씨가 주류를 이루었었다는 것이다.

이러한 사실들에서 유추한다면, 신라에서 일본으로 건너가는 항로에 두 개의 길이 있었다는 것은 거의 확실하다고 하겠다. 그러므로 이들 항로를 이용하여 일본으로 건너간 집단이 신라와 관련 있는 설화들을 남겼을 것이라는 추정은 상당히 설득력 있다고 할 수 있다. 하지만 이들에 대한 연구는 설화의 연구에만 국한할 것이 아니라, 고고학이나 역사학, 인류학 등 다방면에 걸친 학제적 연구를 거쳐서 더 철저한 검증이 뒤따라야 한다. 그리고 여기에서 지적해두고 싶은 것은, 이와 같은 도일 경로가 환동해권 문화環東

---

18) '스쿠리勝'는 고대 조선에서 '촌주村主', '시골'이라는 뜻으로, 지방 토호의 존칭 비슷한 말이라고 한다.
末松保和, 《新羅史の諸問題》, 東京: 平凡社, 1954, 28쪽.

海圈文化의 중심 항로였다고 하는 점이다. 이런 의미에서도 이 지역 일대의 문화적 교류 양상을 심도 깊게 검토하여야 하지 않을까 한다.

2. 연오랑延烏郎 세오녀細烏女 설화와 일본

신라 세력의 일본 진출을 말해주는 자료로는, 널리 알려진 '연오랑延烏郎 세오녀細烏女 설화'가 있다. 이것은 《삼국유사》 권1 기이편에 전해지고 있는데, 그 내용은 아래와 같다.

【자료 3】

제8대 아달라왕이 즉위한 4년 정유丁酉에 동해 바닷가에는 연오랑과 세오녀가 살고 있었다. 어느 날 연오랑이 바다에 나가 해조海藻를 따는데, 갑자기 바위 하나(물고기라고도 한다.)가 나타나더니 연오랑을 태우고 일본으로 가버렸다. 일본 사람들이 보고 말하기를 "이는 범상한 사람이 아니다."고 하면서, 세워서 왕으로 삼았다(《일본제기日本帝記》를 보면 전후에 신라 사람으로 왕이 된 이가 없었다. 그러니 이는 어느 변방 고을의 작은 왕이고 정말로 왕은 아닐 것이다.).

세오녀는 남편이 돌아오지 않는 것이 이상했다. 바닷가에 나가서 찾아보니 남편이 벗어 놓은 신발이 있었다. 바위 위에 올라갔더니, 그 바위는 또한 세오녀를 싣고 마치 연오랑 때와 마찬가지로 일본으로 갔다. 그 나라 사람들은 놀라고 이상하게 생각하여 왕에게 사실을 아뢰었다. 이리하여 부부가 서로 만나게 되었고 그녀를 귀비貴妃로 삼았다.

이때에 신라에서는 해와 달이 빛을 잃었다. 일관日官이 아뢰기를 "해와 달의 정기가 우리나라에 내려와 있었는데 이제 일본으로 가버렸기 때문에 이러한 괴변이 생기는 것입니다."라고 하였다. 왕이 사자를 보내어 두 사람을 찾으니 연오랑이 말하기를 "내가 이 나라에 온 것은 하늘이 시킨 일인데 어찌 돌아갈 수가 있겠는가? 그러나 나의 비妃가 짠고운 비단이 있으니 이것으로 하늘에 제사를 드리면 될 것이다."고 하면서 비단을 건네주었다. 사자가 돌아와서 사실을 보고하고 그의 말대로 하늘에 제사를 드렸다. 그런 뒤에 해와 달의 정기가 전과 같았다. 이에 그 비단을 창고에 간수하고 국보로 삼으니 그 창고를 귀비고貴妃庫라고 한다. 또 하늘에 제사를 지낸 곳을 영일현 또는 도기야都祈野라고도 하였다.[19]

이 설화는 신라 사람이 일본으로 건너가 왕이 되었다는 것을 주된 내용으로 하고 있다. 다시 말해 신라 세력이 일본에 진출하여 지배 계층으로 군림했다는 것이다. 이 자료에 대하여 먼저 관심을 표명한 것은 일본 학자들이었다. 그 가운데서도 《일선 동조론日鮮同祖論》을 저술한 가나자와 쇼사부로金澤庄三郎는 일문逸文으로 전해지는 《세쓰 풍토기攝津風土記》에 실려 있는, 신라에서 건너왔다고 하는 여신女神에 얽힌 신화와 이 설화를 소개한 다음에, "이렇게 양국 사이에 신들의 왕래가 있었다는 것은 결코 희귀하지 않았던 것이다."[20]라는 언급을 하였다.

---

19) "第八 阿達羅王卽位四年丁酉 東海濱有延烏郞細烏女 夫婦而居. 一日延烏歸海採藻. 忽有一巖(一云 一魚) 負歸日本. 國人見之曰 此非常人也. 乃立爲王(按日本帝記 前後無新羅人爲王者 此乃邊邑小王而非眞王也.). 細烏怪夫不來 歸尋之 見夫脫鞋. 亦上其巖 巖亦負歸如前. 其國人驚訝 奏獻於王 夫婦相會 立爲貴妃. 是時新羅日月無光 日者奏云 日月之精 降在我國 今去日本 故致斯怪. 王遣使求二人. 延烏曰 我到此國 天使然也. 今何歸乎. 雖然朕之妃有所織細綃 以此祭天可矣. 仍賜其綃. 使人來奏 依其言而祭之 然後日月如舊. 藏其綃於御庫爲國寶. 名其庫爲貴妃庫 祭天所名迎日縣 又都祈野."
최남선 편, 《신증 삼국유사》, 서울: 민중서관, 1946, 49쪽.

그러나 문헌사학文獻史學의 철저한 실증주의적 입장을 취했던 쓰다 소키치津田左右吉는 이 설화의 사실성을 완전히 부정하는 견해를 피력했다.

"(연오랑 세오녀 이야기는) 영일현迎日縣의 지명설화로, 일日이라고 하는 것에서부터 일본에도 부회附會하였을 것이다. 영일현의 이름이 고려조에서 비롯한 것으로 생각한다면, 이 이야기를 만든 시대도 거의 알 수 있다. (아메노)히보코天日槍의 이야기와 조금 닮은 데가 있지만 전체에서 볼 때에 지나 사상支那思想에서 나온 것 같고, 물론 아메노히보코 설화와는 하등의 인연도 없다."[21]

이러한 쓰다의 주장은 한국의 주체성을 부정하려고 했던 일제 어용학자들과 크게 차이가 나지 않는 것이었다. 다만 설화를 이용하여 거기에 내재한 어떤 사실을 파악하려고 하는 것에 대하여 강한 의문을 표시했다는 특징을 가지고 있을 따름이다. 쓰다 소키치는 영일현의 지명을 고려 시대부터 사용하였다는 점을 근거로 하여, 이 설화가 반영하는 한·일 사이의 관계를 부정하는 대신에 중국의 영향을 받아 만들어졌을 것이라는 결론을 도출했던 것으로 보인다.

그러나 이와 같은 주장과 달리, 내선일체內鮮一體 운동에 앞장서서 그 이론의 정립에 기여했던 나카다 가오루中田薰는 〈연오 세오 고延烏細烏考〉라는 논고에서 이 '연오랑 세오녀 설화'가 한국의 동해안에서 일본 시마네 현 오키 도隱岐島의 지부 리知夫里로 건너갔던 주민의 이동을 반영하는 것으로 보았다.

20) 金澤庄三郎, 《日鮮同祖論》, 東京: 成甲書房, 1978, 44쪽.
21) 津田左右吉, 《古事記及日本書紀の硏究》, 東京: 岩波書店, 1924, 170~171쪽.

"연오 세오는 신라의 동해 바닷가에서 일본의 어느 지역으로 이주했을까가 가장 중요한 문제이다. 《삼국사기》 지리지에 "신라 강역의 경계는 옛 전기가 같지 않다. 두우杜佑의 《통전通典》에는 '그선조는 본시 진한辰韓 종족인데, 그 나라가 백제·고구려의 동남쪽에 있으며, 동쪽으로는 큰 바다에 임하였다.'하고, 유구劉煦의 《당서唐書》에는 동남쪽이 모두 바다로 한정되었다."고 한 것처럼, 신라의 동해東海는 일본해日本海이고 남해는 쓰시마 해협對馬海峽이기때문에, 연오 세오가 신라의 동해 바닷가에서 일본으로 향했다고한다면, 첫째로 예상되는 상륙지는 오키 지방隱岐國이다. 영일만迎日灣과 오키의 도젠島前 지부 도知夫島와는 다 같이 북위 약 36도, 동 만灣의 남속포南粟浦(울산 동북)는 약 35도 반에 있으며 (영일)만과 (오키)도 사이의 거리는 약 200해리이므로 영일만(포항) 또는속포[감포甘浦]에서 동쪽으로 향한다면 쓰시마 난류對馬暖流를 타고한 길로 용이하게 오키의 지부 도에 도착할 수 있다."22)

이렇게 추정하면서, 그는 이 지부 리의 지명을 한국에서 찾아내어 아래와 같이 주민들의 이동을 증명하려고 하였다.

"이 '지부知夫'는 엔기식延喜式 군명郡名의 고훈古訓에서는 지부 리知夫里라고 하였고, 도쿠가와 시대德川時代의 향장鄕帳에도 '지부 리知夫里'라고 명기하고 있다. 그렇다면 지부知夫는 지부 리知夫里의끝 음절이 떨어져나간 약음略音이란 것을 의심할 수 없다. 한편 신라 울산의 서쪽에 있는 '언양현彦陽縣'은 신라 시대에는 헌양현巘陽縣이라고 불리고 있었는데, 《삼국사기》 지리지에는 '거지화居知火(chi-pul)'23)라고 하였고, 《경상도지리지》에도 '언양현은 옛날에 거지

---

22) 中田薰, 《古代日韓交涉史斷片考》, 東京: 創文社, 1956, 50쪽.
23) 나카다 가오루는 이 '거지화'를 '본지화本知火'라고 옮겼으나, 이것은 '거지화'의 잘못된인용이었다는 것을 밝혀둔다.
김부식, 이병도 역주, 《삼국사기(하)》, 서울: 을유문화사, 1983, 183쪽.

화현居智火縣(kö-chi-pul)이었다'고 하여 '지화'의 명칭에 나오고 있다. 어미의 '화火'는 신라의 지명에 흔히 보이고 있는 '부리夫里'(pöl, 촌락의 뜻)의 음차音差로, 거지화의 거지(kö)는 '거서간居西干'의 '거'와 같이 크다는 의미이다. 오키의 지부 리가 신라의 지부리와 서로 일치하는 것은 양자 사이에 우연 이상의 특별한 관계가 있다는 것을 생각하게 만든다. 아마 신라의 지부리는 연오 세오의 고향이었기 때문에, 연오가 바다를 건너서 도착하여 첫걸음을 내디딘 오키의 항구港口에 그 마을 이름을 옮겼을 것이다."[24]

이와 같은 나카다의 견해는 신라 세력의 일본 이주를 증명하는 자료로 이 설화를 이용한 것이었다. 이에 견주어 가미카이도 겐이치上垣外憲一는 '쓰누가아라시토都怒我阿羅斯等 설화'에 나오는 이쓰쓰히코伊都都比古를 연오랑으로 간주하였는데, 이 이야기의 내용은 다음과 같다.

【자료 4】

미마키노스메라노미코토御間城天皇〔스진 천황崇神天皇을 가리킴〕 때에 이마에 뿔이 난 사람이 한 척의 배를 타고 고시국越國의 게히노우라笥飯浦에 정박하였다. 그래서 그곳을 쓰누가角鹿라고 일렀다. 그 사람에게 "어느 나라 사람이냐?"라고 물었더니, 대답하기를 "오호意富 가라국加羅國의 왕자로 이름은 쓰누가아라시토, 또 다른 이름은 우시키아리시치칸키于斯岐阿利叱智干岐라고 한다. 전하여 듣기를 일본국에 성황聖皇이 있다는 말을 듣고 귀화하였다. 아나토穴門에 도착하였을 때에 그 나라에 이름이 이쓰쓰히코라는 사람이 있어 나에게 말하기를 '나는 이 나라의 왕이다. 나 외에 다른 왕은 없다. 그러니 다른 곳에 가서는 안 된다.'고

---

24) 中田薫, 앞의 책, 51쪽.

하였다. 하지만 내가 그 사람의 생김새를 보니, 결코 왕이 아닌 것을
알 수 있었다. 그래서 그곳에서 물러났다. 그러나 길을 몰라서 섬들과
포구들을 헤매었다. 북해를 돌아서 이즈모국出雲國을 거쳐 이곳에 왔
다."고 하였다.25)

이 자료에서 가락국의 왕자인 쓰누가아라시토가 처음에 도착했
다고 하는 아나토는 오늘날 야마구치 현山口縣의 시모노세키下關
부근에 있는 나가토長門를 가리킨다. 가미카이도의 견해에 따르면,
신라의 이서국伊西國에서 건너가 이 일대에 세운 이쓰쓰히코의 왕
조는 야마토大和와 호쿠리쿠北陸, 세토瀨戶 안의 세력들과 대립하고
있었다는 것이다.26) 그리고 이 이쓰쓰히코의 세력은 신라와 동맹
을 맺고 있었는데, 이때에 신라의 여자가 그 왕가에 시집을 가서
왕비가 되었다고 보았다.27)
　　이 일대가 한국의 동남해안에서 일본의 야마토 지방을 왕래하
는 교통의 요충지로 일찍부터 한국의 발달된 선진 문화를 받아들
이던 곳이었다는 것은 쉽게 인정이 된다. 특히 이 지방 문화의 형

---

25) "御間城天皇之世 額有角人 乘一船 泊于越國笥飯浦 故號其處曰角鹿也. 問之曰 何國人
也. 大曰 意富加羅國王之子 名都怒我阿羅斯等. 亦名曰 于斯岐阿利叱智干岐. 傳聞曰 日
本國有聖皇 以歸化之. 到于穴門時 其國有人 名伊都都比古. 謂臣曰 我則是國王也. 除吾
復無二王 故勿往他處. 然臣究見其爲人必知非王也. 卽更還之 不知道路 留連嶋浦 自北
海廻之 經出雲國至於此間也."
　井上光貞 共校注,《日本書紀》, 東京: 岩波書店, 1967, 258~259쪽.
26) 가미카이도는, 이 자료에 등장하는 '이쓰쓰히코'와 스사노오노미코토須佐之男命의 아들
'이소타케루五十猛', 그리고 주아이 천황仲哀天皇 조에 나오는 '이토테五十迹手'를 원래
같은 음이었을 것으로 보면서, 이 이름(신神이든가 또는 왕명王名이든가)으로 대표되는 세
력은 시모노세키를 중심으로 하여 북규슈北九州로부터 이즈모까지 제압하고 있었던 것
으로 보고 있다.
　上垣外憲一,《天孫降臨の道》, 東京: 福武書店, 1990, 109쪽.
27) 上垣外憲一, 위의 책, 125~126쪽.

성에 적지 않은 영향을 끼친 것이 신라 문화라는 점을 감안한다
면, 이 지역 일대에 신라 계통의 집단이 하나의 소국을 세웠을 것
이라는 그의 견해는 상당히 타당성 있다. 하지만 이쓰쓰히코라는
사람의 이름이 경상북도 청도清道 지방에 존재했었던 이서국과 그
발음이 비슷하다고 하여, 그의 출자를 이서국에서 찾은 것[28]은 너
무나 지나친 논리의 비약이 아닐 수 있다. 그리고 '연오랑 세오녀
설화'를 가락국의 왕자 '쓰누가아라시토 설화'와 연계하는 것도 쉽
사리 납득이 가지 않는다.[29]

말할 것도 없이 그들이 한국에서 일본으로 건너갔다고 하는 점
에서는 공통점이 있을지도 모른다. 하지만 전자가 일반 서민이었
던 것과 달리, 후자는 왕자였다는 신분상의 차이가 있다. 그럼에도
이들을 연계하는 것은 무리가 뒤따르기 마련인 듯하다.

한편 한국의 학자들은 이 설화가 단순히 신라 집단의 일본 진출
이라고 하기보다는 신라에서 건너간 집단이 일본의 지배 계층으로
군림했다는 문맥에 깊은 관심을 표명하였다. 이와 같은 내용에 주
목한 이병도는 이 설화를 다음에 고찰하는 '아메노히보코 설화'와
연계하여 아래와 같은 언급을 한 바 있다.

"천일창天日槍 전설은 《삼국유사》에 보이는 연오랑 세오녀의 설
화를 연상케 하거니와, 단 후자는 전자와 반대로 부夫 연오가 먼
저 일본에 건너가 왕 노릇을 하고 다음에 처 세오가 도해하였다
한다. 연오 세오가 일본으로 간 뒤에는 신라의 일월日月이 빛을 잃
었다는 설화와 천일창이란 이름과의 사이에 어떤 관련성이 있는지

---

28) 가미카이도 겐이치는, '이쓰쓰히코'의 '히코'는 경칭敬稱이고, '쓰'는 '의'에 해당하기 때
문에, 이쓰伊都=이서伊西, Itsu=Iseo와 음이 너무도 가깝다는 데 근거를 두고 이런 추정
을 하였다.
　上垣外憲一, 앞의 책, 114쪽.
29) 이 문제는 '가락국 세력의 일본 진출'에서 자세히 논의할 예정이다.

이것도 생각할 문제이다."[30]

이러한 이병도의 견해는 아메노히보코가 아메노히, 곧 하늘에 있는 해를 의미하는 천일天日이라는 이름을 가지고 있다는 사실에 주목하여, 두 설화의 연계를 시도한 것이었다고 할 수 있다. 그렇지만 아메노히보코는 신라의 왕자였고, 연오랑은 바닷가에서 해조류海藻類를 채취하면서 살아가던 일반 서민이었다는 차이가 있다는 점에 유의할 필요가 있는 것 같다.

이에 견주어 이홍직李弘稙은 이 설화를 일본 이즈모계 신화의 주신인 스사노오노미코토와 관련시켜 설명을 하고 있어 관심을 끌었다.

"진한 지방에서 동해를 건너서 일본의 일부 지방의 지배자가 된 설화는 우리나라 고전에도 남아 있다. 즉《삼국유사》기이편에 나타나고 있는 연오랑·세오녀의 설화가 그것이다. …… 이 전설은 매우 재미있는 것이며 이것이야말로 태고시대에 정말 있을 수 있는 역사를 반영한 전설로 볼 것이며, 연오랑이야말로 일본 전설의 스사노오노미코토와 같은 존재가 될 수 있는 것이다."[31]

이와 같은 이홍직의 주장은 연오랑을 아메노히보코가 아니라 스사노오노미코토를 연상하는 존재로 간주하고 있다는 점에서 앞에서 제시한 이병도의 견해와는 구별된다. 여기에서 그가 말하는 스사노오노미코토는 이즈모계 신화의 최고신으로, 다카마노하라에서 신라의 소시모리로 내려왔다가 일본의 이즈모 지방으로 건너간 것으로 되어 있다. 이러한 스사노오노미코토를 연오랑과 관

---

30) 이병도,《한국사(고대편)》, 서울: 을유문화사, 1956, 323쪽.
31) 이홍직,《한국고대사의 연구》, 서울: 신구문화사, 1971, 72~73쪽.

련지으려고 한 것은 두 존재가 다 같이 신라에서 도일하여 일본의
지배 계층이 되었다는 것에 주안점을 두었기 때문이 아닐까 한다.

그런데 장덕순張德順은 이 설화와 《고사기》 오진기應神紀에 전
해지는 아메노히보코 설화의 공통점과 차이점을 논의한 다음에,
"(삼국)유사遺事에 나오는 연오랑의 아내 세오녀와 《고사기》에 나
오는 아메노히(보)코의 아내 아카다마赤玉가 한결같이 태양신이
며, 이들이 도일하였다는 설화는 응당 일본의 태양의 여신인 아마
테라스오카미와 관련지을 수밖에 없다. 특히 고대 한·일 양국의
상호관계를 생각할 때 실로 흥미 있는 과제라고 생각한다."[32]고
하여, 이 설화에 등장하는 세오녀와 '아메노히보코 설화'에 등장하
는 아카다마, 그리고 다카마노하라계 신화의 주신인 아마테라스오
카미가 다 같이 태양과 관련 있는 여성들이란 공통점을 중시하는
견해를 피력하였다.

또 한국에서 이 설화를 연구한 소재영蘇在榮은 〈연오 세오 설화
고〉라는 논문에서, "알타이 이동 민족 원시문화의 상징적 일원신
화 즉 연오 세오의 근원은 우리 민족이 일본령日本領에 개척하였
던 고대 우리의 식민지 내지 소분국小分國에 옮겨가 통치자가 되
고 또 내왕한 사실을 중국의 고대 양중오陽中烏 일식日蝕의 동점
설화東漸說話에 붙여 역사적 이동 현상을 보인 보기일 것이다."[33]
라고 하는 주장을 펼쳤다. 그의 이런 주장은 일본 학자들의 임나
일본부설이 근거가 희박하다는 것을 반증하려는 자료로서 이 설
화를 이용하려고 했던 것이 아닌가 한다.

한편 이상준李相俊은 영일현의 지명 연기설화緣起說話로 정착된
이유원李裕元의 《임하필기林下筆記》에 수록된 아래와 같은 자료에

---

32) 장덕순, 《한국설화문학 연구》, 서울: 서울대출판부, 1970, 171쪽.
33) 소재영, 〈연오 세오 설화고〉, 《국어국문학(36)》, 서울: 국어국문학회, 1967, 32쪽.

주목하였다.

【자료 5】

　　일본의 대내전大內殿은 그 선대가 우리나라에서 나왔기 때문에 (우리나라)를 흠모하였다.

　　신라 아달라왕阿達羅王 4년에 동해 바닷가에 어떤 부부가 살았는데, 남편은 영오迎烏라 하고 아내를 세오細烏라 하였다. 영오가 바닷가에서 해조류를 따다가 표류하여 일본에 이르러 작은 섬의 왕이 되었다. 세오가 그 나라에 이르자 왕비로 삼았다.

　　이때에 신라의 해와 달이 빛을 잃자, 일관이 아뢰기를, "영오와 세오는 해와 달의 정령인데, 지금 일본에 갔기 때문에 이런 괴이한 일이 있는 것입니다."라고 했다. 왕이 사자를 보내어 두 사람을 찾으니, 영오가 말하기를, "내가 여기에 이른 것은 하늘의 뜻입니다."라고 하고, 세오가 짠 비단을 사자에게 부쳐 보내면서, 그것으로 제사를 지내면 될 것이라고 하였다. 그리하여 마침내 하늘에 제사 지내는 곳을 영일迎日이라고 하고, 이어서 현縣을 설치했다.34)

　　이 설화는 서거정徐居正이 《수이전殊異傳》에서 인용하여 《필원잡기筆苑雜記》에 기록한 것과 같은 계통의 자료에 속하는데, 마지막 단락에 지명의 연원에 얽힌 이야기가 실렸다는 점이 조금 다를

---

34) "日本大內殿 以其先世出我國慕之. 新羅阿達羅王四年 東海濱有人 夫曰迎烏 妻曰細烏. 迎烏採藻海濱 漂至日本小島爲王. 細烏至其國立爲妃. 是時新羅日月無光 日者奏曰 迎烏 細烏日月之精 今去日本 故有斯怪. 王遣使求二人 迎烏曰 我到此天也. 乃細烏織絹 付送 使者. 以此祭天可矣. 遂名祭天所曰迎日 日置縣."
　　이유원, 이규옥 공역, 《임하필기》, 서울: 민족문화추진회, 1999, 308쪽. 원문은 이 책에 실린 '영일현명迎日縣名' 조(같은 책, 124쪽)에서 인용.

뿐이다. 그런데 이 이야기에서 말하는 '대내전'의 '대내大內' 씨는
일본의 나가토 지방을 지배하던 호족으로, 백제 성왕聖王의 셋째
아들이 일본으로 건너가 '대내촌大內村'을 만들어 무로마치室町 막
부를 누르고 해상무역을 장악했다고 한다.35) 따라서《필원잡기》
를 쓴 서거정이나《임하필기》를 쓴 이유원이 이 대내전의 고사를
원용하여 연오랑 세오녀가 이곳과 깊은 관계가 있는 것으로 생각
한 듯하지만, 이것은 그렇게 대충 보아 넘길 문제는 아닌 것 같다.

비록 이와 같은 문제가 있기는 하지만, 이유원이 이 설화를 영
일 지방과 연관 지은 것에 착안한 이상준은 영일 지역에 전해지
는 지명 전설에 깊은 관심을 표명하였다. 그리하여 "임금이 오랫
동안 궁을 비워두었기 때문에 태양이 빛을 잃었다가 환궁을 하자
다시 빛이 되돌아왔다."고 하는 '휘날재[白日峴]'와, "해가 빛을 잃
었다가 제사를 지내자 가장 먼저 이곳에 햇빛이 비쳤다."는 '광명
리光明里', 그리고 "인근에 근오지현近烏支縣의 치소治所였던 옛 성
터가 있었다."고 하는 '옥명리玉明里', "세오녀의 비단으로 제사를
지내자 광명이 비쳤다."고 하는 '중명리中明里', "연오랑 세오녀가
당堂을 짓고 기거한 곳으로 연오랑이 빛으로 세상을 누렸다."고
하여 동네 이름이 '누리'였다가 한자로 바뀌어 '세계동世界洞'이 되
었다고 하는 전설36) 등을 근거로 하여, 이들 "지명 전설이 전승되
는 마을들은 이 지역에 존재했던 고대의 읍락국가邑落國家"37)였을
것이라고 보았다. 그런 다음에 그 읍락국가가 '근오지'였을 것으
로 간주한 다음,38) "연오랑 세오녀 설화의 내용을 역사적인 관점
에서 놓고 볼 때, 이 설화는 영일 지방의 근기국에 살던 고구려

---

35) 서거정, 박홍갑 역,《필원잡기》, 서울: 지만지, 2008, 7쪽의 주註에서 재인용.
36) 이상준,〈연오랑·세오녀 설화의 연구〉, 경산: 영남대 석사학위논문, 2010, 27~29쪽.
37) 이상준, 위의 논문, 31쪽.
38) 이상준, 위의 논문, 32쪽.

[濊族]계 지배자가 신라의 고대국가 팽창과정에서 그 세력들에 밀려 일본 이즈모 지역 변방에 진출하여 그 지역의 지배자로 군림한 사실을 반영해주는 것"이라고 하면서, "이러한 역사적 사실을 참고로 한다면 연오랑 세오녀를 중심으로 한 근기국勤耆國의 삼족오三足烏 태양 숭배 집단은 조상신을 중시하는 사로국斯盧國 세력들로부터 압박을 받게 되었고, 전통적인 천제天祭를 유지할 수 없게 되자 신라의 복속 요구에 불응하고 돌이 들[都祈野] 앞바다에서 배를 타고 양곡陽谷의 땅 신천지 일본으로 건너갔을 것"[39)]이라는 결론을 도출하였다.

이와 같은 이상준의 연구는 영일 지방에 전해지는 지명 전설들을 바탕으로 하여 추출한 견해라는 점에서 매우 중요한 의의가 있다고 할 수 있다. 왜냐하면 막연하게 상정했던 이 설화의 전승지가 영일 지역과 직접적인 관련이 있다는 사실을 밝혀냈다고 볼 수 있기 때문이다.

어쨌든 이러한 기존의 연구 성과를 받아들인다면, 한국 동해안 일대의 문화와 일본의 이즈모 지방 문화가 서로 깊은 관계를 가지고 있다는 사실을 부정할 수는 없을 것 같다. 실제로 당시의 황실이나 권력을 장악하고 있던 집단들의 정치적인 의도로 《고사기》나 《일본서기》의 편찬 과정에서 이 지방 일대에 전승하던 신화나 설화들 가운데는 기록되지 않은 자료들도 상당히 있었을 것이다. 그리고 설화 기록이 있는 경우에도, 모든 자료를 원형대로 채록한 것이 아니라 그들이 장악했던 권력을 합리화하는 과정에서 입맛에 맞게 왜곡되거나 변개되지 않을 수 없었을 것으로 생각된다. 그렇다고 하더라도 남아 있는 자료와 기록된 자료의 문맥 속에서 신라와 관계를 완전히 없애지 못했던 것은 분명하다. 그러므로 이

---

39) 이상준, 위위 논문, 60쪽.

제까지의 고찰 덕분에 한국의 동해안에서 일본으로 건너가는 문화의 흐름이 있었다는 것은 명백한 사실임을 입증하게 된 것이 이 장의 연구 성과라고 보아도 좋을 것이다.

따라서 지금까지도 동해안 일대에 구전하는[40] 이 설화는 자료 3의 밑줄을 그은 부분에서 일연이 지적하고 있는 것이 자료 해석의 중요한 난서가 된다고 할 수 있다. 곧 "《일본제기》에 보면 전후에 신라 사람으로 왕이 된 이가 없었다."고 한 것은 지극히 당연한 이치였다. 왜냐하면 규슈九州로 진출하였다가 뒤에 야마토 조정을 구성하여 일본의 국가 형성의 주체가 되었던 황실 중심의 세력 집단이 역사를 서술하는 과정에서 의도적으로 배제하거나 비하했던 것이 이즈모 지방에 정착하고 있던 세력이었기 때문이다. 그래서 이 설화가 역사 기록에서 누락되었던, 신라와 일본 이즈모 지방의 관계를 말해주는 것으로 볼 수 있기 때문이다.

만약에 이런 상정이 허용된다면, 전호천全浩天의 다음과 같은 견해는 매우 흥미를 불러일으키는 것이라고 할 수 있다. 바꾸어 말하면, 그가 "《삼국유사》에 기재되어 있는 연오랑 세오녀 설화는 신라의 사람들이 이즈모, 호키伯耆, 다지마但馬, 단고丹後 등의 지역으로 이주하여 거기에 왕권·왕국을 구축하였던 것, 연오랑이 왕으로 추대되었다는 것을 전해주고 있다. 신라의 옛날 지명에 근斤(큰), 오지鳥支(오키)가 있다. 한국어에서 '근'은 크다는 의미이기 때문에 근오키斤鳥支는 커다란 오키(신라의 영일현)로, 지금의 경상북도 포항浦項이다. 이 큰 오키에서 온 사람들이 오키국隱岐國의 '오키'가 되었다. 또 오키의 지부리 섬知夫里島의 지부리는 신라의 옛 지명 지불知火에서 유래하고 있다. 한국어의 쥐불은 동시에 화전火田을 의미한다. 오키의 다키비燒火 신앙과 신사神社, 지명은 한

---

40) 崔仁鶴, 《韓國昔話の研究》, 東京: 弘文堂, 1976, 412쪽.

국과 오키가 강하게 연결되어 있다는 것을 명백하게 하고 있다.
오키隱岐는 한국에서 이즈모로 가는 발판이었다."[41]고 한 주장은
상당히 타당성 있다고 보아도 좋다는 것이다.

그리고 이와 같은 주장에서 신라 사람들이 일본으로 건너가던
하나의 항로, 곧 영일만에서 이즈모와 돗토리鳥取 일대로 도일하던
길이 있었다는 것은 명백한 사실이라고 하겠다. 따라서 이 설화는
신라에서 일본 열도로 진출한 집단들이 존재했고, 이들 집단은 이
지역에 건너가서 지배 계층으로 군림했다는 것을 말해주는 중요
한 자료라고 할 수 있다.

3. 석탈해 신화와 일본

신라 초창기에 성씨의 시조로 왕위에 오른 사람들 가운데 하나
가 석탈해昔脫解이다. 그에 얽힌 이야기는, 석탈해가 용성국龍城國
이란 곳에서 배를 타고 신라에 들어온 것으로 되어 있어 '방주 표
류 신화方舟漂流神話'[42]의 한 유형으로 분류되어 왔다.

【자료 6】

　　⑴ 남해왕 때(옛 책에 임인년壬寅年에 왔다고 한 것은 잘못이다. 가
　　까운 일이라면 노례왕의 즉위 초년보다 뒤의 일인데 (그때는) 양위를
　　다툰 적이 없었고, 먼저 일이라면 혁거세왕 때의 일이므로 임인년이

---

41) 全浩天, 《朝鮮からみた古代日本》, 東京: 未來社, 1989, 137~138쪽.

42) 미시나 아키히데三品彰英는 이 유형을 '상주표류형箱舟漂流型'이라고 명명하였으나, 그
　　가 말하는 '상주', 곧 '하코부네'는 한국어에서는 '방주方舟'라고 부르고 있기 때문에,
　　'방주 표류 신화'라는 용어를 사용하였다는 것을 밝혀둔다.

아니란 것을 알 수 있다.)에 가락국의 바다에 배가 와서 닿았다. 그 나라의 수로왕이 신하와 백성들과 함께 북을 치고 떠들면서 맞아들여 머물러 두고자 했다. 그러나 배는 빨리 달아나 계림의 동쪽 하서지촌 아진포(지금도 하서지란 촌 이름이 있다.)에 이르렀다.

(2) ㉮ 그때 갯가에 한 늙은 할멈이 있어 이름을 아진의선이라고 했는데, 그녀는 혁거세왕 때에 바다에서 고기잡이를 하는 사람의 어머니였다. (그녀가) 배를 바라보고 "이 바다 가운데는 원래 바위가 없는데 어찌된 까닭으로 까치가 모여들어 울까?"라고 하면서, 배를 끌어당겨 (무엇이 있는가를) 찾아보았다. 까치가 배 위에 모여들고 그 배 안에는 궤가 하나 있었다. 길이가 20자나 되고 넓이가 13자나 되었다. 그 배를 끌어다가 어떤 나무 숲 아래에 두고 흉한 것인가 길한 것인가를 알지 못하여 하늘을 향해 맹세를 하였다. 조금 있다가 궤를 열어 보니 단정한 사내아이가 들어 있고, 아울러서 일곱 가지의 보물과 노비 등이 그 속에 가득 실려 있어, 그들을 7일 동안이나 대접하였다.

(3) 이에 사내아이는 "나는 본래 용성국(정명국 또는 완하국이라고도 하는데, 완하는 또는 화안국이라고도 한다. ㉯ 용성은 왜국의 동북 1천 리에 있다.) 사람이오. 우리나라에는 일찍이 28용왕이 있었소. 모두 사람의 태에서 났으며, 5·6세 때부터 왕위에 올라 만민을 가르쳐 성명을 바르게 했소. 8품의 성골이 있었으나 선택하는 일이 없이 모두 왕위에 올랐소. 그때 우리 부왕 함달파가 적녀국의 왕녀를 맞아서 왕비로 삼았는데, 오래도록 아들이 없으므로 기도하여 아들을 구했더니, 7년 뒤에 알 한 개를 낳았소. 이에 대왕이 여러 신하를 모아 묻기를 '사람으로서 알을 낳은 일은 고금에 없는 일이니 아마 좋은 일은 아닐 것이다.'라고 하시면서, 이에 궤를 만들어 나를 그 속에 넣고, 일곱 가지 보물과 종들까지 배 안에 실어 바다에 띄우면서, '인연이 있는 곳에 네 마음대로 닿아 나라를 세우고 가문을 만들라.'고 축원했소. 문득 적룡

이 나타나 배를 호위하여 이곳으로 왔소."라고 하였다.

(4) 말을 마치자, 그 사내아이는 지팡이를 끌며 두 종을 데리고 토함산 위에 올라가 돌무덤을 만들고 7일 동안을 머물면서 성 안에 살 만한 곳이 있는가를 찾아보았다. 마치 초생달처럼 생긴 산봉우리 하나가 보이는데, 가히 오래도록 살 만하였다. 이에 내려가 알아보았더니 곧 호공의 집이었다. ㉮ (그는) 곧 꾀를 써서 남몰래 그 집 옆에 숫돌과 숯을 묻고는 이튿날 아침에 그 문 앞에 가서, "이곳은 우리 조상 대대로 살던 집이다."라고 하였다. (그러자) 호공은 그렇지 않다고 하여 시비를 따지다가 결판을 못 내고, 필경은 관가에 고발을 하였다. 관리가 말하기를 "무슨 증거로 이것을 너의 집이라고 하느냐?"고 하니, 그 아이가 "우리 조상은 본래 대장장이인데 잠시 이웃 지방으로 나간 사이에 다른 사람이 빼앗아 여기에 살았습니다. 땅을 파서 조사해 주십시오."라고 하였다. 그 말대로 (땅을 파) 보았더니, 과연 숫돌과 숯이 나왔다. 이리하여 그 집을 빼앗아 살게 되었다.[43]

---

43) "南解王時 (古本云壬寅年至者謬矣 近則後於努禮卽位之初 無爭讓之事 前則在於赫居之世 故知壬寅非也.) 駕洛國海中有船來泊 其國首露王 與臣民鼓譟而迎 將欲留之 而舡乃飛走 至於雞林東下西知村阿珍浦 今有上西知 下西知村名 時浦邊有一嫗 名阿珍義先 乃赫居王之海尺之母 望之謂曰 此海中元無石嵓 何因鵲集而鳴 拏舡尋之 鵲集一舡上 舡中有一櫃子 長二十尺 廣十三尺 曳其船 置於一樹林下 而未知凶乎吉乎 向天而誓爾 俄而乃開見 有端正男子 幷七寶奴婢滿載其中 供給七日 迺言曰 我本龍城國人 亦云正明國或云琓夏國 琓夏或作花廈國 龍城在倭東北一千里 我國嘗有二十八龍王 從人胎而生 自五歲六歲繼登王位 敎萬民修正性命 而有八品性骨 然無揀擇 皆登大位 時我父王含達婆婚積女國王女爲妃 久無子胤 禱祀求息 七年後産一大卵 於時大王會問群臣 人而生卵古今未有 殆非吉祥 乃造櫃置我 幷七寶奴婢載於舡中 浮海而祝曰 任到有緣之地 立國成家 便有赤龍 護舡而至此矣 言訖 其童子曳丈率二奴 登吐含山 作石塚 留七日 望城中可居之地 見一峰如三日月 勢可久之地 乃下尋之 卽弧公宅也 乃設詭計 潛埋礪炭於其側 詰朝至門云 此是吾祖代家屋 弧公云否 爭訟不決 乃告于官 官曰 以何驗汝家 童曰 我本冶匠作出隣鄉而人取居之 請掘地撿看 從之 果得礪炭 乃取而居焉."
최남선 편, 1946, 47쪽.

이상과 같은 석탈해의 도래 신화에 대해서는 이제까지 수많은 논의가 있었다. 그 가운데서도 가장 문제가 되었던 것이 그의 출자에 관한 문제였다.

김열규金烈圭는 밑줄을 그은 ㉮의 내용과 '탈해脫解'라는 이름의 발음이 북방 퉁구스족의 야장冶匠 또는 야장무冶匠巫를 의미하는 'Tarxad' 또는 'Tarquan'과 관계가 있을 것이라는 전제 아래서, 석탈해를 흉노匈奴계의 철기 문화와 더불어 도래한 인물로 보았다.[44] 또 천관우千寬宇는 이런 견해를 한층 더 천착하여, "(석탈해는) 아마도 한강 일대 어디서인가 해로海路로 남하하여 처음에는 김해金海에 정착하려다가 다시 경주로 가서 정착하게 되었던 듯하다."[45]라고 하여, 석탈해 집단이 대륙에서 들어와, 한강 부근에서 해로로 남하하였을 것이라고 상정하였다.

그러나 이러한 추정은 단락 ⑶의 내용을 무시하고, 단락 ⑷의 ㉮에서 석탈해가 자기의 조상이 대장장이였다고 말한 것에만 집착한 견해라는 비난을 피하기 어려울 것 같다. 여기에서 '숫돌'과 '숯'을 미리 호공의 집터에 묻어둠으로써 그 집을 차지하게 되었다는 것은, 그가 지략을 이용하여 상대방을 속이는 트릭스터Trickster적인 성격이 있음을 말하는 것이지 그의 출자와는 아무런 관련이 없다는 사실에 유의해야 하지 않을까 한다. 이런 점에서 흉노족의 철기 문화와 연관 짓는 김열규와 천관우의 견해는 쉽게 수긍하기 어려운 데가 있다고 하겠다.

한편 나경수羅景洙는 〈탈해 신화와 서언왕徐偃王 신화와의 비교 연구〉라는 논문에서, 이들 두 신화의 관계를 논한 바 있다. 그는 이 논문에서 '석탈해'라는 이름이 고유명사가 아니라 옛날昔(신시

---

44) 김열규, 《한국 신화와 무속 연구》, 서울: 일조각, 1977, 51쪽.
45) 천관우, 〈삼한의 국가형성〉(상)〉, 《한국학보(2)》, 서울: 일지사, 1976, 26쪽.

황 때)에 그의 학정虐政에 못 이겨 탈출하여 해방된 사람들[脫解]을 의미하는 것으로 해석하면서,46) 서언왕 신화를 가지고 있던 회이 족淮夷族이 진시황秦始皇의 천하통일로 일어난 혼란을 틈타 철기 문화를 가지고 황해를 건너서 가야 지방을 거쳐 신라로 들어왔을 것이라는 추정을 하였다.47)

하지만 이런 견해 또한 하나의 가설에 지나지 않는다는 것을 지적하지 않을 수 없다. 그 까닭은 회이족과 탈해 집단의 철기 문화가 밀접한 관련이 있다는 것을 증명하여야만 하기 때문이다. 그런데도 이것을 증명하지 않은 상태에서 이들의 관계를 연결하는 것은 설득력을 잃을 수밖에 없다.

한편 신화 자료를 이용하여 문화 영역을 설정하려고 했던 미시나 아키히데는 한국의 자료들48)과 대만臺灣의 고산족高山族 신화 및 동남아 지방의 자료 9개를 예로 들어, "고대 한족韓族의 이 종류 신화가 남방 해양 경역에 속한다는 것을 알 수가 있으며, 또 한국의 방주 표류 신화의 계통이 앞에서 말한 난생 신화49)에 관해서 진술한 계통론을 방증할 수 있을 것이다."50)라고 하였다. 그렇지만 이와 같은 미시나의 견해는 남쪽의 한족韓族과 북쪽의 예맥족濊貊族을 구별하여 한국 민족의 2원적 성격론을 주장하려는 식민지 지배를 위한 분할 통치적 발상51)이라는 사실을 상기하지 않

---

46) 나경수, 〈탈해 신화와 서언왕 신화의 비교연구〉, 《한국민속학(27)》, 서울: 민속학회, 1995, 148~149쪽.

47) 나경수, 위의 논문, 159쪽.

48) 그가 '방주 표류형'에 속하는 것으로 본 것은 '수로왕비 허황옥의 도래설화'와 '신라시조 성모聖母의 표착漂着 신화', '바리공주 전설', '탈해왕의 표착신화'였다.
　　三品彰英, 《神話と文化史》, 東京: 平凡社, 1971, 383~388쪽.

49) 미시나 아키히데는 난생 신화를 남방 문화의 대표적인 예로 보았다.
　　三品彰英, 위의 책, 310~381쪽.

50) 三品彰英, 위의 책, 394~395쪽.

으면 안 된다.

또 강인구姜仁求는 〈석탈해와 토함산, 그리고 석굴암〉이란 논문에서, 이 신화에 나오는 '왜국 동북 1천 리倭國東北一千里'에 주목하는 견해를 제시하였다. 그는 "이 지역[후쿠오카福岡 지역: 인용자 주]을 범칭으로서 왜국으로 인정하고 비정한다면, 동북 천 리는 대략 긴키近畿 지방과 이즈모 지방에 해당된다."52)는 것을 전제한 다음, "왜국의 동북 천 리로 추정되는 일본 열도의 긴키·이즈모·간토關東 지방은 어떤 사정이었을까? 이즈모와 간토 지방은 알 수 없지만 적어도 야요이弥生 중기 초에는 긴키 지방 일부에 한반도에서 건너간 집단이 청동기를 생산하고 있었다고 한다. 일단 이것만 보아도 긴키 지방이 탈해의 출신국으로서 가장 가능성이 높다고 하겠다."53)고 하여, 탈해가 일본의 긴키 지방에서 건너온 것으로 보았다. 하지만 이러한 견해는 너무나 기록에 집착한 해석이라는 비판을 받을 수밖에 없을 것이다. 왜냐하면 왜국이라고 부르던 후쿠오카 지방에서 동북 천 리라는 거리에 얽매인 해석을 하고 있기 때문이다.

저자는 강인구와 달리, 단락 ⑵의 ㉯에 탈해가 태어났다고 명기한 "용성은 왜倭의 동북 1천 리에 있다."는 기록에서 1천 리란 지원거리至遠距離를 나타내는 것으로 보고, 1900년에 미국의 자연사박물관에서 조사한 캄차카 반도Kamchatka Peninsula에 거주하는 고아시아족Paleo-Asiatics의 하나인 코랴크 족Koryak의 난생 신화를 바탕으로 하여, 석탈해 집단은 북방에서 오야시오 한류親潮寒流를 따라 내려온 어로 문화와 밀접한 관련이 있다는 견해를 발표한 바 있다.

---

51) 三品彰英, 《日鮮神話傳說の研究》, 東京: 平凡社, 1972, 213~214쪽.

52) 강인구, 〈석탈해와 토함산, 그리고 석굴암〉, 《정신문화연구(24-1)》, 성남: 한국정신문화연구원, 2001, 120쪽.

53) 강인구, 위의 논문, 122쪽.

이렇게 보는 경우에는, 단락 ⑵의 ㉮의 기술에서도 그가 어로 문화와 관계가 깊다는 사실이 증명된다고 하겠다.[54]

그런데 이처럼 북방에서 바다로 들어온 석탈해의 도래 신화와 비슷한 이야기가 일본에도 전해지고 있어, 이 부류 집단의 일부도 일본으로 진출했던 것이 아닐까 하는 추정을 불러일으키고 있다.

【자료 7】

그 가와카쓰河勝는 긴메이欽明 천황과 비다쓰敏達 천황, 요메이用明 천황, 스순崇峻 천황, 스이코推古 천황, 조구 태자上宮太子를 섬겼으며, 이 예능을 자손에게 전해주었다. 그 화신化身은 자취를 감추지 않고 세쓰국攝津國의 나니와難波에서 통나무배를 타고서 바람에 맡긴 채 서해로 나섰다. (그리하여) 하리마국播磨國의 사코시坂越 포구에 도착했다. 포구 사람들이 배에 올라가 보니, 형상은 이미 사람이 아니었다. 많은 사람들에게 붙어서 지벌로 기이한 징조를 보였다. 곧 신으로 받들자, 지방이 유족하게 되었다. '크게 난폭하였다.'고 하여, 오사케大荒 다이묘신大明神이라는 이름을 붙였다. 지금의 대에도 영험이 있다. 본체本體는 비사문毘沙門 천왕天王이다. 조구 태자가 역적 모리야守屋를 평정할 때에도 그 가와카쓰가 신통력을 발휘하여 모리야를 멸하였다고 전한다.[55]

---

54) 김철준金哲埈도 탈해 집단이 어로漁撈를 주요한 생업으로 한 것으로 보았다.
김철준, 《한국고대사회연구》, 서울: 지식산업사, 1975, 75쪽.
55) "彼河勝, 欽明, 敏達, 用明, 崇峻, 推古, 上宮太子に仕へ, 〔化人〕跡を留めぬによりて, 攝津國難波の浦より, うつぼ舟に乘りて, 風にまかせて西海に出づ. 播磨の國坂越の浦に着く. 浦人舟を上げて見れば, かたち人間に變れり. 諸人に憑き祟りて奇瑞をなす. 則, 神と祟めて, 國豊也. '大きく荒るる'と書きて, 大荒大明神と名付く. 今の代に靈驗あた也. 本地毘沙門天王にてまします. 上宮太子, 守屋(の)逆臣を平らげ給し時も, かの河勝が神統方便の手にかかりて守屋は失せぬ, と云云."
中村眞弓, 《海に漂う神神》, 東京: 幻冬舍ルネッサンス, 2012, 45쪽에서 재인용.

이 자료는 일본 무로마치 시대室町時代에 살았던 사루가쿠시猿樂師56) 제아미世阿弥가 저술한 《풍자화전風姿花傳》의 제4 신이운神異云에 실려 있는 것으로, 그 내용은 "사루가쿠猿樂를 자손에게 전해준 다음, 가와카쓰는 나니와 포구에서부터 통나무배를 타고 바다에 표류하게 되었다. (그러다가) 하리마播磨의 사코시57)에 도착했을 때는 이미 사람의 모습을 하고 있지 않았으며, 주위의 사람들에게 지벌을 주었다. 그래서 오사케 다이묘신이란 이름을 붙여 제사를 지냈던 바, 영험이 현저하였다."58)고 하는 것이다.

이와 같은 전승이 기록으로 남아 있는 것을 보면, 하타 가와카쓰秦河勝가 통나무배를 타고 사코시에 도착했다고 하는 이야기가 그 당시까지 전해지고 있었다는 것을 확인할 수 있다. 이러한 전승에 대하여, 이노우에 미쓰오井上滿郎는 "이 소전所傳의 성립 과정은 가와카쓰의 묘소墓所가 사코시에 설정된 것과 연관지어 생각하면 명확한 것으로, 요컨대 이 지역에 먼저 하타 씨秦氏 일족의 광범위한 분포가 있었으며, 뒤에 거기에서 하타 씨 최대의 유명인인 가와카쓰와 결부된 것이었다."59)는 견해를 밝힌 바 있다. 말할 것도 없이 이러한 추정이 가능한 것은 누구도 부정하지 못할 것이다.

그런데 사코시 포구를 내려다보는 호주 산寶珠山의 산기슭에 자리 잡은 오사케 신사大避神社의 《유서서由緖書》에도 이와 비슷한

---

56) '사루가쿠'란 헤이안 시대平安時代의 예능藝能으로, 골계적滑稽的인 흉내와 말장난을 중심으로 하며, 씨름을 볼 때나 가마쿠라 시대鎌倉時代에 내시內侍가 가구라神樂를 행하는 밤에 연행하였다. 나중에는 일시적인 좌흥座興의 골계적 동작도 '사루가쿠'라고 불렀다. 뒤에 가마쿠라 시대에 들어서는 연극화되어, 노能, 교겐狂言의 근원이 되었다고 한다.
　　新村出 編, 《廣辭苑》, 東京: 岩波書店, 1983, 983~984쪽.
57) '사코시'는 현재의 효고 현 아코 시赤穂市의 사코시를 가리킨다.
58) 中村眞弓, 위의 책, 46쪽.
59) 井上滿郎, 《秦河勝》, 東京: 吉川弘文館, 2011, 82쪽.

내용의 이야기가 전해지고 있다고 한다.

【자료 8】

　　가와카쓰는 고교쿠 천황皇極天皇 3년(644년) 야마시로 대형왕山背大兄王을 멸망시킨 소가노이루카蘇我入鹿의 박해를 피해, 해로海路를 따라 사코시 포구에 도착하였다. 그리고 지쿠사 천千種川 유역의 개척을 권장하고, 다이카大化 3년(647년)에 80여 세로 돌아갔다. 가와카쓰의 영혼은 신선이 되었는데, 마을 사람들이 조정에 청원하여 사당을 짓고 제사를 지낸 것이 오사케 신사의 창건이다.[60]

　여기에서도 하타 가와카쓰가 이곳 사코시에 배로 도착했다는 전승이 이 일대에 전해지고 있었다는 것을 확인할 수 있다. 따라서 이 전승 또한 앞에서 이노우에 미쓰오가 지적한 것과 같은 이유에서 만들어졌을 가능성을 배제할 수는 없을 것이다.

　그러나 위의 자료 8이 전해지는 곳인, 신사의 바로 앞에 떠 있는 이키 도生島에는 지금도 오사케 신사에서 모시는 제신祭神인 하타 가와카쓰의 묘墓라고 전해지는 즙석葺石이 있어 성지聖地가 되었다고 한다. 그리고 사코시에 건너온 가와카쓰는 신으로 숭배되었고, 그를 제신으로 모시는 오사케 신사는 오늘날에도 지쿠사 천 유역을 중심으로 많이 분포되어 있으며, 해당 지역의 사람들에게 널리 신봉되고 있다고 한다.[61]

　이마이 게이이치今井啓一가 이러한 전승의 특징에 대하여, 옛날

─────────────

60) 이 유서의 원문을 찾으려고 노력하였으나 아직까지 찾지 못해서 여기에서는 미나가미 야마 스사皆神山すさ가 기술한 내용을 그대로 번역하는 데 그쳤다는 것을 밝혀둔다. 皆神山すさ, 《秦氏と新羅王傳說》, 東京: 彩流社, 2010, 91쪽.

61) 皆神山すさ, 위의 책, 91~92쪽.

에 아코 군赤穗郡 내 신사의 3분의 1은 하타 가와카쓰를 봉사奉祀
한 오사케사大避社였다는 것을 해명한 것62)으로 보더라도 사코시
지역에 이 신을 신봉하는 사람들이 많았다는 것은 의심할 여지가
없는 것 같다.

그런데 미나가미야마 스사皆神山すさ는 이러한 하타 가와카쓰의
선승이 신라의 석발해 신화와 아래와 같은 점에서 관련이 있다는
것을 언급하였다.

첫째 (석탈해) 전설에서는, 해안에 표착漂着한 탈해가 "지팡이를
끌며 두 종을 데리고 토함산 위에 올라가 돌무덤을 만들고 7일 동
안을 머물렀다."고 이야기되고 있다. 원래 탈해는 해상海上에서 들
어온 신령神靈이고, 또 토함산의 신이었다. 탈해가 머물던 토함산
의 석총石塚은, 그가 그곳에서 금기를 해야만 하는 조상의 영혼이
깃든 석총이었다. 후에 신의 알림이 있어, 탈해의 유골을 부수어
소상塑像을 만들고, 동악東岳(토함산)에 봉안하였다. 이것이 동악신東
岳神이라고 하는 것도, 탈해가 토함산의 신이었던 것을 이야기해준
다. 하타 가와카쓰의 신령 '오사케 신大荒神'을 제사지낸 오사케 신
사에서도, 처음에 사코시 포구에 건물〔社殿〕을 세우고 숭배하고 존
경하던 것이, 후에는 하리마국의 산촌山村에 다수의 분사分祠를 건
립했다고 하는 것도 닮은 것 같은 제사 방법을 하고 있다.

둘째 하타 씨의 '하타秦'라는 자字는 '하타波多〔《신찬성씨록新撰姓
氏錄》〕' 또는 '하다波陀〔《고어습유古語拾遺》〕'로 읽히고 있는데, 이것
은 조선어의 해(海)를 의미하는 '바다'에서 바뀐 것이다. 그렇다면
'탈해脫解〔토해吐解〕'63)란 이름과 일맥상통하는 것이 아닐까?

---

62) 皆神山すさ, 앞의 책, 92쪽에서 재인용.

63) 이런 견해는 미시나 아키히데가 〈탈해 전설〉에서 '토吐'의 음이 '밭pat'이고 '해海'의
훈訓이 '바다'와 통용되고 있다는 데 착안하여, '토해吐解(pat'-pu-eur-c)'는 곧 '해해海解
(pata-pu-eur-c)'라고 보아, 일본어에서의 '해부海夫' '해부지海夫智'라고 할 수 있다고 한
주장을 받아들인 견해이다.

셋째 탈해는 성姓을 석 씨昔氏라고 했다. 이것은 전설 가운데 탈해의 작은 배가 아진포阿珍浦에 표착하였을 때 그 위에서 까치[鵲]가 울고 있었던 것에서 연원한다. 즉 "작鵲 자를 약하여 석昔을 가지고 성씨로 하였다."(《삼국사기》)라고 설명한다. 여기에서 문제될 것은, 석 씨의 성이 '작鵲'에서 유래하는 것이었을까 하는 것이다. 물론 '작鵲'은 하늘과 땅 사이를 왕복하는 신령스러운 새[靈鳥]로 믿어져, 7월 7일의 밤에는 은하수에 다리를 놓아준다고 하는 이야기가 잘 알려져 있다. 하지만 탈해의 성 '석 씨'에 관해서는, 어디까지나 '사쿠, 샤쿠, 세키'[64]의 음을 옮긴 것으로 생각하고 싶다. 그렇다고 한다면, '하타 씨'가 제사지내는 '사쿠, 세키, 샤쿠, 사케'의 신령과 동일한 것은 아닐까?

넷째 그 탈해가 만들어서 머물다가, 그 후에 거기에서 다시 나온 토함산 위의 석총은, 이른바 그의 묘소였다. 한편 가와카쓰의 통나무배가 표착한 포구에는, 가와카쓰가 살아서 올라간 이키 도가 있으며, 그곳에는 가와카쓰의 묘소라고 하는 성지가 있었다. 신라 동해 가운데의 용성국龍城國에서 태어난 해동海童 탈해를 조상으로 하는 석 씨와, 하타노가와카쓰를 대표적인 인물로 하는 하타 씨는 매우 닮은 조상 전승이 있는 것이다.[65]

이러한 그의 지적으로, 석탈해의 전승과 조선에서 귀화했다고 하는 하타 씨의 위대한 인물 가와카쓰의 전승은 매우 유사하다는 것을 인정해도 무방하지 않을까 한다.

만약에 이러한 유사성을 인정한다면, 탈해 전승을 가졌던 석 씨 집단이 일본 열도로 건너가서 그들의 조상에 얽힌 이야기를 남겼다고 보아도 아무런 지장이 없을 것이다. 이런 의미에서 석탈해의

三品彰英, 《增補日鮮神話傳說の硏究》, 東京: 平凡社, 1972, 281쪽.
64) 이것은 일본어로 읽었을 때의 발음임을 밝혀둔다.
65) 皆神山すさ, 앞의 책, 105~106쪽.

출자를 일본에서 찾는 것은 대단히 위험한 발상이라는 것을 거듭 지적해둔다.

4. 아메노히보코 설화와 신라

앞에서 고찰한 '연오랑 세오녀 설화'는 신라의 동해안에서 해조류海藻類를 채취하며 살아가던 부부가 일본에 건너가서 왕과 왕후가 되었다고 하는 내용의 이야기였다. 그런데 이렇게 일반 서민이 일본에 건너가 지배 계층으로 상승한 것이 아니라, 신라의 지배 세력이 일본 열도에 진출하여 유력한 씨족의 조상이 되었다고 하는 내용의 이야기도 전해지고 있다.

이와 같은 내용의 '아메노히보코 설화'는 《일본서기》 2권 제6 스이닌 천황垂仁天皇 3년 조에 수록되어 있다.

【자료 9】

봄 3월에 신라의 왕자 아메노히보코가 내조來朝하였다. (그가) 가지고 온 물건은 하후도羽太의 옥 한 개, 아시타카足高의 옥 한 개, 우카가鵜鹿鹿의 붉은 돌 옥 한 개, 이즈시出石의 작은 칼 하나, 이즈시의 방패한 개, 히노카가미日鏡(둥근 거울) 한 개, 구마熊의 히모로기神籬(신이 강림한다고 생각하여 특별히 만든 장소: 인용자 주) 한 구具, 모두 일곱 가지였다. 곧 (그것들을) 다지마국但馬國에 수납하여 항상 신의 물건으로 하였다.[66]

---

66) "三年春三月 新羅王子天日槍來歸焉. 將來物 羽太玉一箇 足高玉一箇 鵜鹿鹿赤石玉一箇 出石小刀一口 出石牟一枝 日鏡一面 熊神籬一具 幷七物. 則藏于但馬國 常爲神物也."

이 기사가 실린 스이닌 천황 3년은 《일본서기》의 기년紀年을 그대로 따르는 경우에는 기원전 27년에 해당한다. 그러나 일본 학자들 가운데도 이 기년을 그대로 믿는 사람은 아무도 없다.[67] 그러므로 이 기사는 편찬자가 당대의 천황과는 아무런 관계가 없는 것을 사료로서 신빙성을 확보하려고 이곳에 삽입한 것에 지나지 않는다고 보는 것이 타당할 것이다. 이러한 추정은 위에서 인용한 본문에 뒤이어 일운一云, 곧 일설一說에 따른 것이라고 하면서 싣고 있는 다음과 같은 설화로 그 타당성의 일면을 확인할 수 있다.

【자료 10】

　　처음에 아메노히보코가 배를 타고 하리마국에 정박하여 시사하 읍肉粟邑에 (머물고) 있었다. 이때에 천황이 미와노키미三輪君의 선조 오토모누시大友主와 야마토노아타이倭直의 선조 나가오치長尾市를 하리마에 보내 아메노히보코에게 "그대는 누구인가? 또 어느 나라 사람인가?"하고 묻게 하였다.

　　아메노히보코가 대답하여, "나는 신라국의 왕자이다. 그런데 일본국에 성황聖皇이 있다는 소식을 듣고, 곧 내 나라를 아우인 지고知古에게 주고 귀화하였다."고 하였다. 그리고 바친 물건은 하호소葉細의 구슬, 아시타카의 구슬, 우카가의 붉은 돌 구슬, 이즈시의 칼, 이즈시의 방패, 히노카가미, 구마의 히모로기, 이사사贍狹淺의 큰 칼 등을 합해서 여덟 개의 물건이었다.

　　천황은 아메노히보코에게 말하기를, "하리마국의 시사하 읍과 아와

　　井上光貞 共校注, 앞의 책, 260~261쪽.
67) 일본 사학계史學界에서는 《일본서기》의 기록들 가운데 사실로 인정할 수 있는 것은 유랴쿠 천황雄略天皇(기원후 470년대) 때부터로 보고 있다.
　　末松保和, 《任那興亡史》, 東京: 吉川弘文館, 1949, 22쪽.

지 섬淡路島의 이데사 읍出淺邑 이 두 마을 가운데서 너의 의향에 따라 살도록 하여라."고 했다. 이때에 아메노히보코는 "만일에 천황이 은혜를 내리어 신臣이 원하는 것을 들어주신다면, 신이 살 곳은 신이 몸소 여러 나라를 돌아다녀 보고, 신의 마음에 드는 곳을 주셨으면 합니다." 고 말하였다. 천황은 그 자리에서 허락하였다.

    그래서 아메노히보코는 우지 강菟道河을 거슬러 올라가, 북쪽의 오우미국近江國의 아나 읍吾名邑[시가 현滋賀縣 사카타 군坂田郡 오우미 정近江町 미노우라箕浦 부근으로 추정하고 있다.: 인용자 주]에 들어가 잠시 살았다. 다시 오우미近江에서 와카사국若狹國을 거쳐 서쪽의 다지마국에 이르러 주거를 정하였다. 그리하여 오우미국의 가가미 촌鏡村 골짜기의 스에히토陶人는 아메노히보코를 따라온 사람들이다.

    그런데 아메노히보코는 다지마국의 이즈시마出嶋 사람 후토미미太耳의 딸인 마타오麻多烏에게 장가를 들어 다지마 모로스케但馬諸助를 낳았다. 모로스케는 다지마 히나라키但馬日楢杵를 낳았다. 히나라키는 기요히코清彦를 낳았고, 기요히코는 다지마 모리田道間守를 낳았다고 이른다.[68]

이 자료는 밑줄을 그은 곳에서 보는 것처럼, 다지마[69] 지역에 정착하여 살아가고 있던 다지마 모리란 사람의 조상 도래 설화祖

---

68) "初天日槍乘艇泊丁播磨國 在於內粟邑 時天皇遣三輪君祖大友主 與倭直祖長尾市於播磨 而問天日槍曰 汝也誰人 且何國人也. 天日槍對曰 僕新羅之國主之子也. 然聞日本國有聖皇 則以己國授弟知古而化歸之. 仍貢獻物 葉細珠 足高珠 鵜鹿鹿赤石珠 出石刀子 出石槍 日鏡 熊神籬 膽狹淺大刀 幷八物. 仍詔天日槍曰 播磨國內粟邑 淡路島出淺邑 是二邑 汝任意居之. 是天日槍啓之曰 臣將住處 若授天恩 聽臣情願地者 臣親歷視諸國 則合于臣心欲被給. 乃聽之. 於是 天日槍自菟道河沂之 北入近江國吾名邑而暫住. 復更自近江經若狹國 西到但馬國則定住處也. 是以 近江國鏡村谷陶人 則天日槍之從人也. 故天日槍娶但馬國出鳥人 太耳女麻多烏 生但馬諸助也. 諸助生但馬日楢杵 日楢杵生清彦 清彦生田道間守之."
井上光貞 共校注, 앞의 책, 260~261쪽.
69) 오늘날 효고 현의 북부 지방에 해당하는 지역이다.

上到來說話로 전승되어 오던 것이었다.[70] 그러다가 《일본서기》가 편찬될 때에 스이닌 천황 조의 기사 속에 삽입되면서 본문과 일설에 따른 설화로 정착되었다고 보는 것이 좋을 것 같다.

이런 상정은 김석형의 연구로 그 정당성을 인정받을 수 있다. 그는 "여기에 나오는 스에히토陶人는 스에키須惠器를 만드는 장인들을 지칭하는 말이며, 스에키는 고분시대에 처음으로 나타난 토기이다. 그러므로 이 스에히토와 결부하여 본다면, 고분시대의 사실이 여기에 포함되어 있다고 할 수 있다. 곧 이 이야기에는 후세적인 요소가 가미되어 있는 것은 사실이다. 그리고 아메노히보코를 신라 사람이라고 하면서, 그 이름을 '아메노히보코'라고 하고 있는 것으로부터도, 후세에 일본식으로 윤색이 가해졌다는 것을 알 수가 있다."[71]라고 하여, 이 설화에 후대의 요소들이 가미되어 있다는 사실을 구명하였다. 그래서 이런 사실을 더욱 명확하게 증명할 수 있는 자료인, 《고사기》에 남아 있는 '아메노히보코 설화'를 소개하기로 한다.

【자료 11】

　　옛날에 신라의 왕자가 있었는데, 이름은 아메노히보코天之日矛라고 하였다. 이 사람이 일본으로 건너왔다. 건너온 이유는 다음과 같다.

　　신라에 어떤 늪 하나가 있어, 이름을 아구누마阿具奴摩라고 했다. ① 이 늪 근처에서 어떤 신분이 천한 여인이 낮잠을 자고 있었다. 여기에 무지개와 같은 햇빛이 그녀의 음부를 비치었다. 또 신분이 천한 한 사

---

70) 김석형의 연구에 따르면, 다지마 모리는 다지마의 호족으로, 야마토 왕정을 대표하여 한국의 여러 나라에 내왕한 인물이라고 한다.
　　金錫亨, 朝鮮史研究會 譯, 앞의 책, 157쪽.
71) 金錫亨, 朝鮮史研究會 譯, 앞의 책, 156~157쪽.

람이 있어, 그 모습을 보고 이상하다고 생각하여, 항상 그 여자의 동태를 살폈다. 그리하여 ② 이 여인이 낮잠을 자던 때부터 태기가 있어 출산을 하였는데, 붉은 구슬이었다.

이에 그 모습을 보고 있던 천한 남자는 그 구슬을 그녀에게 달라고 하여 받아낸 뒤에, 항상 싸 가지고 허리에 차고 있었다. 이 남자는 산골싸기에서 밭을 일구며 살고 있었는데, 밭을 가는 인부들의 음식을 한 마리 소에다 싣고 산골짜기로 들어가다가 그 나라의 왕자인 아메노히보코를 우연히 만났다. 이에 아메노히보코가 그 남자에게 묻기를, "어찌하여 너는 음식을 소에다 싣고 산골짜기로 들어가느냐? 반드시 이 소를 잡아먹으려고 그러는 것이지."라고 하며, 즉시 그 남자를 잡아 옥에 가두어 두려고 했다.

이에 그 남자가 대답하기를, "저는 소를 죽이려는 것이 아닙니다. 다만 밭을 가는 사람들의 음식을 실어 나를 뿐입니다."고 하였다. 하지만 아메노히보코는 이를 용서하지 않았다. 그리하여 그 남자는 허리에 차고 있던 구슬을 풀어 왕자에게 바쳤다. 그러자 아메노히보코는 그 신분이 천한 남자를 방면하고, 그 구슬을 가지고 와서 마루 곁에다 두었다. 그런데 그 구슬이 아름다운 여인으로 변했다. 그리하여 아메노히보코는 그녀와 혼인을 하고 적실의 아내로 맞아들였다.

그 뒤에 그녀는 항상 여러 가지 맛있는 음식을 장만하여 남편으로 하여금 먹게 하였다. 그러나 그 나라 왕자는 거만한 마음이 들어 아내를 나무랐기 때문에, 그녀는 ③ "대체로 나는 당신의 아내가 될 여자가 아닙니다. 내 조국으로 가겠습니다."라는 말을 하고는 재빨리 남몰래 작은 배를 타고 도망쳐 건너와 나니와에 머물렀다. 그녀가 바로 나니와의 히메코소 신사比賣碁曾神社에 모셔져 있는 아카루히메노카미阿加流比賣神이다.

④ 아메노히보코는 아내가 도망쳤다는 소식을 듣고, 곧 그 뒤를 따라 건너와 나니와에 도착하려고 하였다. 바로 그때 해협의 신이 이를 막고 나니와에 들여 보내주지 않았다. 그리하여 아메노히보코는 하는 수 없이 다시 돌아가 다지마多遲摩라는 곳에 정착했다. 그리고는 그곳에 머물면서 다지마노마타오多遲摩之俣尾의 딸 마에쓰미前津見라는 이름의 여인과 혼인하여 낳은 아이를 다지마모로스쿠多遲摩母呂須玖라고 했다. 이 사람의 자식은 다지마히네多遲摩斐泥였고, 다지마히네의 자식은 다지마히나라키多遲摩比那良岐였으며, 다지마히나라키의 자식은 다지마모리多遲摩毛理, 다음이 다지마 히타카多遲摩比多詞, 다음이 스가히코淸日子였다. ⋯⋯

그리고 아메노히보코가 가지고 온 물건 가운데는 옥진보玉津寶라는 구슬이 두 줄이나 있었다. 또 파도를 일으키는 천, 파도를 가라앉히는 천, 그리고 바람을 일으키는 천 및 오키쓰카가미奧津鏡, 헤쓰카가미邊津鏡라는 거울 두 개도 함께 가지고 왔다. 그가 가지고 온 물건을 모두 합하면 여덟 가지나 된다. 이를 이즈시 신사伊豆志神社에서 모시고 있는 야마에 대신八前大神이라고 한다.[72]

---

72) "昔有新羅國王之子 名謂天之日矛. 是人參渡來也. 所以參渡來者 新羅國有一沼 名謂阿具奴摩. 此沼之邊 一賤女晝寢. 於是 日耀如虹 指其陰上. 亦有一賤夫 思異其狀恒伺其女人之行. 故是女人 自其晝寢時姙身 生亦玉. 爾其所伺賤夫 乞取其玉 恒裏着腰. 此人營田於山谷之間. 故耕人等之飮食負一牛而 入山谷之中, 遇逢其國主之子 天之日矛. 爾問其人曰 何汝飮食負牛入山谷 汝必殺食是牛. 卽捕其人 將入獄因. 其人答曰 吾非殺牛 唯送田人之食耳. 然猶不赦. 爾解其腰之玉 幣其國主之子. 將赦其賤夫 將來其玉 置於床邊 卽化美麗孃子 仍婚爲嫡妻. 爾其孃子 常設種種之珍味 恒食其夫. 故其國主之子 心奢詈妻. 其女人言 凡吾者 非應爲汝妻之女, 將行吾祖之國 卽竊乘小船 逃遁渡來, 留于難波. 於是 天之日矛 聞其妻遁. 乃追渡來 將到難波之間, 其渡之神 塞以不入, 故更還泊多遲摩國 卽留其國而,, 娶多遲摩之俣尾之女 名前津見. 生子多遲摩母呂須玖. 此之子多遲摩斐泥. 此之子多遲摩比那良岐. 此之子多遲麻毛理. ⋯⋯ 故天之日矛持渡來物者 玉津寶云而珠二貫. 又振浪比禮 切浪比禮 振風比禮 切風比禮, 又奧津鏡 邊津鏡 幷八種也."
荻原淺男 共校注, 앞의 책, 262~265쪽.

이것은《고사기》의 오진 천황應神天皇 조에서 전하는 아메노히보코 설화이다. 오진 천황은 기원후 269년에서 309년 사이에 재위한 것으로 되어 있다. 그런데《일본서기》에는 이 이야기가 앞에서 고찰한 것처럼 기원전 29년에서 기원후 70년까지 재위했다고 하는 스이닌 천황 3년(기원전 27년) 조에 실려 있다.

같은 인물에 얽힌 이야기가 이처럼 3세기 가까운 시대를 달리하여 수록되었다는 것은, 이들 두 사서史書는 사료로서 한계가 있음을 말해주는 것이라고 볼 수 있다. 다시 말해 야마토 정권이 성립되고 난 다음에 정치적 안정을 도모하고자 역사책의 편찬을 시도했던 집권층이 자기들의 편의에 따라 구전되던 자료들을 역사적 사실로 바꾸어 놓았기 때문에, 같은 인물임에도 연대가 전혀 다른 시기에 등장하는 결과를 빚었다는 것이다.

이 문제는 어찌되었든, 위의 아메노히보코 설화에는 그가 일본으로 건너가게 된 이유가 명확하게 서술되어 있다. 곧 그는 아내로 삼았던 아카루히메가 밑줄을 그은 ④에서 보는 바와 같이 자기의 나라 일본으로 돌아갔기 때문에 그녀를 뒤따라 일본으로 건너갔다는 것이다.

그런데 여기에 등장하는 그의 아내 아카루히메는 일광감응日光感應하여 알로 태어난 존재로 그려져 있다. 바꾸어 말하면 ①에서와 같이 무지개와 같은 햇빛이 자고 있는 천한 여인의 음부에 비추어 임신을 하였고, ②에서는 붉은 구슬의 형태로 태어난 존재였다는 식으로 표현되어 있다는 것이다. 이와 같은 일련의 과정은 그녀의 탄생이 일광감응과 난생卵生 모티브로 이루어져 있다는 것을 말해주고 있다.

이 문제에 대해 미시나 아키히데는, "아메노히보코 전설은, 그러한 요소73)와 비교에서 본다면 고구려 주몽朱蒙 설화에 가장 가

까운 복합형이며, 또한 《기기記紀》[74]를 비롯하여 《풍토기風土記》
에서 이야기하는 전설에는 전혀 보이지 않는 외래적 요소이다."[75]
고 하여, 이들 모티브가 한국에서 전해졌다는 것을 솔직하게 인정
한 바 있다. 여기에서 미시나가 아메노히보코 설화와 가장 가까운
관련이 있다고 지적한, 고구려의 건국주인 고주몽의 탄생 신화는
그 내용이 아래와 같다.

【자료 12】

　이때에 (금와가) 태백산의 남쪽 우발수에서 한 여자를 만나 (그 사
정을) 물어 보았다. (그런즉) 그녀가 "나는 하백의 딸로 유화라고 합니
다. 여러 동생들과 더불어 나와 놀고 있을 때에, 한 남자가 있어 스스
로 천제의 아들 해모수라고 하면서 나를 웅심산 밑의 압록강가에 있는
집 안으로 유인하여 동침을 하고 곧 가서는 (다시) 돌아오지 않았습니
다. 우리 부모는 내가 중매도 없이 남자와 상관한 것을 꾸짖고 드디어
우발수에서 귀양살이를 하게 하였습니다."라고 대답하였다.
　㉠ 금와가 이상하게 생각하여 (그녀를) 방 안에 가두었더니, 그녀에
게 햇빛이 비치었다. 그녀가 몸을 피하면 햇빛이 또 따라와 비치었다.
㉡ 이로서 태기가 있어 알 한 개를 낳았는데, 크기가 닷 되들이 만하였다.
　왕이 그 알을 버려 개와 돼지에게 주었으나 모두 먹지 않았다. 다시
길 가운데 버렸더니 소와 말이 피하며 밟지 않았다. 나중에는 들판에
버렸더니 새가 날개로 덮어 주었다. 왕이 그것을 쪼개려고 하였지만,
깨뜨릴 수가 없었기 때문에 마침내 그 어머니에게 돌려주었다. 그 어

---

73) 일광감응과 난생 모티브를 가리킨다.
74) 일본 역사학계에서는 《고사기古事記》와 《일본서기日本書紀》에서 끝 글자만 취하여 이
　　들 두 책을 표현할 때에 《기기記紀》라고 지칭하고 있다.
75) 三品彰英, 《增補 日鮮神話傳說の硏究》, 東京: 平凡社, 1972, 29쪽.

머니가 물건으로 싸서 따뜻한 곳에 두었더니 한 사내아이가 껍질을 깨고 나왔다.

그의 골격과 풍채가 영특하고 기이하였으며, 나이 겨우 일곱 살에 보통 사람들과 월등하게 달랐다. (그는) 스스로 활과 화살을 만들어 쏘았는데 백발백중이었다. 부여의 속담에 활을 잘 쏘는 것을 '주몽'이라고 하였으므로 이렇게 이름을 지었다고 한다.[76)]

이 자료는 밑줄을 그은 곳에서 보는 것처럼 ㉠ 일광감응과 ㉡ 난생 모티브로 구성되어 있어, 앞에서 살펴본 아메노히보코 설화 속의 아카루히메의 탄생담과 상당히 깊은 관련이 있는 것 같은 인상을 주는 것도 사실이다. 이에 대해, 미시나 아키히데는 아래와 같은 언급을 하였다.

"물가의 여자에게 햇빛이 비치는 앞 단락과 유화가 천왕랑天王郎 (햇빛의 인격화)과 성혼하는 뒤 단락과는, 앞부분의 감응 형식을 뒷부분에서 인태 형식人態形式으로 바꾸어 말한 것으로, 신화에는 이와 같이 바꾸어서 말하는 이중 표현을 취하는 경우가 적지 않다. 또 그것은, 단순한 관념적인 소산이 아니라, 신화에 대응하는 무녀의 의례를 그 기반으로 하여 생각한다면, 오히려 당연한 이중 표현법인 것이다. 아메노히보코의 이야기에서도, 아구누마의 여자에게 햇빛이 비치는 단락과, 다음에 아카루히메와 아메노히보코가 성혼하는 단락과는 역시 이 이중 표현법으로, 아메노히보코는 천

---

76) "於是時 得女子於太白山 南優渤水 問之曰 我是河伯之女 名柳花 與諸弟出遊時 有一男子 自言天帝子解慕漱 誘我於熊心山下 鴨淥邊室中私之 卽往不返, 父母責我無媒而從人 遂謫居優渤水, 金蛙異之 幽閉於室中 爲日所炤 引身避之 日影又逐而炤之 因而有孕 生一卵 大如五升許 王棄之與犬豕 皆不食 又棄之路中 牛馬避之 後棄之野 鳥覆翼之 王欲剖之 不能破 遂還其母 以物裏之 置於暖處 有一男兒 破殼而出 骨表英奇 年甫七歲 巖然異常 自作弓矢射之 百發百中 扶餘俗語 善射爲朱蒙 故以名云."
김부식, 《삼국사기》(영인본), 서울경인문화사, 1982, 145~146쪽.

왕랑의 경우와 같이 햇빛[太陽神]이 인태화된 것이며, 또 나니와의 해변가에 (세워진) 히메코소 신사比賣碁曾神社의 아카루히메는 천신과 신성한 결혼을 한 무녀로서의 존재로 이해되어야만 한다는 것을 시사하고 있다.[77]

주몽 신화에서 서술하고 있는 일광감응과 성혼 모티브가 아메노히보코 설화에 나오는 모티브와 긴밀한 연관성이 있다는 그의 언급은, 두 신화에 대한 매우 중요한 유사성을 발견하였던 것에서 비롯하였다고 할 수 있다. 하지만 이들 두 자료의 공통점을 추출하려고 일문逸文으로 전해지는 《구삼국사》의 주몽 신화 내용을 자기의 취향에 맞추어 적당하게 요약한 것은 합리적인 처사라고 볼 수 없다.[78] 특히 미시나는 이 요약에서 해모수가 유화와 사통을 하여 임신을 시켰다고 하였으나, 이런 내용의 주몽 신화는 존재하지 않는다.[79] 그런데도 그가 임의로 자료를 변개한 것은 두 자료의 대응 관계를 더욱 명백하게 하려는 하나의 방편이었을 가능성이 짙다.

사실 자료 11의 아메노히보코 설화의 전반부, 곧 아카루히메의

---

77) 三品彰英, 앞의 책, 30쪽.
78) 미시나 아키히데는 '주몽 신화'의 내용을 아래와 같이 요약하였다.
　　"부여왕이 압록강의 물속에 있는 바위 위에서 여자를 얻어 방 안에 가두어 두자, 창에서 햇빛이 들어와 여자의 몸을 비추어, 그 때문에 여자는 태양의 아이를 낳았다. (다음의 단락에서 그 여자가 말하는 이야기로) 압록강의 웅심연 부근에서 화백의 딸 유화 자매가 목욕을 하며 놀고 있었더니, 천제의 아들 해모수가 용광龍光의 검劍을 차고 내려와서, 유화를 사통하여 아이를 임신시켰다. 이리하여 유화는 커다란 알을 낳았는데, 그 알에서 동명왕이 나왔다."
　　三品彰英, 앞의 책, 29~30쪽.
79) 《삼국유사》에 해모수가 유화와 사통私通한 것으로 기술되어 있으나, 주몽이 탄생한 것은 햇빛의 감응에 따른 것이었음이 명백하기 때문에 이와 같은 지적을 했다는 것을 밝혀둔다.

탄생담이 주몽 설화와 상당히 비슷한 형태로 되어 있다는 것을 부정하지는 않는다. 그렇지만 이들 두 자료 사이에는 분명하게 구분되는 차이가 존재한다. 전자에서는 아카루히메라는 성스러운 여인의 탄생이 서술되고 있는 것과 달리, 후자에서는 주몽이라는 위대한 남성의 탄생이 서술되고 있다는 것이다. 이러한 차이가 파생된 까닭은, 아카루히메가 히메코소 신사의 신격으로 모셔졌다는 데서 찾을 수 있을지도 모른다. 곧 신앙의 대상이 된 여신의 비범성을 강조하고자 일광감응과 난생 모티브를 차용하였을 가능성이 짙다는 것이다.

그러나 이와 같은 구차한 해석보다는 이 설화가 당시 한국에 존재했던 여신 숭배의 전통을 이어받은 것이라고 보는 것이 더 타당하지 않을까 한다. 한국에는 여성이 직접적으로 왕권을 장악한 왕권 신화가 존재하지 않는다. 이러한 사실은 고대국가의 왕권 신화들이 가부장제家父長制가 확립되고 난 다음에 창출되었다는 것을 의미한다.

하지만 왕권 신화의 일부로 편입된 자료들 가운데는 가부장제보다 앞섰던 모권제母權制의 잔재가 남아 있어, 여신 숭배의 한 단면을 엿볼 수 있게 한다. 이렇게 여신 숭배의 흔적을 찾을 수 있는 것이 바로 위에서 인용한 자료 12이다. 이 신화에서는 유화柳花를 주몽을 낳은 어머니로 기술하고 있는데, 고구려에서는 이와 같은 유화에 대한 신앙이 상당히 널리 퍼져 있었던 것으로 보인다.[80]

---

80) 이러한 추정이 가능한 이유는 아래에 드는 《북사》의 기록 이외에 《후한서後漢書》와 《당서唐書》에도 비슷한 내용이 기록되어 있어, 고구려의 유화 신앙이 중국에까지 널리 알려져 있었다는 사실을 확인할 수 있기 때문이다.
范曄, 《後漢書》(영인본), 서울: 경인문화사, 1975, 2813쪽.
김부식, 앞의 책, 337쪽.

"(고구려 사람들은) 불교를 믿고 귀신을 섬기어 음사淫祠가 많았
다. 신묘神廟가 두 군데 있는데, 하나는 부여신夫餘神이라고 해서
나무를 깎아 부인의 형상을 만들었고, (다른) 하나는 고등신高登神
이라고 해서 그들의 시조始祖이며 부여신의 아들이라고 했다. (이
두 신묘에는) 모두 관사官司를 설치해 놓고 사람을 파견하여 지키
게 하였다. (그 두 신은) 대체로 (주몽의 어머니인) 하백의 딸과
주몽이라고 하였다."[81]

이것은《북사北史》열전列傳 고구려 조에 기록된 자료인데, 이
곳에서 말하는 나무를 깎아 부인의 형상으로 만든 부여신은 하백
의 딸인 유화였다. 이는 당시 고구려에서 유화에 대한 여신 숭배
가 국가적인 차원에서 행해지고 있었다는 것을 나타낸다.

그러나 신라에는 이와 같은 여신 숭배의 신앙이 존재했었다는
자료가 남아 있지 않다. 다만《삼국사기》잡지雜志 제사祭祀 조에
"제2대 남해왕 3년에 비로소 시조 혁거세의 사당을 세워 사시로
제사하고 친누이 아로阿老에게 제사를 맡게 하였으며, 제22대 지
증왕智證王 때에는 시조 강탄의 땅인 나을奈乙에 신궁神宮을 창립하
고 제향祭享하였다."[82]라는 기록이 보일 뿐이다.

그래서 우선 생각할 수 있는 것이 신라에 존재했던 알영 신앙閼
英信仰은 고구려의 유화 신앙과 비슷한 양상을 띠지 않았을까 하
는 것이다. 바꾸어 말하면 고구려에 유화라는 여신에 대한 숭배가
있었던 것처럼, 신라에서도 알영이라는 여신에 대한 숭배가 존재

---

81) "信佛法 敬鬼神 多淫祠 有神廟二所 一曰扶餘神 刻木作婦人像 一曰高登神 云是其 始
祖夫餘神 之子 並置官司 遣人守護 蓋河伯女朱蒙云."
李延壽,《北史》列傳 高句麗條, 서울: 경인문화사, 1977, 3116쪽.
82) "第二代 南解王三年春 始立始祖赫居世廟 四時祭之, 以親妹阿老主祭. 第二十二代 智證
王 於始祖誕降之地奈乙 創立神宮以享之."
김부식, 앞의 책, 335쪽.

했을 가능성을 부정할 수 없다는 것이다.

이런 추정은 김철준金哲埈이 신라의 알영도 유화와 마찬가지로 농업신적인 성격의 여신일 것이라고 한 견해에서 그 타당성을 인정받을 수 있다.[83] 바꾸어 말하면 김철준의 견해를 수용하여 이와 같은 상정의 타당성을 인정한다면, 아카루히메의 탄생담은 고구려에서 신라로 이어지는 여신 신앙에 바탕을 두고 만들어진 신화라고 보아도 좋다는 것이다. 그리고 이렇게 여신 신앙을 배경으로 성립된 이 신화가 일본에 전해지면서, 히메코소 신사比賣碁曾神社의 주재신主宰神과 관련을 가지는 이야기로 정착되었다고 하는 것이 더욱 합리적인 해석이지 않을까 한다.[84]

이렇게 본다면 자료 12는 유화가 있었던 동부여에서 신라로 이어지는 한국의 동해안 지역에 분포되었던 여신 숭배 신앙과 관련 있을 것이라고 상정해도 좋을 듯하다. 이처럼 신라와 관련 있는 이 자료의 후반부는 아메노히보코 또한 일본으로 달아난 아카루히메를 찾아서 도일하는 내용으로 되어 있다. 곧 밑줄을 그은 ③에서 보는 것처럼 먼저 부부간에 분리가 이루어지고, 또 ④에서와 같이 일본으로 돌아간 아내를 찾아 도일한 아메노히보코가 다지마에 정착하는 것이 주된 내용이다.

그런데 이들 부부간이 분리되어 아카루히메가 신라를 떠나면서,

---

83) 김철준은, 김부식의 《삼국사기》에서는 유교의 가부장적 윤리관에 배치되는 것은 무시되었는데, 알영의 경우도 여신적인 성격이 말살되면서 박혁거세에 종속되는 기록으로 바뀌었다고 보았다.
　　김철준, 《한국고대사회연구》, 서울: 지식산업사, 1975, 40~41쪽.
84) 저자는 신화 자료들을 이용하여, 고구려 문화의 바탕이 된 부여에서 신라로 이어지는 한반도의 동해안 문화가 일본의 기층문화 형성과정에 적지 않은 영향을 미쳤을 것이라는 가설을 제시한 바 있다. 따라서 여신 신앙도 이와 같은 문화의 흐름과 그 궤軌를 같이 하였다고 볼 수 있다.
　　김화경, 앞의 책, 77~175쪽.

"대체로 나는 당신의 아내가 될 여자가 아닙니다. 내 조국으로 가 겠습니다."라는 말을 하였다는 점에 주목할 필요가 있다. 이 말은 그녀가 비록 일광감응과 난생의 모티브로 태어나기는 하였지만, 자기의 나라가 일본이었다는 것을 의미하고 있어 관심을 불러일 으킨다. 그렇지만 이러한 신화적 문맥은 햇빛을 비춰준 하늘이 일 본이었다는, 앞뒤가 맞지 않는 모순에 빠지게 된다는 것을 지적하 지 않을 수 없다.

일본의 신화 체계에서 아마테라스오카미가 다스린다고 하는 '다 카마노하라'는 표현 그대로 높은 하늘 저 멀리에 있는 곳을 지칭 하였다.[85] 나카다 가오루中田薰는 "이 아마노히보코의 '아마'라는 말은 일반적으로 우리 천손민족의 고향을 가리키는 것으로, 사실 은 한반도 이른바 '가라쿠니노시마韓郷島', 특히 '시라기斯羅'를 가 리키고 있음은 의심할 바 없다."[86]고까지 하였다.

그럼에도 이 설화에서 아카루히메의 조국이 일본으로 기술된 것은《고사기》의 편자編者가 이 이야기를 기록하면서, 그녀가 일 본으로 건너간 이유를 정당화하려고 했던 것이 아닌가 한다. 왜 냐하면 당시의 편자들도 신화시대에 '다카마노하라', 즉 하늘의 세계에서 그 출자를 구하는 신들이 한국과 연계되어 있다는 사 실을 알고 있었을 것이고, 그리하여 전설시대의 이야기에서는 신 화시대의 전철을 답습하지 않고 일본적인 특성을 드러내는 방법 으로 자료의 개작을 감행했을 소지가 있기 때문이다.

여하간 이렇게 해서 일본으로 건너간 아카루히메는 히메코소 신사에 모셔지게 된다. 여기에서 그녀의 이야기는 더 이상 전개되 지 않고, 그 뒤에는 아메노히보코를 조상으로 받드는 자손들에 대

---

85) 金錫亨, 朝鮮史研究會 譯, 앞의 책, 125~126쪽.
86) 中田薰, 앞의 책, 3쪽.

한 이야기로 이어진다. 말하자면 이 설화는 다지마의 호족으로 야마토 왕정을 대표하여 한국의 여러 나라에 내왕했다고 하는 다지마 모리[87]의 조상 이야기로 전승되었다는 것이다.

그런데 아메노히보코 이야기가 위에서 제시한 다지마 모리의 조상 설화로만 전승되는 것은 아니다.《속일본기續日本記》에 일문逸文으로 전해지는《지쿠젠 풍토기筑前風土記》에도 아래와 같은 이야기가 기록되어 있어, 그의 후손이라고 하는 집단이 규슈 일대에도 살고 있었다는 것을 확인할 수 있다.

【자료 13】

　　옛날에 아나도大戸의 도요우라豊浦 궁宮에 아메노시타시로시메시시타라시나카쓰히코 천황이 구마소球磨硨를 정벌하러 갔을 때, 이토怡土의 아가타누시縣主의 조상인 이토데五十跡手가 천황이 온다는 소식을 듣고 잎이 무성한 나뭇가지를 가져와 뱃전에 세웠다. 그리고 나뭇가지의 윗부분에는 곡옥曲玉을 걸고, 가운데 부분에는 흰 구리거울을 내걸었으며, 아랫부분에는 검劒을 걸고 아나토大門의 히고섬引嶋까지 마중을 나왔다.

　　천황이 묻기를 "그대는 누구인가?"라고 하자, 이토데가 말하기를 "나는 하늘에서 고리국高麗國의 오로 산意呂山으로 내려온 아메노히보코日鉾의 후손 이토데입니다."라고 하였다.

　　이에 천황이 이토데를 칭찬하여 말하기를, "삼가 힘써서 봉사하는구나. 이소시伊蘇志[이토데]가 다스리는 본토를 이소국怡勤國이라고 해야 한다."고 하였는데, 지금 이토 군怡土郡이라고 하는 것은 잘못된 것이다.[88]

---

87) 金錫亨, 朝鮮史研究會 譯, 앞의 책, 156쪽.

이 자료를 보면 《지쿠젠 풍토기》가 저술될 무렵에는 스스로 아메노히보코의 후손이라고 일컬었던 사람들이 이토 군 일대에도 살고 있었다는 것을 알 수 있다. 이토 군은 오늘날 후쿠오카 현 이토시마 반도糸島半島에 있는 이토시마 군糸島郡을 가리킨다. 이 군은 행정 개편의 일환으로 이토 군糸郡과 시마 군島郡이 합해져 만들어졌다.[89]

이곳에 살고 있던 아메노히보코의 후손들은 자기들의 조상이 "고리국의 오로 산"에서 왔다고 하여, 선조가 출발했던 장소까지 밝히고 있었다. 이것은 단순히 신라의 왕자였다고 한 《고사기》의 기록보다 한층 더 구체화되어 있어, 아메노히보코 집단이 출발했던 장소를 추정할 수 있게 하였다.

실제로 북한의 역사학자 조희승趙熙昇은 이 아메노히보코의 후손들이 출발했다고 주장한 오로 산을 경상북도 청도군의 오례산烏禮山으로 보고 있다. 그는 "《동국여지승람》(권26 청도군)에 따르면, 청도는 본래 이서소국伊西小國이었는데, 신라 유리왕(기원후 24~37년)이 쳐서 신라 땅으로 만들었다고 한다. 구도산, 오야산, 오례산 등 여러 가지로 부르다가 지금은 오례산이라고 부른다. 오로 산은 오례산과 음이 통한다. 1세기 무렵에 신라의 판도로 들어간 오례

88) "昔者 穴戶豊浦宮御宇足仲彦天皇 將討球磨礵於幸筑紫之時 怡土縣主等五十跡手 聞 天皇幸 拔取五百枝賢木 立于船舳艫 上枝挂八尺瓊 中枝挂白銅鏡 下枝挂十握劒 參迎穴門引嶋獻之. 天皇勅問阿誰人. 五十跡手奏曰 高麗國意呂山 自天降來日鉾之苗裔五十跡手是也. 天皇於斯譽五十跡手曰 恪乎(謂伊蘇志) 五十跡手之本土 可謂怡勤國 今謂怡土國訛也."
秋本吉郎 校注, 앞의 책, 503~504쪽.

89) 조희승, 《초기 조일관계사(상)》, 평양: 사회과학출판사, 1988, 140쪽.
그러나 일본의 가미가이토 겐이치上垣外憲一는 이 신화에 등장하는 아나토를 야마구치현山口縣의 시모노세키下關 부근에 있는 나가토長門으로 보고 있어, 조희승과 견해를 달리하고 있다.
上垣外憲一, 앞의 책, 109쪽.

산 일대에서 건너간 사람들이 이도국을 세운 것 같다. 더욱이 흥미 있는 것은 이도국의 아가타누시縣主인 이토데가 본토의 나라 이름을 따라서 이소국이라고 하였다는 것이며, 이른바 천황이 이토데를 이소시라고 불렀다는 사실이다."[90]고 하였다.

조희성의 이런 견해는 상당히 근거 있는 추정으로 볼 수 있다. 신라 지역에서 이주한 사람늘이 일찍부터 이즈모뿐만 아니라 북규슈 일대에도 진출하였다는 것을 알 수 있는 자료들이 남아 있기 때문이다.[91] 따라서 이처럼 아메노히보코의 후손이라고 칭하던 사람들이 다지마 지방에만 있었던 것이 아니라 규슈 지방에도 있었다는 것은, 신라에서부터 이루어진 일본 이주가 한 번에 그치지 않았음을 드러낸다. 바꾸어 말하면, 신라 사람들의 도일은 여러 차례에 걸쳐 파상적으로 이루어졌다는 것이다. 이렇게 보면 그들 가운데 일부는 규슈 지역에 머물렀고, 또 다른 일부는 나니와를 거쳐서 다지마 지역에 이르러 정착했다고 볼 수 있다.

그런데 이들이 다지마까지 가는 데는 먼저 살고 있던 사람들의 상당한 저항이 있었던 것 같다. 이러한 저항의 흔적은 《하리마국풍토기播磨國風土記》에 실려 있는, 몇 개의 지명 연기 설화들 속에서 찾을 수 있다.

【자료 14】

(가) 이히보 리揖保里: 이히보粒라고 부르는 까닭은, 이 마을이 이히보 산揖

---

90) 조희승, 앞의 책(1990), 135쪽.
91) 일본에서는 후쿠오카 현 일대에 남아 있는 시라기 신사白木神社들은 신라와 관계있는 것으로 보고 있다. 이것은 '白木'의 일본식 발음이 '시라기'라는 데 근거를 둔 것이어서 그 타당성을 인정해도 좋을 것이다.
出羽弘明, 앞의 책, 29~32쪽.

保山에 기대어 있으므로 산의 명칭으로서 이름을 삼은 것이다.

이히보 언덕揖保岳: 이히보 언덕이라고 부르는 까닭은, 아메노히보코노미코토가 가라쿠니韓國에서 건너와 우즈 강宇頭川의 어구에 이르러 묵을 곳을 아시하라노시코오노미코토葦原志擧乎命에게 청하여 말하기를, "너는 땅의 주인[國主]이다. 내가 묵을 곳을 얻고자 한다."고 하였다. 시코는 곧 바다 가운데를 허락하였다.

그때 객신客神(아메노히보코를 가리킴: 인용자 주)은 칼을 가지고 바닷물을 휘저으면서 물러갔다. 주신主神은 곧 객신의 요란한 행위를 두려워하여, 먼저 나라를 차지하려고 돌아서 올라가 이히보 언덕에 이르러 밥을 먹었다. 그런데 입에서 밥알이 떨어졌다. 그 때문에 이히보 언덕(밥풀 언덕이란 의미: 인용자 주)이라는 이름이 붙여졌다. 또 지팡이를 땅에 꽂았더니, 곧 지팡이를 꽂은 곳에서 샘寒泉이 솟아나 드디어 남북으로 흘렀다.[92]

(나) 우바이타니奪谷: 아시하라노시코오노미코토와 아메노히보코노미코토 두 신이 이 골짜기를 서로 빼앗았다. 그래서 우바이타니라고 한다. 그들이 서로 빼앗으려고 했던 까닭으로 골짜기 모양이 꼬부라진 것이 칡넝쿨과 같다.[93]

(다) 미카타 리御方里: 미카타라는 이름을 붙인 까닭은 다음과 같다. 아시하라노시코오노미코토가 아메노히보코노미코토와 검은 흙으로 된 시니 산志爾嵩에 이르러 각각 칡넝쿨 세 가닥을 가지고 발에 붙였다가 던졌다. 그때 아시하라노시코오노미코토의 칡 한 가닥은 다지마의 게타

---

92) "揖保里 所以稱粒者 此里 依於粒山 故因山爲名. 粒丘 所以號粒丘者 天日槍命 從韓國度來 到於宇頭川底 而乞宿處於葦原志擧乎命曰 汝爲國主 欲得吾所宿之處. 志擧 卽許海中. 爾時 客神 以劍攪亂海水 而宿之. 主神 卽畏客神之盛行 而先欲占國 巡上到於粒丘 而飡之. 於此 口落粒 故號粒丘."
秋本吉郎 校注, 앞의 책, 304~307쪽.

93) "奪谷 葦原志許乎命 與天日槍命 二神相奪此谷 故曰 奪谷. 以其相奪之由 形如曲葛."
秋本吉郎 校注, 앞의 책, 318~319쪽.

군기多郡에 떨어졌고, 한 가닥은 야부 군夜夫郡에 떨어졌으며, 한 가닥은
이 마을에 떨어졌다. 그 때문에 미카타三條라고 한다. 아메노히보코노
미코토의 칡은 모두 다지마 국에 떨어졌다. 그 때문에 다지마의 이쓰
시伊都志 땅을 차지하였다.[94]

(라) 누카오카粳岡에서 이와대신伊和大神이 아메노히보코노미코토와 더불어
두 신이 제각기 군사를 내어 싸움을 하였다. 이때에 대신의 군사가 모
여서 벼를 찧었는데, 그 겨(일본어로 '누카'라고 한다.)가 쌓여서 언덕이
되었다. 또 그 겨를 까불어 둔 곳을 둔덕(일본어로 '즈카'라고 한다.)이라
고 하고, 또 기무레 산城矛禮山이라고도 한다. 어떤 사람이 말하기를, 성
을 쌓은 곳에는 호무다 천황(品太는 오진 천황을 가리킨다.) 때에 건너온
구다라百濟 사람들이 습속에 따라 성을 쌓고 살았다고 한다. 그 자손은
가와노베 리川邊里의 미야케三家 사람 야시로夜代 등이다. 야치구사八千
軍라고 하는 까닭은, 아메노히보코노미코토에게 군사 팔천이 있었기
때문으로, 야치구사 들판八千軍野이라고 한다.[95]

위의 자료에서 (가)는 이히보 군揖保郡에 속하는 이히보 리의 전
승이고, (나)와 (다)는 시사와 군宍禾郡에 속하는 우바이타니라는 계
곡과 미카타 리에 얽힌 이야기로, 이들 두 군郡은 우즈 강 유역에
자리 잡고 있다. 또 (라)는 가무사키 군神前郡에 들어가는 누카오카

---

94) "御方里 所以號御形者 葦原志許乎命 與天日槍命 到於黑土志爾嵩 各以黑葛三條 着足
投之. 爾時 葦原之許乎命之黑葛 一條落但馬氣多郡 一條落夜夫郡 一條落此村 故曰三
條. 天日槍之命黑葛 皆落於但馬國 故占但馬伊都志地 而在之."
秋本吉郎 校注, 앞의 책, 322~323쪽.

95) "粳岡者 伊和大神 與天日鉾命 二神 各發軍相戰, 爾時 大神之軍 集而春稻之 其粳聚爲
丘. 又其簸置粳 云墓 又云城矛禮山. 一云 掘城處者品太天皇御俗 參度來百濟人等 隨有
俗 造城居之. 其孫等 川邊里 三家人 夜代等. 所以云八千軍者 天日鉾命 軍在八千 故曰
八千軍野."
秋本吉郎 校注, 앞의 책, 328~331쪽.

라는 언덕에 얽힌 이야기로, 오 강大川 유역에 자리하고 있다.

이렇게 아메노히보코 설화는 하리마나다幡磨灘로 흘러드는 우즈 강과 오 강의 유역에 자리한 지역에 집중적으로 분포되어 있었다. 이와 같은 설화 분포의 특징은, 신라에서 들어간 아메노히보코 집단이 가는 곳마다 그 지방에 먼저 살고 있던 사람들과 갈등을 일으켰다는 것을 나타내는 것이 아닐까 한다.

그리고 이들 설화에서 아메노히보코에 대항을 한 주체가 ㈃에서만 이와대신伊和大神으로 되어 있을 뿐이고, ㈎와 ㈏, ㈐에서는 다 같이 아시하라노시코오노미코토葦原志擧乎命로 되어 있다. 하지만 이처럼 선주민先住民의 수장首長이 그에게 저항을 했다고 하는 기록을 사실로 받아들이기는 어렵다. 다시 말해 하리마나다 가까이에 있는 이히보 군의 이히보 리에서 시작된 두 집단 사이의 갈등이 다지마에 이르러 제각기 나누어져 살게 되면서 해소되었다고 보기는 어렵다는 것이다.

그러나 이들 자료를 놓고 볼 때, 아메노히보코 집단이 우즈 강의 상류 쪽으로 들어갔는데 이들이 이동할 때마다 이미 살고 있던 사람들이 조직적으로 대항을 했다는 것은 거의 확실한 것 같다. 그리고 이렇게 하여 이루어진 아메노히보코 집단의 일본 진출은 그들이 다지마에 정착함으로써 종말을 고하게 되었으며, 거기에 정착한 이들의 자손이 상당히 번성하였다는 것도 아울러 확인할 수 있다.

그런데 아메노히보코 집단은 하리마나다 연안에 상륙하여 우즈 강을 따라서 이히보와 시사와로 북상을 하여 다지마에 정착하였다. 그들의 이와 같은 경로는 이즈모계 신화에서 이즈모 세력이 서부 일본의 중앙부를 서북쪽부터 시작해서 남동쪽으로 뻗어 내려왔던 것과는 반대 방향이다.96)

이러한 사실은 신라에서 일본으로 건너간 집단이 하나의 경로만을 취하지 않았다는 것을 나타낸다는 점에서 매우 중요한 의의가 있다고 하겠다. 곧 신라에서는 초창기에 이즈모 지방으로 건너가는 해로海路를 이용하여 도일하였으나, 뒤에는 규슈 일대를 거쳐서 하리마나다 연안에 상륙하여 다지마 방향으로 북상하는 경로를 취했다는 것이다.

이제까지 아메노히보코 설화를 고찰하면서, 신라에서 이즈모로 들어가는 항로와는 구별되는, 또 다른 항로가 존재했다는 것을 확인하였다. 그리고 이 설화에서는 아메노히보코의 아내 아카루히메 탄생담에 일광감응과 난생 모티브가 있음에도 그녀의 고국이 일본으로 되어 있다는 것은《고사기》의 편자들이 의도적으로 이 이야기를 개작하였음을 말해준다고 보았다. 또《하리마국 풍토기》에 전해지는 자료들을 근거로 하여, 신라 세력이 일본에 진출하며 거기에 선주하던 집단들에게서 많은 저항을 받았다는 것을 알아냈다.

5. 진구 황후의 신라 정벌 설화와 일본

일본의 사서에는 앞에서 살펴본 '아메노히보코 설화'와 같이 신라 사람들의 일본 진출을 서술하는 자료만 존재하는 것은 아니다. 그들이 신라를 정벌했다고 하는 이야기도 남아 있어 관심을 불러일으킨다. 바로 이런 자료의 예가 '진구 황후神功皇后의 신라 정벌 설화'이다. 이 설화가 일찍부터 일본 어용학자들에게 주목을 받았던 이유는, 그 내용이 일본 세력의 한반도 진출을 서술하고 있기

---

96) 金錫亨, 朝鮮史硏究會 譯, 앞의 책, 158~159쪽.

때문이었다. 바꾸어 말하면 이 설화는 그들이 한국을 식민지화하는 데 정당성을 부여한 '임나일본부설'의 합리화에 유용하게 이용할 수 있는 소지가 있었다는 것이다.[97]

그러나 김현구金鉉球는 이 문제에 대해 아래와 같이 설화의 역사적 사실성에 강한 의문을 표시한 바 있다.

"신라 정토征討의 과정도 모순투성이다.《한서漢書》지리지地理志에 보이는 것처럼 1세기에는 이미 왜倭가 대륙과 통교하고 있었는데, 이미 서일본西日本을 통일한 진구 황후가 신라 정토에 즈음해서 해외에 나라가 있는 것을 몰라서 사람을 바다에 내보내 해외에 나라가 있는지 없는지를 살펴보게 했다는 것은 있을 수 없는 일이다. 또한 황후의 친정親征인데도 불구하고 지리에 대한 기재가 전혀 없을 뿐만 아니라 배가 신라의 수도에까지 간 것처럼 되어 있어 전혀 사리가 맞지 않는 것이다. 그리고 신라왕의 이름도 보이지 않을 뿐만 아니라 황후가 출산에 즈음해서 돌을 가지고 그것을 막았다거나, 큰 물고기들이 배를 호위했다거나 하는 이야기에 이르러서는 논할 만한 가치도 없다고 생각된다. 따라서 신라 정토의 과정이 사실에 바탕을 둔 것이 아님을 알 수 있다."[98]

그의 이런 지적은 진구 황후의 신라 정벌이 역사적인 사실일 수 없는 까닭을 말한 것이라고 할 수 있다. 하지만 이것이 사실이 아니라 설화였다고 한다면 그런 설화가 만들어진 배경을 고찰하는 것도 고대 한일 사이의 관계를 해명하는 하나의 계기가 될 수 있을 것이다.

그러나 일본의 학사들은 "왜국이 4·5세기에 한반도 남부를 침

---

97) 김현구, 앞의 책, 36쪽.
98) 김현구,《임나일본부연구》, 서울: 일조각, 1993, 19쪽.

공한 것은, 호태왕비문好太王碑文 등의 금석문과 많은 문헌에 기록
되어 있어 의심의 여지가 없다."99)는 전제 아래서, "이러한 국내
통합의 기초 위에서, 해외의 한국 땅[韓地]을 향해서 원정이 이루
어졌다는 것은 자연스러운 흐름이다. 가야伽耶가 천황 가天皇家의
고지故地였던 것에 덧보태어, 당시의 필수 물자인 철鐵의 공급지였
던 것이 원정의 필요성을 나타낸다. 이때에 친성의 주역자主役者가
여성이라면, 뒤에 '신神'으로 숭배되는 칭호가 붙어지는 것도 이상
한 것은 아니다."100)고 하면서, "진구의 원정에 관해서도, 기노미
나토紀伊水門를 나서 세토 내해瀬戸内海로 들어가, 스오周防의 사하
佐波·나가토長門, 지쿠젠筑前을 거쳐, 히젠肥前의 마쓰우라松浦 반도
로부터 출발하여 쓰시마對馬 북단北端에서 한국 땅[韓地]으로 향했
다고 하는 경로가 명확하게 된다."101)는 주장을 하고 있어, 지금까
지도 그들의 한국 땅 진출을 사실이라고 떠들고 있다.

이렇게 일본 사람들이 역사적 사실임을 주장하는 진구 황후에
대한 기록은《고사기》의 주아이 천황仲哀天皇 조와《일본서기》의
주아이 천황 조 및 진구 황후 조에 실려 있다. 전자에는 천황이 죽
은 해만을 간지干支로 기록하고 나머지는 기년紀年을 사용하지 않
았으므로, 이 설화도 사건 위주로 서술되어 있을 뿐이다. 이에 견
주어 후자에는 이 설화가 간지와 월일月日 순으로 서술되어 있어,
마치 하나의 역사적 사실인 것 같은 착각을 불러일으키게 하고 있
다. 그렇지만 이들 두 사서에 수록된 설화는 커다란 테두리에서는
거의 같은 내용으로 되어 있으며, 진구 황후의 신탁神託에 얽힌 이
야기와 그녀의 신라 정벌 이야기로 대별된다.102)

---

99) 寶賀壽男,《神功皇后と天日槍の傳承》, 東京: 法令出版, 2008, 6쪽.
100) 寶賀壽男, 위의 책, 331쪽.
101) 寶賀壽男, 위의 책, 332쪽.
102)《고사기》에는 진구 황후의 신탁 이야기가 자세하게 기술되어 있는 것과 달리,《일본

먼저 일본의 학자들은《고사기》에 실려 있는 전자에 대해, 그 책 편찬의 저본이 된《제기帝紀》나《구사舊辭》에 이미 이 설화가 실려 있었을 것으로 상정하였다.[103] 그래서 본 연구에서는《고사기》에 기록되어 있는 자료를 중심으로 하여 이것을 두 부분, 곧 신탁에 얽힌 전반부와 신라 정벌의 후반부로 나누어 고찰하기로 한다.

【자료 15】

그 황후인 오키나가타라시히메노미코토息長帶比賣命는 그때 신이 들렸다. 그것은 천황이 쓰쿠시筑紫의 가시히 궁詞志比宮에 머물면서 구마소熊襲의 나라를 토벌하려고 하였을 때의 일인데, 천황이 거문고를 타고는 다케우치노스쿠네建內宿禰라는 대신으로 하여금 정원에서 신의 명을 받게 하였다.

그러자 황후에게 신이 내려 그녀를 통하여 말하기를, "㉮ 서쪽에 나라가 있다. 금과 은을 비롯해 눈부신 여러 가지 진귀한 보물이 그 나라에는 많이 있다. 나는 지금 그 나라를 복속시켜 너희들에게 주고자 하노라."고 하였다. 그러나 이에 대해 천황이 대답하기를 "㉯ 높은 곳에 올라가 서쪽을 바라보아도 국토는 보이지 않고 망망대해뿐입니다."고 하였다. 그리고는 이 신이 거짓말을 하는 것으로 여겨 거문고를 타지도 않고 밀쳐 놓은 채 잠자코 말없이 앉아 있었다. 이로 말미암아 그 신은 매우 분개하여 말하기를 "㉰ 무릇 이 천하는 네가 다스릴 나라가 아니다. 너는 한 길로 향해 가거라."고 하였다. 그때 다케우치노스쿠네 대신

서기》에는 그녀의 신라 정벌 이야기가 자세하게 기술되어 있다는 특징이 있다.

103) 쓰다 소키치는 5세기 무렵에 진구 황후의 신라 정벌 설화가 성립되었을 것으로 보았으나, 그 뒤에 나오키 고지로直木孝次郞와 이노우에 미쓰사다井上光貞, 쓰카구치 요시노부塚口義信 등은 그 시기를 7세기 무렵으로 보았다.
塚口義信,《神功皇后傳說の硏究》, 東京: 創元社, 1972, 13~24쪽.

이 말하기를 "황공하옵니다. 저희들의 천황이시여! 그 거문고를 다시 한번 타보아 주십시오."라고 하였다. 이에 천황은 이윽고 그 거문고를 다시 잡아 적당히 줄을 당기기 시작했다. 그런데 얼마 지나지 않아서 거문고 소리가 들리지 않았다. 그리하여 ㉮ 즉시 불을 밝히고 들여다보니 이미 천황은 숨져 있었다.

이를 본 일동은 모두 깜짝 놀라 빈궁殯宮에 천황의 유체를 안치하고 전국 각지에서 폐백幣帛을 거두어 들여 짐승을 산 채로 가죽을 벗기는 죄, 엉덩이부터 가죽을 벗기는 죄, 논두렁을 무너뜨리는 죄, 관개수로를 메우는 죄, 신성한 제장祭場에 대변을 누는 죄, 부모와 자식 사이에 간음한 죄, 말·소·닭·개들과 간음한 죄 등을 모두 열거하여 국가적인 차원에서 부정을 없애고 다시 다케우치노스쿠네로 하여금 정원에서 신의 명을 받게 하였다. 이에 ㉯ 신이 가르쳐 주는 내용은 모두 전날과 같았는데, "무릇 이 나라는 너의 배 속에 있는 왕자가 다스려야 할 나라이다." 라고 말하는 것이었다. 이를 들은 다케우치노스쿠네는 "알겠습니다. 우리의 대신大神이시여, ㉰ 그 신의 배 속에 들어 있는 아이는 어떤 아이입니까?"고 묻자, "아들이다."고 신이 대답했다.

이에 다케우치노스쿠네는 "지금 이러한 말씀을 하시는 대신은 어떤 이름의 신이신지요?"하며 좀 더 상세히 묻자, "㉱ 이는 아마테라스오카미의 마음에 따른 것이다. ㉲ 그리고 소코쓰쓰노오底筒男·나카쓰쓰노오中筒男·우와쓰쓰노오上筒男라는 3명의 대신이다. ― 이때 대신 3명의 이름이 밝혀졌다. ― ㉳ 지금 진실로 서쪽 나라를 얻고자 한다면 천신과 국토의 신, 그리고 산신과 강과 바다의 여러 신들에게 빠짐없이 폐백을 바치고, 나의 신령을 배 위에다 모셔두며, 회檜나무와 삼杉나무를 태운 재를 표주박에 넣고 또 나무젓가락과 떡갈나무 잎으로 만든 접시를 많이 만들어서 그것들을 모두 넓고 넓은 바다에 띄워 놓고 바다를 건너라."고 말하였다.104)

이상과 같은 진구 황후의 신탁 이야기에서 가장 두드러지게 드러나는 특징은 그녀가 무녀의 성격을 띤 인물이었다는 것이다. 위의 자료에서는 먼저 그녀에게 신이 내리는 것부터 이야기가 시작되고 있다. 곧 그녀의 남편인 주아이 천황이 구마소를 토벌하려고 했을 때에, 다케우치노스쿠네로 하여금 정원에서 신의 의사를 물어보게 하였다. 여기에서 정원이라고 번역한 '사니와沙庭'라는 일본어는 '부정을 물리친 신성한 장소'를 의미한다. 이런 장소에서 신이 내린 사람은 다케우치노스쿠네가 아니라, 바로 진구 황후였다. 그러므로 그녀는 신의 의사를 인간들에게 전달해주는 무녀가 되었다고 보는 것이 타당할 것이다.105)

진구 황후가 이처럼 공수를 하는 무녀였다고 한다면, 그 옆에서 거문고를 타고 있던 주아이 천황은 무녀의 굿판에서 장단을 맞추는 제금提琴잡이106)에 해당하고, 다케우치노스쿠네는 신의 의사를

---

104) "其大后息長帶日賣命者, 當時歸神. 故, 天皇坐筑紫之詞志比宮將擊熊曾國之時, 天皇控御琴而, 建內宿祢大臣居於沙庭, 請神之命. 於是, 大后歸神, 言敎覺詔者, 西方有國. 金, 銀爲本, 目之炎耀, 種種珍寶, 多在其國. 吾今歸賜其國. 爾, 天皇答白, 登高地見西方者, 不見國土, 唯有大海. 謂爲詐神而, 押退御琴不控, 默坐. 爾, 其神大忿詔. 凡玆天下者, 汝非應知國. 汝者向一道. 於是, 建內宿祢大臣白, 恐. 我天皇. 猶阿蘇婆勢其大御琴. 爾, 稍取依其御琴而, 那痲那摩邇. 控坐. 故, 未幾久而, 不聞御琴之音. 卽擧火見者, 旣崩訖. 爾, 驚懼而, 坐殯宮, 更取國之大奴佐而, 種求生剝·逆剝·阿離·溝埋·屎戶·上通下婚·馬婚·牛婚·鷄婚·犬婚之罪類, 爲國之大祓而, 亦建內宿祢居於沙庭, 請神之命. 於是, 敎覺之狀, 其如先日, 凡此國者, 坐汝命御腹之御子, 所知國者也. 爾, 建內宿祢, 白恐. 我大神. 坐其神腹之御子, 何子歟. 答詔男子也. 爾, 具請之, 今如此言敎之大神者, 欲知其御名. 卽答詔, 是天照大神之御心者. 亦底筒男·中筒男·上筒男, 三柱大神者也. (此時其三柱大神之御名者顯也.) 今寔思求其國者, 於天神地祇, 亦山神及河海之諸神, 悉奉幣帛, 我之御魂, 坐于船上而, 眞木灰納瓠, 亦箸及比羅傳. 多作, 皆皆散浮大海以可度."
荻原淺男 共校注, 앞의 책, 235~238쪽.

105) 오카모토 겐지와 와다 아쓰무도 진구 황후의 무녀적 성격에 대해서 언급한 바 있다.
岡本堅次, 《神功皇后》, 東京: 吉川弘文館, 1959, 109~128쪽.
和田萃, 〈古代の祭祀と政治〉, 《日本の古代(7)》, 東京: 中央公論社, 1996, 39~41쪽.

106) 굿을 할 때에 무당의 무가에 장단을 맞추는 사람을 장구잡이라든가 징잡이라고 부른

물어보는 심신자尋神者의 노릇을 한 인물이었다. 따라서 이 자료의 발단 부분은 진구神功라는 무녀가 중심이 되어, 자기들에게 거역하고 있는 구마소의 정벌을 신에게 물어보는 굿판을 벌이고 있었다는 것을 말해준다고 하겠다.

그런데 진구의 입을 거쳐서 얻은 신탁은 구마소의 정벌과는 아무런 관계가 없는 것이었다. 그것은 엉뚱하게노 밑줄을 친 ㉮에서 보는 것처럼, "서쪽에 나라가 있다. 금과 은을 비롯해 눈부신 여러 가지 보물이 그 나라에는 많이 있다. 나는 지금 그 나라를 복속시켜 너희들에게 주고자 하노라."는 것이었다. 이 말에서는 아직 '신라'라는 나라 이름이 등장하지 않는다. 그렇지만 뒤에 이어지는 내용으로 보아, 신탁에서 언급한 곳이 '신라'임은 거의 확실한 것 같다.

여기에서 그들이 굿판을 벌였다고 상정되는 쓰쿠시의 가시히 궁이 있는 곳을 오늘날의 후쿠오카 시의 가시히香椎로 상정하는 경우에, 신라의 방향이 결코 서쪽이 될 수 없다는 점을 유의하지 않으면 안 된다. 후쿠오카 시에서 신라를 가리키는 경우에는 그 방향이 서북쪽이 되어야 마땅하다. 이에 대해 오카모토 겐지岡本堅次는 이런 방향의 오류를 야마토 사람의 관념을 나타내는 것으로 보았지만,[107] 이런 추정이야말로 일본의 학자들이 자기들의 논리를 전개하고자 편리한 대로 자료를 해석하고 있다는 것을 말해주는 증거가 아닐 수 없다. 왜냐하면 위의 자료에서는 신탁을 받은 쓰쿠시의 가시히 궁을 중심으로 이야기를 전개하고 있어, 이 자료가 야마토 사람들의 관념을 나타낸다고 간단하게 보아 넘길 문제

다고 한다.

배정민: 55세, 대구광역시 달서구 신당동 거주 황해도 굿 보유자, 2009년 4월 20일 제보.

107) 岡本堅次, 앞의 책, 76~77쪽.

가 아니기 때문이다.

그리고 또 하나 이해가 되지 않는 것이 있다. 그것은 신탁으로서 '신라'라는 나라가 서쪽에 있다는 것을 처음으로 알았다고 하는 표현이다. 다시 말해 주아이 천황과 진구 황후 일행이 서쪽에 금은 보물이 많이 나는 나라인 신라가 있다는 것을 신의 가르침으로 비로소 알게 되었다고 하는 것도 쉽게 수긍하기 어렵다는 것이다.[108] 이런 지적을 하는 이유는, 이미 그들의 신화를 집대성한 《일본서기》의 신대편에 이즈모계 신화의 최고신인 스사노오노미코토가 다카마노하라에서 내려온 곳이 신라의 소시모리였다는 기록이 있고, 또 스진 천황 조에 미마나국의 소나카시치蘇那曷叱知가 일본의 천황에게 조공을 바쳤다는 기록이 있기 때문이다. 그리고 스이닌 천황 조에는 가락국의 왕자 쓰누가아라시토 이야기가 일설로 기술되어 있고, 뒤따라 신라의 왕자 아메노히보코 이야기가 기술되어 있다. 특히 《고사기》에는 아메노히보코 설화가 진구 황후의 뒤를 이은 오진 천황 조에 실려 있는 것과 달리, 《일본서기》에는 그보다 4대가 앞서는 스이닌 천황 조에 실려 있다. 이런 기록들을 볼 때, 이처럼 신의 가르침으로 서쪽에 신라가 있다는 것을 알았다고 하는 신탁의 내용은 앞뒤가 맞지 않는 모순을 안고 있음을 확인할 수 있다.[109]

그래서 저자는 일단 앞의 이야기에서 서쪽에 있는 나라로 금과 은 등의 여러 가지 보물들이 있다고 표현된 곳이 한국의 신라가 아니라는 견해를 제시하고자 한다. 아무리 앞의 자료 15가 설화적

---

[108] 쓰다 소키치도 이 문제에 대해 사실이 아니라는 것을 지적한 바 있다.
津田左右吉, 《日本古典の硏究(上)》, 東京: 岩波書店, 1948, 92~93쪽.

[109] 이 문제에 대해서는 오카모토 겐지도 이것이 전설의 속성을 띠는 이야기라고 하더라도 그런 일은 있을 수 없다는 것을 지적한 바 있다.
岡本堅次, 앞의 책, 29~31쪽.

성격을 띠는 전설에 가까운 것이라고 하더라도, 진구 황후가 직접 정벌을 하고 신라의 왕이 스스로 마구간馬廐間지기가 되기를 자청하였다고 한다면,[110] 적어도 그 방향만은 정확하게 기술되어야 마땅할 것이다. 그러므로 이곳에서 정복의 대상으로 적시한 곳은 쓰쿠시 가시히 궁의 서쪽에 있던 어떤 나라였는데, 그 나라를 중심으로 한 이야기에 후대의 가필加筆이 이루어지면서 한반도의 신라로 변개되었을 가능성이 짙다고 하겠다.

어쨌든 이렇게 황후의 입을 거쳐서 얻은 신탁에 대해, 천황으로 표현된 제금잡이는 ㉯에서와 같이 "높은 곳에 올라가 서쪽을 바라보아도 국토는 보이지 않고 망망대해뿐입니다."라고 말했다. 그러면서 그는 신이 거짓말을 하는 것으로 여겨, 자기가 해야 할 거문고마저 타지 않았다. 이와 같은 처사는 굿판에서 신직神職을 포기했다는 것을 의미한다.

그러니 신의 재앙이 내릴 수밖에 없게 된다. 주아이 천황이 신에게 받은 저주는, ㉰에서 보는 것처럼 "무릇 이 천하는 네가 다스릴 나라가 아니다. 너는 한 길로 향해 가거라."는 것이었다. 여기에서 말하는 '한 길'이란 이 세상의 사람이 가야만 하는 숙명적인 길, 곧 죽음의 길을 뜻한다. 실제로 신탁을 믿지 않았던 천황은 이 말대로 이내 죽고 말았다. 이런 일련의 과정은 밑줄을 그은 ㉱에서 보는 것과 같이, "즉시 불을 밝히고 들여다보니 이미 천황은 숨져 있었다."고 한 것으로 보아, 굿이 행해진 것은 밤이었음이 더욱 더 분명해진다.

이렇게 신탁을 믿지 않아서 신의 저주를 받은 천황이 급서急逝하였음에도, 그들은 빈궁殯宮을 설치하고 거국적으로 정화淨化 작업을 실시한 다음에 계속해서 신탁을 받았다는 것이다. 그런데 이

---

110) 荻原淺男 共校注, 앞의 책, 238~239쪽.

모든 것이 하루 만에 이루어졌다는 식으로 기록되어 있다. 곧 ⑭에서와 같이 "이에 신이 가르쳐주는 내용은 전날과 같았다."고 기술하고 있는 것은 빈궁의 설치와 거국적인 정화 행사가 천황이 죽은 당일에 다 행해졌다는 것을 말해주고 있다. 거듭 말하지만 이것이 아무리 설화라고 하더라도 하루 만에 국가적인 사업을 수행하였다고 하는 것은 도저히 있을 수 없는 허구적인 내용이라고 보지 않을 수 없다.

어떻든 제금잡이가 죽고 없었으나, 굿은 신의 뜻을 전하는 황후와 그 뜻을 물어보는 심신자인 다케우치노스쿠네 두 사람이 계속 진행하였다.[111] 그때의 신탁이 바로 "이 나라는 너의 배 속에 있는 왕자가 다스려야 할 나라"라는 것이었다. 그러자 이번에는 다케우치노스쿠네가 ⑭에서와 같이, "그 신의 배 속에 들어 있는 아이는 어떤 아이입니까?"하고 물었다. 이 물음으로 무녀였던 진구 황후에게 신이 내려, 심신자에게 이미 그녀는 하나의 현신顯神으로 인식되고 있었다는 사실을 확인할 수 있다. 그리고 그런 물음에 대한 답으로 그 아이가 아들이라는 사실도 아울러 알게 되었다.

이러한 신탁은 유복자로 태어날 아이가 다음에 왕권을 장악할 위대한 인물이라는 것을 강조하고, 나아가서는 진구 황후로 하여금 이 유복자가 자라나서 왕위를 계승할 때까지 섭정을 할 수밖에 없는 것으로 만들려는 하나의 방법이었다. 실제로 《고사기》에서는 주아이 천황 조에서 진구 황후의 이야기를 기술하고 있으나, 《일본서기》에서는 주아이 천황과 구별하여 진구 황후 조를 별도

---

111) 그러나 《일본서기》에는 오야마다 읍小山田邑에 재궁齋宮을 짓게 한 다음, 황후가 그 재궁에 들어가 신관神官이 되었고 다케우치노스쿠네가 제금잡이가 되었으며 이카쓰노 오미鳥賊津使主를 심신자가 되었다고 하여 굿판을 벌이는 데 필요한 사람들을 다 갖춘 것으로 기술되어 있다.
井上光貞 共校注, 앞의 책, 330~331쪽.

로 설정하고 있다. 이것은 그녀를 후세의 여성 천황들처럼 하나의 왕조로 보았음을 말해주는 것이다. 이런 의미에서 후자의 진구 황후 기술은 《고사기》를 원전으로 하여 자기들 나름대로 합리화를 시도했다는 것을 나타낸다고 보아도 좋지 않을까 한다.

이와 같은 일련의 과정을 거친 다음에, 다케우치노스쿠네는 진구 황후에게 내린 신격이 어떤 신들인가를 물었다. 그러사 ㉘에서 보는 것처럼, "이는 아마테라스오카미의 마음에 따른 것"이라고 하여, 지금까지 일어났던 모든 것이 황실의 조상신들 가운데 하나인 아마테라스오카미의 의향이었음을 알게 해주었다. 그러므로 유복자로 태어나는 호무다와케노미코토品陀和氣命가 뒤에 오진 천황이 되는 것은 조상신 또는 왕권의 권원權原인 천신의 뜻이었음을 드러낸 것이라고 볼 수 있다.

그리고 이어서 ㉒에서는, 소코쓰쓰노오와 나카쓰쓰노오, 우와쓰쓰노오 등 세 명의 신들 이름이 나온다. 이들은 스미요시 신사住吉神社에 모셔진 신들인데, 북규슈를 비롯하여 이키 섬과 쓰시마에 걸쳐 분포되어 대륙과의 항해를 지켜주는 해신海神의 신앙권을 형성하고 있다.[112] 과연 이들 세 명의 신은 ㉘에서와 같이, 진구 황후의 신라 정벌에 배들을 수호해주는 구실을 수행한다.[113]

이렇게 진구 황후가 반란을 일으킨 무리들의 정벌을 앞두고 신탁을 하는 무녀였다고 한다면, 이 설화는 제의祭儀와 정치가 아직 분리되지 않았던 사회의 한 단면을 그대로 드러내는 것이다. 바꾸어 말하면, 이 이야기는 제정이 분리되지 않았던 시대의 사건을 기술하는 것이라고 하겠다.

---

112) 荻原淺男 共校注, 앞의 책, 71쪽.
113) 스미요시의 세 신住吉三神은 국가적인 성격의 신이었고, 스미노에 항구는 국가의 외항外港으로 인식되었다고 한다.
　　和田萃, 앞의 논문, 40쪽.

이제까지의 고찰로, 주아이 천황이 죽고 난 다음에 진구 황후의 배 속에 들어 있는 호무다와케노미코토가 출생하여 천황이 되는 것은 조상신과 천신의 뜻이라는 것과, 이 과정에서 유복자로 태어난 그가 천황이 될 때까지는 그녀가 섭정을 해야 한다는 당위성이 서술되고 있다는 것을 확인하였다. 그리고 신탁에서 드러난 서쪽 나라의 정벌은 진구 황후가 수행해야 할 과제인데, 이 과제의 수행을 기술한 것이 정복자로서 그녀에 대한 이야기이다.

【자료 16】

그래서 황후는 모든 것을 신이 가르쳐준 대로 군사를 정비했는데, ① 배를 가지런히 하여 바다를 건널 때 바다의 크고 작은 고기들이 모든 배들을 업고 건넜다. ② 때마침 순풍이라 배들을 받치고 있던 파도는 신라의 땅으로 밀려들어가더니 국토의 반 정도가 잠기게 되었다. ③ 이를 본 신라의 국왕은 깜짝 놀라 두려워한 나머지 "지금부터 천황의 명령에 따라 말을 사육하는 자가 되어 해마다 배를 정렬하여 배 안을 비우는 일 없이, 삿대나 배의 키를 말리는 일 없이, 하늘과 땅이 계속 있는 한 끊이지 않고 공물을 바치겠나이다."라고 하였다.

이로써 신라는 말을 사육하는 곳으로 정하고 백제국을 바다 저편에 있는 직할지로 삼았다. 그리고 ④ 황후는 가지고 있던 지팡이를 신라 국왕의 집 문에 꽂아 세우고 스미요시 대신墨江大神의 신령인 아라미타마荒御魂를 나라의 수호신으로 모신 뒤 바다를 건너 다시 돌아왔다.[114]

---

114) "故, 備如敎覺, 整軍雙船, 度幸之時, 海原之魚, 不問大小, 悉負御船血渡. 爾, 順風大起, 御船從浪. 故, 其御船之波瀾, 押騰新羅之國, 旣到牛國. 於是, 其 國王畏惶奏言, 自今以後, 隨天皇命而, 爲御馬甘, 每年船, 不乾船腹, 不 乾柁楫弋 共與天地, 無退仕奉. 故, 是以新羅國者, 定於馬甘, 百濟國者, 定 渡屯家. 爾, 以其御杖, 衝立新羅國主之門, 卽以墨江大神之荒御魂, 爲國守 神而祭鎭還渡也."

이 자료에서는 바로 진구 황후의 일행이 신라 정벌에 나선 것으로 되어 있다. 하지만 《일본서기》에서는 출발에 앞서 신탁이 있었다고 하였다.

"그래서 길일을 점쳐서, 출발하기까지에는 며칠이 걸렸다. ……
이미 신의 가르침이 있어 이르기를, '니기미타마和魂의 신령은 왕
의 몸에 붙어서 수명을 지킬 것이고, 아라미타마荒魂의 신령은 선
봉이 되어서 군선軍船을 인도할 것이다'고 하였다. 이와 같이 신의
가르침을 얻자, 황후는 배례하였다. 그리고 요사미노아히코오타루
미依網吾彦男垂見를 신관神官으로 삼았다."[115]

이와 같은 기술은 《일본서기》의 편자가 진구 황후의 무녀적 성격을 그대로 인정하였음을 나타낸다. 곧 전쟁에서 목숨을 지켜주는 니기미타마의 신령이 진구 황후에게 붙어 있다는 것은, 앞에서 살펴본 그녀의 무녀적인 성격이 그대로 유지되고 있었음을 의미하는 것이다. 그리고 아라미타마의 신령이 배를 인도한다는 것 또한 항해할 때에 신의 가호를 믿었던 고대 일본인들의 신앙관을 반영한 것이라고 할 수 있다.

어쨌든 위의 자료 16이 역사적 사실을 기술하지 않은 것만은 명백하다. 이것은 일찍이 쓰다 소키치津田左右吉가 지적한 것처럼, 신라를 정벌하는 과정의 이야기로서는 구체성이 결여되어 있기 때문이다.[116] 실제로 이 이야기가 신라를 침공한 역사적 사실을 반영하는 것이라고 한다면, 신라의 어디에 도착하여 어떤 경로를

荻原淺男 共校注, 앞의 책, 338~339쪽.

115) "爰卜吉日, 而臨發有日. …… 旣而神有誨曰, 和魂服王身而守壽命. 荒魂爲先鋒而導師
船, 卽得神敎, 而拜禮之. 因以依網吾彦男垂見爲祭神主."
井上光貞 共校注, 앞의 책, 336~337쪽.

116) 津田左右吉, 앞의 책(1948), 94~96쪽.

거쳐 왕이 있는 궁성으로 들어갔는가 하는 것을 대강이나마 서술하여야만 한다. 그럼에도 이런 기록이 없는 대신에 밑줄을 친 ①에서 보는 것과 같이 "배를 가지런히 하여 바다를 건널 때에 바다의 크고 작은 물고기들이 모든 배들을 업고 건넜다."고 되어 있어, 이것이 하나의 신화적 성격을 지니는 이야기였음을 그대로 나타내고 있다.

두루 알다시피 물고기가 이처럼 다리 노릇을 하는 모티브의 이야기로는 고구려의 '주몽 신화'가 있다.

【자료 17】

주몽은 이에 오이와 마리, 협보 등 세 사람과 더불어 벗을 삼아, 엄사수까지 가서 물을 건너려고 하였다. 하지만 다리가 없어 뒤쫓아오는 군사들에게 붙잡힐까 염려되었다. 주몽이 물을 향하여 말하기를, "나는 천제의 자손이요, 하백의 외손이다. 오늘 도망을 가는 길인데, 뒤쫓는 자들이 따라와 닥치면 어떻게 하겠는가?"고 하였다. 이때에 물고기와 자라들이 떠올라 다리가 되었기 때문에 주몽은 건널 수가 있었다. 그러나 물고기와 자라들이 곧 흩어져서, 말을 타고 쫓아오던 군사들은 건너지 못하였다.[117]

이 신화에서는 물고기와 자라들이 떠올라 다리를 놓아주었으므로 부여국의 왕이었던 금와金蛙의 아들이 이끄는 군사들로부터 무사히 도망을 칠 수 있었던 것으로 되어 있다. 미카미 쓰기오三上次

---

117) "朱蒙乃與烏伊·摩離·陜父等三人爲友, 行至淹㴲水, 欲渡無梁. 恐爲追兵所迫, 告水曰: 我是天帝子, 河伯外孫. 今日逃走, 追者垂及如何? 於是, 魚鼈浮出成橋, 朱蒙得渡. 魚鼈乃解, 追騎不得渡."
    김부식, 《삼국사기》(영인본), 서울: 경인문화사, 146쪽.

男는 이와 같은 어별교魚鼈橋 모티브에 대해, "북아시아의 강안에 살았던 어로·수렵인들 사이에서 생겨났다고 하더라도 크게 부자연스럽지는 않은 것 같다."[118]는 견해를 제시한 바 있다. 이러한 견해는 부여와 고구려에서 이 모티브가 독자적으로 창출되었다는 것을 말해준다고 하겠다.

이저럼 부여·고구려와 관련 있는 모티브의 이야기는 일본의 건국 신화로 정착된 '진무 천황神武天皇의 동정東征 신화'에도 그대로 차용되었다.[119] 이와 같은 차용에 대해, 기마민족설騎馬民族說을 주창한 에가미 나미오江上波夫는 대륙 기원의 전설이 바다의 나라인 일본에 전해진 것이라고 보았다.[120] 이런 추정이 믿을 수 있는 것이라고 한다면, 일본에서 나라를 세웠던 집단이 부여·고구려와 깊은 관련을 가졌을 것이고, 또 이를 더 확대하여 해석하는 경우에 진구 황후를 중심으로 뭉쳤던 세력도 그들의 후예였다는 추정을 해도 무방하지 않을까 한다. 바꾸어 말하면 자료 16은 《고사기》를 편찬할 때에 왕권을 장악하고 있던 집단이 자기들의 지배 논리를 확립하기 위해 조상들의 이야기를 재사용했다고 볼 수 있다는 것이다.

이렇게 본다면, 자료 16에서 밑줄을 그은 ②의 기술도 신화적으로 과장된 표현일 것이라는 해석이 가능하게 된다. 하지만 여기에서 말하는 신라는 한반도에 있었던 나라가 아닌 것이 분명하다. 왜냐하면 "국토의 반 정도가 잠기게 되었다."는 기술은, 이것이 아

---

118) 三上次男, 《古代東北アジア史研究》, 東京: 吉川弘文館, 1966, 486쪽.

119) 이 문제는 이 책의 제5장 고구려 세력의 일본 진출 2. 진무 천황의 일본 건국 신화와 고구려에서 자세하게 논의할 예정임을 밝혀둔다.

120) 에가미 나미오는 두 나라의 신화가 세부적으로 다른 데가 있는 것은 새로운 환경에 적응하면서 변형된 것으로 보고 있다.
    江上波夫, 《騎馬民族國家》, 東京: 中央公論社, 1967, 180쪽.

무리 과장된 표현이라고 하더라도 신라의 지리적인 환경에서는 도저히 납득이 되지 않기 때문이다. 두루 알다시피 신라가 자리했던 경상도 동해안 지역은 산으로 둘러싸여 있어, 해일海溢이 나라의 절반 정도를 집어삼킬 수 있는 지정학적 조건을 가진 나라가 아니었다. 그러므로 자료 16에 나오는 신라가 한반도에 존재한 나라가 아니었다고 한다면, 쓰쿠시 가시히 궁의 서쪽에 있던 신라 소국新羅小國, 곧 신라로부터 건너간 사람들이 북규슈 지방에 세웠던 소국이었을 가능성이 한층 더 짙어진다.[121]

만약에 이런 상정의 타당성을 인정하는 경우에는 자료 16에서 밑줄을 친 ③의 기술에 대한 해석도 한결 자연스러워진다. 다시 말해 나라의 절반이 바닷물에 잠긴 것을 본 신라의 왕이 "지금부터 천황의 명령에 따라 말을 사육하는 자가 되어 해마다 배를 정렬하여 배 안을 비우는 일 없이, 삿대나 배의 키를 말리는 일 없이, 하늘과 땅이 계속 있는 한 끊이지 않고 공물을 바치겠나이다."고 말한 것이, 사실은 북규슈 지방에 있던 신라 소국으로부터 항복을 받아낸 것의 신화적 표현이라고 볼 수 있다는 것이다.

이처럼 북규슈에 있던 소국을 정벌했을 것이라는 추정은, 자료 16의 밑줄을 그은 ④의 기술로서 그 타당성을 인정받을 수 있다. 여기에서는, 신라의 왕이 항복을 하자 황후가 가지고 있던 지팡이를 왕궁의 문에 꽂은 것으로 되어 있다. 북한의 최길성崔吉成은

---

121) 이토지마 반도의 동남쪽에 있는 다가와 군田河郡의 가와라 정春町을 신라 신들의 마을이라고 하는 것을 보면, 이 일대에 신라 세력의 소국이 있었을 가능성도 있다는 것을 밝혀둔다.
出羽弘明, 앞의 책, 37~43쪽.
저자도 규슈 일대에 신라 세력이 있었다는 것을 논의한 바 있다.
김화경, 〈규슈 해안도서와 한국 설화의 전파〉, 《동아시아고대학(15)》, 서울: 동아시아고대학회, 2007, 120~121쪽.

이런 행위를 고대 일본 사회에서 행해진 토지 소유의 상징으로 보았다. 그리고 그 예로 《하리마국 풍토기》에서 아시하라노시코오노미코토葦原志擧乎命가 아메노히보코의 위용威容에 놀라 이히보 언덕에 올라가서 지팡이를 꽂았다는 것을 들고 있다.[122] 이와 같은 최길성의 연구는, 진구 황후의 신라 정벌 이야기가 일본 열도 안에서 영토 확장의 경험을 나타내는 것으로 파악하였음을 말해준다. 따라서 자료 16은 한반도에 있던 신라를 정벌한 것이 아니라, 일본 열도 안에 존재했던 소국들 사이에 벌어졌던 영토 병합의 과정을 신화적으로 서술한 것이라고 보는 것이 사리에 합당하다고 하겠다.[123]

이상과 같은 고찰을 통해, '진구 황후의 신라 정벌 설화'는 일본의 세력이 신라를 정벌한 것이 아니라, 야마토 정권의 왕권 확립 과정에서 그들이 북규슈 지방에 자리 잡고 있던 신라 소국을 정벌한 내용의 이야기라는 사실을 확인하였다. 이러한 사실을 구명하는 데는 신라가 서쪽에 있다고 한 자료 15에서 밑줄을 그은 ㉮와, 파도에 국토의 절반이 물에 잠겼다고 한 자료 16의 ②가 중요한 단서가 되었다. 곧 전자의 기술에 은연중에 표현된 한국의 신라는 가시히 궁이 있던 후쿠오카 시의 서쪽에 해당하지 않으며, 후자의 기술은 신화적인 문맥임을 감안하더라도 한반도의 신라가 될 수 없다는 사실에 바탕을 둔 것임을 밝혀둔다.

---

122) 최길성, 〈소위 神功황후의 신라 침략 설화에 대한 비판〉, 《력사과학(2)》, 평양: 과학원출판사, 1963, 36쪽.
123) 金錫亨, 朝鮮史研究會 譯, 앞의 책, 389~394쪽.

6. 고찰의 의의

일본에서 가장 오래 된 사서인《고사기》와《일본서기》의 신대편에는 분명하게 구별되는 두 계통의 신화들이 있다. 곧 다카마노하라계 신화군과 이즈모계 신화군이 그것이다. 여기에서 전자는 다카미무스비노카미高御産巣日神와 아마테라스오카미를 최고신으로 하는 신화들이었고, 후자는 스사노오노미코토를 최고신으로 하는 신화들이었다.

이러한 신화 체계에 따르면, 일본에는 먼저 살고 있던 이즈모 계통의 집단들이 있었는데, 뒤에 들어간 야마토 계통의 집단들에 의해 통합된 것으로 되어 있다. 여기에서 이즈모 계통이 한반도의 동해안을 따라 내려온 신라와 밀접한 관련을 가지고 있고, 야마토 계통은 서해안을 따라 남하한 고구려 및 백제와 깊은 관련이 있는 것으로 생각되었다.

그래서 이 책에서는 신라와 일본의 관계부터 먼저 살펴보았다. 이제까지 고찰한 내용을 간단하게 요약하면 아래와 같다.

첫째, 신라 세력의 일본 진출을 단적으로 드러내는 것이《이즈모국 풍토기》에 기록된 '국토 끌어당기기 신화'이다. 그리고《부젠국 풍토기》에 전해지는 가하루 신사鹿春神社의 연기담緣起譚 또한 이 신사가 신라 계통의 집단들이 신봉하던 곳이었음을 말해주고 있다. 또 부젠국에서 중심지의 하나였던 우사 일대에도 신라의 신을 받드는 우사 신궁이 있었다는 사실은, 신라 사람들이 일찍부터 이들 지역에 진출했었다는 사실을 증명해준다고 보았다.

둘째, 이렇게 신라 사람들이 일본 열도로 이주했다는 것을 서술하는 '연오랑 세오녀 설화'에 대한 고찰을 하였다. 이 설화는 신라의 동해안 지역에서 해조류를 채취하던 사람이 일본으로 건너가서 왕이 되었다고 하는 내용이어서 일찍부터 한·일 두 나라의 학자들로부터 많은 주목을 받았었다. 더욱이 내선일체內鮮一體 운동에 앞장섰던 나카다 가오루는 연오랑과 세오녀가 일본에서 상륙한 곳을 오키 도의 지부 리로 보면서, 그 근거로 《삼국사기》 지리지에 신라 시대의 '헌양현巘陽縣'을 '거지화居知火'로 기록하였다는 사실을 제시하였다.

그러나 이상준은 현전하는 지명 전설들을 바탕으로 하여, 이 설화는 영일迎日 지역에 있었던 근기국勤耆國과 밀접한 관계를 가지는 것으로 보았다. 그는 '연오랑 세오녀 설화'가 영일 지방의 근기국에 살던 고구려〔濊族〕계 지배자가 고대국가 팽창과정에서 신라 세력에게 밀려 일본 이즈모 지역 변방으로 진출하여 그 지역의 지배자로 군림한 사실을 반영하는 것이라고 하였다. 그러면서 연오랑 세오녀를 중심으로 한 근기국의 삼족오三足烏 태양 숭배 집단은 조상신을 중시하는 사로국斯盧國 세력들에게 압박을 받게 되고, 이 때문에 전통적인 천제를 유지할 수 없게 되자 신라의 복속 요구에 불응하고 '돌이 들〔都祈野〕' 앞바다에서 배를 타고 양곡陽谷의 땅 신천지 일본으로 건너갔을 것이란 견해를 제시하였다.

이상준의 이와 같은 견해는 영일의 옛 지명 '근오지近烏支'가 '큰 오키'라는 의미를 가진 것이었으며, 이것이 이즈모의 '오키'가 되었다고 하는 주장과도 관련을 가지는 것이어서 주목을 받았다. 그래서 이러한 연구 성과를 받아들여, 이 설화가 영일만에서 이즈모와 돗토리鳥取 일대로 건너가던 항로가 존재했으며 신라 사람들이 이 항로를 이용하여 이들 지역에 진출했던 사실을 반영한다는 결론을 추출하였다.

셋째, 다음으로 '석탈해 신화'와 일본의 관계를 논하였다. 석탈해 신화와 같은 '방주 표류 신화'에 대해, 일본의 미시나 아키히데는 대만의 고산족 신화 및 동남아 지방의 자료들을 근거로 하여 한국의 남부 지방이 남방 해양 경역에 속한다는 견해를 피력하였다. 하지만 이러한 견해는 한반도 남쪽의 한족韓族과 북쪽의 예맥족濊貊族을 구분하여 한국 민족의 2원적 성격론을 주장함으로써 한국에 대한 식민지 통치를 효과적으로 수행하고자 마련된 분할 통치를 위한 발상이었다.

그런데도 강인구는 탈해가 태어났다고 하는 용성국이 "왜국 동북 1천 리倭國東北一千里"라는 어구에 집착하여, 일본의 긴키 지방이 탈해의 출신국일 가능성이 높다는 견해를 제시했다. 그렇지만 이와 같은 견해는 너무 기록에 얽매인 해석이라는 비판을 감내하지 않으면 안 된다는 것을 지적하였다.

만약에 이런 견해를 수용하는 경우에는, 일본에서 전해지는 '방주 표류 설화'의 하나인 하타 가와카쓰의 사코시 도래 전승에 대한 해석이 모호해질 가능성이 짙다. 그래서 저자는 "용성은 왜의 동북 1천 리에 있다."는 신화적 기술에 나오는 '1천 리'를 지원 거리至遠距離로 보고, 캄차카 반도에 살고 있는 코랴크 족이 난생 신화를 가지고 있다는 점에 근거하여 탈해 집단이 오야시오 한류를 따라 남하하였을 것이라는 가설을 제시하였다.

그리고 일본에서 전해지는 하타 가와카쓰의 사코시 도래 전승이 석탈해의 도래 신화와 유사한 형태로 되어 있다는 것을 인정한 미나카미야마 스사의 견해를 받아들였다. 그리하여 이 전승을 탈해의 시조 신화를 가졌던 석 씨 집단이 일본 열도로 건너가서 그들의 조상에 얽힌 이야기를 남긴 것이라고 보았다.

셋째, 이어서 신라의 지배 계층이 일본으로 건너가서 유력한 씨족의 조상이 되었다고 하는 '아메노히보코 설화'를 살펴보았다. 이 설화는 다지마 지역에 정착하여 살아가던 다지마 모리란 사람의 조상 도래 이야기로 전승되어 오던 것이었다. 이 설화가 기록된 곳은 《일본서기》 스이닌 천황 2년 조인데, 이 해는 《일본서기》의 기년紀年에 따르는 경우에는 기원전 17년에 해당한다. 하지만 김석형은 이 설화에 나오는 '스에히토'가 '스에키'를 만드는 장인을 가리키는 말로, 이것은 고분시대에 처음으로 나타나는 토기라고 하면서, 따라서 이 설화는 기원전의 시기가 아니라 고분시대에 이루어졌던 신라 사람들의 일본 이주를 서술해주는 것이라고 보아야 한다는 탁견을 제시하였다.

《일본서기》의 기록이 잘못 되었다는 것은 《고사기》에 전해지는 '아메노히보코 설화'에서도 확인할 수 있었다. 《고사기》에는 이 설화가 오진 천황 시대의 일로 기록되어 있는데, 오진 천황은 기원후 269년에서 309년 사이에 재위한 것으로 되어 있다. 이렇게 같은 인물이 3세기 가까운 시차를 가지고 기록되었다는 것은 후대의 사실을 사서에 수록하는 과정에서 파생된 오류라고 보아도 좋을 것이다. 다시 말해 야마토 정권이 성립되고 난 다음, 정치적 안정을 도모하기 위해서 역사책의 편찬을 시도했던 집권층이 그들의 편의에 따라 구전되던 자료들을 역사적 사실로 바꾸어 놓았기 때문에, 같은 인물임에도 그 연대가 전혀 다른 시기에 수록되는 결과를 초래했다는 것이다.

그런데 《고사기》의 '아메노히보코 설화'에 등장하는, 그의 아내 '아카루히메'는 일광감응과 난생으로 태어난 존재였다. 곧 무지개와 같은 햇빛이 자고 있는 천한 여성의 음부에 비치어 임신이 되었고, 붉은 구슬의 형태로 태어났다는 것이다. 일본의 신화 세계에는 이런 모티브를 찾을 수 없기 때문에, 미시나 아키히데는 이것들을 외래적인 것으로 보았다.

그러나 《고사기》의 '아메노히보코 설화'에서는 아카루히메가 신라를 떠나면서, "대체로 나는 당신의 아내가 될 여자가 아닙니다. 나의 조국으로 가겠습니다."고 말한 것으로 되어 있다. 하지만 신화에서 이와 같은 서술은 앞뒤가 맞지 않는 모순을 내포하고 있다. 바꾸어 말하면 일본의 신화 세계에 나오는 '다카마노하라'는 표현 그대로 '높은 하늘 저 멀리에 있는 곳'으로, 일본 민족의 고향인 한반도, 즉 '가라쿠니노시마', 더욱이 '시라기'였다는 견해도 있다. 이런 견해를 그대로 받아들일 수는 없지만, '다카마노하라'가 한국을 가리키는 것은 명확한 것 같다. 그렇다면 햇빛이 비치어 임신이 되어 태어난 아카루히메가 자신의 조국이 일본이라고 한 것은 하늘이 일본이었다는, 앞뒤가 맞지 않는 서술임을 지적하지 않을 수 없다.

그럼에도 《고사기》의 편찬자가 이런 서술을 한 것은 아메노히보코가 일본으로 건너온 것을 합리화시키기 위한 하나의 방편이었을 것으로 생각된다. 왜냐하면 당시의 편자도 신화시대에 '다카마노하라', 곧 하늘의 세계에서 그 출자를 구하는 신들이 한국과 연계되어 있다는 사실을 알았으므로, 전설시대의 이야기에서는 그런 전철을 밟지 않고 일본적인 특성을 드러내는 방법으로 자료를 변개하였을 가능성이 있기 때문이다.

그리고 아메노히보코가 다지마에 정착하는 과정에서는 선주민들의 저항이 상당했을 것으로 추정된다. 이런 추정은 《하리마국풍토기》에 실린 지명 연기 설화들을 통해서 증명할 수가 있었다. 또 위와 같은 〈아메노히보코 설화〉에 대한 고찰을 거쳐서, 신라에서 이즈모 지역으로 들어가는 항로航路와 구별되는 새로운 항로가 있었음을 확인한 것도 하나의 성과라고 하겠다.

넷째, 일본이 지금까지도 미련을 버리지 못하고 있는 '임나일본부설'의 근거가 되는 '진구 황후의 신라 정벌 설화'를 고찰하였다.

일본의 학자들은 이 임나일본부설 자체에 대해서는 의문의 여지가 있다는 것을 인정하고 있다. 그렇지만 그들이 4·5세기에 한국의 남부 지방을 지배했다고 하는 문제에 대해서는 아직까지 미련을 버리지 못하고 있다.

이처럼 일본 사람들이 미련을 가지게 하는 자료로 이 설화가 이용되어 왔다는 점을 고려하면, 이 설화에 대해서는 보다 치밀한 연구가 요청된다. 그래서《고사기》에 실린 이 설화의 전반부에 대한 연구에서, 먼저 진구 황후가 신의 의사를 인간들에게 전해주는 무녀巫女였다는 것을 확인하였다. 다시 말해 그녀의 남편인 주아이 천황이 구마소를 토벌하려고 하였을 때, 부정을 물리친 신성한 장소인 '사니와'에서 다케우치노스쿠네로 하여금 신의 의사를 물어보게 하였는데, 그때 신이 내린 사람은 다케우치노스쿠네가 아니라 진구 황후였다는 것이다. 이렇게 되면 그 옆에서 거문고를 타던 주아이 천황은 무녀의 굿판에서 장단을 맞추는 '제금잡이'였고, 다케우치노스쿠네는 신의 의사를 물어보는 '심신자'였다고 할 수 있다. 실제로 일본의 오카모토 겐지나 와다 아쓰무도 진구 황후의 무녀적 성격을 지적한 바 있었음을 밝혀둔다.

그런데 이런 진구 황후에게 내려진 신탁은 "서쪽에 나라가 있다. 금과 은을 비롯해 눈부신 여러 가지 보물이 그 나라에는 많이 있다. 나는 지금 그 나라를 복속시켜 너희들에게 주고자 하노라."라는 것이었다. 여기에서 말하는 '서쪽의 나라'는, 명시적인 표현은 없지만 신화의 문맥으로 볼 때 신라가 분명하다고 하겠다.

하지만 굿판이 벌어졌던 쓰쿠시의 가시히 궁이 있는 곳을 오늘날의 후쿠오카 시 가시히로 보는 경우에는 신라의 방향이 북쪽이 되어야 마땅하다. 그런데도 일본의 학자들은 이것을 야마토 사람들의 관념을 나타낸 것이라는 해석을 하고 있다. 이와 같은 해석은 자기들의 형편에 따라 사료를 입맛에 맞게 해석하는 일본인 특유의 사실 왜곡이 아닌가 한다.

그리고 주아이 천황과 진구 황후 일행이 신탁으로서 금은 보물이 많이 나는 신라라는 나라가 서쪽에 있다는 것을 처음으로 알게 되었다는 것도 납득이 가지 않는 표현이다. 왜냐하면 이미 그 이전의 기록에서 한반도의 신라에 대한 기록을 확인할 수 있기 때문이다. 곧 이즈모계 신화의 최고신인 스사노오노미코토가 다카마노하라에서 신라의 소시모리로 내려왔다는 표현이 있고, 또 스진 천황 조에 신라의 왕자 아메노히보코 이야기가 기록되어 있다는 것이다.

그래서 저자는 이러한 문제들이 있는 설화적인 표현을 가지고 굳이 한반도의 신라로 볼 것이 아니라, 가시히 궁의 서쪽에 있던 어떤 나라, 곧 규슈에 있던 신라의 분국을 가리켰을 것이라는 가설을 제시하였다. 이렇게 되면, 진구 황후가 신라를 정벌할 때에 "때마침 순풍이라 배들을 받치고 있던 파도가 신라의 땅으로 밀려 들어가더니 국토의 반 정도가 잠기게 되었다."고 하는 표현의 모순도 자연스럽게 해결이 될 수 있을 것이다. 왜냐하면 이와 같은 기술이 아무리 신화적 표현이라고 하더라도, 신라가 자리했던 경상도 동해안 지역은 산으로 둘러싸여 있어 해일海溢이 국토의 절반 정도를 잠기게 할 수 없는 지정학적 조건을 가진 나라였기 때문이다. 그러므로 '진구 황후의 신라 정벌 설화'에 나오는 신라는 한반도에 존재한 나라가 아니라 신라 사람들이 북규슈에 건너가 세웠던 신라 소국이었다고 보는 것이 타당하다고 하겠다.

이와 같이 보는 경우에는, 이 설화에서 신라의 왕이 항복을 하자 황후가 가지고 있던 지팡이를 왕궁의 문에 꽂았다고 하는 것도 자연스럽게 해결이 된다. 이런 관습의 한 예가 바로《하리마국 풍토기》에서 아시하라노시코오노미코토葦原志擧乎命가 아메노히보코의 위용에 놀라 이히보 언덕에 올라가서 지팡이를 꽂았다는 것이다. 이런 예에 입각하여, 최길성은 이와 같은 행위를 고대 일본 사회에서 행해진 토지 소유의 상징으로 보았다.

　이렇게 본다면, '진구 황후의 신라 정벌 설화'는 야마토 정권의 한반도 남부 진출을 말해주는 것이 아니라, 일본 열도 안에서 소국들 사이에 벌어졌던 영토 병합의 과정을 서술한 것임을 알 수 있다. 그러므로 이 설화를 근거로 하여 그들의 한반도 남부 진출을 증명함으로써 이를 역사적 사실로 보려고 하는 일본 역사학자들의 주장은 터무니없는 사실 왜곡이라고 하지 않을 수 없다고 하겠다. 바꾸어 말하면 '진구 황후의 신라 정벌 설화'에 내포된 어떤 역사적 사실을 확대 해석하여, 이것이 야마토 정권의 한반도 진출을 나타내는 것이라고 주장하는 것은 일본 학자들의 역사 왜곡을 증명하는 대표적인 예라고 보아도 좋다는 것이다.

제3장
가락국 세력의 일본 진출

1. 일본에 진출한 가락국 세력

일본에서는 예로부터 한韓을 '가라加羅'라고 읽어왔다. 그렇지만 일본의 학자들은 가능한 한 일본 문화의 형성에 이바지한 가락국 駕洛國의 영향을 배제하고자 이상한 논리를 전개하고 있다. 바꾸어 말하면 가라를 한국의 고대국가였던 가락국, 곧 가야伽倻로 보는 것이 아니라 납득이 가지 않는, 이상한 설명을 늘어놓고 있다는 것이다.

"야요이 시대弥生時代[1] 이래 적어도 5세기 이전에는, 해외의 선 진적인 문물과 정보의 대부분이 가라에서 일본 열도로 전해진 것 이며, 가라는 일본 열도와 동아시아 세계를 연결하는, 유일하다고 는 말할 수 없을지라도 가장 중요한 창구였다. 그 뒤, 고구려의 남 하에 수반하는 한반도의 동란動亂을 계기로 하여, 백제를 비롯한

---

1) '야요이 시대'란 1848년 도쿄 분쿄 구文京區 야요이 정弥生町에서 발견된 토기 출토지의 이름을 딴 '야요이식 토기'에서 유래하였으며, 야요이식 토기를 사용한 시대라는 의미 이다.
  정한덕 편저,《일본의 고고학》, 서울: 학연문화사, 2002, 138쪽.

가라 이외의 한반도 나라들과 직접적인 교섭이 성행하게 되고, 더욱이 중국과 교섭도 성행하게 되자, 왜인倭人들에게 '가라', 곧 '외국'의 범위가 점차 확대되어 당唐나라의 일을 '가라'로 부르게 되었고, 드디어는 동남아시아와 유럽을 포함한 '외국'의 일을 가리키게 되었다. 이렇게 일본어의 '가라'에서 의미는 '가라加羅' → '가라韓' → '가라唐' → '가라外國' 전체로 시대와 함께 확대하여 갔던 것이다."[2]

시라이시 다이치로白石太一郎의 이런 설명에 따르는 경우, 처음에는 한반도 낙동강 어구에 자리 잡고 있던 가락국을 '가라'라고 지칭하던 것이, 외국에 대한 인식의 확장과 더불어 그 의미가 확대되어 갔다는 것으로 귀착한다. 그렇지만 그도 5세기 이전 일본이 가락국 또는 가야라고 부르던 곳에서 문물을 유입하였다는 사실을 부정하지는 못하고 있다. 그의 논리대로라면 가락국을 거쳐 선진 문물과 정보를 접한 일본인들은 더 많은 나라들과 교섭하면서 외국에 대한 인식을 넓혀갔다는 것이다.

그러나 이와 같은 구차한 변명보다는 일본에서 왕권이 성립되고 고대국가를 형성한 다음, 한반도에서 받은 영향을 축소·은폐하려는 수단의 하나로 《고사기》와 《일본서기》와 같은 사서들에서 의도적으로 '가라'에 대응하는 한자를 바꾼 것이 아닌가 하는 의구심을 떨쳐 버릴 수가 없다. 다시 말해 '가라'라고 하는 단어는 처음에는 '가락국'이나 '한韓'을 지칭하던 것이었다가, 후대로 내려오며 '공空'이나 '무無'란 글자로 대체함으로써 한국에서 받은 영향을 배제하려고 하였으며, 나아가서는 다시 중국을 의미하는 '당唐'이란 글자로 바꾸었을 가능성이 짙다는 것이다.

---

2) 白石太一郎, 《考古學からみた倭國》, 東京: 靑木書店, 2009, 203쪽.

이런 추정을 할 수 있는 근거는 일본에서 천황 조상의 유래담인 '니니기노미코토 강탄 신화邇邇藝命降誕神話'[3]에 나타나는 왜곡의 양상을 일별一瞥하면 그대로 드러난다. 그래서 이 신화부터 살펴보기로 한다.

【자료 1】

그리하여 아마테라스오카미와 다카기노카미高木神가 태자인 마사카쓰아카쓰카치하야히아메노오시호미미노미코토正勝吾勝勝速日天忍穗耳命에게 명령하기를, "지금 아시하라노나카쓰쿠니葦原中國를 평정했다고 한다. 그러므로 너에게 앞서 위임한 바와 같이 (거기에) 내려가서 그 나라를 다스리도록 하여라."라고 하였다.

이에 태자인 마사카쓰아카쓰카치하야히아메노오시호미미노미코토가 대답하기를, "제가 내려가려고 준비를 하고 있는 동안에 아이가 태어나고 말았습니다. 그의 이름은 아메니기시쿠니니기시아마쓰히코히코호노니니기노미코토天邇岐志國邇岐志天津日高日子番能邇邇藝命라고 하는데, 이 아이를 내려 보내는 것이 좋을 듯합니다."고 말했다.

이 아이는 아메노오시호미미노미코토天忍穗耳命가 다카기노카미의 딸인 요로즈하타토요아키쓰시히메노미코토萬幡豐秋津師比賣命와 혼인하여 낳은 자식으로, 아메노호아카리노미코토天火明命를 낳고 그 다음에 낳은 신이 히코호노니니기노미코토日子番能邇邇藝命이다. 이와 같은 사정으로 아메노오시호미미노미코토가 말한 대로 히코호노니니기노미코토에게 "이 도요아시하라豐葦原의 미즈호노쿠니水穗國는 네가 다스

---

3) 《고사기》에 나오는 이 신의 본래 이름은 '아메니기시쿠니니기시아마쓰히코히코호노니니기노미코토天邇岐志國邇岐志天津日高日子番能邇邇藝命'이지만, 이 책에서는 일본에서 통상적으로 사용하고 있는 약칭略稱을 쓰기로 한다.

려야 할 나라이다. 그러므로 우리들의 명을 받들어 지상地上으로 내려 가거라."라고 하였다. ……

그리하여 (그는) 아메노코야네노미코토天兒屋命, 후토다마노미코토布刀玉命, 아메노우즈메노미코토天宇受賣命, 이시코리도메노미코토伊斯許理度賣命, 다마노오야노미코토玉祖命, 모두 합하여 다섯으로 나누어진 부족의 수장들을 거느리고 하늘에서 내려왔다. 그때 아마테라스오카미를 석실石室에서 나오게 하였을 때 사용했던 야사카노마가타마八尺句瓊라는 구슬과 거울[鏡], 구사나기노쓰루기草那藝劒라는 칼, 그리고 도코요常世의 오모히카네노카미思金神, 다지카라오노카미手力男神, 아메노이와토와케노카미天石門別神도 함께 동행하게 하였다. 그리고 아마테라스오카미가 니니기노미코토에게 말하기를 "이 거울은 오로지 나의 혼魂으로 여기고 내 자신을 모시는 것처럼 우러러 모시도록 하여라. 그리고, 오모히카네노카미는 나의 제사에 관한 일을 맡아서 하도록 하여라."라고 명하였다.

이 두 신은 이스즈伊須受의 신사에 정중히 모셔져 있다. 다음에 도유케노카미登由氣神는 외궁外宮의 와타라이度相라는 곳에 진좌해 있는 신이다. 다음에 아메노이와토와케노카미[이 신의 다른 이름은 구시이와마도노카미櫛石窓神라고 하며, 도요이와마도노카미豊石窓神라고도 한다.]는 미카도노카미御門神이다. 다음에 다치카라오노카미는 사나나 현佐那那縣에 진좌鎭座해 있다. 그리고 그 아메노코야네노미코토는 나카토미노무라지中臣連들의 시조이며, 후토다마노미코토는 인베노오비토忌部首들의 시조이다. 그리고 아메노우즈메노미코토는 사루메노키미猿女君들의 조상이고, 이시코리도메노미코토는 가가미쓰쿠리노무라지作鏡連들의 조상이며, 다마노오야노미코토는 타마노오야노무라지玉祖連들의 시조이다.

한편 천신은 아마쓰히코호노니니기노미코토天津日子番能邇邇藝命에게 명을 내려, 니니기노미코토邇邇藝命는 하늘의 바위자리를 떠나 여러 겹으로 쳐진 하늘의 구름을 가르고 위세 있게 길을 헤치고 헤치어, 아메노우키하시天浮橋에서부터 우키시마浮島라는 섬에 위엄 있게 내려서서, ㉠ 쓰쿠시竺紫 히무카日向의 다카치호高千穗 구시후루타케久土布流多氣로 내려왔다. 그때 아메노오시히노미코토天忍日命와 아마쓰쿠메노미코토天津久米命의 두 신이 훌륭한 전통箭筒을 메고, 가부쓰치노타치頭椎大刀라는 큰 칼을 차고, 훌륭한 하지유미波士弓라는 활은 손에 쥐고, 마카고야眞鹿兒矢라는 화살도 손으로 집어 들고, 천손의 앞에 서서 호위하며 갔다. 그런데 아메노오시히노미코토는 오토모노무라지大伴連들의 시조이다. 그리고 아마쓰쿠메노미코토는 구메노아타이久米直들의 시조이다.

이때 니니기노미코토가 말을 하기를, ㉡ "이곳은 가라쿠니韓國를 바라보고 있고, 가사사笠沙의 곶岬과도 바로 통하고 있어 아침 해가 바로 비치는 나라, 저녁 해가 비치는 나라이다. 그러므로 여기는 정말 좋은 곳이다."라며, 그 곳의 땅 밑 반석에 두터운 기둥을 세운 훌륭한 궁궐을 짓고 다카마노하라를 향해 지기千木를 높이 올리고 그 곳에서 살았다.[4]

---

[4] "爾天照大御神高木神之命以 詔太子正勝吾勝勝速日天忍穗耳命, 今詑葦原中國之白 故隨言依賜降坐而知看. 爾其太子正勝吾勝勝速日天忍穗耳命答曰 僕者將降裝束之間 子生出名天邇岐志國岐志天津日高日子番能邇邇藝命 此子應降也. 此御子者 御子高木神之女萬幡豊秋津師比賣命 生子 天火明命 此日子番能邇邇藝命也. 是以隨白之科詔日子番能邇邇藝命 此豊葦原水穗國者 汝將知國 言依師 高隨命以可天降. …… 爾天兒屋命布刀玉命天宇受賣命伊斯許理度賣命玉祖命 幷五伴緖矣支加而天降也. 於是 副賜其遠岐斯 八尺句璁鏡 及草那藝劒 亦常世思金神手力男神天石門別神而詔者 此之鏡者 專爲我御魂而如拜吾前 伊都岐奉. 次思金神者 取持前事爲政. 此二柱神者 拜祭佐久久斯侶 伊須受能宮. 次登由宇氣神, 此者坐外宮之度相神也. 次天石戶別神, 亦名謂櫛石窓神 亦名謂豊石窓神 此神者 御門之神也. 次手力男神者 坐佐那縣也. 故其天兒屋命 布刀玉命者 天宇受賣命者 伊斯許理度賣命者 玉祖命者 故爾詔天津日子番能邇邇藝命而 離天之石位 押分天之八重多那. 雲而 伊都能知和岐知和岐國, 於天浮橋, 宇岐士摩理 蘇理多多斯國 天降坐于竺紫日向之高千穗之久土布流多氣. 故爾 天忍日命天津久米命二人 爲負天之石靫 取佩頭椎之大刀 取持天之波士弓 手挾天之眞鹿兒矢 立御前而仕奉. 故其天忍日命 天津久米命 於是詔之 此地者 向韓國 眞來通笠沙之御前而 朝日之直刺國 夕日之日照國也.

이상과 같은 니니기노미코토의 강탄에 얽힌 이야기는 일본 제
국주의자들에게 천황의 조상이 하늘에서 내려왔다고 하는 것을
서술하는 '천손 강림 신화'라고 하여 신성 불가침한 것으로 받들
어졌다. 말하자면 이 신화는 연구의 대상이 아니라 일종의 신앙
대상이 되었던 것이다.

이러한 이 신화에서 천황을 중심으로 하여 왕권을 장악했던 집
단이 가락국과 불가분의 관계라는 사실은 줄을 그은 ⓛ에서도 확
인할 수 있다. 곧 '다카마노하라'라고 하는 천상의 세계에서 지상
에 내려온 니니기노미코토가 궁궐을 세운 곳이 "가라쿠니를 바라
보고 가사사라는 곳과도 통하고 있어 아침 해가 바로 비치는 나
라, 저녁 해가 비치는 나라"라는 곳이었다. 그렇다면 이렇게 가락
국과 마주 보이는 곳은 규슈 북부의 어느 해안이 아니고서는 도저
히 불가능하다고 하겠다.

그런데도 《고사기》의 편자는 ㉠에서와 같이 니니기노미코토가
"쓰쿠시 히무카의 다카치호 구시후루타케"로 내려왔다고 기록하였
다. 여기에서 '쓰쿠시'가 규슈 북부 지방의 후쿠오카 현福岡縣을 가
리키는 옛 지명이었던 것과는 달리, '히무카'는 남부의 미야자키
현宮崎縣을 지칭하는 옛 지명이었다. 이처럼 분명하게 구분되던 두
개의 지명들을 하나로 연결해 놓은 탓에 니니기노미코토의 강림
장소가 어디였는가 하는 문제는 계속하여 논란의 대상이 되어 왔
다. 그리하여 일본 학자들 가운데는 이 '히무카'가 해를 향하는 곳
을 가리키는 범칭인지 또는 오늘날의 미야자키 현을 가리키는지
는 확실하지 않다고 하는 사람까지 생겨났다.[5] 이와 같은 언급이

故此地甚吉地, 詔而 於底津石根宮柱布斗斯理 於高天原氷椽多迦斯理而坐也."
荻原淺男 共校注, 앞의 책, 126~131쪽.
5) 荻原淺男 共校注, 앞의 책, 68쪽.

야말로 사실을 호도하려는 일본인들 특유의 물 타기 식 논리가 아닌가 한다.

이런 지적을 하는 까닭은, ⓛ의 표현으로 보아 도저히 이곳을 미야자키 현으로 볼 수가 없기 때문이다. 만약에 '히무카'를 미야자키 현으로 보는 경우에는, 이 현이 규슈 산맥九州山脈 남쪽에 자리하고 있어 '가라구니' 곧 가락국과 마수 본다는 것이 불가능하게 된다. 그래서 이 문제를 해결하는 수단의 하나로 이렇게 "해를 향하는 곳을 가리키는 범칭"인지도 모른다는 해괴한 변명을 늘어놓았다고 볼 수밖에 없다.

그런데 한국과 일본 규슈 사이에 존재했을 항로에 대하여 김석형은 아래와 같은 두 개의 노선을 상정한 바 있다.

"한국에서 일본 열도에 이르는 항로는 보통 한국의 남해안에서 쓰시마對馬, 이키壹岐를 거쳐 북규슈北九州에 이르는 길이었다. 그 가운데 한국의 김해 부근에서 쓰시마, 이키를 경유하여 북규슈의 마쓰우라 반도松浦半島에 이르는 해로海路가 《삼국지三國志》 위서 동이전 왜인 조에 실려 있다. 여기에서는 한국으로부터 온 상륙자는 마쓰우라에서 동쪽으로 조금 더 가서 이도伊都〔오늘날의 이토시마 군糸島郡〕에 나와서, 거기에 있던 대관大官을 받았다고 한다. 3세기 전반기의 이 해로는 결코 이때 처음으로 개시된 것이 아니라 그 이전부터 한국의 이주민들에 의해 개척되어 있었다고 보지 않으면 안 될 것이다.

한국의 남단에서 쓰시마, 이키를 거쳐 마쓰우라 반도에 상륙한 사람들이 남긴 유적들로서, 북규슈의 세형동검細形銅劍·동과銅戈·동모銅矛 유적의 집중 지역인 사가 현佐賀縣의 북부 유적을 인용문의 저자는 첫째로 말하고 있다.[6] 다음으로 다른 해로로서의 '해북도

---

6) 여기에서 말하는 저자의 인용문이란 《세계 고고학 대계》 2권의 다음과 같은 진술을 가

중海北道中'이라고 하는 것은 한국의 남단에서 쓰시마를 거쳐 오키노시마沖ノ島를 지나 후쿠오카 현 본토의 북부 해안에 상륙하는 길이며, 이 길을 따라 상륙한 사람들이 그 현의 서북부에 있는 유적을 남겼다는 것을 알 수가 있다.

한국에서 쓰시마를 거쳐 북규슈에 상륙하는 해로를 두 개로 보는 것은 북규슈의 유적이 동서 두 지역에 치우쳐 있는 데서 추론한 것이지만, 당시에 한반도에서 건너가는 사람들의 형편을 놓고 보더라도 한국의 남해안 여러 곳에서 북규슈로 향할 때 이 두 길이 다 이용되었다고 보는 것이 타당하다. 낙동강 유역 일대의 가락국과 한국 남해안의 그 서쪽에 존재한 세력이 북규슈에 진출할 때 가능한 두 개의 길을 다 택했을 것이며, 그 뒤 그들이 큰 세력으로 자랐을 자라났을 때에는, 그리고 그들 상호간에 세력 다툼이 벌어졌을 때에도 동서 두 길과 그 상륙 지점들의 확보를 위한 투쟁이 전개되었다고 하는 것도 생각할 수가 있다. 북규슈로 가는 두 길은 한국에서 건너가는 사람들에게 야요이 시대 이후에도 오랫동안 큰 의의를 가졌다."[7]

김석형의 이와 같은 지적은, 한국 낙동강 하류의 가락국에서 일본 규슈로 건너가는 해로를 쓰시마와 이키를 거쳐 마쓰우라 반도와 하카타 만博多灣 사이의 이토시마 일대로 들어가는 것과, 쓰시마에서 오키노시마를 경유하여 후쿠오카 현의 북부 지역 일대

리킨다.

"이상에서 말한 동기류銅器類는 북규슈의 북부에 밀집하는데, 가장 밀도가 많은 가라쓰唐津 만에서부터 하카타博多(후쿠오카 현) 만 사이에 있는 것은 쓰시마와 이키를 경유한 것인 데 대하여, 하카타 만 이동以東의 것은 오키노시마를 경유한 것으로 생각하게 한다. 이 해로는 고전에 보이는 '해북도중'에 해당하여 세토 내瀨戸內(세토 내해)로 연락되고 있다."

森貞次郎, 〈靑銅器の渡來〉, 《世界考古學大系(2)》, 東京: 平凡社, 1976, 83쪽.

7) 金錫亨, 朝鮮史硏究會 譯, 《古代朝日關係史》, 東京: 勁草書房, 1970, 97~98쪽.
여기에서 김석형이 '조선'이라고 한 것은 전부 '한국'으로 고쳤다는 것을 밝혀둔다.

로 들어가는 것으로 상정한 것이었다. 이들 해로 가운데 자료 1에서 제시한 니니기노미코토 강탄 신화와 밀접한 관련이 있는 것은 후자일 가능성이 짙다. 왜냐하면 오늘날 후쿠오카 현의 북부 지방을 6세기 무렵에는 '가라'라고 불렀던 흔적을 발견할 수 있기 때문이다.

6세기 말엽에 야마토 조정에서는 한국에서 건너온 불교의 접수를 둘러싸고 소동이 벌어졌는데, 당시에 대 귀족이었던 모노노베 노모리야物部守屋는 이것을 맹렬하게 반대했다. 《일본영이기日本靈異記》에 보이는 그의 주장은, "지금 나라에 재난이 일어나는 것은 이웃나라 객신客神의 상像(불상을 가리킴: 인용자 주)을 우리나라 안에 두었기 때문이다. 이 객신의 상을 빨리 도요쿠니豐國로 보내버리자."[8]고 했다는 것이다. 나카다 노리오中田祝夫는 여기에 나오는 '도요쿠니'를 '가라쿠니, 다카라쿠니寶國'라고 하였다. 또 《일본서기》의 요메이 천황用明天皇 2년(기원후 587년) 조에 "짐은 불교에 귀의하려고 한다. 경卿 등은 상의하라."고 말하자, 그의 아우가 "도요쿠니의 법사法師를 데리고 들어왔다."고 되어 있다.[9] 이에 대한 가리야 에키사이狩野掖齊의 고증에 따르면, "도요쿠니는 '가라쿠니'를 말하는 것이다."고 하였고, 또 "도요쿠니의 법사는 또한 '가라쿠니'의 승려라는 뜻이다."라고 하였다고 한다.[10] 7세기 이후 '도요쿠니'는 '부젠豐前'과 '분고豐後'로 나누어졌지만, 그 이전에는 지금의 후쿠오카 현 동부와 오이타 현大分縣을 포함하는 하나의 지역이었다. 이러한 고어古語에 관한 자료가 없다고 하더라도, 그곳은 '가라'라고 불렀던 곳이기 때문에 그 고지故地였다고 보아도 무

---

8) "今國家起災者 依隣國客神像置於己國內. 可出斯客神像 速忽棄流乎豊國也."
　　中田祝夫 校注, 《日本靈異記》, 東京: 小學館, 1976, 75쪽.
9) 井上光貞 共校注, 《日本書紀(下)》, 東京: 岩波書店, 1998, 158~159쪽.
10) 金澤庄三郞, 《日鮮同祖論》, 東京: 刀江書院, 1929, 8쪽.

방할 것이다.[11]

이렇게 본다면 가락국 사람들이 주로 이용했던 해로는 낙동강 하류에서 쓰시마와 오키노시마를 거쳐 후쿠오카 현의 북부 지역 일대로 들어가는 것이었다고 보는 것이 합리적일 것 같다. 그러면 《고사기》에 기록된 앞의 자료 ⓛ에서 "이곳은 가라쿠니를 바라보고 있고, 가사사의 곶과도 바로 통하고 있어 아침 해가 바로 비치는 나라, 저녁 해가 비치는 나라이다. 따라서 여기는 정말 좋은 곳이다."라고 했다는 것도 충분히 이해할 수 있게 된다. 곧, 비록 고국을 떠나오기는 했지만 그래도 멀리에서나마 그곳을 바라볼 수 있는 어떤 곳에 도착하여 정착하게 된 것을 표현하였다고 볼 수 있다.

이처럼 북부 규슈 지방에 정착한 가락국 세력은 그 지역에 이미 존재하던 야마타이국邪馬台國을 멸망시키고 세력을 정비하여 야마토大和 지방으로 진출해서 일본에 고대국가를 세웠을 것으로 추정되고 있다. 하지만 일본의 고대사학계에서는 지금까지도 야마타이국이 규슈에 있었느냐 야마토에 있었느냐 하는 문제를 두고 논란을 계속하고 있다.

더욱이 후자의 입장을 취하는 시라이시 다이치로는 《삼국지》 위지 왜인전에 있는 기사, 곧 "그 주검에는 관棺은 있지만 곽槨이 없고, 흙을 봉해서 무덤을 만든다."는 기록에 주목하였다. 그는 1999년 야마타이국 시대의 분묘라고 생각되는 나라 현奈良縣 사쿠라이 시櫻市의 마키무쿠纏向 호케노 산ほけの山 고분에서 '돌로 둘러싸인 목관'이라고 부르는 특이한 매장시설을 찾아냈다. 그리고 그는 이 고분의 연대를 3세기 무렵으로 보면서 젓가락 무덤 고분箸墓古墳 또한 이와 비슷한 연대에 만들어졌을 것으로 상정하였

---

11) 金錫亨, 朝鮮史硏究會 譯, 앞의 책, 278~279쪽.

다.[12] 데라사와 가오루寺澤薰도 호케노산 고분의 실제 연대를 3세기 중기, 젓가락 무덤 고분을 3세기 후기로 보아, 마키무쿠 유적을 야마타이국의 수도로 추정하였다.[13]

한편 오바야시 다료는 민족학적인 입장에서, 이 왜인전의 기록을 근거로 하여 히미코卑弥呼의 야마타이국을 규슈에 있었던 왜제국諸國의 암픽티오니아amphictyonia로 간주하였다.[14] 그가 말하는 '암픽티오니아'란 제사 동맹祭祀同盟 또는 인보 동맹隣保同盟으로 번역할 수 있는 것으로, 여러 정치집단이 동맹을 맺어 보통 제사 기간에는 동맹자들 사이에서 휴전休戰을 하는 제도를 가리킨다.

이와 같은 견해를 참조한다면, 야마타이국의 기나이설畿內說은 그 타당성을 인정받기 어렵게 된다. 실제로 이시와타리 신이치로石渡信一郎는 "야요이 시대 후기 초의 북부 규슈에는 곽이 있는 묘가 없었기 때문에 '유관무곽有棺無槨'이라는 왜인전의 기사는 (야마타이국의) 야마토설을 부정하는 것이며, 그러기에 규슈에 (야마타이국의 존재설이) 단연 타당성이 있다."[15]는 견해를 펴기도 하였다.

이렇게 본다면 규슈 지방으로 건너간 가락국 세력이 거기에 있던 야마타이국을 정복하고 야마토 지방으로 진출했다고 하는 견해는 상당히 타당성 있다.

---

12) 白石太一郎, 《古墳が語る古代史》, 東京: 岩波書店, 2000.

13) 白石太一郎, 위의 책.

14) 大林太良, 《邪馬台國》, 東京: 中央公論社, 1977, 174~184쪽.

15) 石渡信一郎, 안희탁 역, 《백제에서 건너간 일본천황》, 서울: 지각여행, 2002, 192쪽.

2. 수로왕 신화와 일본

이처럼 가락국에서 건너간 세력이 일본 열도의 초기 왕권을 확립하는 데 중요한 구실을 했다는 것은 거의 확실한 사실로 받아들여도 좋을 것 같다. 바로 이러한 증거의 하나로 지적되는 것이 일본 천황의 조상 유래담由來談인 '천손 강림 신화天孫降臨神話'이다. 이와 같은 상정은 《일본서기》에 전해지는 '니니기노미코토의 강탄 신화'가 가락국을 세운 수로왕首露王 설화와 대단히 유사한 모티브로 이루어져 있다는 데에 근거를 둔 것이다.

【자료 2】

⑴ 아마테라스오카미의 아들 마사카아카쓰카쓰하야히아메노오시호미미노미코토正哉吾勝勝速日天忍穗耳尊는 다카미무스비노미코토高皇産靈尊의 딸 다쿠하다치지히메栲幡千千姬에게 장가를 들어 아마쓰히코히코호노니니기노미코토天津彦彦火瓊瓊杵神를 낳았다. 그래서 황조皇祖 다카미무스비노미코토는 그를 각별히 사랑하여, 드디어 이 황손皇孫 아마쓰히코히코호노니니기노미코토를 세워서 아시하라노나카쓰쿠니의 군주로 하고자 하였다.

　그러나 ① 이 땅에는 반딧불과 같이 빛나는 신과 또 파리 떼와 같이 귀찮은 사신邪神들이 있었다. 또 초목도 다 정령을 가지고 있어, 사람을 말로 위협하고 있는 형편이었다. 그리하여 다카미무스비노미코토는 야소모로카미八十諸神들을 소집하여, "나는 아시하라노나카쓰쿠니에 있는 사악한 귀신들을 평정하려고 하는데, 누구를 보내면 좋겠는가? 여러 신들은 그 아는 바를 숨기지 말고 말해보라."라고 하였다. 모두 "아메노호히노미코토天穗日命가 신들 가운데 뛰어납니다. 시험해보지 않겠습니까?"라고 말했다. 이에 여러 신들의 말에 따라 아메노호히노미코토를 보내어 평정하게 하였다. 그러나 이 신은 오호나무치노카미大己貴神에게 아첨하고 아부하여 3년이 지나도록 복명하지 않았다. 그래서 그의 아들 오소비노미쿠마노우시大背飯三熊之大人, 다른 이름은 다케미쿠마노우시武三熊之大人를 파견하였다. 또 이 신도 아버지를 따라서 복명하지 않았다.

(2) 그래서 나가비무스비노미코토는 다시 신들을 소집하여, 이번에는 누구를 파견하는 것이 좋을까를 물었다. 여러 신들은 "아마쓰쿠니타마노카미天國玉神의 아들 아메노와카히코天稚彦는 장사입니다. 시험해보십시오."라고 말했다. 이에 다카미무스비노미코토는 아메노와카히코에게 아마노카고유미天鹿兒弓와 아메노하바야天羽羽矢를 하사하여 지상에 파견하였다. 그러나 이 신도 마찬가지로 충성심이 모자랐기 때문에 지상에 도착하여 우쓰시쿠니타마노카미顯國玉神[오쿠니누시노카미大國主神의 다른 이름: 인용자 주]의 딸 시타테루히메下照姬, 다른 이름은 다카히메高姬, 또는 와카쿠니타마稚國玉와 결혼하여 그대로 안주하면서 "나도 또한 아시하라노나카쓰쿠니를 지배하려고 생각한다."고 말하면서 드디어 복명하지 않았다. ……

(3) 이 뒤에 다카미무스비노미코토는 또 여러 신들을 소집하여, 아시하라노나카쓰쿠니에 파견할 사람을 선발하였다. 여러 신들은 "이와사쿠磐裂네사쿠노카미根裂神의 아들 이와쓰쓰노오磐筒男·이와쓰쓰노메磐筒女가 낳은 아들 후쓰누시노카미經津主神가 좋을 것 같습니다."고 말했다. 그때 아마노이와야天石窟에 사는 신으로 이쓰노오바시리노카미稜威雄走神의 아들 미카하야히노카미甕速日神의 아들 히노하야히노카미熯速日神, 히노하야히노카미의 아들 다케미카즈치노카미武甕槌神가 있었다. 이 신이 나와서, "후쓰누시노카미만이 장부이고 나는 장부가 아닙니까?"라고 매우 노한 말투로 말했다. 그런고로 다카미무스비노미코토는 이 신을 후쓰누시노카미와 함께 아시하라노나카쓰쿠니를 평정하도록 파견하였

다. 그래서 이들 두 신은 이즈모국出雲國 이타사五十田狹의 오바마小汀에 강림하여, 도쓰카노쓰루기十握劍를 빼어 거꾸로 땅에 꽂아 세우고 그 칼끝 위에 걸터앉아 오호나무치노카미에게 "지금 다카미무스비노미코토는 황손을 지상에 내려 보내 아시하라노나카쓰쿠니를 통치시키고자 하고 있다. 그래서 먼저 우리 두 신에게 사신邪神을 구제驅除하고 평정하고자 우리를 파견한 것이다. 너는 이에 대하여 어떻게 생각하느냐? 나라를 바칠 텐가 어쩔 텐가 대답을 들어보자."고 물었다. 이에 대하여 오호나무치노카미는 "내 자식에게 물어보고 대답하겠다."라고 말했다. 이때 그의 아들인 고토시로누시노카미事代主神는 이즈모국의 미호사키三穗碕로 놀러가서 낚시를 즐기고 있었다. 또는 말하기를 새 잡는 것을 즐기고 있었다고 한다. 그래서 구마小熊襲의 모로타부네諸手船에 사자로 이나세하기稻背脛를 태워서 파견하여, 다카미무스비노미코토의 명령을 고토시로누시노카미에게 전하고, 또 그의 명령을 받게 하였다. 그러자 고토시로누시노카미는 사자에게, "지금 천신이 묻는 명령을 받았습니다. 아버지 신이여, 마땅히 이 나라를 헌상하십시오. 나도 물론 그에 따르겠습니다."고 말하였다. 그리고 바다 가운데 야에노아오후시八重蒼柴 울타리를 만들어, 후나노헤船枻를 밟고 피하여 버렸다.

그리하여 오호나무치노카미는 그 아들의 말대로 두 신들에게 말하기를, ② "<u>내가 믿고 있던 아들 고토시로누시노카미까지도 나라를 바치도록 말하고 도망했습니다. 나도 똑같이 나라를 바치겠습니다. 만약 내가 천신의 사자에게 저항하여 싸운다면, 국내의 여러 신들도 반드시 나와 같이 저항할 것입니다. 지금 나라를 바쳤으니, 다른 사람들도 따르지 않는 사람이 있겠습니까?</u>"라고 말했다. ……

(4) ③ <u>이때 다카미무스비노미코토는 마토코오후스마眞床追衾로 황손 아마쓰히코히코호노니니기노미코토天津彦彦火瓊瓊杵尊를 덮고 싸서 지상으로 내려 보냈다.</u> 황손은 이에 아마노이하쿠라天盤座를 떠나서 다시 하늘

겹겹의 구름을 물리치고, 그 위엄으로 길을 개척하여 히무카노소日向襲의 다카치호노미네高千穗峯에 강림하였다. 이미 황손이 돌아다니는 모습은, 봉오리가 두 개 나란히 있는 산의 아메노우키하시天浮橋로부터 우키지마리타히라浮渚在平處를 거쳐 소시시膂宍의 무나쿠니空國를, 히타오頓丘의 땅을 지나서 좋은 나라를 찾아 아타吾田의 나가야長屋의 가사사笠狹라는 해변에 이르렀다.16)

이 신화는 《일본서기》 신대편神代篇의 천손강림 조에 본문으로 전해지는 자료이다. 일본에서는 이 유형의 신화를 천황 가天皇家

---

16) "天照大神之子正哉吾勝勝速日忍穗耳尊. 娶高皇山靈尊之女栲幡千千姬. 生天津彦彦火瓊瓊杵尊. 故皇祖高皇山靈尊 特鍾憐愛 以崇養焉. 遂欲立皇孫天津彦彦火瓊瓊杵尊 以爲葦原中國之主. 然彼地多有螢火光神 及蠅聲邪神. 復有草木咸能言語. 故高皇山靈尊 召集八十諸神 而問之曰 吾欲令撥平葦原中國之邪鬼. 當遣誰者宜也. 惟爾諸神 勿隱所知. 僉曰 天穗日命 是天之傑也. 可不試歟. 於是 俯順衆言 卽以天穗日命往平之. 然此神佞媚於大己貴神 比及三年 尚不報聞. 故仍遣其子大背飯三熊之大人 亦名武三熊之大人. 此亦還順其父 遂不報聞. 故高皇産靈尊 更會諸神 問當遣者. 僉曰 天國玉之子天稚彦 是壯士也. 宜試之. 於是 高皇産靈尊 賜天稚彦天鹿兒弓及天羽羽矢 以遣之. 此神亦不忠誠也. 來到卽娶顯國玉之女子下照姬, 亦名高姬, 亦名稚國姬. 因留住之曰 吾亦欲馭葦原中國 遂不復命. …… 是後 高皇産靈尊更會諸神 選當遣於葦原中國者. 僉曰 磐裂根裂神之子磐筒男·磐筒女所生之子經津主神 是將佳也. 時有天石窟所住神 稜威雄主神之子甕速日神, 甕速日神之子 熯速日神 熯速日神之子武甕槌神 此神進曰 豈唯經津主神獨爲大夫 而吾非大夫者哉. 其辭氣慷慨. 故以卽配經津主神 令平葦原中國. 二神 於是 降到出雲國五十田狹之小汀 則拔十握劒 倒植於地 踞其鋒端 而問大己貴神曰 高皇産靈尊 欲降皇孫 君臨此地. 故先遣我二神 駈除平定. 汝意如何. 當須避不. 時大己貴神對曰 當問我子 然後將報. 是時 其子事代主神 遊行在於出雲國三穗之碕 以釣魚爲樂. 或曰 遊鳥爲樂. 故以熊襲諸手船 載使者稻背脛遣之. 而致高皇産靈勅於事代主神 且問將報之辭. 時事代主神謂使者曰 今天神有此借問之勅. 我父宜當奉避. 吾亦不可違. 因於海中 造八重蒼柴籬 蹈船枻而避之. 使者旣還報命. 故大己貴神 則以其子之辭 白於二神曰 我怙之子 旣避去矣. 故吾亦當避. 如吾防禦者 國內諸神 必當同禦. 今我奉避 誰復敢有不順者. …… 于時 高皇堂靈尊 以眞床追衾 覆於皇孫天津彦彦火瓊瓊杵尊 使降之. 皇孫乃離天盤座 且排分天八重雲 稜威之道別道別而 天降於日向襲之高千穗峰矣. 旣而皇孫遊行之狀也者 則自槵日二上天浮橋 立於浮渚在平處 而膂宍之空國 自頓丘覓國行去 到於吾田長屋笠狹之碕矣."

井上光貞 共校注, 《日本書紀(上)》, 東京: 岩波書店, 1967, 134~141쪽.

조상의 유래를 서술하는 것으로 보고 있다.

그러나 한국의 처지에서 보면, 이 신화는 한반도의 남부 지방에 자리했던 가락국 사람들의 일본 열도 이주를 서술해주는 것이라고 해석할 수 있을 것 같다. 일본의 학자들은 천손인 니니기노미코토가 강림했다고 하는 '아시하라노나카쓰쿠니'란 곳을 "갈대가 무성한 벌판"[17]으로 해석하고 있다. 하지만 '하라原'라는 단어가 한국어의 '벌'이라고 한다면,[18] 그 앞에 붙은 '아시'란 말 또한 한국어에서 그 의미를 찾아야 마땅하다. 그러므로 한국어에서 '아시'가 '첫初', '새新'를 의미하는 말이란 사실을 떠올린다면, 이 '아시하라'는 '첫 벌', '새 벌' 등의 신개척지를 뜻한다고 보는 것[19]이 합리적인 해석이라고 할 수 있다.

다음으로 단락 (1)의 밑줄을 그은 ①에서는 이 '아시하라노나카쓰쿠니'를 "이 땅에는 반딧불과 같이 빛나는 신과 또 파리 떼와 같이 귀찮은 사신들이 있었다. 또 초목도 다 정령을 가지고 있어, 사람을 말로 위협하고 있는 형편이었다."고 서술하고 있다. 이와 같은 서술은 가락국 사람들이 건너가서 개척을 하려고 하는 곳에 이미 먼저 살고 있던 사람들이 있었으며, 그들의 세력이 상당히 강했다는 것을 이렇게 표현한 것이라고 볼 수 있다.[20] 바꾸어 말하면 가락국 사람들의 명령에 순종치 않을 것 같은 만만치 않은 세력이 그곳에 있었다는 것이다.[21]

그리고 단락 (1)과 (2)에서 가락국에서 파견한 사자들이 본국의

---

17) 荻原淺男 共校注, 앞의 책, 113쪽.
18) 이렇게 음은 대응되는 단어로 한국어에서 '밭'이 일본어에서는 '하타'가 되는 것과 같은 것이 있다.
19) 金錫亨, 朝鮮史硏究會 譯, 앞의 책, 138쪽.
20) 윤석효, 《가야사》, 서울: 민족문화, 1990, 129쪽.
21) 金錫亨, 朝鮮史硏究會 譯, 앞의 책, 132쪽.

명령을 따르지 않고 그곳에 정착했다는 것은 이들 사자가 선주 세력과 결탁하여 이 지역에 정착했다는 것을 의미한다고 하겠다. 더욱이 이런 일이 한 번에 그친 것이 아니라 몇 번이고 계속되었다는 것은 본국의 명령을 수행하는 것보다 선주민과 타협하는 쪽이 더 유리했음을 나타낸다고 할 수 있다.

그러나 이들보다 더 강력한 자들을 보내어 결국은 선주민들의 항복을 받아내는 쪽으로 진전한 것을 표현한 것이 단락 ⑶의 밑줄을 그은 ②이다. 여기에서는 오호나무치노카미가 그의 아들 고토시로누시노카미와 함께 천신족에게 살고 있던 땅을 바치는 것으로 되어 있다.

이렇게 앞서 보낸 사자들이 선주민들에게 항복을 받아낸 다음, 다카마노하라로 서술된 가락국에서 왕권을 장악할 세력을 파견하는 것이 단락 ⑷이다. 이곳의 밑줄을 그은 ③에서는 천손인 니니기노미코토가 '마토코오후스마'에 싸여서 하늘에서 내려오는 것으로 기술되어 있다. 바로 이와 같은 기술을 하고 있는 것이 가락국을 세운 '수로왕 신화首露王神話'이다.

【자료 3】

　　개벽한 이래로 이곳에는 아직 나라의 이름도 없었고, 또한 군신의 칭호 따위도 없었다. 그저 아도간, 여도간, 피도간, 오도간, 유수간, 유천간, 신천간, 오천간, 신귀간 등의 9간이 있을 뿐이었다. 이들이 곧 추장이 되어 백성들을 통솔했는데, 1백 호에 7만 5천 명이었다. 많은 사람들이 산야에 (흩어져) 살면서 우물을 파서 물을 마시고 밭을 갈아 양식을 얻었다.

　　마침 후한 세조 광무제 건무 18년 임인 3월의 계욕일禊浴日에 사는 곳 북쪽 구지 — 이것은 봉우리의 이름인데 십붕十朋이 엎드린 형상과 같았으므로 이른 것이다. — 에서 수상한 소리와 기척이 있더니 부르는 소리가 났다. 2-3백 사람이 이곳에 모이니 사람 소리 같으면서 그 형상은 숨기고 그 소리만 내어 가로되 "여기에 사람이 있는가?"하고 물었다. 9간 등이 "우리들이 있습니다."라고 하자, 또 말하되 "내가 있는 곳이 어디인가?"하고 물었다. 대답하여 "구지입니다."라고 하니, 또 가로되 "황천께서 나에게 명하시기를 이곳에 임해서 나라를 새롭게 하여 임금이 되라고 하시기에 이곳에 내려왔으니 너희들은 모름지기 봉우리를 파서 흙을 집으며 노래하기를 '검하 검하, 먼저(빨리) 물러가거라. 만약 물러가지 않으면 굽고 구워 먹으리라.'하고 말하면서 뛰고 춤을 추면 곧 대왕을 맞이하여 즐거워 날뛸 것이다."라고 하였다. 9간 등이 그 말과 같이 모두 즐거워하며 노래 부르고 춤추었다.

　(노래하고 춤춘 지) 얼마 되지 않아 우러러 바라보니, 하늘에서 자색의 줄이 내려와 땅에 닿았다. 줄 끝을 찾아보니 홍색의 보자기 속에 금합이 있었다. 그것을 열어 보았더니 해와 같이 둥근 황금 알이 여섯 개가 있어 많은 사람들이 다 같이 놀라 기뻐하면서 함께 백배하였다. 조금 있다가 다시 (그 알들을) 보자기에 싸들고 아도간의 집으로 가서 탑상에 놓아두고 무리들은 제각기 흩어졌다.[22]

---

22) "開闢之後 此地未有邦國之號 亦無君臣之稱 越有我刀干·汝刀干·彼刀干·五刀干·留水干·留天干·五天干·神鬼干等九干者 是酋長 領總百姓 凡七百戶七萬五千人 多以自都山野 鑿井而飮 耕田而食 屬後漢世祖 光武帝建武十八年 壬寅三月禊浴之日 所居北夏旨(是峰巒之稱若十朋伏之狀 故云也) 有殊常聲氣呼喚 衆庶二三百人集會於此 有如人音 隱其形而發其音曰 此有人否 九干等云 吾徒在 又曰 吾所在爲何 對云龜旨也 又曰 皇天所以命我者 御是處 惟新家邦 爲君后 爲妓故降矣 你等須掘峰頂 撮土歌之云 龜何龜何 首其現也 若不現也 燔灼而喫也 以之蹈舞 則是迎大王 歡喜蹈躍之也 九干等如其言 咸所而歌舞 未幾仰而觀之 唯紫繩自天垂而着地 尋繩之不 乃見紅幅裏金合子 開而視之 有黃金卵 圓如日者 衆人悉皆驚喜 俱伸百拜 尋還裏著 抱持而歸我刀家 寘榻上 其衆各散." 최남선 편, 1946, 108~109쪽.

일본의 '천손 강림 신화'와 가락국의 '수로왕 신화'가 매우 유사한 모티브들로 이루어져 있다는 사실은 일찍부터 지적되어 왔다. 더욱이 일본의 신화학자 미시나 아키히데는 아래와 같은 두 가지 이유를 들어 이들의 관계를 지적한 바 있다.

첫째, 니니기노미코토나 수로왕이 천상의 세계에서 내려올 때에 신탁의 내용이 서의 같나는 섯이다. 《일본서기》에서 인용한 자료 2에서는 "황조皇祖 다카미무스비노미코토가 각별히 사랑하여, 드디어 이 황손 아마쓰히코히코호노니니기노미코토를 세워서 아시하라노나카쓰쿠니의 군주로 하고자 하였다."고 서술되어 있다. 하지만 《고사기》에서 인용한 자료 1에서는 다카기노카미가 "이 도요아시하라의 미즈호노쿠니는 네가 다스려야 할 나라이다. 그러브로 우리들의 명을 받들어 지상으로 내려가거라."하여, 더욱 직접적인 표현을 사용한 것으로 되어 있다. 이에 견주어, 수로 신화에서는 "황천께서 나에게 명하시기를 이곳에 임해서 나라를 새롭게 하여 임금이 되라고 하시기에 이곳에 내려왔다."는 천명天命을 받았다. 이들 두 구절을 비교한다면, 천신天神〔황천皇天〕의 소리로서 '천황의 명령のりごと'에서 양자의 유사성에 주의해야만 한다는 것이다.[23]

둘째, 그는 다음으로 강림할 때 신의 형상에 주목하였다. 즉 자료 3의 밑줄 그은 곳에서 보는 바와 같이, 수로는 "하늘에서 자색의 줄이 내려와 땅에 닿았다. 줄 끝을 찾아보니 홍색의 보자기 속에 금합이 있었다."는 것이다. 그런데 일본의 천손 강림에 대해서도 자료 2의 밑줄 친 곳에서 보는 것처럼, "이때 다카미무스비노미코토는 '마토코오후스마'로 황손 아마쓰히코히코호노니니기노미코토를 덮고 싸서 지상으로 내려 보냈다."고 되어 있다.

---

23) 三品彰英,《增補 日鮮神話傳說の研究》, 東京: 平凡社, 1972, 354쪽.

이와 같은 공통점에 대하여, 미시나는 "이것 또한 두드러진 유사라고 하지 않으면 안 된다. 물론 《일본서기》 가운데는 제1의 1서와 같이 장엄한 강림의 모습을 이야기하는 것도 있으나,[24] 그것은 상당히 발달한 뒤의 모습이라고 보아야만 하는 것으로, 위의 《일본서기》의 본문에서 전하는 바는 천손이 마토코오후스마에 싸여 있다고 하는 점에서 보더라도 제1의 1서에 전하는 것보다도 원초적이며, 또 그것만으로 수로의 이야기와 비슷하다."[25]고 하였다.

이렇게 두 신화가 아주 비슷한 모티브들로 구성되어 있는 것은 사실이다. 하지만 일본의 신화학자들은 니니기노미코토가 싸여서 내려온 '마토코오후스마'에 대해서는 그다지 명확한 해석을 하지 않고 있다. 더욱이 위에서 그 공통성을 지적한 미시나와 같은 사람도 "이것은 이불로 쌀 정도로 천손이 어렸다는 것을 시사하고 있다."[26]는 해석을 하는 데 그쳤다. 그렇지만 그가 지적한 것처럼 신화가 어떤 현상을 직설적으로 표현하지 않는다는 점을 고려하

---

24) 미시나 아키히데가 여기에서 "장엄한 강림의 모습"이라고 하는 부분의 내용은, "아마테라스오카미는 아마쓰히코히코호노니니기노미코토에게, 야사카니八坂瓊의 곡옥曲玉과 야타八咫의 거울[鏡], 구사나기草薙의 칼[劍]의 3종의 보물을 주었다. 또 나카토미中臣의 선조인 아메노코야네노미코토, 인베忌部의 선조인 후토다마노미코토太玉命, 사루메猿女의 선조인 아마노우즈메노미코토天細女命, 거울 제작의 선조인 이시코리도메노미코토石凝姥命, 구슬 제작의 선조인 다마노야노미코토玉屋命 모두 5부五部의 신을 딸려 보냈다. 그러고 황손皇孫에게 말하기를, '아시하라葦原의 치이오아키千五百秋의 미즈호국瑞穗國은, 이, 나의 자손이 왕이 되어야 할 땅이다. 너 황손이여, 가서 다스려라. 나아가라. 아마쓰히쓰기[寶祚]의 융성隆盛함이 마땅히 하늘과 땅[天壤]과 더불어 무궁하리라'라고 했다."는 것을 가리킨다.
    井上光貞 共校注, 앞의 책, 146~147쪽.
    미시나는 신화의 이와 같은 표현을 상당히 자랑스럽게 생각하고 있다는 것을 지적해 둔다.
25) 三品彰英, 위의 책, 354~355쪽.
26) 三品彰英, 《建國神話の諸 問題》, 東京: 平凡社, 1971, 131쪽.

면, '마토코오후스마'가 어떤 상징적인 의미를 지니는 것은 거의 분명하다고 하겠다.

그리하여 "이 말에서 '마眞'는 미칭美稱이고, '도코오床道'는 앉기도 하고 잠자리도 되는 대臺를 덮는 것을 의미하며, '후스마衾'는 덮는 것, 곧 이불을 뜻한다고 한다."27)고 해석한 학자도 있다. 이러한 마토코오후스마는 다이조사이大嘗祭28) 때 사용하는 이불의 원형으로 상정되는 것이다. 이에 대해 오리쿠치 시노부折口信夫는 "다이조사이 때 유키悠紀·스키主基 두 궁전의 가운데는 단정하게 침소寢所가 설치되고 자리와 이불이 마련된다. 요를 깔고, 덮는 이불과 베개도 준비되어 있다. 이곳은 태양의 아들이 될 사람이 자격을 완성하고자 침소에 틀어박혀 금기를 이행하는 장소이다. 여기에 준비되어 있는 혼이 몸에 들어가기까지 틀어박혀 있으려는 것이다. …… 부활을 완전하게 하려는 것이다. 《일본기日本紀》의 신대편을 보면, 이 이불의 일을 '마토코오후스마'라고 부르고 있다. 저 니니기노미코토가 하늘에서 내려올 때 이것을 덮어쓰고 있었다. 이 마토코오후스마야말로 다이조사이의 이불을 생각하는 단서가 되기도 하고, 황태자의 금기 생활을 생각하는 단서가 되기도 한다. 금기의 기간 동안 바깥의 태양을 피할 수 있도록 덮어쓰는 것이 마토코오후스마이다. 이것을 벗길 때에 완전한 천자가 되는 것이다."29)라는 견해를 밝혔다.

니니기노미코토가 이와 같은 마토코오후스마에 싸여서 하늘에서 내려온 것에 대응하는 것이 미시나 아키히데가 지적한 바 있는 자료 3 '수로왕 신화'에서 밑줄을 그은, "하늘에서 자색의 줄이 내

---

27) 井上光貞 共校注, 앞의 책, 568~569쪽.
28) 천황이 즉위 뒤에 처음으로 행하는 '니나메사이新嘗祭'를 말한다.
29) 折口信夫, 《折口信夫全集(3)》, 東京: 中央公論社, 1975, 195~196쪽.

려와 땅에 닿았다. 줄 끝을 찾아보니 홍색의 보자기 속에 금합이
있었다."고 한 서술이다. 여기에 등장하는 홍색 보자기도 수로首露
를 비롯한 6가락국의 왕이 될 사람들이 알의 형태로 구지봉으로
내려올 때에 이용되었다.

이렇게 보자기나 이불이 왕이 될 사람들에게 사용되는 것은 요
遼나라 왕의 즉위 의례였던 '시책의柴冊儀'에서도 마찬가지였다.
이 시책의에서는, 외척들 가운데 늙은이를 선출하여 황제에 즉위
할 사람을 모시고 용무늬의 네모난 담요에 가서 엎드리게 하면
시종들이 담요로 그를 덮어 언덕으로 가고, 그런 다음에 그가 황
제의 자리에 오르게 되는 이유들을 주고받는 절차가 이루어진다
고 한다.30)

저자는 일찍이 이처럼 왕이 될 사람을 싸거나 덮는 이불이나,
보자기, 담요 등을 자궁子宮의 박막薄膜을 가리킨다고 추정하였다.
이런 추정을 한 까닭은 과거 인도印度 왕의 즉위 의례에 근거를
둔 것이었다.《사타파타 브라마나Satapatha Brahmana》의 기록에 따
르면, 인도에서는 사제司祭가 타피야tarpya라는 옷을 왕에게 입힌
뒤 "당신은 종주권의 안쪽 대망막大網膜입니다."라고 말하면서 왕
을 종주권의 안쪽 대망막에서 태어나게 하고, 그 다음에 사제는
두 번째 옷을 또 왕에게 입힌 뒤에 "당신은 종주권의 바깥쪽 대망
막입니다."라고 하면서 왕을 통치권의 바깥쪽 대망막에서 태어나
게 한다. 그리고 이번에는 왕에게 외투를 걸쳐주면서 "당신은 종
주권의 자궁입니다."라고 말하고는 종주권의 자궁에서 왕을 태어
나게 한다는 것이다.31)

여기에서는 왕이 다시 태어나게 하려고 입는 옷이나 외투들이

---

30) 楊家駱 編,《遼史彙編(1)》, 台北: 鼎文書局, 1973, 141쪽.
31) A. M. Hocart, *Kingship*, London: Oxford University Press, 1927, 70~71쪽.

통치권이나 종주권의 대망막과 자궁으로 표현되어 있으나, 궁극적으로는 자궁의 각종 박막들을 나타내는 것이 명확하다. 이러한 인도의 경우를 참조한다면, 즉위 의례에서 사용된 보자기나 이불, 담요 등도 자궁의 각종 박막들을 상징하는 물건들이었다고 해도 무방할 것이다. 만약 이와 같은 해석이 타당하다고 한다면, 왕위에 오를 사람들이 이것들 속에 들어가는 것은 재생再生을 전제로 태내胎內로 회귀하는 것을 의미한다고 할 수 있다.

어쨌든 이들 두 신화가 이처럼 즉위 의례를 서술하는 유사한 형태로 이루어져 있다는 사실은 이것을 가진 집단들 사이에 서로 깊은 관련이 있었음을 나타낸다고 보아도 무방할 것이다. 그리고 이렇게 왕권 신화들이 서로 관련 있다는 것은 가락국의 지배 계층이 일본 열도로 건너갔다는 것을 말해준다고 할 수 있다.

3. 허왕후의 도래 신화와 일본

위에서 일본 천황 가 조상의 시조 탄생담인 '니니기노미코토의 강탄 신화'가 가락국 세력이 일본 열도, 더욱이 규슈 일대로 건너갔다는 것을 보여주는 중요한 자료의 하나라는 것을 증명하였다. 이렇게 가락국에서 건너간 집단들이 규슈 지방에 진출하여 지배 계층으로 군림했다는 사실은 그만큼 가락국과 규슈의 관계가 긴밀했다는 것을 반영한다. 이처럼 현해탄玄海灘을 사이에 둔, 이들 두 지역의 밀접했던 관계를 나타내는 자료로 또한 수로왕의 왕비王妃인 '허황옥許黃玉의 도래 신화渡來神話'가 있다.

【자료 4】

　건무建武 24년 무신戊申 7월 27일에 구간九干 등이 조회 끝에 아뢰기를, "대왕께서 하늘에서 내려온 이래로 좋은 배필을 얻지 못하였사오니 저희들의 딸들 가운데 제일 얌전한 자를 뽑아서 대궐로 데려와 배필을 삼도록 하십시오."라고 하였다. (그러자) 왕이 말하기를, "내가 여기 내려온 것은 하늘의 명령이오. 내 배필로 왕후를 들이는 것도 또한 하늘의 명령이니, 그대들은 염려하지 마시오."라고 하고, 드디어 유천간留天干에게 명하여 경쾌한 배에다 좋은 말을 가지고 망산도望山島에 가서 기다리게 하며, 또 신귀간神鬼干에게 명하여 승점乘岾 ― 망산도는 서울 남쪽의 섬이고, 승점은 연하輦下의 국國이다. ― 에 가서 기다리게 하였다. 갑자기 바다 서남쪽 구석에서 붉은 비단 돛을 달고 붉은 깃발을 휘날리면서 북쪽으로 올라오는 배가 있었다. 유천 등이 먼저 망산도에서 횃불을 드니 앞을 다투어 땅에 내려왔다. 신귀가 이것을 바라보다가 대궐로 달려와서 이 사실을 왕에게 아뢰었다. 왕이 듣고 기뻐하면서, 이어 구간 등을 보내어 찬란하게 꾸민 배로써 이를 맞이하여 곧 모시고 궐 안으로 들어가려고 하였다. 왕후가 말하기를, "내가 너희들을 본래 알지 못하는 터인데 어찌 함부로 경솔히 따라가겠느냐?"고 하였다.

　유천 등이 돌아와 왕후의 말을 전하니, 왕이 그 말을 옳게 여겨 관리들을 거느리고 거동하여 대궐에서 서남쪽으로 60보쯤 되는 산 가장자리에 장막을 치고 왕후를 기다렸다. 왕후는 산 바깥쪽 별포別浦 나루터 입구에 배를 매고 육지에 올라 높은 언덕에서 쉬면서 입은 비단 바지를 벗어 폐백으로 삼아 산신령에게 바쳤다. 그 외에 따라온 하인 두 사람의 이름은 신보申輔와 조광趙匡이라 했고, 그 아내 두 사람의 이름은 모정慕貞과 모량慕良이라고 했다. 따로 노비가 20명 남짓이었는데,

싸가지고 온 각종 비단과 의복, 피륙, 금은, 주옥, 보물 기명들이 이루 다 헤아릴 수 없었다. 왕후가 차츰 임금이 있는 처소까지 가까이 오자, 왕이 나아가 맞이하여 함께 장막으로 들어갔다. 따라온 하인 여러 사 람들은 뜰아래에서 뵙고 곧 물러갔다. 왕이 관원들을 시켜 따라온 하 인들의 부처夫妻를 데려다가 말하기를, "일반 사람들은 저마다 한 방씩 에 쉬게 하고, 그 이하 노비들은 한 방에 대여섯 사람씩 들게 하라."고 하면서, 지극히 호사스러운 음식을 주게 하고, 무늬 놓은 요석과 채색 자리에서 자게 하였으며, 의복과 비단, 보물들은 바로 군사들을 많이 모아서 보호하게 하였다.

이에 왕과 왕후가 함께 침전에 드니, 왕후가 조용히 왕께 말하기를, "㉠ <u>저는 본래 아유타국阿踰陁國의 공주로 성姓은 허 씨許氏이고 이름은 황옥黃玉이며, 나이는 열여섯입니다.</u> 올해 5월에 본국에 있을 때 부왕父 王과 황후께서 저에게 말씀하기를, 어젯밤 꿈에 함께 하느님을 만나보 았더니 하느님이 말하기를, '㉡ <u>가락국의 왕 수로는 하늘이 내려보내어 왕위에 오르게 하였는데, 이 사람이야말로 신령스럽고 거룩한 분인가 한다. 그런데 그가 새로 나라를 다스리지만, 아직 배필을 정하지 못하 였으니, 그대들은 모름지기 공주를 보내어 배필을 삼게 하라.</u>'고 하는 말을 마치자 하늘로 올라갔다. 꿈을 깬 뒤에도 하느님의 말씀이 아직 귀에 쟁쟁할 뿐이다. 너는 이 자리에서 곧 부모를 작별하고 거기로 갈 것이다.'라고 했습니다. 그래서 제가 바다를 건너 멀리 남해[蒸棗]에 가 서 찾기도 하였고, 방향을 바꾸어 멀리 동해[蟠桃]로도 가 보았습니다. 그러다가 이제 보잘 것 없는 얼굴[蝼首]로 외람되게 용안龍顔을 뵙게 되 었습니다."고 말하였다.

왕이 대답하기를, "나는 나면서부터 자못 신성하여 먼저 공주가 멀 리 올 것을 알고, 아래 신하들이 왕비를 들이라는 청을 하였으나 기어 코 듣지를 않았다. 이제 현숙한 그대가 저절로 왔으니 이 사람으로서는 다행이다."라고 하고, 드디어 동침하게 되어 이틀 밤 하루 낮을 지냈다. 이에 드디어 (그들이) 타고 온 배를 돌려보내는데, 뱃사공 열다섯 사람에게 저마다 쌀 10섬씩과 베 30필씩을 주어 본국으로 돌아가게 하였다.

8월 1일에 왕이 왕후와 수레를 함께 타고 돌아오는데, 따라온 하인 부부도 말고삐를 나란히 하였으며, 중국에서 가지고 온 수입 잡화들도 모두 수레에 싣게 하여 천천히 대궐로 들어오니, 때는 한낮이 되려 하였다. 왕후는 중궁에 자리를 잡고, 따라온 하인 부처와 데려온 권솔들에게는 빈방 두 칸을 주어 갈라 들게 하고, 그밖에 남은 종자들은 손님 치르는 집 한 채의 20여 칸에 사람 수효를 적당히 배정 구별하여 들게 하고, 날마다 풍부한 음식들을 주며, 그들이 싣고 온 보물들은 대궐 창고에 두어 왕후의 사시四時 비용으로 삼게 하였다.[32]

---

32) "屬建武二十四年戊申七月二十七日, 九干等朝謁之次, 獻言曰, 大王降靈已來, 好仇未得. 請臣等所有處女絶好者, 選入宮闈, 俾爲伉儷. 王曰, 朕降于玆天命也. 配朕而作后, 亦天之命, 卿等無慮. 遂命留天干押輕舟, 持駿馬, 到望山島立待, 申命神鬼干就乘岾(望山島, 京南島嶼也. 乘岾, 輦下國也), 忽自海之西南隅, 掛緋帆, 張茜旗, 而指乎北. 留天等先擧火於島上, 則競渡下陸, 爭奔而來. 神鬼望之, 走闕奏之. 上聞欣欣, 尋遣九干等, 整蘭橈, 揚桂楫而迎之, 旋欲陪入內, 王后乃曰, 我與(爾)等素昧平生, 焉敢輕忽相隨而去 留天等返達后之語, 王然之, 率有司動蹕, 從闕下西南六十步許地, 山邊設幔殿祗候. 王后於山外別浦津頭, 維舟登陸, 憩於高嶠, 解所著綾袴爲贄, 遺于山靈也. 其地(他)侍從媵臣二員, 名曰申輔·趙匡, 其妻二人, 號慕貞·慕良. 或臧獲計二十餘口, 所齎錦繡綾羅·衣裳疋段·金銀珠玉·瓊玖服玩器, 不可勝記. 王后漸近行在, 上出迎之, 同入帷宮, 媵臣已下衆人, 就階下而見之卽退. 上命有司, 引媵臣夫妻曰, 人各以一房安置, 已下臧獲各一房五六人安置. 給之以蘭液蕙醑, 寢之以文茵彩薦, 至於衣服疋段寶貨之類, 多以軍夫遴集而護之. 於是, 王與后共在御國寢, 從容語王曰, 妾是阿踰陁國公主也. 姓許名黃玉, 年二八矣. 在本國時, 今年五月中, 父王與皇后顧妾而語曰, 爺孃一昨夢中, 同見皇天上帝, 謂曰, 駕洛國元君首露者, 天所降而俾御大寶, 乃神乃聖, 惟其人乎 且以新莅家邦, 未定匹偶, 卿等須遣公主而配之. 言訖升天. 形開之後, 上帝之言, 其猶在耳, 儞於此而忽辭親, 向彼乎往矣. 妾也浮海遐尋於蒸棗, 移天夐赴於蟠桃, 螓首敢叨, 龍顔是近. 王答曰, 朕生而頗聖, 先知公主自遠而屆, 下臣有納妃之請, 不敢從焉. 今也淑質自臻, 眇躬多幸, 遂以合歡, 兩過淸宵, 一經白晝. 於是, 遂還來船, 篙工楫師共十有五人, 各賜粮粳米十碩·布三十疋, 令歸本國. 八月一日廻鑾, 與后同輦, 媵臣夫妻齊鑣並駕, 其漢肆雜物, 咸使乘載, 徐徐入闕, 時銅壺

위와 같은 이 신화는 일찍부터 학계의 비상한 관심을 모아왔다. 그렇게 주목을 받은 이유 가운데 하나는 수로왕의 비妃가 된 허황옥 스스로가 밑줄을 그은 ㉠에서 보는 것처럼 자신을 인도 '아유타국'의 공주라고 말한 것으로 되어 있어, 고대에 한반도와 인도의 교류 관계를 설명할 수 있는 자료를 제공해주고 있기 때문이다.

이 문제에 대해 일본의 미시나 아키히데三品彰英는 "(아유타국이) 《대당서역기大唐西域記》의 기사 가운데서는 수로 전설首露傳說과 연결할 수 있을 것 같은 요소를 찾을 수가 없다. 어쩌면 이 지역이 아유가왕阿踰迦王〔아육왕阿育王〕 고적古跡의 도성都城이어서, 불교 동점東漸의 신앙을 가락국의 전설과 연결할 인연이 되었을지도 모른다고 생각한다."[33]고 하여, 불교적인 영향을 받았을 가능성을 지적하였다.

또 한국의 신화와 구비문학에 관심 있는 요다 지호코依田千百子는 "왕녀王女의 출자가 인도의 아유타국이라고 하는 것은 불교적 윤색이며, 본래는 (제주도) 삼성三姓 시조 신화에 보이는 벽랑국碧浪國과 마찬가지로 아주 먼 해상에 있는 풍요의 나라인 것이다. 불전佛典 등 여러 가지 보물이 해상을 건너서 들어왔으며, 해로는 대단한 동경憧憬의 불교 나라 인도와 민족이 예로부터 품고 있던 신비스러운 바다의 나라가 종교적으로 결합하여 양자가 혼합된 결과, 서역의 불교 나라, 아유타국이 등장하게 되었을 것이다."[34]고 하여, 멀리 바다에 있다고 생각했던 동경의 나라와 불교적 지

欲午. 王后爰處中宮, 勅賜媵臣夫妻, 私屬空閑二室分入, 餘外從者以賓舘一坐二十餘間, 酌定人數, 區別安置. 日給豊羨, 其所載珍物, 藏於內庫, 以爲王后四時之費."
최남선 편, 《신증 삼국유사》, 서울: 민중서관, 1946, 110~112쪽.

33) 三品彰英, 《三國遺事考證(中)》, 東京: 塙書房, 1979, 335쪽.

34) 依田千百子, 〈韓國·朝鮮の女神小事典〉許黃屋 條, 《アジア女神大全》, 東京: 靑土社, 2011, 486쪽.

식이 결합한 아유타국이라는 것이 이 신화에 등장하게 되었다고 보았다.

한편 이광수李珖洙는 "'아유타阿踰陁'는 고대 인도의 도시 아요디아Ayodhya의 음역音譯으로, 갠지스 강의 지류인 사리유 강가에 자리를 잡고 있었다. 이 도시는 인도가 인더스 문명 이래 처음으로 이룬 도시문화 시대인 기원전 6세기에 크게 번성했던 20여 개 도시 가운데 하나였다. 당시 16개의 영역국가領域國家 가운데 가장 강력한 국가의 하나였던 코살라Kosala의 첫 수도였던 아요디아는, 시간이 흐르면서 기원전 4세기 이후로 힌두 서사시 〈라마야나 Rāmāyana〉에 비슈누Visnu 신神의 화신인 이상적인 통치의 왕 라마 Rama의 성스러운 활동 무대로 등장하면서 인도에서는 가장 성스러운 왕권의 고향으로서 의미를 부여받게 되었다. 인도 고대문화의 영향을 깊이 받은 동남아에서는 왕권의 정당화로서 라마 왕과 연결시키는 시도를 우리는 어렵지 않게 볼 수 있다."는 것을 예로 들면서, "허후許后가 자신을 아유타국 공주라 했던 것은 문자 그대로의 의미보다는 고대 인도에서 동남아시아까지 팽배해 있던 아요디아와 라마가 갖는 정치문화의 상징적 연계성의 표현으로 해석해야 좋을 것이다."[35)라는 주장을 하였다.

그러나 고고학을 전공한 김병모金秉模는 〈가락국 허황옥의 출자 — 아유타국고 I 〉이란 논문에서, 허왕후의 시호諡號인 '보주寶州'에서 힌트를 얻어, 보주는 중국 사천성泗川省 가능강嘉陵江 유역이고, 허황옥은 파족巴族 가운데 중심 세력 가문인 허씨계許氏系의 여인으로, 기원후 47년에 일어난 한나라 정부〔漢政府〕에 대한 반란이 실패하자 강제 추방된 사람들 가운데 한 구성원이었을 것이란 상

---

35) 이광수, 〈고대 인도-한국 문화와의 접촉에 관한 연구 — 가락국 허왕후 설화를 중심으로〉, 《비교민속학(10)》, 서울: 비교민속학회, 1993, 265쪽.

정을 하였다.[36]

그리고 그는 이를 한층 더 천착한 〈한국 고대와 서역 관계 ─ 아유타국고Ⅱ〉란 논문에서, 수로왕릉 정문 3문의 정면과 배면背面 문설주에 새겨진 쌍어문雙魚文이 제4 실크로드를 경유하여 가락국에 이르렀으며, 가락국이란 말 자체가 어국漁國을 의미한다는 국어학의 노움을 받아, 이늘 분화가 고대 서역과 밀접한 관계가 있다는 것을 밝히기도 하였다.[37]

그러나 허황옥을 이렇게 불교와 연계시키거나 아니면 중국의 파족과 연계시키는 것보다는 차라리 일본에 진출했던 한반도 세력의 유력한 집단으로 보는 것이 더 타당하지 않을까 한다. 이런 견해를 피력한 학자로는 김석형金錫亨이 있다. 그는 《초기조일관계소사》라는 저서에서 허황옥의 신화에 대하여 아래와 같은 견해를 제시하였다.

  "아유타국이라는 것도 불교에서 말하는 중부 인도의 나라 이름인데, 중들이 꾸민 이야기임은 짐작하고도 남음이 있다. 이런 검부러기들을 다 골라내면 남는 것은 남해 바다로 많은 물건을 가지고 온 여인이 가락국 왕에게 시집을 왔다는 것이다.
  여인은 어디서 왔겠는가? 남해로 배를 타고 왔으니, 북규슈로부터 왔거나 거기를 거처 왔다는 것이 틀림없다. 북규슈 동부, 조선 반도와 가장 가까운 이토시마 반도糸島半島(후쿠오카 현)에 가라계통加羅系統 소국이 자리 잡고 있었다는 것을 회상한다면 아유타국이라고 하는 것은 이 소국에 불교 보자기를 씌워 놓은 것이라고 볼 수 있다."[38]

---

36) 김병모, 〈가락국 허황옥의 출자 ─ 아유타국고Ⅰ〉, 《삼불김원룡교수정년퇴임기념논총 Ⅰ》, 서울: 일지사, 1987, 673~681쪽.
37) 김병모, 〈고대 한국과 서역 관계 ─ 아유타국고Ⅱ〉, 《동아시아문화연구(14)》, 서울: 한양대한국학연구소, 1998, 5~21쪽.

이와 같은 김석형의 견해는 상당히 타당성이 있다. 왜냐하면 가락국의 선진적인 문화를 가졌던 세력은 일찍부터 일본의 북규슈 이토시마 반도 일대로 진출하여 매우 발달한 문화를 창출하였을 뿐만 아니라, 본국과 관계도 매우 밀접하게 유지하고 있었을 것으로 판단되기 때문이다.[39] 실제로 이렇게 볼 수 있는 근거를 이미 앞 절 〈수로왕 신화와 일본〉에서 고찰한 바 있다.

그리고 이렇게 보는 경우에 제주도의 탐라국耽羅國 건국 신화로 전하는 '세 성씨姓氏의 시조 신화'에 등장한 일본 왕의 공주 문제도 쉽게 설명이 가능해진다.

【자료 5】

　　고기古記에 이르되, 태초에는 사람이 없더니 세 신인神人이 땅 — 주산主山의 북쪽 기슭에 움이 있어 모흥毛興이라고 하는데 이곳이 그 땅이다. — 에서 솟아났다. 맏이를 양을나良乙那, 둘째를 고을나高乙那, 셋째를 부을나夫乙那라고 했는데, 이들 세 사람은 궁벽한 곳에서 사냥을 하면서 가죽옷을 입고 고기를 먹으면서 살았다.

　　그러던 어느 날, 자주빛 흙으로 봉한 목함木函이 동해 바닷가에 떠오는 것을 보았다. 그들은 나아가서 목함을 열었다. 그랬더니 안에 석함石函이 있었는데, 붉은 띠를 두르고 자줏빛 옷을 입은 사자使者가 따라와 있었다. 또 석함을 여니, 그 속에는 푸른 옷을 입은 처녀 세 사람과 망아지와 송아지 그리고 오곡의 씨앗이 들어 있었다. 이에 사자가 말하기를 "저는 일본국의 사자입니다. 우리 임금님께서 이 세 따님을 낳으시고 말씀하시되, '서쪽 바다 가운데 있는 큰 산에 신의 아드님 세

38) 김석형, 《초기조일관계소사》, 평양: 사회과학출판사, 1990, 68~69쪽.
39) 김석형, 위의 책, 32~34쪽.

분이 강탄하시어 바야흐로 나라를 세우고자 하나 배필이 없으시다.'고 하시면서, 신에게 명하여 세 따님을 모시라고 하시어 왔습니다. 마땅히 배필을 삼아 대업을 이루십시오."하고 사자는 홀연히 구름을 타고 가 버렸다.

세 신인은 나이 차례에 따라 나누어서 장가를 들고, 물이 좋고 땅이 기름신 곳으로 나아가 십으로써 서처할 곳을 정하였다. 앙을나가 거처 하는 곳을 제1도第一都라 하였고, 고을나가 거처하는 곳을 제2도라 하 였으며, 부을나가 거처하는 곳을 제3도라고 하였다. 비로소 오곡의 씨 앗을 뿌리고 소와 말을 기르게 되니, 날로 백성들이 부유해져 갔다.[40]

그동안 한국의 학자들은 이 신화에서 세 성씨 시조들의 배필이 된 왕녀가 일본에서 왔다고 하는 모티브에 대해서는 그다지 관심 을 나타내지 않았다. 이는 자칫하면 일본의 문화가 한반도에 영향 을 미쳤다고 주장했다는 오해를 불러일으킬 소지가 있기 때문이 지 않았나 한다.

그런데 일본의 요다 지호코는 앞의 허황옥의 출자에 대한 언급 에서 지적한 것처럼 멀리 바다에 있는 상상의 나라로 보았다. 그 녀는 "이 신화에는 이본이 많아 세 왕녀王女의 출신지로 일본국 외 에 동해 벽랑국璧浪國, 벽랑국碧浪國 등이 있는데, 일본국이라고 하 는 것은 후대의 지리적 비정이고 본래는 벽랑국이었을 것이다. 벽

---

40) "古記云 大初無人物 三神人從地聳出 其主山北麓有地穴曰毛興是其也 長曰良乙那 次 曰高乙那 三曰夫乙那 三人遊獵荒僻 皮衣肉食 一日 見紫泥封藏木函浮至于東海濱 就而 開之 函內又有石函 有一紅帶紫衣使者 隨來 開石函出現靑衣處女三 及諸駒犢五穀種 乃 曰我是日本國使也 吾王生此三女 云西海中嶽 降神子三人 將欲開國 而無配匹 於是命臣 侍三女以來爾 宜作配 以成大業 使者忽乘雲而去 三人以年次 分娶之 就泉甘土肥處 射 失卜地 良乙那 居曰第一都 高乙那所居曰第二都 夫乙那所居曰第三都 始播五穀 且牧駒 犢 日就富庶."
정인지 등찬,《고려사》권11 지리2(영인본), 아세아문화사, 1972, 296쪽.

랑碧浪은 바다의 제주도 방언 표기로, 동해의 상상의 나라인 '바다의 나라'를 의미한다. 바다의 나라에서 곡물과 구독駒犢 등의 재물을 가지고 배를 탄 세 왕녀가 와서 세 성씨의 시조와 결혼하여 그 건국을 도왔다고 하는 것은, 구조적으로 가락국의 수로왕과 허황옥의 표류 신화와 동공이곡同工異曲이다."[41]고 하였다.

하지만 저자의 견해로는 이렇게 상상의 나라로 볼 것이 아니라, 한반도에서 일본으로 건너가 상당한 세력을 확보했던 집단들이 한반도에 있던 본국과 혼인 관계를 맺었던 것을 이야기하는 것이 아닌가 한다. 이런 추정은 이미 김석형이 제시한 바 있는데, 이는 북규슈 지방에 존재했던 소국들이 본국과 긴밀한 관계를 유지하고 있었기 때문이다.

이렇게 본다면 허황옥의 도래 신화도 결국은 선진적인 문물을 가지고 일본으로 건너가 소국을 형성하고 있던 집단이 한반도에 있던 본국과 서로 혼인을 함으로써 밀접한 관계를 유지하고 있었다는 사실을 반영하는 것이라고 보아도 좋지 않을까 한다.

4. 무나카타 대사의 여신과 가락국

앞에서 일본 천황의 조상인 니니기노미코토에 얽힌 신화가, 낙동강의 하류에서 쓰시마와 오키노시마를 경유하여 오늘날 후쿠오카 현의 동부 지역 일대로 진출한 가락국 지배 계층의 이동을 서술한 것이었다는 상정을 하였다. 그런데 이 오키노시마에는 사람들의 왕래를 말해주는 신화 자료가 남아 있어, 이와 같은 상정의 타당성을 한층 더 뒷받침해주고 있다. 그래서 먼저《고사기》에 전

---

41) 依田千百子, 위의 책, 480쪽.

해지는 이와 관련을 가지는 이야기를 소개하기로 한다.

【자료 6】

　　그리하여 두 신은 아메노야스카와天安河를 사이에 두고 서약을 했다. 그때 아마테라스오카미는 스사노오노미코토가 차고 있던 도쓰카노쓰루기十拳劍를 건네받아서 그것을 세 조각으로 잘라 '마나이眞名井'라는 천상의 우물에서 기른 물에 흔들어 씻은 다음 입에 넣어 씹어서 내뿜었다. 그때 내뿜은 입김의 안개에서 생겨난 신의 이름은 다기리히메노미코토多紀理毘賣命였다. 그 신의 다른 이름은 오키쓰시마히메노미코토奧津嶋比賣命라고도 하였다. 다음에 태어난 신의 이름은 이치키시마히메노미코토市寸島比賣命였는데, 이 신의 다른 이름은 사요리비메노미코토狹依毗賣命라고도 했다. 그 다음에 태어난 신은 다기쓰히메노미코토多岐都比賣命였다.

　　스사노오노미코토가 아마테라스오카미의 왼쪽 '미즈라角髮'에 감긴 오백 개나 되는 많은 구슬을 꿴 장식물을 건네받아 그것을 하늘의 '마나이' 우물물에다 흔들어 씻어 입에 넣은 다음에 씹어서 내뿜었다. 그때 내뿜은 입김의 안개에서 생겨난 신의 이름은 마사카쓰아카쓰카치하야히아메노오시호미미노미코토正勝吾勝勝速日天之忍穗耳命였다. 그리고 오른쪽 미즈라에 감겨 있는 구슬을 받아 입에 넣어 씹은 다음 내뿜은 입김의 안개에서 생겨난 신의 이름은 아메노호히노미코토天之菩卑命이었다. 또 아마테라스오카미의 미즈라에 감긴 구슬을 받아 입에다 넣어 씹은 다음에 내뿜은 입김의 안개에서 생겨난 신의 이름은 아마쓰히코네노미코토天津日子根命였다. 또 왼손에 감긴 구슬을 받아 입에다 넣어 씹은 다음에 내뿜은 안개에서 생겨난 신의 이름은 이쿠쓰히코네노미코토活津日子根命였다. 또 오른손에 감긴 구슬을 받아 그것을 입에다 넣어 씹은 다음에 내뿜은 안개에서 생겨난 신의 이름은 구마노쿠스비노미코토熊野久須毗命였다. 모두 합하여 다섯 명의 신이었다. 그리하여 아마테라스오카미가 스사노오노미코토에게, "나중에 태어난 다섯 명의 남자 아이는 나의 물건에서 태어났으므로 당연히 나의 자식이다. 그리고 앞에 먼저 태어난 세 명의 여자 아이는 너의 물건에서 생겨났으므로 당연히 너의 자식이다."라고 구분하여 말했다.

그리고 먼저 태어난 신 다기리히메노미코토는 무나카타胸形의 오키쓰미야奧津宮에 좌정坐定하였고, 그 다음 이치키시마히메노미코토는 무나카타의 나카쓰미야中津宮에 좌정하였다. 그 다음 다기쓰히메노미코토는 무나카타의 헤쓰미야邊津宮에 좌정했다. 이 세 명의 신은 무나카타노키미胸形君라는 씨족들이 받들어 모시는 대신인 것이다.[42]

두루 알다시피 아마테라스오카미는 다카마노하라를 다스리는 최고의 신격들 가운데 한 명이었다.[43] 이런 그녀에게 경쟁자가 등

---

[42] "故爾各中置天安河而 宇氣布時 天照大御神 乞度建速須佐之男命所佩十拳劍 打折三段 而 奴那登母母由良邇 振滌天之眞名井而 佐賀美邇迦美而 於吹棄氣吹之狹霧所成神御名 多紀理毗賣命 亦御名 謂奧津嶋比賣命. 次市寸嶋比賣命 亦御名 謂狹依毗賣命. 次次岐都比賣命. 速須佐之男命 乞度天照大御神所纏左御美豆良八尺勾璁之五百津之美須麻流珠而 奴那登母母由良邇 振滌天之眞名井而 佐賀美邇迦美而 於吹棄氣吹之狹霧所成神御名 正勝吾勝勝速日天之忍穗耳命. 亦乞度所纏右御美豆良之珠而 佐賀美邇迦美而 於吹棄氣吹之狹霧所成神御名 天之菩卑能神. 亦乞度所纏縵縵之珠而 佐賀美邇迦美而 於吹棄氣吹之狹霧所成神御名 天津日子根命. 又乞度所纏左手之珠而 佐賀美邇迦美而 於吹棄氣吹之狹霧所成神御名 活津日子根命. 又乞度所纏右手之珠而 佐賀美邇迦美而 於吹棄氣吹之狹霧所成神御名 熊野久須毗命. 幷五柱. 故其所生之神 多紀理毗賣命者 坐胸形之奧津宮. 次市寸嶋比賣命者 佐胸形之中津宮. 次田寸津比賣命者佐胸形之邊津宮. 此三柱神者 胸形君等之以都久三前大神者也."
荻原淺男 共校注, 앞의 책, 76~80쪽.

[43] 일본의 신화학계에서는 다카마노하라의 주재신으로서 아마테라스오카미 이외에 '다카미무스비노카미高御産巢日神'라는 존재가 있는데도 전자만 강조하는 경우가 많다는 것을 명기해둔다.

장했다. 그 경쟁자란 일본의 《신통기神統記》에서 그녀의 남동생으로 그려져 있는 스사노오노미코토였다. 그를 아마테라스오카미의 동생으로 기술한 것은 쉽게 이해되지 않는 측면이 있다.《고사기》에 따르면 그가 태어난 신화의 내용은 아래와 같다.

　"이자나기노카미伊耶那岐神는 죽은 자기의 아내 이자나미노카미伊耶那美神를 다시 이승으로 데려오고자 요미노쿠니黃泉國, 곧 지하의 세계를 찾아갔다가 금기禁忌를 지키지 못하여 실패하고 말았다. 그래서 돌아온 다음 그는 물에 들어가 몸을 씻어 부정不淨을 없애는 '미소기하라에禊祓'를 했다. 그때 왼쪽 눈을 씻자 태어난 신이 아마테라스오카미였고, 오른쪽 눈을 씻자 태어난 신은 쓰쿠요미노미코토月讀命였으며, 코를 씻자 태어난 신이 다케하야스사노오노미코토建速須佐之男命였다."[44]

　하지만 이와 같은 신화의 내용은 상당히 부자연스러운 측면이 있다. 그 때문에 유명한 신화학자 마쓰무라 다케오松村武雄는 아마테라스오카미와 스사노오노미코토가 자제姉弟의 관계로 연결된 것은 원래부터 그랬던 것이 아니고 후대에 스사노오노미코토 이야기가 첨가되었을 것이라는 견해를 제시하였다. 그가 이런 상정을 한 까닭은, 중국의 《현중기玄中記》에 "북쪽에 종산이 있다. 산에는 돌이 있어 머리가 사람의 머리와 같았는데, 왼쪽 눈은 해가 되고 오른쪽 눈은 달이 되었다. 왼쪽 눈을 뜨면 낮이 되고 오른쪽 눈을 뜨면 밤이 되었다北方有鐘山焉 山有石 首如人首 左目爲日右目爲月 開左眼爲晝開右眼爲夜."라는 기록이 있고, 또 많은 신화들

---

44) "於是 洗左御目時 所成神名 天照大御神 次洗右御目時 所成神名 月讀命 次洗御鼻時　所成神名 建速須佐之男命."
　荻原淺男 共校注, 앞의 책, 70~71쪽.

에서 해와 달이 하나의 짝으로 등장하고 있는 데 견주어, 이 이
야기에서는 코에서 스사노오노미코토가 탄생했다고 하는 이질적
인 요소가 포함되어 있다는 데 근거를 둔 것이었다.[45]

　이러한 지적이 아니더라도 일본의 신화에서 중요한 구실을 수
행하는 아마테라스오카미와 스사노오노미코토는 계통系統이 전혀
다른 신들이었다. 이에 착안한 저자는 《일본의 신화》에서 전자가
한국의 서해안을 따라 남하하여 일본의 규슈 지방으로 건너간 신
화 체계의 최고 신격이었던 것과 달리, 후자는 한국의 동해안을
따라 남하하여 일본의 이즈모 지방으로 들어간 신화 체계의 최고
신격이었을 것이라는 추정을 한 바 있다.[46]

　이렇게 그 계통을 달리하는 두 개의 신화 체계를 무리하게 연결
지으려다 보니 자연히 무리가 뒤따르지 않을 수 없었을 것이다.
그러한 무리를 극복하고자 그들 사이의 갈등을 해소하는 방안의
하나가, 앞의 자료 6에서 소개한 아메노야스카와에서 이루어진 서
약이었을 것으로 생각된다. 곧 상대방의 물건을 이용하여 아이를
낳기로 했는데, 스사노오노미코토가 나쁜 마음을 가지지 않는다면
그때 아들을 낳는다고 하는 것이었다.

　이 서약에서 아마테라스오카미는 먼저 스사노오노미코토가 차
고 있던 도쓰카노쓰루기란 칼을 건네받아 씹은 다음에 그것을 내
뿜었다. 그리하여 탄생한 신들이 '다기리히메노미코토'와 '이치키
시마히메노미코토', '다기쓰히메노미코토'라는 세 여신이었다.

　그런데 이들 세 여신은 밑줄 친 곳에서 보는 것처럼, 제일 위의
다기리히메노미코토가 오키노시마에 있는 무나카타의 오키쓰미야
에 좌정하였고, 중간의 이치키시마히메노미코토는 육지 가까이에

있는 오시마 무나카타의 나카쓰미야에 좌정하였으며, 막내인 다기쓰히메노미코토는 후쿠오카 시 겐카이 정玄海町 가미노미나토神湊에서 내륙으로 강을 거슬러 올라간 곳에 있는 무나카타의 헤쓰미야에 좌정하였다는 것이다.

따라서 이들 세 여신이 저마다 오키노시마와 오시마, 가미노미나토에 있는 무나카타 신사의 신들로 좌정했다는 것을 알 수 있다. 일본의 학자들은 "이렇게 세 여신이 좌정한 무나카타 신사는 '무나카타胸形'로 불리는 어민漁民 집단이 신앙의 대상으로 하던 곳이었다. 이처럼 무나카타 신사를 받들던 어민 집단은 당시 북규슈 일대에 거주하면서 잠수어로潛水漁撈을 주업으로 하였다. 그러면서 그들은 뛰어난 항해 기술을 구사했기 때문에 오키노시마를 숭배의 대상으로 했던 것"[47]으로 보고 있다. 그들이 이렇게 섬 자체를 신앙의 대상으로 한 이유는, 북규슈와 한반도의 남단을 왕래하는 데 이 섬이 하나의 이정표 노릇을 했을 것으로 추정되고 있기 때문이다.

하지만 그들이 왜 '무나카타'란 이름으로 불리게 되었는지는 명확하지가 않다. 인류학자 가나세키 다케오金關丈夫는 "가슴에 문신文身을 하고 있었기 때문에 무나카타라는 이름이 붙여졌던 것이 아닐까?"라는 추정을 하기도 했다.[48] 또 오바야시 다료大林太良는 남방계南方系 해양민海洋民의 습속을 가미하여, 가슴에 비늘 모양의 문신을 한 해안사람들의 자손들로 생각하여, 〈위지魏志〉 왜인전의 "남성은 연령에 관계없이 전부 얼굴과 몸에 문신을 하고 있다男子無大小皆黥面文身."는 기술에도 부합하는 것이라는 견해를 제시하였다.[49] 그

---

47) 正木晃, 《宗像大社·古代祭祀の原風景》, 東京: 日本放送出版協會, 2008, 87쪽.
48) 正木晃, 위의 책, 89쪽에서 재인용.
49) 正木晃, 앞의 책, 89쪽에서 재인용.

렇지만 이와 같은 견해들은 어디까지나 문신과 관계를 염두에 둔 하나의 상정에 지나지 않는 것이라고 할 수 있다.

어쨌든 어로를 주로 하던 무나카타 집단에서 받들던 무나카타 신사宗像神社에 좌정한 이들 세 여신은 낙동강 하류에 있었던 가락 국에서 쓰시마를 지나 오키노시마와 오시마를 거쳐 후쿠오카 동 북 해안에 이르는 길을 지켜주는 항해의 신이었을 가능성이 매우 짙다. 말하자면 한반도에서 일본 열도로 건너가는 해로의 안전을 지켜주는 신들이었다는 것이다. 그래서 그러한 직능을 지니고 있 었음을 시사하는《일본서기》의 기록을 소개하겠다.

【자료 7】

히노카미日神는 그 전부터 스사노오노미코토에게 씩씩하고 지지 않 으려는 성질이 있음을 알고 있었다. 그 하늘에 올라옴에 이르러 생각 하기를 "아우가 오는 것은 착한 마음이 아닐 것이다. 반드시 우리 다카 마노하라를 빼앗기 위한 것이다."라고 생각하여, 무장을 갖추었다. 몸 소 도쓰카노쓰루기·고코노쓰카노쓰루기九握劒·야쓰카노쓰루기八握劒를 차고, 또 등에 전통箭筒을 메고, 또 팔에는 활팔찌를 끼고, 손에 활과 화 살을 잡고서, 친히 마중하여 방어하였다. 이때 스사노오노미코토가 "저 는 원래부터 사심이 없습니다. 단지 누님을 뵙고 싶어서 잠시 왔을 뿐 입니다."고 말했다. 이에 히노카미는 스사노오노미코토와 더불어 마주 서서 맹세하여, "만일 너의 마음이 맑고, 싸워서 빼앗을 마음이 없다면, 네가 낳은 아이는 반드시 남자일 것이다."라고 말했다. 말을 마치고 ㉠ 먼저 차고 있던 도쓰카노쓰루기를 씹어서 만든 아이를 오키쓰시마히 메瀛津嶋姫라고 하였다. 또 고코노쓰카노쓰루기를 씹어서 만든 아이를 다기쓰히메湍津姫라고 하였다. 또 야쓰카노쓰루기를 씹어서 만든 아이

를 다고리히메田心姫라고 했다. 모두 세 여신女神이다. 그리고 스사노오
노미코토는 목에 건 5백 개의 구슬을 꿴 것을 가지고 아마노누나이天渟
名井, 다른 이름은 이자노마나이去來之眞名井라고 하는 우물의 물을 끼얹
어 먹었다. 이에 낳은 아이를 마사카아카쓰카치하야히아메노오시호네
노미코토正哉吾勝勝速日天忍骨尊라고 했다. 다음에 아마쓰히코네노미코토
天津彦根命, 다음에 이쿠쓰히코네노미코토活津彦根命, 다음에 아메노호히
노미코토, 다음에 구마노오시호미노미코토熊野忍踏命, 모두 다섯의 남신
男神이다. 그래서 스사노오노미코토는 이겼다는 증거를 얻었다. 이에
히노카미는 스사노오노미코토가 악의가 없다는 것을 알고, 히노카미가
낳은 세 여신을 쓰쿠시노쿠니筑紫洲로 내려 보냈다. ⓛ 그때 가르쳐 "세
신은 해로海路의 도중에 내려가서 천손을 돕고, 천손을 위하여 제사를
지내라."라고 하였다.[50]

여기에서는 세 여신이 천손天孫, 곧 니니기노미코토의 일본 열
도로의 강탄을 도와주고, 또 제사를 담당했던 것으로 기술되어
있다.

그런데 이 자료는 앞에서 살펴본 자료 6의 《고사기》의 신화와
그 내용에 얼마간의 차이가 있다. 이 신화에 등장하는 '히노카미'

---

50) "日神本知素盞嗚尊 有武建凌物之意. 及其上至 便謂 弟所以來者 非是善意. 必當奪我天
原 及設大夫武備. 躬帶十握劍·九握劍·八握劍 又背上負靫, 又臂著稜萬鞆, 手捉弓箭 親
迎防禦. 是時 素盞嗚尊告曰 吾元無惡心. 唯欲與妹相見 只爲暫來耳. 於是 日神素盞嗚尊
相對而立誓曰 若汝心明淨 不有凌奪之意者 汝所生兒 必當男矣. 言訖 先食所帶十握劍生
兒 號瀛津嶋姫, 又食九握劍生兒 號湍津姫, 又食八握劍生兒 號田心姫. 凡三女神也. 已
而素戔嗚尊. 以其頸所嬰五百箇御統之瓊 濯于天渟名井 亦名去來之眞名井而食之. 乃生
兒 號正哉吾勝勝速日天忍骨尊, 次天津彦根命, 次活津彦根命, 次天穗日命, 次熊野忍踏
命 凡五男神矣. 故素盞嗚尊 旣得勝驗. 於是 日神 方知素盞嗚尊 固無惡意 乃以日神所
生三女神 令降於筑紫洲. 因敎之曰 汝三神 宜降居道中 奉助天孫 而爲天孫所祭也."
井上光貞 共校注, 《日本書紀(上)》, 東京: 岩波書店, 1998, 106~108쪽.

는 아마테라스오카미를 가리킨다. 그런 그녀는 동생인 스사노오노미코토가 자신에게 온 것을 자기가 다스리고 있는 다카마노하라를 빼앗기 위한 것이라고 생각하고 무장을 하고 대기하고 있었는데, 거기에 나타난 스사노오노미코는 자기가 사심邪心이 없다는 것을 강변하고 이른바 '서약誓約'이란 것을 하는 데까지는 후자의 내용과 동일하다. 그렇지만 이 자료에서는 그 서약의 내용이 서로 상대방의 물건을 이용하여 아이를 낳는 것이 아니라, 자기가 가지고 있던 물건을 제각기 이용한다는 차이가 있다.

이런 차이가 왜 생겨나게 되었는지는 명확하지 않다. 하지만 《일본서기》는 편년체編年體로 되어 있으면서도 '일운一云'이라고 하여 몇 개의 이본들을 싣고 있다는 점을 고려한다면, 이 신화 또한 이러한 이본들 가운데 하나가 아니었을까 한다.

어떻든 이 신화에서는 밑줄을 그은 ㉠에서 보는 것과 같이, 아마테라스오카미가 자기가 차고 있던 칼들을 차례로 씹어서 오키쓰시마히메와 다기쓰히메, 다고리히메를 만들었다. 이렇게 탄생한 세 여신의 이름은 앞에서 《고사기》의 자료 6에 나오는 여신들과 다른 이름이 붙여졌으나, 이들이 아마테라스오카미와 스사노오노미코토 사이의 서약으로서 태어난 것은 분명하기 때문에 그렇게 큰 문제는 되지 않는 것 같다.

그런데 이렇게 탄생된 세 여신은 ㉡에서와 같이 "해로의 도중에 내려가서 천손을 돕고, 천손을 위하여 제사를 지내라."는 명령을 받은 것으로 서술되어 있다. 이와 같은 신화적 표현은 이 여신들이 천손의 탄강을 돕고 보호하는 기능을 담당하는 직능신職能神이었음을 말해주는 것이라고 하겠다.

그리고 이런 기능의 신들이 이 일대에 존재했었다는 사실은 앞의 자료 2 '니니기노미코토의 강탄 신화'에서 '다카마노하라'로 표

현된 천상의 세계가 사실은 후쿠오카에서 오시마大島와 오키노시
마를 거쳐 쓰시마를 지나서 바라보이는 가락국을 가리킨다는 것
을 나타내는 것이 아닐까 한다. 이런 의미에서, 일본 신화에 등장
하는 '다카마노하라'의 천상세계인 '아마天'에 대해서는 흔히 '시라
기', 곧 신라를 지칭하는 것으로 이해하는 것51)보다는, 이 말이 나
오는 신화의 상황에 따라 달리 해석을 하는 것이 바람직하다. 그
이유는, 신라에서 건너간 사람들의 경우에는 이 '아마'가 '신라'를
가리켰고, 가락국에서 건너간 사람들의 경우에는 '가락국'을 가리
켰다고 보는 것이 타당하기 때문이다.52)

따라서 이렇게 규슈의 후쿠오카 현 서북 지방에 상륙한 사람들
의 항해를 지켜준 신들이 아마테라스오카미가 스사노오노미코토
의 도쓰카노쓰루기를 씹어서 낳은 세 여신, 곧 '다기리히메노미코
토'와 '이치키시마히메노미코토', '다기쓰히메노미코토'였고, 그녀
들이 출발한 곳이 낙동강 하류의 김해 지방에 자리한 가락국이었
다고 본다면, 니니기노미코토의 강탄 신화에 나오는 다음과 같은
표현은 당연히 그들이 정착한 이 지역 일대였다고 할 수 있다.

【자료 8】

　　한편 천신은 아마쓰히코호노니니기노미코토에게 명을 내려, 니니기
　　노미코토가 하늘의 바위자리를 떠나 여러 겹으로 쳐진 하늘의 구름을

---

51) 中田薰, 《古代日韓交涉史斷片考》, 東京: 創文社, 1956, 3쪽.
52) 그러나 오바야시 다료는, 《고사기》에 전해지는 자료에 따르면 맏이인 다기리히메오미
　　코토가 스사노오노미코토의 자손인 오쿠니누시노미코토大國主神의 아내였다는 것에 착
　　안하여, 무나카타 신사의 여신들을 이즈모出雲와 관계가 있는 것으로 보았다는 것을
　　밝혀둔다.
　　大林太良, 〈海人の系譜をめぐって〉, 《古代海人の謎》, 東京: 海鳥社, 1991, 37~38쪽.

가르고 위세 있게 길을 헤치고 헤치어, 아메노우키하시로부터 우키시
마라는 섬에 위엄 있게 내려서서, 쓰쿠시 히무카의 다카치호 구시후루
타케로 내려왔다. 그때 아메노오시히노미코토와 아마쓰쿠메노미코토
의 두 신이 훌륭한 전통箭筒을 메고, 구부쓰치노타치라는 큰 칼을 차고,
훌륭한 하지유미라는 활을 손에 쥐고, 마카고야라는 화살도 손으로 집
어 들고, 천손의 앞에 서서 호위하며 갔다. 그런데, 아메노오시히노미
코토는 오토모노무라지大伴連들의 시조이다. 그리고 아마쓰쿠메노미코
토天連久米命는 구메노아타히久米直들의 시조이다.

　이때 니니기노미코토가 말을 하기를, "이곳은 가라쿠니를 바라보고
있고, 가사사의 곶岬과도 바로 통하여 있어 아침 해가 바로 비치는 나
라, 저녁 해가 비치는 나라이다. 그러므로 여기는 정말 좋은 곳이다"고
하며, 그곳의 땅 밑 반석에 두터운 기둥을 세운 훌륭한 궁궐을 짓고 다
카마노하라를 향해 지기千木를 높이 올리고 그곳에서 살았다.[53]

　이 자료에서 천손인 니니기노미코토가 밑줄을 그은 곳과 같이
말했다고 하는 곳이 규슈의 동북 해안 일대인 것은 거의 확실하
다. 곧 앞의 "일본에 진출한 가락국 세력"에서 언급한 바와 같이,
가락국에서 건너간 집단은 오늘날의 후쿠오카 현 일대에 이미 존
재하던 야마타이국邪馬台國을 정복하고 거기에 하나의 거대한 세
력을 형성했다는 것이다.

---

53) "故爾詔天津日子番能邇邇藝命而 離天之石位 押分天之八重多那. 雲而 伊都能知和岐知
　和岐國. 於天浮橋, 宇岐士摩理 蘇理多多斯國 天降坐于竺紫日向之高千穗之久士布流多
　氣. 故爾 天忍日命天津久米命二人 取負天之石靫 取佩頭槌之大刀 取持天之波士弓 手挾
　天之眞鹿兒矢 立御前而仕奉. 故其天忍日命 天津久米命 於是詔之 此地者 向韓國 眞來
　通笠沙之御前而 朝日之直刺國 夕日之日照國也. 故此地甚吉地, 詔而 於底津石根宮柱布
　斗斯理 於高天原氷椽多迦斯理而坐也."
　荻原淺男 共校注, 앞의 책, 129~131쪽.

그런데 이렇게 낙동강 하류에서 규슈의 동북 해안으로 들어가
는 이 해로가 한반도의 선진적인 문화를 일본에 전하는 길의 하
나였다는 것은 두루 아는 사실이다. 말하자면 이 경로는 단순히
지배 계층의 이동을 나타내는 길로만 이용된 것이 아니라, 한반도
의 발달된 문물이 일본 열도로 들어가는 통로 구실도 했다는 것
이다.[54]

그러나 일본의 고고학자들은 이 경로에 대해 또 다른 해석을 하
고 있다. 시라이시 다이치로는 "그때까지 이키·쓰시마 루트와는
직접 관계가 없는 오키노시마에서 국가적인 제사는, 의심할 여지
없이 일본이 조선 반도에서 전쟁에 참가한 것을 계기로 시작되었
다. 물론 실제 도해 루트는, 가장 안전한 이키·쓰시마 루트가 많이
쓰였을 것은 말할 것도 없으나, 오키노시마 가까이를 거치는, 세토
내해瀨戸內海에서 관몽 해협關門海峽을 나와 한반도로 직행하는 전
전戰前(제2차 세계대전을 가리킴: 인용자 주)의 관부關釜 연락선의 루
트도 이용되었을 가능성은 있을 것이다. 오키노시마는 바로 이 루
트 옆에 자리하는 것이다."[55]고 하여, 이 해로를 고구려의 남하 때
백제에 출병하던 길이란 견해를 제시하였다.[56] 이와 같은 견해는

---

54) 우에다 마사아키上田正昭도 무나카타계宗像系 어민 집단이 "독자적으로 조선 반도 남부
와 교섭을 했을 가능성도 생각할 수 있고, 또 지방에 있는 무나카타키미宗像君들의 씨
족이 왜 왕권의 루트와는 별개로 해외와 유대를 가졌던 상황도 시야에 넣어두지 않으
면 안 된다."라는 지적을 한 바 있다.
　上田正昭, 《古代國家と宗敎》, 東京: 角川書店, 2008, 114쪽.

55) 白石太一郎, 앞의 책, 254쪽.

56) 이러한 견해는 그들이 임나일본부설에 대한 미련을 버리지 못하고 있음을 그대로 드
러내는 것이다. 그래서 그들은 이 무나카타 신사에 대해서도, "우리 국력의 반도 진출
및 그 경영이 진행되자, 이른바 북해도중北海道中의 중요성은 드디어 그 크기를 더해갔
고, 임나일본부와 규슈의 미야케官家[뒤에 다자이후大宰府]의 관계는 순치보거脣齒輔車의
관계처럼 중요한 것이 있었다."라고 하여, 전혀 엉뚱한 해석을 하고 있다.
　宗像神社復興期成會 編, 《宗像神社史(上)》, 東京: 宗像神社復興期成會, 1961, 30쪽.

발굴된 일부의 고고학 자료들을 근거로 한 것일지는 몰라도, 고대 한·일 사이의 관계를 왜곡하고 있는 것은 틀림없는 것 같다. 왜냐 하면 이 해로는 한반도의 선진적인 문물이 일본 열도로 건너가는 중요한 통로였음을 부정할 수 없기 때문이다.

실제로 일본에서 벼 재배와 밀접한 관련을 가지는 야요이 문화 彌生文化가 이 해로와 연계되어 있다는 것도 좋은 예에 속한다. 일 본 열도에서 벼 재배가 시작된 것이 야요이 시대라는 것은 누구 나 인정하고 있는 사실이다. 바로 이런 야요이 시대의 서막이 우 선 규슈 지방에서 시작되었다.[57] 더욱이 초기 수전유구水田遺構로 일컬어지는 것으로 후쿠오카 시 이타쓰케 유적板付遺跡과 사가 현 가라쓰 시唐津市의 하바타케 유적菜畑遺跡, 후쿠오카 현 니조 정二 丈町의 마가리타 유적曲り田遺跡 등이 있다. 이와 같은 유적들의 분 포는 일본 열도에서 벼 재배가 대륙[58]에 가장 가까운 북부 규슈 에서 개시되었음을 나타낸다. 그리하여 그것이 급속하게 서일본西 日本 일대로, 나아가서는 동일본東日本으로 전파되었다고 보고 있 다.[59]

그리고 야요이 시대의 개시기開始期에 널리 사용되었을 것으로 추정되는 무문토기無文土器도 한반도의 남부 지방과 북규슈의 해 안 일대가 긴밀한 관계였음을 보여주고 있다. 더욱이 일본에서 농 경 개시기의 토기로 일컬어지는 유스 식[夜臼式]·이타즈케 1식板付

---

57) 柴田勝彦, 《九州考古學散步》, 東京: 學生社, 1970, 15~27쪽.

58) 일본의 학자들은 일본 문화의 형성에 영향을 미친 곳으로 한반도나 한국이라는 구체 적인 표현보다는 대륙이라는 표현을 더 즐겨 사용하고 있다. 이런 전통은 그들이 식민 지 시대에 정립한 한국 문화의 교량역할론을 오늘날까지도 그대로 신봉하고 있다는 것을 드러내는 것이 아닐까 한다.

59) 高島忠平, 〈初農耕遺跡の立地環境 ― 北部九州〉, 《日韓交渉の考古學, 彌生時代編》, 東京: 六興出版, 1991, 40쪽.

1式은 무문토기에서 영향을 받은 것으로 상정되고 있는데, 이렇게 영향을 미친 무문토기가 한국에서 들어간 것이라는 점[60]도 이러한 상정을 뒷받침하는 것이라고 하겠다.

또 청동기 유물 역시 야요이 시대 전기 말에서 중기 초엽에 걸쳐서 전해진 것으로 추정된다. 이 무렵에 일본에 전해진 것으로 세형동검과 세형동모細形銅矛, 세형동과細形銅戈, 다뉴세문경多紐細紋鏡, 동사銅鉈 등을 들고 있다. 그런데 이들 청동기 유물의 유적들도 규슈의 북부 해안 일대에 널리 분포되어 있다. 이에 대해 이와나가 쇼조岩永省三는, "(일본) 열도에서의 청동기 생산이 그다지 사이를 두지 않고 한반도의 제품과 구별하기 어려운 세형細形의 동검銅劍·동모銅矛가 만들어진 것 같다. 그 이유는 ① 그것들을 제작한 것이 필시 한반도에서 도래渡來한 주조공인鑄造工人인 것, ② 제작을 의뢰한 것이 야요이 인彌生人 사회였다고 하더라도, 당초는 주조공인의 제품을 그대로 받아들이지 않을 수 없었으며, 야요이 인 측의 기호嗜好를 강제할 수 없었던 것 등을 생각할 수 있을 것이다. 이 가운데 ②의 배경으로서는, 야요이 시대 전기 말 이후에 한반도에서 도래한 일반의 무문토기 문화인 집단과 주조공인의 관계, 또는 그것들 양자와 주위의 야요이 인 사회의 역학관계라고 하는 시점에서 앞으로 더 추구할 필요가 있다."[61]라고 지적하였다.

하지만 이와나가의 이와 같은 주장에 그대로 동의하기는 어려운 것 같다. 그 까닭은 일본 열도에서 발굴된 토기의 청동 무기는 한반도에서 건너간 것이 분명하기 때문이다. 그런데도 일본

---

60) 後藤直, 〈彌生時代開始期の無文土器 ― 日本への影響〉, 《日韓交渉の考古學, 彌生時代編》, 東京: 六興出版, 1991, 32~33쪽.

61) 岩永省三, 〈日本における青銅武器の渡來と生産の開始〉, 《日韓交渉の考古學, 彌生時代編》, 東京: 六興出版, 1991, 117~118쪽.

의 고고학자들이 이렇게 이상한 논리를 전개하고 있는 것은 일본적인 독자성을 강조하기 위한 하나의 방편이 아닐까 한다.

이런 의미에서 가미가이토 겐이치上垣外憲一의 아래와 같은 지적은 무나카타 대사宗像大社의 여신女神들이 모셔진 오키노시마와 오시마大島, 후쿠오카 시 겐카이 정으로 이어지는 경로의 관계를 유추하는 데 많은 도움이 될 것이다.

> "북규슈에서 야요이 문화가 가장 번창한 곳은, 이른바 왜의 나노쿠니奴國가 있었던 후쿠오카 평야福岡平野 나카 천那珂川 유역이다. 가령 김해에서 출발하여 쓰시마 → 오키노시마 → 겐카이 정에 이르면, 하카타博多 방면에서는 되돌아가는 형태가 되어 버린다. 즉 오키노시마 루트는, 나아가서 동쪽 시모노세키下關 방면을 목표로 할 때에 비로소 의미를 가지는 항로인 것이다. 오키노시마에는 조몬 유적繩文遺跡도 있으며, 오래 전부터 사람들의 왕래가 있었다고 하더라도, 현재 우리들의 눈을 놀라게 하는 유적은 4세기 후반부터의 것이다. 따라서 이 해로로 중심의 전환은, 3세기부터 4세기 사이에 정치, 경제, 문화의 중심이 북규슈에서 기나이畿內로 이동한 것과 대응한다고 할 수 있다."[62]

5. 쓰누가아라시토都怒我阿羅斯等 설화와 가락국

일본 제국주의자들이 '임나일본부설'에 집착했던 중요한 이유들 가운데 하나는, 야마토 정권이 직접 관할하던 '미야케屯家'가 한반도에 존재했었다는 것을 주장함으로써 그들의 한국 식민지화가 자기들이 다스렸던 옛 땅의 회복이라는 논리를 조작하는 데 있었

---

62) 上垣外憲一, 앞의 책, 23쪽.

다. 이와 같은 정치적 목적 아래서 이루어진 임나일본부설에 대한 연구가 학술적으로 타당성을 가질 수 없다는 것은 너무나 자명한 진리이다.

그러나 그에 대한 연구는 지극히 미흡한 실정이었다. 그런 가운데 나온 업적이 북한 김석형의《고대 조일 관계사 — 야마토 정권과 임나》라는 책이었다. 그는 이 책에서 한국의 네 나라, 곧 신라와 가락국, 백제, 고구려로부터 건너간 사람들이 일본 열도에서 제각기 소국小國을 형성하고 있었는데, 그들 사이에 '미마나'라는 미야케가 설치되었었다는, 이른바 일본 내의 분국설分國說을 주창함으로써, 일제에 의해서 날조된 임나일본부설이 완전히 허구에 지나지 않는다는 것을 입증하였다.[63]

그 뒤에 김현구金鉉球는《임나일본부 연구》라는 책을 출판하여, "야마토 정권이 임나와 아무런 직접적인 관계를 가지고 있지 않았으므로, 야마토 정권의 임나 지배를 위한 기관을 의미하는 '일본부日本府'라는 명칭이 존재하지 않았음은 두말할 여지도 없다."[64]는 결론을 도출하여, 이 방면의 연구에 크게 기여하였다. 더욱이 그의 연구는 사료에 근거를 둔 실증적인 것이었으므로, 일제에 의해 자행된 역사의 왜곡을 수정하는 계기를 마련하였다고 보아도 좋을 것이다.

이런 의미에서 스에마쓰 야스카즈末松保和가 저술한《임나 흥망사任那興亡史》[65]는 사료를 왜곡하여 제국주의자들의 한국 침략을

---

63) 金錫亨, 朝鮮史 硏究會 譯, 앞의 책, 429~447쪽.

64) 김현구, 앞의 책(1993), 186쪽.

65) 스에마쓰 야스카즈는 이 책의 주지主旨를 "(1) 삼국 정립시대鼎立時代 반도사半島史의 일부로서, (2) 일본 상대사上代史의 대외적 단면으로서, (3) 일선日鮮 교섭의 사실을 통한《일본서기》의 역사적 가치의 연구로서 562년 '아라安羅에 있어서 우리 관가官家의 몰락'까지의 대선관계對鮮關係를 체계화하는 것이다."라고 하였으나, 실제로는《일본서

정당화한 역사 왜곡의 대표적인 사례임을 지적하지 않을 수 없다. 그래서 본 연구에서는 《일본서기》에 등장하는 '쓰누가아리시토', 곧 '소나카시치蘇那曷叱知'에 대한 기록 ─ 실제는 역사적 사실이 아니라 설화를 수록한 것에 지나지 않는다. ─ 을 검토하여, 그들의 주장이 왜 잘못되었는가 하는 문제를 구명하기로 하겠다.

가락국의 왕자 소나카시치에 얽힌 이야기가 제일 먼저 등장하는 곳은 《일본서기》 스진 천황崇神天皇 65년 조의 기록이다.

【자료 9】

> 추칠월에 미마나국任那國이 소나카시치를 보내 조공朝貢하였다. 미마나는 쓰쿠시국筑紫國에서 2천여 리 떨어진 거리에 있다. 북은 바다를 사이에 둔 계림鷄林의 서남쪽에 있다.[66]

이것이 일본의 사서에 등장하는 미마나국, 이른바 임나국任那國에 대한 최초의 기록이다. 여기서 스진 천황 65년은 기원전 33년에 해당한다. 그런데 《삼국유사》에 따르면 가락국이 세워진 것은 후한後漢 세조世祖 광무제光武帝 건무建武 18년, 곧 기원후 42년이었다. 그렇기 때문에 위의 기사는 존재하지도 않았던 나라에게 조공을 받았다는, 말도 되지 않는 내용임을 알 수 있다.

이처럼 그 연대가 맞지 않는 소나카시치에 대한 기록은 같은 《일본서기》 스이닌 천황垂仁天皇 2년 조의 기사에도 보인다.

기》의 왜곡된 기록들을 정당화하는 것이었다고 할 수 있다.
末松保和, 《任那興亡史》, 東京: 吉川弘文館, 1949, 11쪽.

66) "六十五年秋七月 任那國遣蘇那曷叱知 令朝貢也. 任那者去筑紫國二千餘里 北隔海以在鷄林之西南."
井上光貞 共校注, 앞의 책, 253~255쪽.

【자료 10】

　　이때 미마나 사람 소나카시치가 "나라에 돌아가고 싶다."라고 말했다. 대개 선황先皇 대에 조정에 와서 아직 돌아가지 않았던 것인가? 그래서 소나카시치에게 후하게 상을 주었다. 붉은 비단 100필을 주어 미마나의 왕에게 하사하였다. 그러나 신라 사람이 길을 막고 (그 비단을) 빼앗았다. 두 나라의 원한이 이때부터 일어났다.[67]

　　이 기사는 《일본서기》를 엮은이들이 스진 천황 조의 기사에 신뢰성을 부여하고자 일부러 삽입한 것이 명백하다. 그러면서도 신라와 가락국의 관계가 나빠진 이유를 일본이 하사한 비단 때문이었다고 하여, 묘한 여운을 남기고 있다.

　　그러나 스이닌 2년은 기원전 28년에 해당하므로, 박혁거세朴赫居世가 신라를 건국한 지 30년이 되는 해이기는 하지만, 아직 가락국은 건국되지 않았던 시대였다. 그럼에도 이들 두 나라가 일본이 하사한 비단 때문에 관계가 악화되었다고 하는 것은, 이 기록이 사실에 바탕을 둔 것이 아니라 《일본서기》의 편자가 허구적인 이야기를 하나의 역사적 사실로 꾸몄다는 것을 증명하는 좋은 예라고 할 수 있다.

　　그런데 바로 자료 10 다음에 이어지는 다른 일설一說에는 소나카시치에 대한 전승이 더 자세하게 기록되어 있어, 그에 얽힌 이야기가 《일본서기》를 찬술할 무렵에 하나의 설화로 전승되고 있었다는 것을 알 수 있다.

---

67) "是歲 任那人蘇那曷叱智請之 欲歸于國. 蓋先皇之歲來朝未歸歟. 故敦賞蘇那曷叱智. 乃齎賜任那王. 然新羅人遮之於道而奪焉. 其二國之怨 始起於是時也."
　　井上光貞 共校注, 앞의 책, 253~255쪽.

【자료 11】

미마키노스메라노미코토御間城天皇[스진 천황을 가리킴] 때 ㉮ 이마에
뿔이 난 사람이 한 척의 배를 타고 고시국越國의 게히노우라笥飯浦에 정
박하였다. 그래서 그곳을 쓰누가角鹿라고 일렀다. 그 사람에게 "어느 나
라 사람이냐?"고 물었더니, 대답하기를 "오호意富 가라국加羅國의 왕자
로 이름은 쓰누가아라시토, 또 다른 이름은 우시키아리시치칸키于斯岐
阿利叱智于岐라고 한다. 전하여 듣기를 일본국에 성황聖皇이 있다는 말을
듣고 귀화하였다. ㉯ 아나토穴門에 도착하였을 때 그 나라에 이름이 이
쓰쓰히코伊都都比古라는 사람이 있어 나에게 말하기를 '나는 이 나라의
왕이다. 나 외에 다른 왕은 없다. 그러니 다른 곳에 가서는 안 된다.'고
하였다. 하지만 내가 그 사람의 생김새를 보니, 결코 왕이 아닌 것을
알 수 있었다. 그래서 그곳에서 물러났다. 그러나 길을 몰라서 섬들과
포구들을 헤매었다. 북해를 돌아서 이즈모국을 거쳐 이곳에 왔다."고
하였다.

이때 천황이 돌아가서 여기에 머무르며 스이닌 천황을 섬겨 3년이 되
었다. 천황이 쓰누가아라시토에게 물어서 말하기를, "그대의 나라에 돌
아가고 싶은가?"라고 하였다. 대답하여 이르기를, "몹시 돌아가고 싶습
니다."고 하였다. 천황은 아라시토에게 말하기를, "그대가 길을 잃지 않
고 빨리 왔었더라면 선황先皇도 뵈었을 것이다. 그러니 ㉰ 그대의 나라
이름을 미마키노스메라노미코토의 이름을 따서 나라 이름으로 하라."고
했다. 그리고 붉은 비단을 아라시토에게 주어 본국으로 돌려보냈다. 그
래서 그 나라의 이름을 미마나국彌摩那國이라 함은 이것에 말미암은 것이
다. ㉱ 아라시토는 받은 붉은 비단을 자기 나라의 군부郡府에 거두어 두
었다. 신라 사람들이 그것을 듣고 군사를 일으켜 와서 붉은 비단을 모두
빼앗았다. 이것이 두 나라가 서로 원망하는 시초라고 한다.68)

일본의 대표적인 어용학자의 한 사람이었던 스에마쓰 야스카즈
는 우선 위의 설화에 나오는 시대적 배경에 대하여 아래와 같은
견해를 밝혔다.

"시대를 스진 천황의 때라고 한 것으로 말하자면 위의 본문에서
말한 대로이다. 하지만 더욱이 그때 천황이 붕어하여 다음의 스이
닌 천황을 섬겼다고 하는 의미는, 《일본서기》에는 스이닌 천황의
말엽에 도코요국常世國에 보낸 다지마 모리田道間守가 돌아왔을 때,
천황은 이미 붕어하여 복명할 수 없었다고 하고(스이닌 천황 99년
조), 또 오진 천황應神天皇 말엽에 구레국吳國에 보낸 아치오미阿知
使主가 구레국의 공녀工女들을 이끌고 돌아왔을 때, 또 천황 붕어
의 직후였다고 하는(오진 천황 41년 조), 해외 관계의 일을 기술한
이들 3조條에 공통하는 현저한 유형을 일괄하여 해석할 여지가 있
다고 생각한다."[69]

이와 같은 스에마쓰의 지적은, 이 기사에 명기된 것을 그대로
믿을 것이 아니라 《일본서기》에 기술된 초기의 대외관계對外關係
기록, 곧 스진 천황의 붕어와 쓰누가아라시토, 스이닌 천황의 붕어
와 다지마 모리, 오진 천황의 붕어와 아치오미 등의 기록이 비슷
한 형태로 되어 있으므로 이것들을 일괄하여 해석해야 한다는 것
이다. 이러한 그의 지적은 이들 기록이 사실을 서술한 것이 아니
라 유사한 사건들을 천황을 달리하여 서술한 것으로 보았다는 것
을 증명하는 것이 아니고 무엇이란 말인가?
따라서 스에마쓰 야스카즈로서는 이 기록을 액면 그대로 받아
들일 수 없다는 것을 스스로 인정했다고 볼 수밖에 없다. 곧 임나

---

68) 본문은 이 책 제2장의 주 20을 참조할 것.
69) 末松保和, 앞의 책, 26~27쪽.

일본부설을 주창하면서 그 흥망의 역사를 기술하기는 하였지만, 일본 최초의 대외관계 기사인 쓰누가아라시토에 대한 기록은 믿을 만한 것이 못 된다는 것을 솔직하게 시인했다는 것이다.

그래서 그는 이 문제에 대하여 아래와 같이 '광개토대왕廣開土大王 비문碑文'을 가지고 '임나일본부'의 역사적 근거로 삼으려고 했다.

"일본 역사에서 임나 문제의 기원은 전설적 기사로부터 시작되고 있어 역사적 사실의 기록은 아니며, 더구나 임나의 기원에 대한 직접적인 사료도 없다고 한다면, 다음 단계로서 임나 문제는 사실의 기록으로서 문헌상 언제부터 확실하게 파악할 수 있을까를 보지 않으면 안 된다. 그것에 대해서는, 앞에서 임나라고 하는 문자의 최고最古의 실용예實用例로 한 고구려 호태왕好太王 비문에 "백잔百殘(백제)과 신라는 예로부터 속민屬民으로 조공을 해왔다. 그리고 왜는 신묘년辛卯年(기원후 391년)에 바다를 건너와 백잔(백제)과 신라를 파하고 신민臣民으로 삼았다."[70]고 하는 한 구절 가운데 신묘년이야말로 우선 간주할 수 있을 것이다."[71]

그러나 일본의 학자들이 금과옥조金科玉條마냥 내세우는 광개토대왕의 비문은 불순한 목적으로 변개된 것이 너무도 명확하다. 그래서 이형구李亨求는 이 문장이 위작僞作이라는 것을 강조하면서 아래와 같이 그 내용을 복원하였다.

"백잔(제)과 신라는 예로부터 (고구려의) 속민으로서 조공을 바

---

70) 이 문장은 일본의 요코이 나나나오橫井忠直가 〈고구려 고비古碑 고〉에서 한 해석을 그대로 옮겨 적었으며, 그 원문은 다음과 같다.
"百殘新羅舊是屬民 由來朝貢 而倭以辛卯年來渡海 破百殘△△△羅 以爲臣民."
이형구 공저, 《광개토대왕릉비 신연구》, 서울: 양지사, 1985, 114쪽에서 재인용.
71) 末松保和, 앞의 책, 37쪽.

쳐왔는데, 그 뒤 신묘년(기원후 391년)부터 조공을 바치지 않으므로 (광개토대왕은) 백잔(제)·왜구倭寇·신라를 파하여 이를 신민으로 삼았다."[72]

물론 이러한 이형구의 견해를 그대로 받아들이는 데는 문제가 있을지도 모른다. 그렇지만 일본의 학자들이 주장하는 것과 같이 "백잔(제)과 신라는 예로부터 속민으로 조공을 해왔다."라는 비문이 과연 존재했느냐 하는 문제에는 의문의 소지가 있음을 인정하지 않을 수 없다. 왜냐하면 문화가 발달한 한반도의 신라와 백제가 후진적인 일본에게 조공을 바칠 하등의 이유가 없기 때문이다.

그럼에도 일본의 어용학자들이 이 문장의 잘못된 해석에 집착했던 까닭은, 거듭 말하지만 일제의 한국 식민지화에 정당성을 부여하기 위한 방편이었을 가능성이 짙다고 하겠다. 다시 말해 이진희李進熙가 지적한 것처럼, 일본 측은 이 비문을 의도적으로 변개했다고 볼 수 있다.[73]

따라서 이와 같은 기존의 연구 성과들을 참조한다면, 스에마쓰 야스카즈의 견해는 학문적인 것이라기보다는 구차한 변명에 가깝다고 보아야 하지 않을까 한다. 바꾸어 말하면 날조된 금석문을 이용하여 설화에 가까운 이야기를 가지고 임나일본부라는 허구를 만들어냈다고 볼 수밖에 없다는 것이다. 그가 실제로 만들어낸 허구적인 주장의 일단을 소개하면 아래와 같다.

---

72) "百殘新羅舊是屬民 由來朝貢 而〈後〉以辛卯年〈不〉〈貢〉〈因〉 破百殘〈倭〉〈寇〉新羅 以爲臣民."
  이형구 공저, 앞의 책, 202쪽.
73) 李進熙, 《好太王碑と任那日本府》, 東京: 學生社, 1977, 176쪽.

"요컨대 3세기 중엽에 이미 변진구야국弁辰狗倻國, 곧 조선 동남단의 임나가라任那加羅 땅을 차지한 왜인은 그곳을 한지韓地에 대한 정치적·경제적 활동의 책원지策源地로 함과 동시에 다른 면에서 낙랑樂浪·대방帶方 통교通交 항로의 중계지로 하였다."[74]

그러나 이와 같은 스에마쓰의 주장은 3세기 중엽 이전에 이미 일본이 야마토를 중심으로 통합되었다는 허구를 전제로 한 것이다.[75] 오늘날의 일본 학계에서는 야마토 정권의 성립을 빨리 잡아도 고분시대의 중기, 곧 4세기 중반으로 잡고 있다는 것[76]을 떠올리면, 이런 견해가 어떤 의도에서 만들어졌는가를 짐작하고도 남을 것이다.

다음으로 쓰누가아라시토가 일본으로 건너오면서 경유한 곳과 정착한 곳의 지명에 대해서 스에마쓰 야스카즈가 피력한 견해를 살펴보면 아래와 같다.

"장소에 관해서는, 아나토·이즈모·쓰누가·게히노우라 등이 명기되어 있다. 아나토[나가토長門]가 최초로 도착한 땅이라고 되어 있는 것은 자연스러운 것으로, 문제 삼을 것까지는 없다. 아나토에서 해안을 따라 일본해(한국의 동해를 가리킴: 인용자 주)를 동북으로 올라가 이즈모를 경유했다고 하는 것도 당연하다. 그렇다면 그 해로가 끝나는 곳으로서 쓰누가의 게히노우라가 선택된 것은 어떤 의미가 있을까? 이것에 대해서는 주아이 천황仲哀天皇 2년 조에 "봄 정월의 갑인甲寅 삭朔 무자戊子(6일)에 쓰누가에 갔다. 곧 행궁行宮을 세워서 머물렀다. 이를 게히 궁笥飯宮이라고 한다."고 기록되어 있는 것과, 이어서 3월부터 이루어진 구마소 정벌에 임해서 천

---

74) 末松保和, 앞의 책, 67쪽.

75) 金錫亨, 朝鮮史研究會 譯, 앞의 책, 430쪽.

76) 白石太一郎, 앞의 책(2000).

황은 기이국紀伊國의 도코로쓰德勒津에서 출발하여 아나토로 갔는
데 대하여 진구 황후는 쓰누가의 포구[게히노우라]로부터 출항하여
아나토에서 합류했다고 기록되어 있는 것을 아울러 생각하지 않으
면 안 된다. 생각건대 쓰누가아라시토 전설과 진구 황후의 전설에
서 서로 공통하는 이 일본해 해로는, 지형과 해류로부터 추정하면
아주 옛날부터 발달한 것으로, 그 해로에 대한 인식은 따라서 가
장 예전에 성립하여, 말하자면 '북쪽 바다의 노선路線'으로서, 야마
토 조정과 대륙을 연결하는 주요한 교통로의, 적어도 절반을 이루
고 있었던 것은 아닐까? 이렇게 해석한다면 쓰누가의 게히노우라
에는 특정의 특수한 의의보다는 오히려 일반적인 의의를 인정해야
만 할 것이다."77)

한반도의 남해안에서 일본 열도로 건너가는 해로에 대한 이와
같은 스에마쓰의 지적은 비교적 타당한 견해라고 보아도 좋을 듯
하다. 두루 알다시피 한반도에서 도일渡日하는 해로에는 여러 갈래
의 길이 있었다.

먼저 이즈모계 신화에 나오는 신라의 동해안에서 일본의 이즈
모 지방으로 들어가는 해로가 있었고, 또 가락국이 있던 남해안에
서 쓰시마를 경유하여 이키를 거쳐 북규슈로 들어가는 해로가 있
었다. 그리고 아메노히보코 집단이 이용한 것으로 추정되는, 아나
토를 거쳐 세토 내해를 거쳐 하리마나다幡磨灘에서 우즈 강宇頭川
을 거슬러 올라가는 노선이 있었던 것으로 상정되고 있다.

한편 아나토, 오늘날의 야마구치 현山口縣의 시모노세키 부근에
있는 나가토를 거쳐 세토 내해로 들어가지 않고 호쿠리쿠北陸 지
방으로 올라가는 해로, 곧 쓰누가아라시토 집단이 이용한 이즈모
와 쓰누가, 게히노우라로 들어가는 해로도 존재했다는 것이다. 이

---

77) 末松保和, 앞의 책, 27쪽.

런 의미에서 스에마쓰 야스카즈의 지적은 상당한 타당성을 가진
다고 하겠다.

다음으로 스에마쓰는 인명人名에 대해서 다음과 같은 언급을 한
바 있음을 밝혀둔다.

　"인명에 대해서 본다면, 전설은 인명에 의해 지명을 이야기하고
　있으나 사실은 반대로, 쓰누가라는 지명에서 쓰누가아라시토라는
　이름이 생기고, 또 "이마에 뿔이 있는 사람"이라고 하는 설명이 앞
　에 붙었을 것이다. '쓰누가아라시토'는 '쓰노가아라히토'인 것과 함
　께, '아라시토'는 후대 실재한 가락국의 인명, 또는 왕호王號이기도
　하다.　일명　우시키아리시치칸키干斯岐阿利叱智干岐(쓰누가아라시토의
　별명)의 '우시于斯'는 곧 소牛로, 이마에 뿔이 있는 것에서 연상한
　것일 것이다. '아리시치阿利叱智'는 '아라시토阿羅斯等'에 통한다. 간
　키干岐는 가락국에서 왕을 부르는 실재의 호號이다. 이것을 한층
　가락국의 인명과 같이 번역한 것이 본문의 '소나카시치蘇那曷叱智'
　이다. 왜냐하면 '소蘇'는 '우시于斯[소牛]'의 조선어 '소'이고, '나카那
　曷'는 '키[나다來=나오다出で來る]'의 '나가na-ka'이며, '시치叱智'는 '시
　토斯等'로, 후대의 신라인이 인명의 끝에 붙여서 존경을 나타낸 말
　이기 때문이다."(《사학잡지史學雜誌》 제36편 제12호, 시라토리 구라키치
　白鳥庫吉 박사 강연 요령 〈임나 조공의 전설에 있어서〉 참조.)

이와 같은 그의 인명에 대한 설명은 고대 한국어를 재구再構하
여 그 의미를 파악하려고 했던 것 같다. 하지만 이에 대해서는 이
병도李丙燾의 견해가 더 설득력이 있을 것으로 생각되므로, 그의
견해를 그내로 인용하기로 한나.

　"소나카蘇那曷는 무엇을 뜻하는 말일까? 이 문제를 풀기 위해서
　는 역시 이마에 뿔을 가진 사람이라는 것에 대하여 음미할 필요가

있다. 보통 생각으로는 실제로 고금을 통하여 이마에 뿔이 난 사람은 있을 까닭이 없으므로, 이것은 결국 지명인 '쓰누가角鹿, 敦賀'에서 생겨난 부회附會라고 할는지 모르겠다. 그러나 그렇게 간단하게 처리할 문제가 아니다. 이에 대한 모토오리 노리나가本居宣長의 견해에 의하면, 그것은 정말 뿔이 아니라 머리에 쓴 것이 뿔과 같이 보인 때문이라고 한다. 매우 합리적인 해석이라고 생각한다. 왜냐하면 옛날 임나任那·가라加羅 지방(변진弁辰의 일부)이었던 지금의 낙동강 연안 지역(경상도)의 고분으로부터 실제로 그런 모양을 한 실물(관모冠帽의 전면에 뿔 모양의 장식물을 붙인 것)이 출토되고 있는 것이다. 즉 1920년 양산군梁山郡 북정리北亭里의 일 고분과 1923년 달성군達城郡 달서면達西面의 고분(37호 고분)에서 별도別圖 A와 같은 모양의 관모가 출토되었고, 1913년 성주군星州郡 성산동星山洞의 고분(제1호 고분)과 1919년 창녕군昌寧郡 교동校洞의 일 고분에서는 관모의 전면에 붙인 부속품(은제銀製)만이 출토하였다. 관모는 자작나무(樺) 껍질로 — 마치 투구 모양과 같이 — 만들고 그 전면에 각형角形의 금구金具를 붙인 것인데, 어떤 학자는 조우鳥羽를 본뜬 것이리라고 주장하기도 한다. 실제 관모의 양측에 조우를 꽂는 제도가 고구려 상류 사회에 있었던 것은 — 모두 잘 아는 바와 같이 — 문헌 및 고구려 고분 벽화에 나타나 있다(도판 B). 백제의 사관 계급仕官階級의 관모官帽에도 양시雨翅를 꽂았던 것은 《주서周書》 이역전異域傳 백제 조에 보이고 있고, 또 유명한 신라 금관金冠의 상면上面 2각二角(도판 C)도 역시 두 조우를 상징한 것 같다.

또 근래 경주 천마총天馬塚에서 출토된 금관의 내모內帽는 바로 전기前記 출토의 관모형冠帽形 그대로인 것을 알 수 있다. 그러나 상기 출토품의 관모 전면은 조우의 심볼이라고 하기보다는 오히려 각형角形에 가깝고, 용맹과 위엄을 나타낸 상징물 같이 보인다. 또 이들 출토품이 임나·가라 시대에 변진(변한弁韓) 인의 상류 계급의 관모인 것은 말할 것도 없지만, 소위 '이마에 뿔이 있는 사람額有角人'의 설화가 생기게 된 소이所以를 알게 된다."[78]

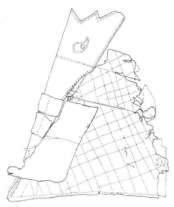  

양산 북정동 고분 관모 　　 쌍영총 인물도 　　 금관총 금관

　　인용이 좀 길어졌으나, 일본의 학자들이 한국의 고대어를 가지고 '소나카시치'나 '쓰누가아라시토'라는 이름을 설명하려 하였는데 견주어, 이병도는 고분에서 출토된 관모나 벽화를 근거로 한 해석을 시도했다는 차이를 명확하게 하기 위해 이것과 관련 있는 전문을 인용하였다.

　　이와 같은 이병도의 해석을 받아들인다면, 가락국에서 건너간 사람이 관모를 썼던 모양을 형상화하여 이 고장의 지명이 만들어졌고, 또 그에 연루된 이야기들이 전해져 내려왔다고 볼 수 있다. 그리고 이렇게 보는 것이 합리적이라는 것은 누구나 다 인정하지 않을까 한다.

　　이런 의미에서 스에마쓰 야스카즈가 이 설화에 대하여 아래와 같이 결론적으로 언급한 것은 이 설화가 역사적 사실이 아니란 것을 명확하게 했다고 할 수 있다.

---

78) 이병도, 《한국 고대사 연구》, 서울: 박영사, 1976, 342~344쪽.

"마지막으로 이 전설이 주지主旨 또는 '미마나'라고 하는 나라의 처음 이름은 '오호가락국意富加羅國'이라고 했다. 이것은 사실 가라의 한 나라에 '대가라大加羅'라고 하는 것이 있기 때문에, 그 '대大'의 '자字'를 일본어로 읽은 것일 것이다. 그것을 새삼스럽게 '미마나국彌摩那國'이라고 한 것은, '오호가락국' 왕자가 사모해서 온 성황聖皇=스진 천황의 이름, 즉 '미마키御間城[또는 미마키水間城]'의 '미마御間'에서 말미암은 것이라고 하여, 후세 에도江戶 말기의 반노부토모伴信友는 이것을 그 위에 덧보태어 '미마나'의 '나'는 천황이름의 '나名'에서 왔다고 하는 의미로 해석했으나, 이 설명에 관한 비평은 다음 글로 미룬다.

이렇게 위의 전설은, 내가 이른바 '북쪽 바다의 노선'을 암시하는 것을 제외한다면 임나 관계의 시초에 대해서 거의 아무것도 채용할 것이 없다는 의미가 된다."[79]

이러한 스에마쓰의 지적은 이 설화를 대상으로 해서는 한국의 남해안에서 '아나토'를 거쳐서 '게히노우라'로 가는 해로에 대한 문제를 제외하고 임나에 관한 어떠한 것도 밝힐 수 없음을 스스로 인정한 꼴이 되고 말았다. 따라서 쓰누가아라시토나 소나카시치를 주인공으로 한 이 설화는 후대에 가락국에서 현해탄을 건너서 일본의 서해안을 따라 북상하여 호쿠리쿠 지방으로 진출했던 사람들의 이야기를 마치 역사적 사실인 것처럼 윤색하여 《일본서기》에 기록한 것에 지나지 않는다는 해석이 가능해진다.

이런 의미에서 《일본서기》에 기록된 '임나일본부'에 관한 기사들은 처음부터 존재하지도 않았던 것을 마치 실제로 존재했던 것처럼 표현한 허구임에 틀림이 없다. 사실 《일본서기》의 편자가 야

---

79) 末松保和, 앞의 책, 28~29쪽.

마토 왕정의 정당성을 확립하고자 사실의 날조에 많은 노력을 경주했다는 것은 가락국 왕자로 표현된 쓰누가아라시토나 소나카시치 설화를 통해서도 여실히 증명이 되고 남는다. 그러므로 김석형이 미마나가 일본 안에 존재했었다고 한 주장[80]은 매우 타당한 견해였다고 할 수 있다.

6. 고찰의 의의

일본 열도에 가장 일찍 진출한 것이 신라 세력이었다고 한다면, 제일 많은 영향을 미친 나라는 가락국이었을 것으로 상정되고 있다. 이러한 증거는 그들이 '한韓'을 '가라'로 읽었다는 것을 통해서도 확인이 된다. 하지만 역사 기술이나 그 해석에 지극히 자기중심적이었던 일본 사람들은 교묘하게도 '한'을 '가라'라고 읽던 것에서 벗어나 중국을 의미하는 '당唐'을 '가라'라고 읽게 되었고, 나아가서는 외국을 '가라'라고 부르게까지 되었다.

이와 같은 의미의 확대와 더불어, 그들은 '무無'나 '공空'까지도 '가라'로 읽음으로써 가능한 한 가락국으로부터 받은 영향력을 배제하려고 했다. 그렇지만 그러한 사실의 왜곡이 성공을 거두지 못했다는 것은 많은 기록으로도 입증되었다. 그 대표적인 예의 하나가 바로 일본 천황 가의 조상 유래담으로 정착된 '니니기노미코토 강탄 신화'이다. 이 신화에서는 니니기노미코토가 강탄한 장소를 "쓰쿠시 히무카의 다카치호 구시후루타케"라고 하였다. 여기에 등장하는 '쓰쿠시'는 규슈 북부 지방의 후쿠오카 현 일대를 가리키는 것인 데 견주어, '히무카'는 남부의 미야자키 현을 가리키는 옛

---

80) 金錫亨, 朝鮮史硏究會 譯, 앞의 책, 465~466쪽.

지명이다. 이처럼 분명하게 구분되는 두 개의 지명을 하나로 연결해 놓은 것은, 《고사기》나 《일본서기》의 편자들이 벌써 이들 사서를 저술할 당시부터 사실의 왜곡에 혈안이 되어 있었음을 드러낸 것이라고 볼 수 있다.

이렇게 단정적인 표현을 하는 이유는 이 강탄 장소가 니니기노미코토가 "이곳은 가라쿠니를 바라보고 있고, 가사사의 곶과노 바로 통하고 있어 아침 해가 바로 비치는 나라, 저녁 해가 비치는 나라이다. 그러므로 여기는 정말 좋은 곳이다."라고 말했다는 신화적 표현과 서로 어긋나기 때문이다. 곧 니니기노미코토가 다카마노하라로부터 내려온 곳을 규슈 남부의 미야자키 현으로 보는 경우에는 가라쿠니를 바라볼 수 없을 뿐만 아니라 아침 해가 비치는 나라 저녁 해가 비치는 나라가 될 수 없다는 것이다.

신화에서 가라쿠니를 바라볼 수 있다고 한 곳은 북규슈의 해안 지방의 어떤 곳이어야만 한다. 그런데도 규슈 산맥으로 가로막힌 '히무카 다카치호 구시후루노타케'라고 한 것은 천황 가의 기원과 가락국의 관계를 의도적으로 단절시키는 역사적 기술을 하고자 사료를 왜곡했다는 것을 드러내는 증거가 아닐 수 없다.

이런 의미에서 고대에 낙동강 하류의 가락국에서 북규슈로 건너가는 데는 두 개의 해로가 있었다는 김석형의 연구는 문제 해결의 실마리를 제공해주었다. 그는 가락국에서 쓰시마와 이키를 거쳐 마쓰우라 반도와 하카타 만 사이의 이토시마 일대로 들어가는 것과, 쓰시마에서 오키노시마를 거쳐 후쿠오카 현의 북부 지역 일대로 들어가는 것을 상정하였다. 이 장의 고찰에서는 이와 같은 두 개의 해로들 가운데서 천황 가의 조상 유래담과 밀접한 관련을 가지는 것은 후자였을 것으로 보았다. 이렇게 본 까닭은, 후쿠오카 지역의 북부 지방을 6세기 무렵에는 '가라'라고 불렀던 흔적들을 발견할 수 있기 때문이었다.

따라서 가락국으로부터 건너간 천손 계통의 조상 신화를 가졌던 집단이 김해 지방에서 규슈의 후쿠오카 현 북쪽 해안으로 건너가서 거기에 있던 야마타이국을 정복하였다가 야마토 지방으로 진출했다는 일본 고대사학계의 견해는 상당히 타당한 것으로 보았다.

이렇게 일본의 왕권 성립에 절대적인 구실을 한 가락국과 관계를 서술하는 설화들로 '수로왕 신화'와 '허왕후 도래 신화', 무나카타 대사의 여신들에 얽힌 설화, 그리고 '쓰누가아라시토 설화' 등을 고찰하였다. 그리하여 얻은 성과를 요약하면 아래와 같다.

첫째, 《일본서기》의 본문에 기록된 '니니기노미코토 강탄 신화'에서 먼저 천손인 니니기노미코토가 내려온 '아시하라노나카쓰쿠니'란 단어의 '아시하라'는 한국어로 읽어서 '새 벌' '첫 벌' 등의 신개척지를 의미하는 것으로 보아야 한다는 것을 지적하였다. 일본어의 '하라原'가 한국어의 '벌'에 대응하는 것이라면, 당연히 '아시'란 단어도 한국어에서 그 의미를 찾아야 한다. 따라서 이 '아시'란 말이 한국어에서 '첫初', '새新'의 뜻을 지니고 있으므로, 이 '아시하라'는 일본의 학자들이 말하는 것처럼 '갈대가 무성한 벌판'이란 말이 아니라 가락국 사람들이 건너가서 처음으로 개척한 '새 벌판' 또는 '첫 벌판'으로 해석해야 한다는 것이다.

그리고 가락국에서 파견한 사자들이 본국의 명령을 받들지 않고 그곳에 정착했다는 것은 이들이 그 지방에 선주하고 있던 집단과 결탁했다는 것을 의미하는 것으로 파악하였다. 더욱이 이런 일이 한 번에 그친 것이 아니라 몇 번이고 계속되었다는 것은 본국의 명령을 수행하는 것보다 선주민과 타협하는 쪽이 그들에게 더 유리한 길이었음을 반영하는 것으로 보았다.

그러나 결국 가락국에서는 이들보다 더 강력한 자들을 보내어 오호나무치노카미와 그의 아들 고토시로누시노카미로부터 항복을 받아내고 천손인 니니기노미코토가 강림할 수 있는 땅을 양도받게 되었다. 이것이 천황 가의 조상 유래담이라고 하여, 군국주의 아래서는 신성불가침한 것으로 강요되었던 '천손 강림 신화'이다.

둘째, 그런데 천손인 니니기노미코토는 '마토코오후스마'란 섯에 싸여서 다카마노하라로부터 다카치호의 구시후루노타케로 내려온 것으로 표현되어 있다. 바로 이와 같은 신화적 표현이 가락국을 세운 '수로 신화'와 너무도 유사하기 때문에, 많은 학자들이 이들 두 신화의 관계를 주목해왔다.

더욱이 일본의 이 신화에서 니니기노미코토가 싸여 내려왔다는 '마토코오후스마'에 대응하는 것이 '수로왕 신화'에 나오는 '홍색 보자기'였다. 저자는 일찍이 이 두 가지가 자궁의 박막을 의미한다는 사실을 해명한 바 있다. 이런 추정을 한 까닭은, 과거 인도의 왕 즉위 의례를 기록한 《사타파타 브라마나》에 따르면 인도에서는 사제가 타피야라는 옷을 왕에게 입힌 다음에 "당신은 종주권의 안쪽 대망막입니다."라고 말하면서 왕을 종주권의 안쪽 대망막으로부터 태어나게 하고, 그 다음에 사제가 두 번째 옷을 또 왕에게 입힌 뒤에 "당신은 종주권의 바깥쪽 대망막입니다."라고 하면서 왕을 통치권의 바깥쪽 대망막에서 태어나게 한다. 그리고 이번에는 왕에게 외투를 걸쳐주면서 "당신은 종주권이 자궁입니다."라고 말하고는 종주권의 자궁으로부터 왕을 태어나게 한다는 것이다.

저자는 왕의 즉위 의례에서 보이는 이러한 절차가 미래의 왕이 세속적인 세상을 살아오면서 세속화되었다가 신성성을 가진 왕으로 다시 태어나는, 의례적인 재생再生 과정을 표현한 것임을 구명하였다. 이와 같은 해명은 일본 천황의 즉위 의례인 '다이조사이'

에서 사용하는 이불을 '마토코오후스마'라고 하고, 그것은 황태자가 금기 기간 동안 바깥의 태양을 피하고자 덮어쓰는 것을 뜻한다는 오리쿠치 시노부의 설명과도 상통한다.

이렇게 본다면 이들 두 신화는 왕의 즉위 의례를 신화의 형태로 기술한 '구전 상관물Oral-corelative'이라고 해도 좋을 것이다. 그리고 두 나라의 신화가 이처럼 구전 상관물로 전해지고 있다는 것은 가락국의 지배 집단이 일본 열도로 건너가서 소국을 세웠다는 사실을 반영하는 것으로 보아도 무방하다는 견해를 제시하였다.

셋째, 다음으로 수로왕의 왕비가 된 '허황옥의 도래 신화'를 살펴보았다. 이 신화에서 왕비는 스스로 아유타국에서 온 공주라고 하였다. 여기에 등장하는 아유타는 고대 인도의 도시 아요디아의 음역으로, 갠지스 강의 지류인 사유리 강가에 자리 잡고 있었다. 그래서 이 신화를 인도나 서역과의 관계를 서술해주는 것으로 보는 견해가 제시되기도 하였다. 그러나 북한의 김석형은 "북규슈 동부, 조선 반도와 가장 가까운 이토시마 반도(후쿠오카 현)에 가라계통 소국이 자리 잡고 있었다는 것을 회상한다면 아유타국이라고 하는 것은 이 소국에 불교 보자기를 씌워 놓은 것"이란 견해를 제시한 바 있다. 저자는 김석형의 이런 견해를 수용해서, 허황옥이 일본에 있던 가락국의 소국에서 온 것으로 보았다.

또 이렇게 보는 경우에, 제주도 탐라국의 건국 신화로 전해지는 '세 성씨 시조 신화'에 등장하는 일본 왕의 공주 문제도 쉽게 설명이 가능하다는 것을 지적하였다. 바꾸어 말하면 이 신화에 나오는 일본국은 한반도에서 건너가 집권 세력으로 군림했던 집단이 탐라국의 지배 세력과 혼인 관계를 맺었었다는 사실을 반영하는 것이라고 해석할 수 있다는 것이다.

넷째, 다음으로 아마테라스오카미와 스사노오노미코토가 서약을 한 다음에 전자가 후자의 도쓰카쓰루기를 씹어 뱉어서 낳은 세 여신이 무나카타 대사의 신으로 좌정한 설화들에 대해 검토하였다. 곧 제일 위의 다키리비메노미코토는 오키노시마의 오키쓰미야에, 중간의 이치키시마히메노미코토는 육지 가까이에 있는 오시마의 나카쓰미야에, 막내인 다기쓰히메노미코토는 후쿠오카 시 겐카이 정 고노미나토에서 내륙으로 서슬러 올라간 곳에 있는 헤쓰미야에 좌정하였다는 것이다.

이렇게 세 여신들이 좌정한 무나카타 신사는 북규슈 일대에 거주하던 무나카타라는 어민 집단의 신앙 대상이었다. 더욱이 그 집단은 잠수어업을 주로 하면서 뛰어난 항해술을 가지고 있었으며, 또 오키노시마 자체를 숭배의 대상으로 했던 것으로 알려져 있다. 이처럼 섬 자체를 숭배했다는 것은 그들이 항해를 하면서 이 섬을 하나의 이정표로 보았을 것이라는 상정에 바탕을 둔 것이다.

무나카타 집단이 이렇게 오키노시마를 이정표로 하면서 왕래했던 곳은 한반도의 남부 지방이었다. 이런 사실은 무나카타 신사에 좌정한 세 여신의 직능을 표현한 《일본서기》의 기록으로도 증명이 되었다. 여기에는 아마테라스오카미가 "세 여신은 해로의 도중에 내려가서 천손을 돕고, 천손을 위하여 제사를 지내라."라는 명령을 내린 것으로 기술되어 있다.

다카마노하라라는 천상 세계의 최고 신격인 아마테라스오카미가 이와 같은 명령을 내렸다는 것은, 이들 세 여신이 항해의 안전을 책임지는 구실을 했을 뿐만 아니라 천손을 위한 제사에도 관여했음을 드러내는 것이라고 할 수 있다. 따라서 이들 세 여신은 가락국에서 북규슈로 건너가는 해로의 안전을 지키는 신격들이었다고 보아도 크게 잘못은 없을 듯하다.

그리고 이렇게 보는 경우에는, '니니기노미코토의 강탄 신화'에 나오는 "이곳은 가라쿠니를 바라보고 있고, 가사사의 곶과도 바로 통하여 있어 아침 해가 바로 비치는 나라, 저녁 해가 비치는 나라이다. 그러므로 여기는 정말 좋은 곳이다."고 했다는 것도 자연스럽게 해결이 될 수 있다.

또 이와 같은 추정을 뒷받침할 수 있는 고고학적 자료들도 상당히 있다. 그 대표적인 예가 야요이 문화弥生文化의 일본 도해 경로이다. 이 문화와 관련을 가지는 유적들이 북규슈 일대에 집중적으로 분포되어 있어, 이것이 한반도 남해안의 낙동강 하류에 자리했던 가락국에서 일본 열도로 전해졌다는 것을 명확하게 해주고 있다는 것이다.

다섯째, 일제 어용학자들이 날조한 임나일본부설의 정당성을 뒷받침하는 자료로 이용했던 쓰누가아라시토, 곧 소나카시치 설화를 살펴보았다. 여기에서는 먼저 《일본서기》에 나오는 미마나, 곧 임나란 단어의 기록부터 고찰하였다. 임나가 등장하는 것은 스진 천황 65년 조였다. 스진 천황 65년은 기원전 33년에 해당한다. 이 해에 임나국의 소나키치가 찾아와서 조공을 했다는 것이다.

하지만 한국의 《삼국유사》에 실린 〈가락국기〉에 따르면 가락국이 세워진 것은 후한後漢 세조 광무제 건무 18년, 곧 기원후 42년이었다. 따라서 건국되지도 않았던 미래의 나라가 왜에 조공을 했다는 것이어서, 이 기록을 역사적 사실로 인정할 수 없다는 것은 너무도 분명하다.

그런데도 《일본서기》의 편찬자들은 이와 같은 허구를 사실화하고자 스이닌 천황 2년, 기원전 28년 조에 다시 소나카시치에 연루된 설화를 첨가하였다. 여기에는 자기 나라로 돌아가려고 하는 소나카시치에게 천황이 붉은 비단 10필을 가락국의 왕에게 하사하였는데 그것을 신라 사람들이 빼앗았기 때문에 두 나라가 원한이 생기게 되었다고 기술하고 있다. 그렇지만 기원전 28년은 박혁거세가 신라를 건국한 지 30년이 되는 해이기는 하지만 아직 가락국은 건국되지 않은 해였다. 그러니까 건국되지도 않은 나라가 일본의 하사품 때문에 건국된 신라와 사이가 나빠지게 되었다고 하는 코미디와 같은 기록을 가지고 임나일본부설의 근거를 마련하려고 했던 것으로, 임나일본부설의 근거로서 소나카시지 설화가 이용된 것은 웃지 않을 수 없는 난센스임을 증명했다고 할 수 있다.

그러나 일본의 어용학자들은 이와 같은 설화적인 자료를 가지고 '임나일본부설'이라는 허구의 역사상歷史像을 날조하는 데 많은 노력을 경주하였다. 그리하여 《일본서기》 스이닌 천황 2년 조의 소나카시치 기사에 이어지는 쓰누가아라시토 관련 기사를 이용하여 역사적 사실을 재구再構하려고 했다. 이때에 이용한 것이 광개토대왕의 비문이었다. 다시 말해 그들은 비문에 나온다고 하는, "백잔(백제)과 신라는 예로부터 속민으로 조공을 해왔다. 그리고 왜는 신묘년(기원후 391년)에 바다를 건너와 백잔과 신라를 파하고 신민으로 삼았다."라는 글귀를 원용하여, 설화적인 이야기들을 역사적인 사실인 것처럼 꾸미려 했던 것이다.

하지만 이진희는 이 비문이 이미 일제의 주구走狗들에 의해 변개되었다는 사실을 명확하게 밝혔다. 또 이형구는 이 문장을 "백잔(제)과 신라는 예로부터 (고구려의) 속민으로 조공을 바쳐왔는데, 그 뒤 신묘년부터 조공을 바치지 않으므로 (광개토대왕은) 백잔(제)·왜구·신라를 파하여 이를 신민으로 삼았다."고 해석하여, 그 주체를 고구려로 보았다. 이와 같은 해석은 이 비석을 세운 취지와 긴밀하게 연관되기 때문에 상당한 타당성을 지닌다.

그러므로 일본의 어용학자들이 이 쓰누가아라시토 설화를 이용해서 존재하지도 않았던 '임나일본부'라는 허구의 역사를 만들고

자 금석문金石文까지 변개하는 파렴치한 행동을 서슴지 않았었다는 것을 알 수 있다. 따라서 이런 허구에 입각한 일본의 고대사 연구는 마땅히 재고되고 극복되어야 한다는 것을 거듭 지적해둔다.

제4장
백제 세력의 일본 진출

1. 일본에 진출한 백제 세력

백제와 일본은 매우 가까운 관계를 유지했던 것으로 보인다. 이런 상정想定을 할 수 있는 근거는 여러 곳에서 확인할 수 있다. 더욱이 야마토 지방大和地方에 진출했던 백제 계통의 소국이 뒤에 일본의 국가 형성에 절대적인 기여를 했다는 것이 이를 잘 증명해주고 있다. 그래서 긴키近畿 지방의 가와치河內에 있었을 것으로 추정되는 백제의 소국에 대한 문제부터 먼저 검토하겠다.

가와치에는 오늘날까지 후루이치古市 고분군古墳群과 모즈百舌鳥 고분군이 남아 있다. 전자는 오사카 부大阪府 하비키노 시羽曳野市의 북서쪽에서 후지이데라 시藤井寺市 일대에 걸쳐 있고, 후자는 오사카 부 사카이 시堺市의 남쪽 모즈 평야에 분포되어 있다. 일본 고고학계에서는 이 모즈 고분군에서 가장 뛰어난 다이센大仙 전방후원분前方後圓墳을 닌토쿠 천황仁德天皇의 능으로, 후루이치 고분군에서 제일 큰 곤다 산誉田山〔곤다고묘 산誉田御廟山이라고도 부른다.〕 전방후원분을 오진 천황應神天皇의 능으로 추정하고 있다.

그런데 과거에 일본의 학자들은 이들 고분을 가지고 야마토 정권의 '조선 출병'을 뒷받침하는 자료로 이용하려고 했었다. 그래서 그들은 "대국적으로 보아 오진 능을 중핵中核으로 하는 후루이치 고분군, 닌토쿠 능을 중핵으로 하는 모즈 고분군의 두 개의 큰 고분군이 오사카 평야에 출현하는 것은 4세기 말, 5세기 초에 두 번에 걸친 왜의 대규모 조선 침략과 관련이 있다. 이는 호태왕 비好太王碑에서도 볼 수 있는 확고부동한 사실이다. 야마토 분지에서 오사카 평야로 왕릉의 이동, 무덤 축조 기술의 혁신과 왕릉 규모의 거대화, 마구馬具·금동제金銅製 장신구의 출현, 신예무기, 무구武具의 대량 부장副葬 등 어느 것이나 그 사실을 뒷받침하고 있다. 이렇게 보면 오진 능, 닌토쿠 능으로 대표되는 저 큰 고분들이 출현하는 시기는 역시 5세기 전반기가 된다."[1]라는 주장을 펼쳤다.

그러나 이런 주장이 설득력을 가질 수 없다는 것은 너무도 자명하다. 왜냐하면 이와 같은 견해의 타당성을 입증하기 위해서는 무덤에서 나온 유물들이 이 무렵에 성립되었다고 하는 야마토 정권大和政權의 독특한 성격을 지니고 있어야 마땅하기 때문이다. 하지만 불행하게도 그런 독자적인 성격의 유물은 거의 발견되지 않고 있다. 아이러니하게도 이들 고분군에서 발굴된 유물들 가운데는 한국적인 성격이 짙은 것들이 많아, 그 반대로 야마토 정권의 성

---

1) 白石太一郎 共著,《古墳時代の考古學》, 東京: 學生社, 1971, 64~65쪽.
　그러나 시라이시 다이치로는 그 뒤에 "일찍이 고구려에 항복하여 어떻게든 연명하려고 한 신라에 대해, 백제는 그 남쪽의 가야제국加耶諸國과 왜국을 자기편으로 끌어들여 끝까지 고구려와 대결하려고 한다. 철鐵 자원을 조선 반도에 의존하고, 더욱이 신라와 백제가 고구려에 넘어가면 다음은 왜국으로 침공해 올 수 있다는 것을 두려워한 왜국은, 이 백제의 권유를 수용하여 고구려와의 전쟁에 참여하게 된다. 그것은 중국 길림성 집안集安의 호태왕好太王 비碑의 비문에도 기록되어 있는 대로이다."고 하여, 얼마간 견해를 달리하였다. 하지만 궁극적으로는 호태왕 비문의 해석을 왜곡하고 있다는 데는 변함이 없다.
　白石太一郎,《考古學からみた倭國》, 東京: 青木書店, 2009, 165~166쪽.

립에 한반도에서 건너간 사람들이 절대적인 기여를 했다는 것을 증명해주고 있다. 바로 그러한 예의 하나가 이 지역에 분포되어 있는 횡혈식 고분橫穴式古墳의 출현이다. 가와치 지방에서 제일 오래된 대표적인 횡혈식 고분으로는 후지노모리 고분藤之森古墳과 시바산 고분芝山古墳, 도즈카 고분塚塚古墳 등이 있다. 이들 세 횡혈식 고분은 가와치 지방에서 가장 오래 되었을 뿐만 아니라 야마토 시방을 포함한 긴키 지방에서도 제일 오래된 것들로 간주되고 있다. 조희승趙熙昇은 이들 무덤의 출현에 대해 아래와 같은 견해를 피력하였다.

"첫째 5세기 중·말엽에 횡혈식 무덤을 가진 이주민 집단이 돌연히 이 지방에 나타났다는 것을 보여준다.

둘째로 세 횡혈식 무덤은 일단 완성된 형태를 가진 온전한 횡혈식 돌칸 무덤橫穴式石室古墳으로 넘어가는 시기 그 과도적 형태로서의 수혈계 횡구竪穴系橫口 무덤의 성행 시기는 대체로 4세기 말~5세기 초였다. 그것이 규슈에 옮겨진 것도 그와 비슷한 시기였다. 옮겨진 지대는 북규슈의 이토시마 반도와 나카 천中川을 중심으로 한 지대와 사가 현 가라쓰 만唐津灣 연안 지대였다. 이 일대에는 5세기 중엽 경부터 과도적 단계로서의 수혈계 횡혈식의 무덤이 성행하였다. 그러나 긴키 지방에서 가장 오래되었다고 하는 가와치의 세 횡혈식 무덤은 불규칙적이고 잘 다듬어지지 못하기는 했으나 어쨌든 구조상 완성된 평면 구조를 가진 횡혈식 무덤이다. 이와 같은 사실은 이 무덤들의 축조가 시기적으로 보아 북규슈에 비해 볼 때 반세기 이상쯤 떠진다[2]는 것을 보여준다. 이것은 시기적으로 횡혈식 무덤이 4세기 말~5세기 초의 광개토왕릉 비문의 왜와 관련이 없다는 것을 말한다. 가와치 횡혈식 무덤의 주인공의

---

2) '떠진다'는 단어는 '떨어진다'의 북한 말이다.

세력이 한반도에 출병했다는 설은 성립될 수 없는 것이다. 세 횡혈식 무덤의 축조 시기는 그 무덤 발굴자들이 추측했듯이 광개토왕릉 비문의 왜와 관련이 없는 5세기 중엽의 것으로 인정된다. 시바 산 무덤에서 나온 스에키須惠器는 가야 계통 스에키이며, 그 제작 연대는 일본 고고학계에서도 5세기 후반기 경으로 의견 일치를 보는 것 같다. 다만 도즈카 무덤만이 초기의 마구馬具류가 나오는 데로부터 무덤 축조 연대를 5세기 중엽으로 끌어올리는 경향이 있는데, 마구류가 마루야마 무덤에서 출토된 것과 공통성이 있는 것으로 보아 5세기 중엽에 축조된 무덤으로 보아도 잘못이 없을 것이다.

셋째로 그것은 조선(가야-백제) 사람들의 가와치 진출을 보여준다. 다시 말하여 지금까지 본 이른바 기나이형畿內形의 초기 횡혈식 돌칸 무덤(정방형에 가까운 무덤 칸을 가졌고 길지 않은 무덤길이 달렸으며 무덤 칸 네 벽이 지나치게 안으로 휜 천정 고임 형식의 무덤, 석실은 깬 돌로 쌓고 벽면을 산화철로 빨갛게 칠한다.)이란 곧 백제식 횡혈 돌칸 무덤이기 때문이다."[3]

이렇게 가와치 일대의 고분이 가지는 백제적인 성격을 지적한 조희승은, 이들 무덤에서 나온 기병용騎兵用 무기, 무장, 마구류 등이 한국적인 것임을 일일이 예거하면서, 이들 고분을 남긴 집단이 한반도와 밀접한 관련이 있다는 사실을 구명하였다.[4]

이러한 선행 연구는 긴키 지역에 일찍부터 백제에서 건너간 사람들이 집단으로 거주하였고, 이들 가운데는 수장首長으로 성장하여 상당한 권력을 장악한 사람들도 있었다는 것을 나타내고 있다. 그리고 그런 증거의 하나로 5세기 중엽 이전에 가와치에 백제 소

---

3) 조희성, 《일본에서 조선 소국의 형성과 발전》, 평양: 백과사전출판사, 1990, 354~355쪽.
4) 조희성, 위의 책, 355~361쪽.

국이 존재했다는 것을 입증하는 마쓰오카 고분군松岡古墳群을 들
수 있다.

가와치 지방에 백제 계통의 집단들이 이주하기 시작한 것은 4
세기 중엽이었을 것으로 상정된다. 《고사기》 닌토쿠 천황 조에
"[구로히메黑日賣]는 이와 같은 노래를 부르고 돌아가 잠시 동안
쓰쓰키筒木의 가라히토韓人 이름은 누리노미奴理能美의 집에 들어가
있었다."5)는 기록이 남아 있다. 누리노미는 백제 사람으로 그의
자손은 가와치에 본관本貫을 둔 아마노무라지水海連로 알려진 인물
이었다. 이처럼 이른 시기(4세기 무렵)에 조선 이주민 집단이 가와
치에 진출했다는 것은 그곳 평야의 중앙부(바닷가) 구보사久寶寺
유적에서 고분문화 시대 초기의 파도막이 판자가 달린 준구조선
의 뱃머리와 조선식 토기가 나온 것을 통해서도 증명이 된다.6)

이와 같은 사실들은 백제 사람들이 가와치 일대에 들어가 살았
고, 그들의 진출은 4세기 무렵에 이루어졌다는 것을 나타낸다고
하겠다.7) 실제로 이코마 산生駒山 서쪽 기슭 다마테 산玉手山 고분
군과 마쓰오카산松岡山 고분군 등은 4세기 무덤들로 알려져 있다.
여기에서 전자는 구릉의 언덕 위에 전방후원분 17기를 중심으로
원형분圓形墳 7기와 동서 2개의 횡혈군橫穴群으로 이루어져 있으
며, 이들 고분군이 만들어지는 것은 4세기 후반부터 6세기 무렵까
지 계속된 것으로 알려져 있다. 두루 알다시피 횡혈식 고분은 고
구려와 백제에 그 시원始原을 두고 있다.8) 그렇다면 이들 고분은

---

5) "如此歌而還 暫入坐筒木韓人 名奴理能美之家也."
　　荻原淺男 共校注, 《古事記·上代歌謠》, 東京: 小學館, 1973, 278~279쪽.
6) 조희승, 앞의 책, 371~372쪽.
7) 서보경, 〈渡倭한 백제계 韓人과 河內 — 백제 왕족의 도왜와 관련하여〉, 《한·일 상호
　　간 집단거주지의 역사적 연구》, 서울: 경인문화사, 2011, 67~73쪽.
8) 조희승, 앞의 책, 372~373쪽.

고구려보다는 백제 사람들에 의해서 만들어졌다고 보는 것이 더 합리적이지 않을까 한다.

후자가 백제 계통의 이주민 집단에 의해 축조되었다고 하는 추정은 에도 시대江戸時代에 발굴된 후나 씨 왕후船氏王后의 묘지명墓誌銘을 통해서 확인할 수 있다. 후나 씨가 백제 계통의 이주민인 귀수왕貴須王의 후손이라는 것은《속일본기續日本記》엔랴쿠延曆 9년(기원후 790년) 조에 백제 제16대 진사왕辰斯王의 자손 쓰노무라지 마미치津連眞道와 제31대 의자왕義慈王의 자손 구다라노코니키시百濟王 진테이仁貞, 구다라노코니키시 겐신元信, 구다라노코니키시 주신忠信 등이 천황에게 보낸 아래와 같은 편지에 잘 드러나 있다.

【자료 1】

　　신도眞道 등은 본래 백제왕 귀수왕에서 나왔습니다. ① 귀수왕은 백제 시조왕의 제16세손이 되는 왕이었습니다. 백제 태조 도모대왕都慕大王은 해의 신[日神]이 강령降靈하여 일찍이 부여에서 나라를 세웠는데, 천제天帝가 녹부籙符를 내렸으며, (그는) 여러 한韓을 총괄하여 왕이라 일컬었습니다. ② 근초고왕近肖古王에 이르러 처음으로 귀국貴國과 내왕한 것은 진구 황후神功皇后가 섭정한 해였습니다. …… 그 뒤에 오진 천황이 게누노오미毛野氏의 먼 조상인 아라타와케荒田別를 백제에 사신으로 보내어 유식한 사람을 찾았더니, 우리 국왕인 귀수왕이 친척 가운데서 손자뻘이 되는 진손왕辰孫王 — 일명 지종왕智宗王 — 을 보냈습니다. 천황은 매우 기뻐하며 그에게 특별한 은총을 베풀면서 그를 황태자의 스승으로 삼게 하였습니다. 이렇게 되어 이 땅에 비로소 서적이 전해졌습니다. 문화가 크게 떨치게 된 것은 참으로 우리 조상이 이 땅

에 왔기 때문입니다. 그 뒤에 닌토쿠 천황이 진손왕의 맏아들인 태아
랑왕太阿郞王을 가까운 시종侍從으로 삼았습니다. ③ 태아랑왕의 아들은
해양군亥陽君이고 해양군의 아들은 오정군午定君인데, 오정군은 아들 셋
을 낳았습니다. 맏아들이 미사味沙, 둘째는 진이辰尒, 막내를 마로麻呂라
고 했습니다. 이로부터 그 세 아들이 각기 자기 맡은 직업을 따서 세
가지 성씨를 삼았는데, 후지이葛井, 후나船, 즈津의 무라지들이 바로 그
것입니다. 비다쓰 천황敏達天皇 시대에 고구려국이 사신을 보내와 까마
귀 날개에 글자를 적어 표문表文을 바쳤습니다. 뭇 신하들과 여러 학자
들은 읽을 수 없었으나 진이 한 사람만은 나가서 잘 읽었습니다. 천황
이 그의 독학을 높이 평가하고 칭찬하며 표창했습니다.9)

이상과 같은 《속일본기》의 기록을 액면 그대로 받아들일 수는
없다. 왜냐하면 일본의 역사에서 진구 황후는 실존했던 인물이 아
니라 사서를 편찬하면서 만들어낸 허구의 인물로 보고 있기 때문
이다.10)

이런 이유만이 아니라, 이 자료에서 말하는 귀수왕은 《삼국사
기》에 구수왕仇首王으로 기술된 인물로, 그는 근초고왕보다 1세기
정도 앞서 살았었다. 그런데도 ②에서와 같이 근초고왕에 이르러

---

9) "眞道等本系出自 百濟國貴須王 貴須王者百濟始興 第十六世王也. 夫百濟太祖都慕大王
者 日神降靈 奄扶餘而開國 天帝授籙 惣諸韓而稱王. 降及近肖古王遙慕 聖化始聘貴國是
則 神功皇后攝政之年也. …… 應神天皇命上毛野氏遠祖荒田別使於百濟搜聘 有識者. 國
王貴須王恭奉 使旨擇採宗族遣其孫辰孫王(一名 智宗王) 隨使入朝 天皇嘉焉. 特加寵命
以爲皇太子之師矣. 於是 始傳書籍 大闡儒風文敎之興 誠在於此. 難波高津朝御宇 仁德
天皇以辰孫王長子太阿郞王爲近侍 太阿郞王子亥陽君. 亥陽君子午定君. (午定君)生三男
長子味沙 中子辰尒 季子麻呂. 從此而別始爲三姓 各因所職以命氏焉. 葛井,船,津連等卽
是也. 逮于他田朝御宇 敏達天皇御世 高麗國遣使上 烏羽之表 群臣諸史莫之能讀, 而辰
尒進取其表能讀巧寫. 詳奏表文 天皇嘉其薦學深加賞歎."
黑板勝美 編, 《續日本記》, 東京: 吉川弘文館, 1979, 546~547쪽.
10) 石渡信一郎, 안희탁 역, 《백제에서 건너간 일본천황》, 서울: 지각여행, 2002, 48~51쪽.

섭정을 하던 진구 황후와 내왕을 하기 시작했다고 한 것은, 이 책을 편찬하면서 앞뒤가 맞지 않는 사실들을 적당히 열거했다는 것을 입증해주고 있다.

비록 이와 같은 문제점이 있기는 하지만, ③에서 한 서술은 이 일대에 백제 왕족들이 정착하고 있었음을 말해주는 것은 틀림없는 사실이라고 하겠다. 실제로 일본의 고대사 연구자들은 오진 천황이 백제계였다는 주장에 상당한 무게를 두고 있다. 이런 주장의 밑바탕에는 오진 능과 같은 거대한 무덤을 만들기 위해서는 왕권이 상당히 신장되지 않으면 안 되었을 것이라고 하는 생각이 깔려 있다.

그런데 백제에서 건너온 왕족들이 ①에서와 같은 자기들의 시조 신화를 가지고 있었다는 점은 매우 중요한 의의를 지닌다. 그들이 일본 안에 거주하면서 조상의 시조 탄생 이야기를 전승해왔다는 것은, 그것을 통하여 자기들이 백제 왕족의 후손이라는 정체성을 확보하기 위한 수단이었을 것이다. 그리고 그러한 정체성의 확보가 필요했다는 것은 당시의 일본 사회에서 그만큼 자신들의 위치가 견고했다는 것을 반영하는 것이다.

2. 일본에 전해지는 백제의 시조 전승

일본의 야마토 정권과 백제가 깊은 관련이 있었다는 것은 한·일 고대사학계에서 다 함께 인정하고 있다. 이와 같은 일반적인 통념을 뒷받침하는 사실들 가운데 하나가 일본에 거주하던 백제 왕족들이 자기들 조상의 시조 전승을 가지고 있었다는 점이다.

그래서 이 문제를 더욱 자세하게 살펴보기로 하겠다. 먼저 위에

서 제시한 자료 1보다 1년 앞서는 엔랴쿠 8년(기원후 789년) 12월
조에, 다음과 같은 그들의 시조인 '도모왕都慕王 탄생 신화'가 전해
지고 있다.

【자료 2】

　　황태후의 그 백제 먼 조상이 도모왕인데, (그는) 하백河伯의 딸이 해
　의 정기[日精]에 감응하여 태어났다.[11]

　이 자료는 간무 천황桓武天皇의 황태후인 다카노노니이가사高野
新笠 조상의 시조에 얽힌 이야기이다. 이 신화에 따르면 황태후의
조상은 백제에서 건너왔는데, 그 시조 도모왕은 해의 정기에 감응
된 하백의 딸로부터 태어났다는 것이다.

　이것은 고구려를 세운 주몽朱蒙의 탄생담과 매우 흡사한 내용으
로 이루어져 있다. 곧 도모왕이나 주몽의 어머니는 다 같이 수신水
神인 하백의 딸이었다. 하지만 전자에서는 그 부계父系가 해의 정
기를 의미하는 '일정日精'으로 되어 있는 데 견주어, 후자에서는
"햇빛이 비치었는데 몸을 피하면 햇빛이 또 따라와 비치었다."[12]
는 것으로 되어 있다. 이러한 유사성은 이들 두 신화가 서로 친연
관계親緣關係에 있음을 드러내는 것이라고 볼 수 있다.

　이와 같은 백제 건국의 시조 전승이 기술되고 난 1년 뒤에 기록
된 것이 자료 1에서 밑줄을 그은 ①의 부분이다. 논의의 편의상
다시 이 부분만을 인용하기로 한다.

---

11) "皇太后 其百濟遠祖都慕王者. 河伯之女 感日精而所生."
　　黑板勝美 編, 앞의 책, 542쪽.
12) "爲日所炤 引身避之 日影又逐而炤之."
　　《三國史記》 高句麗本紀 始祖東明聖王 條.

【자료 3】

　　무릇 백제의 시조 도모대왕은 해의 신이 강령하여 일찍이 부여에서 나라를 세웠는데, 천제가 녹부를 내렸으며, 여러 한韓을 총괄하여 왕이라 일컬었다.13)

　이 자료는 앞에서 언급한 백제왕, 곧 구다라노코니키시들이 올린 상소문에 들어 있는 그들 조상의 시조 신화이다. 그러므로 당시 백제왕의 여러 후손들이 이와 같은 자기 조상의 시조 전승을 공통적으로 보전하여 왔었다는 사실을 확인할 수 있다.

　그런데 이 신화는 (1) 해의 신이 강령하여 시조가 되었는데, (2) 그는 부여에서 나라를 세웠고, (3) 천제의 녹부를 받았으며, (4) 여러 한韓을 총괄하는 왕이 되었다고 하는 네 개의 단락으로 이루어져 있다. 이런 내용의 이 신화는 자료 2와는 약간 다른 데가 있다. 다시 말해 후자에서는 하백의 딸이 해의 정기에 감응되어 낳은 존재가 도모왕이었다. 그러나 이 자료에서는 해의 신日神이 직접 강령한 것이 시조 도모대왕이라는 것이다. 비록 이와 같은 차이가 있기는 하지만, 자료 3의 순차적 구조順次的構造는 건국 신화의 전형을 보여주고 있어 당시까지 일본에서는 백제의 온전한 건국 신화가 그대로 전승되고 있었을 가능성이 높다고 하겠다.

　한편 《신찬성씨록新撰姓氏錄》에는 이렇게 시조에 얽힌 신화가 직접 기록되어 있지는 않으나, 그 시조를 도모왕으로 하는 후손들이 일본에 많이 거주하고 있었다는 것을 드러내는 자료들이 남아 있다.

---

13) "夫百濟太祖都慕大王者 日神降靈 奄扶餘而開國 天帝授籙 惣諸韓而稱王."
　　黑板勝美 編, 《續日本記(後篇)》, 東京: 吉川弘文館, 1979. 546쪽.

【자료 4】

ㄱ 야마토아소미和朝臣: 출자는 백제국 도모왕 18세손 무녕왕이다.

ㄴ 구다라아소미百濟朝臣: 출자는 백제국 도모왕 30세손 혜왕이다.

ㄷ 구다라기미百濟公: 출자는 백제국 도모왕 24세손 문연왕이다.14)

ㄹ 스가노아사미치菅野朝臣: 줄자는 백제국 노보왕 10세손 위수왕이다.

ㅁ 구다라노데히도百濟伎: 출자는 백제국 도모왕 손 덕좌왕이다.

ㅂ 후와무라지不破連: 출자는 백제국 도모왕의 후예 비유왕이다.15)

《신찬성씨록》에 전해지는 이러한 전승들은, 8세기 무렵의 일본에는 자신들이 백제의 시조 도모왕의 후손이라고 일컫는 사람들이 상당히 많이 살고 있었다는 것을 나타낸다. 말할 것도 없이 이들이 모두 자료 1이나 2와 같은 시조 신화를 간직하고 있었는지 어떤지를 확인할 길은 없다. 그렇지만 자료 3의 전승들에서 그들의 시조가 도모왕이었다고 하는 것으로 보아, 이들도 자료 1의 간무 천황의 적모嫡母나 자료 2의 상소문을 올린 사람들의 시조 신화와 같은 유형의 이야기를 가지고 있었을 개연성蓋然性을 인정해도 좋을 것 같다. 이런 의미에서 백제의 왕통을 계승한 일본 거주의 후손들 사이에는 그 조상의 시조 신화를 보전하고 있었다고 보

---

14) ㄱ 和朝臣: 百濟國都慕王十八世孫武寧王云云.

　　 ㄴ 百濟朝臣: 出自百濟國都慕王三十世孫惠王也.

　　 ㄷ 百濟公: 出自百濟國都慕王二十四世孫汶淵王也.

　　 佐伯有清,《新撰姓氏錄の研究(本文篇)》左京諸蕃下　百濟條, 東京: 吉川弘文館, 1981. 286쪽.

15) ㄹ 菅野朝臣: 同國都慕王十世孫貴首王也.

　　 ㅁ 百濟伎: 出自百濟國都慕王孫德佐王也.

　　 ㅂ 不破連 出自百濟國都慕王之後毘有王也.

　　 佐伯有清, 위의 책, 右京諸蕃下 百濟條, 298~300쪽.

는 것이 타당할 것이다.

그런데 이렇게 일본에 살던 백제계의 왕손들이 지니고 있던 그
들의 시조인 도모왕에 얽힌 탄생담은《삼국사기》에 남아 있는 백
제의 건국 신화들과는 그 내용을 전혀 달리하고 있다. 그래서 백
제본기 제1 시조 온조왕溫祚王 조에 전해지는 자료를 소개하기로
한다.

【자료 5】

　　백제의 시조 온조왕은 그 아버지가 추모鄒牟인데, 또는 주몽이라고
도 한다. (주몽은) 북부여에서 도망하여 졸본부여卒本扶餘[혼강渾江 유
역]에 왔는데, 졸본부여의 왕은 아들이 없고 세 딸만 있었다. 왕은 주
몽이 보통 인물이 아님을 알고 둘째딸을 그의 아내로 삼게 했다. 얼마
아니하여 졸본부여의 왕이 돌아가니 주몽이 그 자리를 이었다. 두 아
들을 낳았는데 맏이는 비류沸流라고 하고, 둘째는 온조溫祚라고 하였다
[또는 주몽이 졸본에 와서 건너편 고을 월군越郡의 여자女子에게 장가들어
두 아들을 낳았다고도 한다.].

　　주몽이 북부여에 있을 때 낳은 아들이 와서 태자가 되자, 비류와 온
조는 태자에게 용납되지 못할까 두려워하여 마침내 오간烏干·마려馬黎
등 열 명의 신하와 함께 남쪽으로 왔는데, 따라오는 백성들이 많았다.
드디어 한산漢山에 이르러 부아악負兒嶽에 올라 가히 살만한 곳을 바라
보았다. 비류는 바닷가에 살기를 원하였으나 열 명의 신하가 간하기를,
"생각건대 이 하남河南의 땅은 북쪽은 한수漢水를 띠고, 동쪽은 고악高岳
을 의지하였으며, 남쪽은 옥택沃澤을 바라보고, 서쪽으로는 대해大海를
격하였으니, 그 천험지리天險地利가 얻기 어려운 지세입니다. 여기에 도
읍을 이루는 것이 좋겠습니다."라고 하였다.

비류는 듣지 않고 그 백성을 나누어 미추홀彌鄒忽로 가서 살았다. 온조는 하남 위례성慰禮城에 도읍을 정하고 열 신하로 보익輔翼을 삼아 나라 이름을 십제十濟라고 하니, 이때가 전한前漢 성제成帝 홍가鴻嘉 3년이었다. 비류는 미추홀의 땅이 습하고 물이 짜서 편안히 살 수 없으므로 돌아와 위례를 보니 도읍이 안정되고 백성이 편안하였다. (그래서) 참회慙悔하여 죽으니, 그 신하와 백성들이 모두 위례로 돌아왔다. 올 때에 백성들이 즐겨 좇았으므로 뒤에 나라 이름을 백제라고 고쳤다.

그 세계世系가 고구려와 한가지로 부여에서 나왔기 때문에 부여로써 성씨를 삼았다.[16]

《삼국사기》에 전해지는, 이상과 같은 '온조 신화'에는 한국의 고대 건국 신화들이 가지고 있는 건국주의 신성한 탄생 과정이 빠져 있다. 말하자면 백제를 건국한 온조는 비정상적인 탄생을 한 신비한 존재가 아니라, 주몽과 부여왕의 딸 사이에서 태어난 존재로 그려져 있다는 것이다.

이처럼 신비한 탄생 과정이 빠진 자료로는 이 자료 이외에 또 하나의 이설異說로 정착된 '비류 신화'가 있다.

---

16) "百濟始祖溫祚王, 其父鄒牟, 或云朱蒙, 自北扶餘逃難, 至卒本扶餘, 扶餘王無子, 只有三女子, 見朱蒙, 知非常人, 以第二女妻之, 未幾, 扶餘王薨, 朱蒙嗣位, 生二子, 長曰沸流, 次曰溫祚. (或云, 朱蒙到卒本, 娶越郡女, 生二子), 及朱蒙在北扶餘所生子來爲太子, 沸流溫祚恐爲太子所不容, 遂與烏干馬黎等十臣南行, 百姓從之者多, 遂至漢山, 登負兒嶽, 望可居之地, 沸流欲居於海濱, 十臣諫曰, 惟此河南之地, 北帶漢水, 東據高嶽, 南望沃澤, 西阻大海, 其天險地利, 難得之勢, 作都於斯, 不亦宜乎, 沸流不聽, 分其民, 歸弥鄒忽以居之, 溫祚都河南慰禮城, 以十臣爲輔翼, 國號十濟, 是前漢成帝鴻嘉三年也, 沸流以弥鄒土濕水鹹, 不得安居, 歸見慰禮, 都邑鼎定, 人民安泰, 遂慙悔而死, 其臣民皆歸於慰禮, 後以來時百姓樂從, 改號百濟, 其世系與高句麗同出扶餘, 故以扶餘爲氏."
김부식, 앞의 책, 231쪽.

【자료 6】

또는 이르기를, 시조는 비류왕沸流王으로서, 아버지는 우태優台니 북부여 왕 해부루의 서손庶孫이며, 어머니는 소서노召西奴이니 졸본 사람 연타발延陀勃의 딸이다. (소서노가) 처음 우태에게 시집가서 두 아들을 낳았는데, 맏이는 비류이고, 둘째 아들은 온조였다. 우태가 죽자 졸본에서 과부로 지냈다.

뒤에 주몽이 부여에서 용납되지 못하여 전한前漢 건소建昭 2년(기원전 37년) 2월에 남쪽으로 졸본에 이르러 도읍을 세우고 나라 이름을 고구려라고 하였는데, 소서노에게 장가들어 비妃로 삼았다. 그녀가 건국에 내조의 공이 매우 많았기 때문에 주몽의 총애가 더욱이 두터웠고, 비류 등을 마치 친아들과 같이 대우하였다. 주몽은 부여에 있을 때 예 씨禮氏에게서 낳은 아들 유류孺留가 오자 그를 태자로 세우고 자리를 잇게 하였다. 이에 비류가 온조에게 말하기를, "처음 대왕이 부여에서 난을 피하여 여기로 도망하여 오자 우리 어머니께서 가재를 기울여서 도와 방업邦業을 이룩해 그 근로가 많았다. 대왕이 세상을 떠나자 나라는 유류의 것이 되었으니 우리는 한갓 여기에 있어 혹과 같아 답답할 뿐이다. 차라리 어머니를 모시고 남쪽으로 가서 땅을 택하여 따로 나라의 도읍을 세우는 것만 같지 못하다." 하고, 드디어 아우와 함께 무리를 거느리고 패수浿水와 대수帶水의 두 강을 건너 미추홀에 가서 살았다고 한다. 《북사北史》와 《수서隋書》에서는 모두 이르기를 "동명東明의 후손에 구태仇台라는 사람이 있어 인덕과 신뢰가 돈독하였다. 처음 대방帶方의 고지故地에 나라를 세웠는데, 한漢의 요동태수 공손탁公孫度의 딸을 맞이하여 그 아내로 삼았다. 드디어 동이東夷의 강국이 되었다."고 한다. 어느 편이 옳은지 알지 못하겠다.[17]

---

17) "一云, 始祖沸流王, 其父優台, 北扶餘王解扶婁庶孫, 母召西奴, 卒本人延陁勃之女, 始歸

  김부식의 《삼국사기》에 이렇게 다른 두 개의 이본들이 전승된다는 점에 착안한 역사학자들은 이들 신화를 바탕으로 하여 백제의 역사를 재구하려고 했다. 이병도李丙燾는 "위례부락 계통에서는 온조를 백제의 시조라 하고, 미추부락 계통에서는 비류를 백제의 시조라고 하는 두 개의 전설이 서로 대립하여 왔다."[18]고 하였고, 천관우千寬宇는 "온조계·비류계는 백제국伯濟國의 두 지배 세력으로서, 미추홀이 비류계의 근거지로서 언제까지 유지되었는지는 알 수 없지만, 두 세력은 적어도 왕위 계승에까지 오래도록 경쟁적인 위치에 있었다."[19]고 하였다. 또 김성호金聖昊는 구태와 비류가 동일 인물이라고 주장하면서, "초기 백제가 비류계와 온조계로 나누어진 것은 온조가 위례성으로 분립한 이후였던 만큼, 결국 비류의 대방 고지 건국 연도는 기원전 18년이고, 온조의 위례성 분립 연도는 기원전 7년일 수밖에 없다."[20]고 해서, 백제본기의 본설本說과 이설異說의 기록을 하나의 맥락으로 파악하는 입장을 취하기도 했다.

  그러나 문헌신화를 자료로 한, 이러한 일련의 실증적인 해석은 신화적 문맥을 그대로 역사적 문맥으로 바꾸어 읽으려고 했다는

于優台, 生子二人, 長曰沸流, 次曰溫祚, 優台死, 寡居于卒本, 後, 朱蒙不容於扶餘, 以前漢建昭二年, 春二月, 南奔至卒本, 立都號高句麗, 娶召西奴爲妃, 其於開基創業, 頗有內助, 故朱蒙寵接之特厚, 待沸流等如己子, 及朱蒙在扶餘所生, 禮氏子孺留來, 立之爲太子, 以至嗣位焉, 於是沸流謂弟扶餘祚曰, 始, 大王避扶餘之難, 逃歸至此, 我母氏傾家財, 助成邦業, 其勸勞多矣, 及大王厭世, 國家屬於孺留, 吾等徒在此, 鬱鬱如疣贅, 不如奉母氏, 南遊卜地, 別立國都, 遂與弟率黨類, 渡浿帶二水, 至弥鄒忽以居之北史及隋書皆云, 東明之後, 有仇台, 篤於仁信, 初立國于帶方故地, 漢遼東太守公孫度以女妻之, 遂爲東夷强國, 未知孰是."

김부식, 앞의 책, 231~232쪽.

18) 이병도, 《한국사(고대사)》, 서울: 을유문화사, 1976, 469쪽.
19) 천관우, 〈삼한의 국가형성〉, 《한국학보(3)》, 서울: 일지사, 1976, 124쪽.
20) 김성호, 《비류백제와 일본의 기원》, 서울: 지문사, 1982, 48~49쪽.

문제점을 지니고 있다. 신화는 어디까지나 신화일 따름이라는 사실을 유념하여야 한다. 다시 말해 백제의 건국 신화는 왕통을 계승해온 집단이 가지고 있던 그들 조상의 성스러운 이야기였다는 것이다. 그러므로 이러한 신화들에서 역사적 사실을 추출해내기 위해서는 먼저 신화가 반영하는 역사적 사실이 어떤 것인가 하는 것부터 생각해볼 필요가 있다.

그리고 또 신화학자들의 이들 신화에 대한 연구는 자료의 총체적인 검토를 게을리했다는 비판을 감내해야 할 것 같다. 왜냐하면 《삼국사기》의 자료들만 가지고 백제에는 건국 신화가 없었던 것처럼 논급하였기 때문이다.

이런 연구의 대표적인 예가 최내옥崔來沃의 〈현지조사를 통한 백제 설화의 연구〉란 논문이다. 그는 이 논고에서 백제의 신화를 동태적으로 파악하는 입장을 취하여, 처음 광주廣州 시대에는 동명왕 신화를 택하여 활용하였으며, 공주 시대에는 토착민 설화인 곰 전설을 흡수 가미하여 새로운 신화를 만들었고, 부여 시대에는 야래자夜來者 전설에 용을 등장시킨 설화를 가졌다고 보면서, 신화가 "이처럼 변모를 거듭한 것은 남쪽으로 수도를 옮겨오는 동안 백제의 형편에 따른 것으로서, 후손이 어떻게 해서든지 조상의 힘을 입어서 국난을 극복하고 국위를 선양하려는 것이었다."21)고 주장한 바 있다. 그는 이렇게 구전 자료들을 통해서 백제의 건국 신화를 재구한 다음, "백제의 건국 영웅들은 다른 영웅들처럼 신비로운 신화의 옷도 입지 못하고 말았다."고 해서, 마치 백제에는 건국 신화가 없는 것처럼 보았다.

또 서대석徐大錫은 서사무가로 오늘날까지 구전되고 있는 '제석

---

21) 최래옥, 〈현지조사를 통한 백제 설화의 연구〉,《한국문화(3)》, 서울: 한양대 한국학연구소, 1982, 140쪽.

帝釋본풀이'가 부여족의 한반도 이동과 함께 전국에 전파되었을 것22)이라고 추정한 뒤, 야래자 설화와 무령왕武寧王 설화를 지모신地母神과 수부신水父神의 결합으로 왕이 탄생되었다고 하는 마한馬韓 시조 신화의 한 유형으로 보고, "마한의 신화는 백제가 건국된 뒤에 부여족이 지배 세력으로 군림하면서 그 신성성이 퇴색되었다."23)는 견해를 밝힌 바 있다.

그러나 이와 같은 견해들은 그 대상을 한국의 《삼국사기》나 《삼국유사》에 전해지는 백제 관련 자료들에만 국한시킨 제한적인 연구들이었다고 할 수밖에 없다. 바꾸어 말하면 백제의 건국주에 얽힌 전승에서는 신비로운 탄생 과정에 대한 모티브가 빠져 있다는 점에 착안한 발상의 연구들이었다는 것이다.

하지만 한국의 사서들에 보이는 이와 같은 결락은 김부식이나 일연과 같은 편찬자들이 역사적인 사실을 기록하면서 그들의 찬술 목적에 따라 백제의 건국 신화 내용을 변개했다는 것을 의미한다고 볼 수도 있다. 바꾸어 말하면 백제에도 건국주의 신비한 탄생을 서술하는 신화가 있었음에도, 그것을 의도적으로 배제하고 고구려로부터 도래만을 강조했을 가능성이 높다는 것이다.

이런 상정을 하는 이유는, 일본에 살고 있던 백제왕의 후손들이 자료 2와 3에서 본 것처럼 자기들 조상의 신성한 탄생담을 가지고 있었다는 것을 확인할 수 있기 때문이다. 한국의 고대국가에서 이처럼 왕권을 장악했던 집단의 후손들이 자기들 조상의 시조 신화를 보전하고 있었던 것은 백제만이 아니었다. 5세기에 세워진 광개토대왕의 비문에는 왕의 치적을 기술하기 전에 고구려의

---

22) 서대석, 〈고대 건국신화와 현대 구비전승〉, 《민속어문논총》, 대구: 계명대출판부, 1983, 66쪽.
23) 서대석, 위의 논문, 70쪽.

시조 '추모왕鄒牟王 신화'가 기록되어 있고,[24] 또《삼국사기》신
라본기 미추 이사금味鄒尼師今 조에도 그의 조상인 '김알지의 탄생
신화'가 실려 있다.[25] 저자는 이러한 예들에 착안하여〈건국신화
의 전승 경위〉란 논고를 통해, 고대국가에서 왕통을 계승한 집단
의 후손들은 그 조상들의 계보들을 전승해왔을 것이란 추정을 한
바 있다.[26]

지배 집단의 이와 같은 조상들의 계보 전승에 대해 마쓰바라
다카토시松原孝俊는, "문헌자료에서 인정하는 왕족의 계보는 출자
出自상 왕위에 오를 가능성을 가진 자들이 왕위 계승법을 정하고
안정적인 정치지배를 실행하고자, 이른바 기존의 상황 설명 또는
근거의 제공에 이용하고 또 지배자가 피지배자를 향해 지배의
유래를 이야기하는 일종의 미디어"[27]였을 것이란 상정을 하였다.
이에 대해 저자는 이러한 시조 전승이, 왕권의 메커니즘만을 강
조하는 데 그치지 않고 조상을 숭배하면서 뿌리를 찾겠다고 하
는 지배 계층 특유의 의지가 포함되어 있었을 것이라고 추정하
였다. 그리고 이러한 추정을 할 수 있는 까닭으로 고구려와 백
제, 신라가 저마다 시조 묘始祖廟를 세우고 후대 왕들이 직접 그
곳에 참배하였다는 기록이 남아 있다는 사실을 들었다.[28]

만약에 이와 같은 추정이 허용된다고 한다면, 일본에 전해지던
도모 신화는 백제왕의 후손들이 그들의 시조에 대한 전승을 그때

24) 문정창,《광개토대왕훈적비문론》, 서울: 백문당, 1977, 47쪽.
25) 김부식, 앞의 책, 21쪽.
26) 김화경,〈건국신화의 전승 경위〉,《한국문학사의 쟁점》, 서울: 집문당, 1986, 78~79쪽.
27) 松原孝俊,〈朝鮮族譜と始祖傳承(上)〉,《史淵(120)》, 福岡: 九州大學文學部, 1983, 161쪽.
28) 김화경, 앞의 논문, 79쪽.

까지 간직하고 있었음을 말해주는 것이라고 볼 수 있다. 다시 말해 비록 나라가 멸망하여 일본에 망명해서 그 명맥을 유지하며 살아가고 있기는 했지만, 백제왕의 후손들은 시조신에 대한 전승을 보전하면서 자신들의 정체성을 간직하고 있었다고 보아야 할 것이다. 따라서 일본에 남아 있는 이들 시조 신화는 후손들 사이에 전해지넌 백세의 건국 신화가 확실하다고 보이도 무방하지 않을까 한다.29)

그러므로 도모 신화는 그 전에 구전되던 것이나 역사책에 남아 있던 것들과는 달리 후손들 사이에 직접 전승되어 오던 그들 조상의 시조 신화였고, 또 백제의 건국 신화였다고 간주해도 아무런 지장이 없을 것이다. 하지만 그 신화는 《속일본기》에 기록될 때 전체적인 윤곽만 드러내는 자료 2나 3과 같은 형태로 축약되고 말았다.

그렇다면 이렇게 축약된 백제 건국 신화의 원형은 어떤 것이었을까 하는 문제가 제기된다. 다시 말해 간단한 형태로 전해지는 백제의 건국 신화가 원래는 어떤 모습이었을까 하는 것을 생각해 보지 않을 수 없다는 것이다. 이와 같은 문제를 해결하기 위해서는 먼저 중국 측 사서에 전해지는 백제의 건국 신화 자료들이 좋은 참고가 된다.

---

29) 노명호는 "고대사에 대한 일본의 사승류史乘類는 국제적 관계에 대한 날조가 극히 심해 사료로 이용함에 있어서는 물론 주의를 요한다. 그러나 여기(《속일본기》를 가리킴: 인용자 주)에서의 백제 동명 신화東明神話는 그같이 날조할 동기가 없으므로 백제로부터의 전승에 의한 것이라 볼 수 있을 것이다."라는 지적을 한 바 있다.
노명호, 〈백제의 동명신화와 동명묘〉, 《역사학연구(10)》, 광주: 전남대 사학과, 1981, 44쪽.

【자료 7】

　　백제의 선대는 고려국에서 나왔다. 그 나라 왕의 한 시비侍婢가 갑자기 임신을 하게 되어 왕이 그녀를 죽이려고 하였다. ㉮ 시비가 말하기를, "달걀같이 생긴 물건이 나에게 내려와 닿으면서 임신이 되었습니다."고 하자, 그냥 놓아 주었다. ㉯ 뒤에 드디어 사내아이 하나를 낳았는데, 뒷간에 버렸으나 오래도록 죽지 않았다. 신령스럽게 여겨 기르도록 명하고, 이름을 동명이라고 하였다. ㉰ 장성하자 고려왕이 시기하므로, 동명은 두려워하여 도망가서 엄수淹水에 이르렀는데, 부여 사람들이 모두 그를 받들었다. ㉱ 동명의 후손에 구태仇台라는 자가 있어 매우 어질고 신의가 두터웠다. 대방의 옛 땅에 처음 나라를 세웠다. ㉲ 한漢의 요동태수遼東太守 공손탁公孫度이 딸을 주어 아내로 삼게 하였다. ㉳ 나라가 점점 번창하여 동이東夷 가운데 강국이 되었다. 당초에 백가百家가 바다를 건너왔다고 해서 백제百濟라고 불렀다.[30]

　　이것은 7세기에 위징魏徵 등이 편찬한 《수서隋書》 동이열전東夷列傳 백제 조에 실려 있는 자료인데, 여기에 전하는 백제의 건국 신화는 1세기 정도 뒤에 기록된 《속일본기》의 그것보다 더 구체적인 내용으로 되어 있다. 이러한 차이는 사서의 성격에서 말미암은 것이 아닌가 한다. 바꾸어 말하면 후자는 일본의 사서에 들어 있는 백제왕 후손들의 전승이거나 상소문上疏文의 일부이므로 아주 간단한 줄거리로 요약될 수밖에 없었다. 이에 견주어, 전자는

---

30) "百濟之先 出自高麗國. 其國王有一侍婢 忽懷孕 王欲殺之. 婢云 有物狀如鷄子 來感於我 故有娠也. 王捨之. 後遂生一男 棄之厠溷 久而不死 以爲神 命養之 名曰東明. 及長 高麗王忌之 東明懼 逃至淹水 夫餘人共奉之. 東明之後 有仇台者 篤於仁信 始立其國于帶方故地. 漢遼東太守 公孫度以女妻之 漸以昌盛 爲東夷强國. 初以百家濟海 因號百濟." 魏徵, 《隋書》 東夷列傳 百濟 條.

백제라는 국가에 대한 사실의 기술에서 그 첫머리를 장식하는 건국 신화로 정착되었기 때문에 더 구체적인 내용이 될 수 있었다는 것이다.

이와 같은 이들 두 자료의 상관관계를 더 명확하게 하고자 간단하게 표를 만들어 대비한다면 아래와 같다.

일본 자료와 중국 자료의 비교

《속일본기》의 도모 신화	《수서》의 구태 신화
㉮ 해의 신이 강령.(비정상적 탄생)	㉮ 시비에게 달걀 같이 생긴 물건이 내려와 임신.(비정상인 탄생)
㉯ 없음.	㉯ 버려졌으나 죽지 않아 기르도록 함.(고난과 고난의 극복)
㉰ 없음.	㉰ 시기 때문에 도망하였는데, 부여 사람들이 그를 받듦.(시련과 시련의 극복)
㉱ 시조 도모대왕은 부여에 와서 나라를 세움.(건국)	㉱ 동명의 후손 구태가 대방 고지에서 나라를 세움.(건국)
㉲ 천제가 녹부錄符를 내림.(능력의 인정)	㉲ 한나라의 요동태수 공손탁이 딸을 아내로 줌.(능력의 인정)
㉳ 여러 한韓을 총괄하여 왕이 됨.(나라의 융성)	㉳ 동이 가운데 강국 백제가 됨.(나라의 융성)

이 표에 따르면, 《수서》의 구태 신화는 영웅담의 전형이 그대로 유지되고 있었다는 것을 알 수 있다. 곧 그 순차적 구조가 ㉮ 비정상적 탄생과 ㉯ 고난과 고난의 극복, ㉰ 시련과 시련의 극복,[31] ㉱ 건국, ㉲ 능력의 인정, ㉳ 나라의 융성 등으로 되어 있어, 전형적인 영웅의 건국신화 형태를 취하고 있다는 것이다.

그러나 이들 두 자료에는 중요한 차이가 있다. 곧 《속일본기》의 도모 신화에는 도모왕이 직접 나라를 세운 것으로 기술되어 있

---

31) 이 책에서는 생래적生來的 비정상성 때문에 일어나는 어려움을 '고난'이라고 하였고, 비범한 능력 때문에 초래되는 어려움을 '시련'이라고 하여 구분하였음을 밝혀둔다.

다. 이와 달리 《수서》의 구태 신화에서는 동명의 후손인 구태가 나라를 세웠다는 것이다. 그렇지만 이러한 차이는 전자의 축약 과정에서 파생되었을 가능성이 짙다. 달리 말하면 도모왕이 부여에서 세운 나라가 바로 백제였다고 볼 수는 없기 때문에, 그 뒤에 장소를 옮겨 백제가 되었다고 하는 부분이 첨가되었을 것이라는 추정을 할 수 있다는 것이다.

그리고 도모 신화에는 또 ㉯와 ㉰의 모티브가 빠져 있다. 다시 말해, "사내아이 하나를 낳았는데, 뒷간에 버렸으나 오래도록 죽지 않았다. 신령스럽게 여겨 기르도록 명하고, 이름을 동명이라고 하였다."라고 하는 '고난과 고난의 극복' 모티브가 없으며, "장성하자 고려왕이 시기하므로, 동명은 두려워하여 도망가서 엄수에 이르렀는데, 부여 사람들이 모두 그를 받들었다."라고 하는 '시련과 시련의 극복' 모티브가 없다는 것이다. 하지만 이들 두 모티브가 영웅담의 필수적인 요소라는 점을 감안한다면,[32] 도모 신화도 이들 모티브를 가졌던 것은 거의 분명하다고 할 수 있다.

한편 이연수李延壽가 거의 같은 시기에 편찬한 《북사北史》에는 《수서》의 자료보다 더 부연된 백제의 건국신화가 실려 있다.

【자료 8】

백제국은 대체로 마한의 족속인데, 색리국索離國에서 나왔다. 그 왕이 출행 동안 시녀가 후[궁宮]에서 임신을 했다. 왕은 환궁하여 그녀를 죽이려고 하였다. ㉠ 시녀는 "앞서 하늘에서 큰 달걀만한 기운이 내려오는 것을 보았는데, 감응하여 임신했습니다."라고 아뢰었다. 왕은 그

---

32) L. Raglan, The hero of tradition, *The Study of Folklore*, Englewood Cliffs: Prentice-Hall, 1965, p.145.

시비를 살려주었다. ⓛ 뒷날 아들을 낳으매, 왕이 그 아이를 돼지우리에 버렸으나 돼지가 입김을 불어넣어 죽지 않았다. 뒤에 마구간에 옮겨 놓았지만 또한 그와 같이 하였다. 왕이 신령스럽게 여겨 그 아이를 기르도록 명하고 이름을 동명이라 하였다. ⓒ 장성하면서 활을 잘 쏘자, 왕은 그의 용맹스러움을 꺼려 또 다시 죽이려고 하였다. 동명이 이에 도망하여 남쪽의 엄체수淹滯水에 이르러 활로 물을 치니 물고기와 자라들이 모두 다리를 만들어 주었다. 동명은 그것을 딛고 물을 건너 부여에 이르러 왕이 되었다. ⓔ 동명의 후손에 구태가 있으니, 매우 어질고 신의가 두터웠다. 처음으로 대방의 옛 땅에 나라를 세웠다. ⓜ 한의 요동태수 공손탁이 딸을 시집보냈다. ⓗ 마침내 동이 가운데 강국이 되었는데, 당초에 백가百家가 건너왔다[濟]고 해서 백제라고 불렀다.[33]

이것은 《북사》 열전列傳 백제 조에 실려 있는 것으로, 앞에서 살펴본 《수서》의 자료 7과 거의 같은 내용으로 이루어져 있다. 다만 후자의 ⓝ가 전자에서 ⓛ과 같이 기술되었고, 또 ⓓ가 ⓒ과 같이 기술되어 그 내용이 상당히 부연되었음을 보여주고 있을 따름이다.

그런데 이렇게 구체화된 내용의 이야기로 된 백제 건국신화는 부여의 그것과 매우 흡사한 형태로 되어 있어 관심을 끈다. 그래서 후한後漢 시대에 왕충王充이 지은 《논형論衡》 길험편吉驗篇에 실

---

33) "百濟之國 蓋馬韓之屬也. 出自索離國 其王出行 其侍兒於後姙娠, 王還欲殺之. 侍兒曰 前見天上有氣如大鷄子來降 感故有娠. 王捨之. 後生男 王置之豕牢 豕以口氣噓之 不死, 後徙於馬蘭 亦如之. 王以爲神 命養之 名曰東明. 及長善射 王忌其猛 復欲殺之. 東明乃奔走 南至淹滯水 魚鼈皆爲橋 東明乘之得度. 至夫餘而王焉. 東明之後有仇台 篤於仁信, 始立國帶方故地, 漢遼東太守公孫度以女妻之, 遂爲東夷强國 初以百家濟 因號百濟." 李延壽, 《北史》列傳 百濟 條.

린 '동명 신화'도 아울러 소개하기로 한다.

【자료 9】

북쪽의 이족인 탁리국豪離國 왕의 시비가 임신을 하자, 왕이 그 시비를 죽이려고 하였다. 시비가 "계란만한 크기의 기운이 있어 하늘로부터 나에게 내려온 까닭에 임신하게 되었습니다."라고 대답했다.

나중에 아이를 낳아 돼지우리에 버렸으나 돼지가 입으로 숨을 불어넣어 주어 죽지 않았다. 다시 마구간으로 옮겨 놓고 말에 밟혀 죽도록 했지만 말들 또한 입으로 숨을 불어넣어 주어 죽지 않았다. 왕은 아마 천제의 자식일 것이라고 생각하여 그의 어머니에게 노비로 거두어 기르게 하였고, 동명이라 부르며 소나 말을 치게 하였다.

동명의 활솜씨가 뛰어나자, 왕은 그에게 나라를 빼앗길 것이 두려워 그를 죽이려고 했다. 동명이 남쪽으로 도망가다가 엄체수에 이르러 활로 물을 치니 물고기와 자라가 떠올라 다리를 만들어 주었고, 동명이 건너가자 물고기와 자라가 흩어져 추적하던 병사들은 건널 수가 없었다. 그는 부여에 도읍하여 왕이 되었다. 이것이 북이北夷에 부여국이 생기게 된 유래이다.34)

이와 비슷한 내용의 부여 건국신화는 3세기에 편찬된 진수陳壽의 《삼국지三國志》 위지魏志 동이전東夷傳 부여 조와 5세기에 편찬된 범

---

34) "北夷豪離國王侍婢有娠 王欲殺之 婢對曰 有氣大如鷄子 從天而下 我故有娠. 後生子 捐於猪溷中 猪以口噓之 不死. 後徙置馬欄中 欲使馬藉殺之 馬復以口氣噓之 不死. 王疑以爲天子 令其母收取奴畜之 名曰東明. 令牧牛馬 東明善射 王恐奪其國也. 欲殺之 東明走南至掩遞水 以弓擊水 魚鱉浮爲橋 東明得渡 魚鱉解散 追兵不此渡. 因都王夫餘 故北夷有夫餘國焉."
《論衡》 卷2 吉驗篇.

엽范曄의《후한서後漢書》동이열전東夷列傳 부여 조에도 전해지고 있다. 하지만 이것들은 위의 자료 9를 전재轉載한 것이었을 가능성이 농후하기 때문에, 부여의 건국신화는 가장 먼저 기록된《논형》의 자료가 기반이 되었다고 보아도 크게 잘못은 없을 듯하다.

어쨌든 이 '동명 신화'는 중국 자료에 남아 있는 백제 건국신화와 상당히 유사한 내용으로 구성되어 있어, 후사가 전자와 같은 계통의 전승이었음을 드러내고 있다. 따라서 일본의 후손들에게 전승되던 백제의 건국신화도 일단은 중국의 그것과 마찬가지로 《논형》에 실린 부여국의 '동명 신화'와 같은 계통의 전승이었을 것으로 생각할 수 있다. 이러한 상정은 백제의 왕들이 행한 시조 동명 묘東明廟에 대한 배알拜謁에 관한 기록을 통해서도 그 타당성을 인정받을 수 있다. 곧 백제에서는 신화에서 그 계통을 같이하는 동명을 그들의 시조로 받들어 모셨다는 것이다.

그러므로 일본의 사서에 전해지는 것은 전부 믿을 것이 못 된다는 선입견을 가져서는 안 된다. 더욱이 한국에서 문헌에 정착된 그것들이 편찬자에 의해 상당히 변개되었다는 것을 염두에 둔다면, 일본에 거주하던 백제왕들의 후손이 지니고 있던 그들의 건국신화는 재음미되고 재해석되어야 한다.

3. 일본의 미와산 신화와 백제

일본에 전해지는 '이류 교혼담異類交婚譚'들 가운데 일찍부터 한국의 자료와 비교의 대상이 되었던 설화가 바로 일본의 나라奈良 지방에 있는 미와산三輪山에 얽힌 이야기이다. 이 미와산 설화에 대하여 가장 먼저 관심을 가졌던 사람은 일본의 인류학자 도리이

류조鳥居龍藏였다. 함경북도 회령會寧과 성진城津에서 일본의 미와산 전설과 비슷한 내용의 구전설화[35]들을 조사한 그는, 이것들과 유사한 문헌자료로 《후한서》에 전해지는 '동명 신화'를 찾은 다음에 이들의 관계를 아래와 같이 언급하였다.

"이들 전설은 얼핏 보기에는 서로 다른 것 같지만, 이것을 자세히 숙고하여 보면 같은 형식의 것이라고 할 수 있을 것이다. 더욱이 그것이 한편으로는 부여족 사이에서 이야기되었고, 또 다른 한편으로는 오늘날에도 또한 북방의 조선인들 사이에서 전승되고 있다. 그렇다면 이것은 옛날부터 북방에서 전해지고 있던 오래된 이야기가 아닐까. 이렇게 말하는 것은, 성진 부근의 이야기이든 두만강가의 이야기이든 (또 부여족 사이의 이야기이든) 같은 전설에서 나온 것으로 그것이 지방에 따라 장소에 따라 다소간의 차이를 일으키는 것에 지나지 않기 때문이다."[36]

그는 이처럼 함경도 일대에 전승되던 이야기를 부여족의 '동명 신화'와 유사한 설화로 간주한 다음, 일본의 《고사기》와 《일본서기》에 전해지는 '미와산 전설'과 '젓가락 무덤箸墓 전설'을 소개하면서 두 나라 설화의 상관관계에 관해 아래와 같은 의견을 제시하였다.

"이 이야기는 조선에서 일본의 대부분에 전해졌던 전설이라고 해도 좋을 것이다. …… 이 전설은 처음에는 북쪽에 있었던 것이 어떠한 이유 때문에 남쪽으로 전해졌던 것이 아닐까. 만약 그렇다고 한다면, 이것을 가지고 일본 민족의 이주 왕래 등에 참고로 할

---

35) 이 자료들을 조사한 것은 1912년이었다.
36) 鳥居龍藏, 《鳥居龍藏全集(1)》, 東京: 朝日新聞社, 1976, 324쪽.

수도 있을 것으로 생각한다."[37]

이와 같은 도리이 류조의 견해는 이 유형의 설화가 한반도를 거쳐서 일본으로 전해진 것으로 보았다는 것을 말해준다. 그래서 그가 이렇게 주장하는 '미와산 전설'이란 것이 어떤 내용으로 되어 있는가는 알아보기 위해서 문헌설화의 내용을 살펴보기로 하겠다.

【자료 10】

　이 오호타타네코意富多多泥古라고 하는 사람을 신의 아들이라고 하는 까닭은 (다음과 같다.) 위에서 말한 이쿠타마요리히메活玉依毘賣는 그 용모와 자태가 단정하였다. 이때 한 장부가 있어 그 모습과 풍채가 당시에는 견줄 사람이 없었는데, 그는 밤중에만 홀연히 (그녀에게) 찾아오곤 하였다. 그러는 사이에 서로 사랑하게 되어, 정을 통하면서 지내는 시간이 그렇게 오래지 않아 그 미인은 임신을 하게 되었다.

　이에 부모가 임신한 사실을 괴이히 여겨, 그 딸에게 "네가 스스로 임신을 하였는데, 지아비가 없이 어떻게 임신을 할 수가 있는가?"하고 물었다. 그런즉 대답하기를, "아름답고 수려한 장부가 있어 이름을 알지 못하는데, 저녁마다 오기에 함께 지내는 사이에 저절로 임신하게 되었습니다."고 하였다.

　이에 부모가 그 사람을 알고자 하여 딸에게 가르치기를, "황토를 자리 앞에 뿌려두고, 베 짜는 실을 바늘에 꿰어 그 남자의 허리띠에 꽂아두어라."고 하였다. 그래서 가르쳐준 대로 하고 이튿날 보니까 바늘에 꿴 실이 담 구멍을 통해서 빠져 나갔는데, 남은 실은 다만 세 타래뿐이었다. 그리하여 곧 담 구멍으로 빠져 나간 것을 알고 실을 따라 찾아가

---

37) 鳥居龍藏, 앞의 책, 328쪽.

보았다. 그랬더니 미와산美和山에 이르러 신사神祀에서 그쳐 있었다. 그
러므로 신의 아들인 것을 알았다. 그리고 실이 세 타래만 남아 있었기
때문에 미와라고 불렀다.[38]

이것은 《고사기》의 스진 천황崇神天皇 조에 전해지는 이야기이
다. 여기에서는 오호타타네코의 탄생이 서술되고 있는데, 그 내용
으로 미루어 보아 이 자료는 나라 지방에 있는 미와산에 연루되어
전해지는 지명 연기 설화地名緣起說話였을 것으로 상정된다.

그런데 이렇게 탄생한 사람의 자손인 오호타타네코는 나중에
미와산 신사를 관장하는 신관神官이 되었다. 그가 신관이 된 까닭
은 위의 자료 바로 앞에 기술되어 있는 아래와 같은 이야기에 잘
나타나 있다.

【자료 11】

이 천황 시대에 역병疫病이 빈번하게 일어나 죽어가는 백성들이 많
았다. 이에 고민하던 천황이 신탁을 받기 위한 자리에 앉아 있는 날 밤
에, 오모노누시노오카미大物主大神가 꿈에 나타나 말하기를, "이 역병은
내가 일으킨 것이다. 그러므로 오호타타네코로 하여금 나를 모셔주게
한다면, 이와 같은 역병은 일어나지 않을 뿐만 아니라 나라도 평안하

---

38) "此謂 意富多多泥古 人所以知神子者. 上所云 活玉依毘賣 其容姿端正. 於是 有壯夫 其
形姿威儀於時無比. 夜半之時 儵忽到來 故相感共婚供住之間 未經幾時 其美人姙身. 爾
父母怪其姙身之事 問其女曰 汝者自姙 无夫何由姙身乎. 答曰 有美麗壯夫 不知其姓名
每夕到來 供住之間 自然懷姙. 是以其父母欲知其人 誨其女曰 以赤土散床前 以閇蘇(此
二字以音) 紡麻貫針 刺其衣襴. 故如敎而旦時見者 所著針麻者自戶之鉤穴控通而出 唯遺
麻者三勾耳. 爾卽知自鉤穴出之狀而 從糸尋行者 至美和山而留神祀. 故知其神子 故因其
麻之三勾遺而 名其地謂美和也."
荻原淺男 共校注, 《古事記 上代歌謠》, 東京: 小學館, 1973, 186~187쪽.

게 될 것이다."라고 하였다.

이 말을 들은 천황은 역사驛使(말을 타고 공적인 심부름을 하던 사신: 인용자 주)를 사방으로 보내어 오호타타네코를 찾게 하였다. 드디어 가와치의 미노 촌美努村이라는 마을에서 그 사람을 찾아내어 천황에게 데리고 갔다.

그를 본 천황은 "너는 누구의 아들인가?"라고 물었다. 그러자 그가 대답하기를, "저는 오모노누시노오카미가 스에쓰미미노미코토陶津耳命의 딸인 이쿠타마요리히메와 혼인하여 낳은 아들이 구시미카타미코토櫛御方神이고, 그의 아들이 이카타스미노미코토飯肩巢見命입니다. 이 이카타스미노미코토의 아들이 다케미카즈치노미코토建甕鎚命이고, 그 다케미카즈치노미코토의 아들이 바로 저 오호타타네코입니다."라고 하였다.

이 말을 들은 천황은 매우 기뻐하면서 말하기를, "천하를 평화롭게 하고 백성을 잘 살게 하여라."고 하면서, 즉시 오호타타네코로 하여금 신관이 되어 미모로 산御諸山에서 오호미와노오카미意富美和大神의 제사를 모시게 하였다.39)

이것은 신관이 된 오호타타네코의 조상인 구시미카타미코토에 얽힌 이야기로, 그는 오모노누시노카미와 이쿠타마요리히메 사이에서 태어난 존재였다. 이 설화에 등장하는 오모노누시노카미는

---

39) "此天皇之御世 疫病多起 人民死爲盡. 爾天皇愁歎而 坐神床之夜 大物主大神 顯於御夢曰 是者我之御心. 故以意富多多泥古而 令祭我於前者 神氣不起 國亦平安. 是以驛使班于四方 求謂意富多多泥古人之時, 於河內之美努村 見得其人貢進. 爾天皇問賜之汝者誰子也. 答曰 僕者大物主大神 娶陶津耳命之女 活玉依毘賣 生子名櫛御方命之子 飯肩巢見命之子 建甕鎚命之子 僕意富多多泥古 自於是 天皇大歡以詔之 天下平人民榮 卽以意富多多泥古命 爲神主而 於御諸山拜祭意富美和之大神前."
荻原淺男 共校注, 앞의 책, 184~185쪽.

역병을 일으키는 '병마病魔의 신'이었으며, 실제로 역병을 일으켜 많은 백성들을 죽게 만들기도 하였다. 이렇게 되자, 천황은 그 이유를 알고자 신탁을 받게 되었다. 그 신탁의 과정에서 오모노누시노카미는 자기의 후손인 오호타타네코가 신관이 되어 자기를 받들게 해준다면 역병을 물리칠 수 있다는 계시를 하였다. 따라서 위의 자료에는 오호타타네코가 신직神職을 맡게 되기까지의 과정이 서술되어 있다고 하겠다.

그리고 그런 신직을 맡은 오호타타네코의 조상인 구시미카타미코토의 탄생에 얽힌 이야기가 바로 자료 10이다. 이 탄생담에서는 신관이 된 오호타타네코가 신과 인간의 사이에서 태어난 신성한 존재로 그려져 있다. 바꾸어 말하면 이 설화는 신성한 존재로 태어나야만 신사에서 신을 받드는 신관이 될 수 있음을 나타낸 것이라고 할 수 있다.

그런데 이와 비슷한 내용의 이야기가 《일본서기》의 스진 천황조에도 실려 있다. 하지만 《일본서기》에 기록된 설화는 미와산 신사와 관련을 가지는 것이 아니라, 그 산에 있는 '젓가락 무덤箸墓'과 관련을 가지고 있다.

【자료 12】

　　이 뒤에 야마토토토히모모소히메노미코토倭迹迹日百襲姬命는 오모노누시노카미大物主神의 아내가 되었다.

　　그런데 이 신은 언제나 낮에는 나타나지 않고 밤에만 왔다. 야마토토토히모모소히메노미코토가 그 남편에게, "당신은 항상 낮에는 나타나지 않기 때문에 그 존안尊顔을 분명히 뵐 수가 없습니다. 원컨대 잠시 동안 머물러서, 내일 아침에는 아름다운 위용을 뵙고 싶습니다."고

처녀가 있어, 그 용모가 대단히 아름다웠습니다. 그래서 미와三輪의 오모노누시노카미가 그녀에게 감응하여, 그녀가 대변을 볼 때 붉은 색칠을 한 화살이 되어 대변을 보는 여울로 흘러 내려가 음부를 찔렀습니다. 이에 그 미인은 놀라 일어나 뛰면서 허둥지둥했습니다. 그렇지만 그 화살을 가져와 침상 가에 두었더니 금시 수려한 장부로 변하여, 곧 결혼하여 아이를 낳았는데, 그 이름을 호토타타라이스스키히메노미코 토富登多多良伊須岐比賣命 또는 히메타타라이스케요리히메比賣多多良伊須 氣餘理比賣命라고도 했습니다. 이상과 같은 사정으로 신의 딸이라고 합니다."고 하였다.42)

이상과 같은 '붉은 화살 설화'는 오모노누시노카미와 세야다타라히메의 신혼神婚으로 진무 천황의 부인이 된 호토타타라이스스키히메노미코토가 탄생했다는 것을 이야기해주고 있다. 그런데 그 내용이 오모노누시노카미가 화살로 변하여 세야다타라히메의 음부를 찔렀다는 것이다. 이와 달리 앞에서 살펴본 '젓가락 무덤 설화'에서는 야마토토토히모모소히메노미코토가 스스로 젓가락으로 자신의 음부를 찔러 자살한 것으로 되어 있었다.

이러한 내용상의 차이는 《일본서기》를 저술하는 과정에서, 그 편찬자가 같은 《고사기》에 실려 있고 오모노누시노카미를 대상으로 하면서도 상당한 시간적 간격을 가지는 진무 천황 조와 스진

---

42) "故坐日向時 娶阿多之小椅君妹 名阿比良比賣(自阿以下五字以音)生子 多芸之美美命 次岐須美美命 二柱坐也. 然更求爲大后之美人時 大久米命白 此間有媛女. 是謂神御子 其所以謂神御子者 三島湟咋之女, 名勢夜陀多良比賣 其容姿麗美. 故美和之大物主神見 感而 其美人爲大便之時 化丹塗矢 自其爲大便之溝流下 突其美人富登(此二字以音 下效 此). 爾其美人驚而 立走伊須須岐伎(此五字以音) 乃將來其矢 置床邊 忽成麗壯夫 卽 娶其美人生子. 名謂富登多多良須守岐比賣命 亦名謂比賣多多良伊須氣餘理比賣(是者惡 其富登云事 後改名者也). 故是以謂神御子也."
荻原淺男 共校注, 앞의 책, 165쪽.

천황 조에 기록되어 있는 '붉은 화살 설화'와 '미와산 설화'를 어설 프게 통합하려고 했기 때문에 파생된 문제일 가능성이 높다.[43]

이 문제는 어찌 되었든, 위의 자료 13에서 인간과 신의 교혼으로 태어난 존재가 일본 신화에서 야마토라는 나라를 세운 진무 천황의 아내가 되었다고 하는 것은, 이 설화가 왕권의 성립과 연계되었다는 것을 나타낸다고 할 수 있다. 다시 말해 신과 인간의 사이에서 태어난 신성한 존재가 왕권을 장악한 건국주의 배필이 되었다는 것은 이 설화가 왕실의 신화로 편입되었다는 것을 드러낸다고 하겠다.

이처럼 일본의 신혼 설화들이 일찍부터 왕권 신화로 정착된 것은, 이것을 가졌던 집단이 왕권을 확립하여 하나의 국가를 세웠다는 것을 말해준다. 여기에서 여인들에게 임신을 하게 한 오모노누시노카미의 신격神格이 문제가 된다. 곧 이 신의 출자出自를 살펴보지 않을 수 없다는 것이다.

일본의 신화학계에서는 이 오모노누시노카미를 이즈모계 신화의 최고신인 스사노오노미코토의 자손으로 등장하는 오쿠니누시노카미大國主神와 같은 신으로 보고 있다.[44] 그렇지만 이런 견해는 계통상의 혼란을 야기할 수도 있다. 왜냐하면 일본의 신화에는 크게 구분되는 두 계통의 신화군이 존재하기 때문이다. 곧 이즈모계 신화군과 다카마노하라계 신화군이 그것이다. 이와 같이 구별되는 두 계통의 신화에서 오쿠니누시노카미는 전자의 신화군에 속하는 신이다. 더욱이 《이즈모국 풍토기出雲國風土記》에 따르면, 이즈모국은 한국의 동남 지역에서 건너온 주민들에 의해 세워진 나라들

---

43) 《일본서기》의 사료 비판에 대해서는 김석형의 저서 《고대 조일 관계사》가 참고가 될 것이다.
金錫亨, 朝鮮史硏究會 譯, 앞의 책, 19~26쪽.

44) 松前健 共編, 《神話傳說辭典》, 東京: 東京堂出版, 1963, 97~98쪽.

이며, 그곳이 어느 시기에는 신라의 한 소국으로 존재하고 있었을 가능성이 농후했다고 볼 수 있다.[45]

그럼에도 미와산의 신혼담神婚譚에 등장하는 오모노누시노카미를 이 오쿠니누시노카미와 동일시하는 것은《일본서기》권1 신대편에 기록되어 있는 오호나무치노카미大己貴神(오쿠니누시노카미의 별칭)가 사키미타마쿠시미타마幸魂奇魂에게 미모로산三諸山(미와산의 별칭)에 가서 산신山神이 되게끔 하였다는 설화[46] 때문이 아닐까 한다. 하지만 이와 같은 설화의 내용은 미와산이 있는 나라 지방 일대가 한때는 이즈모 세력의 범위 안에 들어갔던 때가 있었다는 것을 나타내는 데 지나지 않는다.

그러므로 오모노누시노카미는 이처럼 신라에서 건너간 이즈모 계통의 신이 아니라, 백제에서 이주한 집단이 신봉하던 신으로 보는 것이 타당하지 않을까 한다. 이 문제에 대해 오바야시 다료大林太良는 〈일본 신화와 조선 신화는 어떤 관계에 있을까?〉라는 논고에서 이 유형의 한국 설화가 견훤甄萱의 탄생담이란 사실에 착안하여, 견훤의 아버지가 일본의 오모노누시노카미와 같이 수역水域과 관계를 가지고 있으면서 산신山神적인 성격을 아울러 가지고 있는 양면성ambivalent을 지닌 존재였다는 사실을 지적한 다음, "일본의 미와산 형의 전설은 백제계 도래민들이 가와치河內로 가져왔다."[47]고 하는 전파 경로를 하나의 가설로 제시하였다. 그의 이러한 연구는 이 유형의 설화가 막연하게 한반도에서 일본 열도로 건너갔을 것이라고 주장해오던 종래의 견해에서, 설화의 출처가 구체적으로 백제계였다는 가설을 제시했다는 점에서 중요한 의의가

---

45) 金錫亨, 朝鮮史硏究會 譯, 앞의 책, 150쪽.
46) 井上光雄 共校注, 앞의 책, 130~131쪽.
47) 大林太良, 〈日本神話と朝鮮神話はいかなる關係にあるのか〉, 《國文學(22-6)》, 東京: 學燈社, 1977, 28쪽.

있다.[48]

이에 견주어, 장덕순張德順은 〈한국의 야래자 전설과 일본 삼륜
산三輪山 전설과의 비교 연구〉라는 논문에서, 일본의 세키 게이고
關敬吾가 이 유형의 설화가 신화에서 전설로, 전설에서 다시 민담
으로 변했을 것이라는 추정과 함께 그 역사적 변이 과정을 제시한
것에 대하여 아래와 같은 비판을 하였다.

　　"세키 게이고의 추단은 일본의 고분 문화가 독자적으로 야마토
　지방에서 사방으로 퍼져갔다고 주장하는 일부 역사학자들에게서
　보이는 쇼비니즘적 태도와 마찬가지로, 하나의 중심지에서 사방으
　로 전파되면서 역사적인 변이를 거듭했다고 보는데, 이것 역시 쉽
　게 수긍이 가지 않는다. 왜냐하면 이 설화 자체가 일본 고유의 것
　이 아닌 이상, 이것을 갖고 들어간 집단의 이주 경로에 대해서도
　상당한 연구의 필요성을 인정하지 않을 수 없기 때문이다."[49]

이처럼 세키 게이고의 주장을 비판하고 난 다음, 자신이 조사한
충청남도 연기군 서면 쌍유리에 전승되고 있던 구전설화가 신화
적 성격이 짙다는 점에 착안하여, 이것과 일본의 미와산 전설을
비교하였다. 그리하여 그는 이 설화가 농경문화적인 성격을 지닌
것이라고 보면서, 고고학의 발굴 성과를 원용하여 "이러한 분포상
의 일치가 단순한 개연성에 의한 것이라고 보기에는 어렵다는 점
을 고려하여, 나는 이 유형의 설화가 야요이 문화弥生文化의 일본

---

48) 오바야시 다료는 1984년 《동아시아의 왕권신화》라는 저서 속에 〈미와산 전설의 원뜻
　　과 계통〉이란 장을 설정하고, 여기에서 고고학적인 발굴 성과와 결부시켜 그가 세운
　　가설의 타당성을 보완하였다.
　　大林太良, 《東アジアの王權神話》, 東京: 弘文堂, 1984, 322~333쪽.
49) 장덕순, 〈한국 야래자 전설과 본 삼륜산三輪山 전설의 비교연구〉, 《한국문화(3)》, 서
　　울: 서울대 한국문화연구소, 1982, 10쪽.

전파와 때를 같이 하는 것이 아닐까 하는 하나의 가설"[50]을 제시한 바 있다.

이러한 기존의 연구 성과들을 받아들인다면, 이 설화가 백제 경역에서 일본으로 전해진 것은 거의 확실하다고 할 수 있다. 그래서 《삼국유사》 권2 기이편 후백제 견훤 조에 전해지는 자료를 검토하기로 한다.

【자료 14】

옛날에 광주光州의 북촌에 한 사람의 부자가 살고 있었다. 그에게는 딸이 하나 있었는데, 용모가 매우 단정했다. 그 딸이 아버지에게, "매양 자주색 옷을 입은 남자가 저의 침실에 와서 관계를 하곤 합니다."하고 말하였다. 그녀의 아버지는 "네가 기다란 실을 바늘에 꿰어 두었다가, (바늘을) 남자의 옷에다 꽂아두어라."라고 했다. 딸은 아버지 말대로 하였다.

날이 밝자, 실을 북쪽 담 밑에서 찾아보니 바늘이 큰 지렁이의 허리에 꽂혀 있었다. 그로 말미암아 아이를 임신하여, 한 사내아이를 낳았다. 나이 열다섯이 되지, 스스로 '견훤'이리 일컬었다. 경복慶福 원년 임자壬子에 왕이라고 일컫고, 도읍을 완산군에 정했다.[51]

이 설화는 앞에서 소개한 자료 10의 '미와산 설화'와 매우 유사한 형태로 되어 있다. 바꾸어 말하면, 후자에서는 부모가 그 딸에

---

50) 장덕순, 앞의 논문, 16쪽.
51) "昔一富者居光州北村 有一女子 姿容端正. 謂父曰 每有一紫衣男到寢交婚. 父謂曰 汝以長絲貫針刺其衣. 從之 至明尋絲於大蚯蚓之腰. 後因姙生一男 年十五 自稱甄萱 至慶福元年壬子稱王 立都於完山郡."
최남선 편, 《신증 삼국유사》, 서울: 민중서관, 1946, 100쪽.

게 "황토를 뿌려두고, 베 짜는 실을 바늘에 꿰어 그 남자의 허리띠에 꽂아두어라."고 하였으나, 전자에서는 아버지가 딸에게 "네가 기다란 실을 바늘에 꿰어 두었다가, 남자의 옷에 꽂아두어라."고 한 것으로 되어 있다.

이처럼 한·일 두 나라의 설화들이 대단히 비슷한 형태로 되어 있다는 사실은 이들 두 설화의 친연 관계를 말해주는 것이라고 보아도 무방할 것이다. 만약에 이렇게 이들 두 설화가 친연 관계라고 본다면 후백제의 '견훤 설화'나 일본의 '미와산 설화' 및 '붉은 화살 설화'가 다 같이 왕권이나 신권神權과 연계되어 있다는 점에 주목할 필요가 있다. 곧 자료 14의 '견훤 설화'가 후백제를 건국한 견훤의 탄생담이고, 자료 10의 '미와산 설화'가 오호타타네코 조상의 탄생담이다. 또 '붉은 화살 설화' 역시 진무 천황의 황후가 된 호토타타라이스스키히메의 탄생 이야기이다.

이러한 사실은 이 설화들을 가졌던 세력이 왕권을 장악한 집단이었음을 드러내는 것이라고 볼 수 있다. 따라서 백제에서 일본 열도로 건너간 집단이 야마토 정권의 수립에 관여하였기 때문에 이와 같은 왕권 신화들이 창출되었다고 보는 것이 한·일 고대사를 제대로 이해하는 방법의 하나가 아닐까 한다.

따라서 이 설화는 백제에서 건너간 집단들이 상당히 높은 문화를 향유하였었고, 또 그들이 그 문화를 이용하여 일본 열도에서 왕권을 장악하고 나라를 세울 수 있었다는 것을 말해주는 귀중한 자료라고 할 수 있다.

4. 왕인 설화와 일본

왕인王仁은 한국과 일본의 교류사에서 매우 중요한 위치에 있는 인물이다. 이렇게 중요한 위치를 차지하는 이유는 그가 일본에 《천자문千字文》과 《논어論語》를 전수해주었을 뿐만 아니라, '나니와즈難波津의 와카和歌'를 지었다고 하는 전승 때문이다.[52]

더욱이 근래에 들어 지방자치제가 시행되면서, 전라남도 영암군靈岩郡에서는 그를 영암의 역사적인 인물로 선정하여 '왕인 박사 유적지'를 조성하고 '왕인 축제'를 개최하기에 이르렀다. 그러면서 그에 얽힌 이야기도 상당히 체계적으로 정리되어가고 있다. 하지만 이러한 정리 작업은 또 다른 문제를 제기할 가능성이 있다. 다시 말해 지난날부터 전해오던 전승이 아니라, 그를 둘러싼 새로운 전승의 창작으로 이어질 수도 있다는 것이다.

이러한 새로운 전승의 창작은 향토문화의 재창조라는 측면에서는 긍정적인 구실을 할지도 모른다. 그렇지만 다른 한편에서 본다면, 존재하지도 않았던 사실을 만들어낸다는 부정적인 구실을 할 수도 있다는 점에서 경계하지 않으면 안 될 것이다. 따라서 왕인에 대한 정확한 이해를 위해서 그에 얽힌 이야기의 실상을 정확하게 파악할 필요가 있다는 것은 두말할 나위가 없다.

그런데 왕인 박사에 관한 기록이 전해지는 것은 한국 측의 문헌이 아니라 일본 측의 문헌들이었다. 그렇다고 하여 왕인이 실재했던 인물이 아니란 것은 아니다. 그는 분명히 실재한 인물이었을 것으로 생각된다. 그 이유는, 일본 측의 문헌이라고 해서 실재하지도 않았던 사실을 기록하지는 않았을 것이기 때문이다.

---

52) 정태욱, 〈근세의 왕인 전승 — 왕인이 가져온 한적에 대한 논의를 중심으로〉, 《일본학연구(35)》, 서울: 단국대 일본학연구소, 2012, 216쪽.

그래서《고사기》오진 천황 조에 실려 있는 왕인에 관한 기록 부터 살펴보기로 하겠다.

【자료 15】

　　백제의 조고왕照古王[53]이 암수 말 한 필씩을 아치키시阿知吉師에게 주어 바쳤다. ― 이 아치키시는 아치키노후비토阿直史들의 선조이다. ― 또 백제왕은 큰 칼과 거울을 헌상했다. 또 (천황은) 백제국에게 "만약 현인賢人이 있으면 보내도록 하라."고 말씀하셨다. 이에 그 명을 받들어 사람을 바치니, 이름은 와니키시和邇吉師라고 한다.《논어》10권과《천자문》1권 합하여 11권을 이 사람에게 붙여서 보냈다. ― 이 와니키시라는 사람은 후미노오비토文首의 시조이다. ― 그리고 여러 가지 물건을 만드는 가라카누치韓鍛로 이름은 다쿠소卓素라고 하고, 구레하토리吳服로 사이소西素라는 두 사람을 보냈다. 그리고 하타노미야쓰코秦造의 선조와 아야노아타히漢直의 선조 및 술을 만들 줄 아는 니호仁番 ― 그의 다른 이름은 스스코리須須許理였다. ― 가 건너왔다. 그런데 이 스스코리가 술을 만들어 천황에게 바쳤다.[54]

이것이 왕인을 언급한 일본 최초의 문헌이다. 이러한 위의 자료

---

53)《일본서기》에는 '초고왕肖古王'으로 기록되어 있어, 백제의 '근초고왕近肖古王'을 가리키는 것으로 본다.
　　노성환 역주,《고사기》, 서울: 민속원, 231쪽의 각주.

54) "亦百濟國主照古王 以牡馬壹疋 牝馬壹疋 付阿知吉師以貢上. (此阿知吉師者 阿直史等之祖.) 亦貢上橫刀及大鏡. 又科賜百濟國, 若有賢人者貢上. 故受命以貢上人, 名和邇吉師. 卽論語十卷, 千字文一卷, 幷十一卷, 付是人卽貢進.(此和邇吉師者文首等祖.) 又貢上手人韓鍛 名卓素, 亦吳服西素二人也. 又秦造之祖 漢直之祖 及知釀酒人 名仁番 亦名須須許理等 參渡來也. 故須須許理 釀大御酒以獻於是."
　　荻原淺男 共校注, 앞의 책, 256~257쪽.

에서는, 왕인이 일본에 《논어》 10권과 《천자문》 1권을 전수한 시기를 전후해서 백제 사람들이 야마토 왕국으로 건너왔다고 하였다. 곧 아치키시[《일본서기》에는 아직기阿直岐로 되어 있음: 인용자주]가 백제왕이 보낸 암수 두 필의 말과 함께 큰 칼과 거울을 가지고 와서 천황에게 바쳤다는 것이다. 그리고 백제왕은 공인工人 '가라카누치'와 직인織人 '구레하토리'를 보냈으며, 술을 빚을 줄 아는 '니호'도 보낸 것으로 기술되어 있다. 그러니까 백제에서 여러 분야의 기술자들이 일본으로 건너왔는데, 그 가운데 한 사람인 왕인이 유교경전儒敎經典을 가져왔다는 것이다.

한편 《일본서기》 오진 천황 조에는 그의 도일에 관한 구체적인 연력年歷이 적혀 있어 관심을 끈다.

【자료 16】

14년 봄 2월, 옷을 짓는 여자를 바쳤는데, 마케쓰眞毛津라고 하였다. 이가 지금의 '구메노키누누이來目衣縫'의 시조이다. 이해에 유즈키노키미弓月君가 백제에서 왔다. 그리고 아뢰기를, "신이 우리나라 사람 120현縣의 백성을 거느리고 귀화하려고 했습니다. 하지만 신라 사람들이 방해를 하여 모두 가라국에 머물고 있습니다."고 말했다. 이에 가쓰라기노소쓰히코葛城襲津彦를 보내 유즈키의 백성들을 불렀다. 그렇지만 3년이 지나도 소쓰히코는 돌아오지 않았다.

15년 가을 8월 임술壬戌의 첫 정묘丁卯(6일)에, 백제왕이 아직기를 파견하여 좋은 말 두 필을 바쳤다. 곧 가루輕의 고갯마루 마구간에서 기르게 하였다. 그리고 아직기로 사육을 관장하게 했다. 그래서 그 말을 기른 곳을 이름하여 '우마야사카廐坂'라고 한다. 아직기는 또한 능히 경서를 읽었다. 그래서 태자 우지노와키이라쓰코菟道稚郎子의 스승으로 하였다. 천황은 아직기에게 "그대보다 나은 박사가 또 있는가?"고 물었다. "왕인이라는 사람이 있습니다. 이 분이 낫습니다."고 대답하였다. 가미쓰케노키미上毛野君의 선조인 아라타와케荒田別와 가무나키와케巫別를 백제에 보내어 왕인을 불렀다. 아직기는 아직기후히토阿直岐史의 시조이다.

16년 봄 2월에 왕인이 왔다. 곧 태자 우지노와키이라쓰코의 스승으로 하였다. 여러 전적典籍을 왕인에게서 배웠다. 통달하지 못한 것이 없었다. 이른바 왕인은 후미노오비토文首 등의 시조이다. 이해에 백제의 아화왕阿花王[아신왕阿莘王으로 봄: 인용자 주]이 돌아갔다. 천황은 직지왕直支王[전지왕腆支王이 일본에 와 있었음: 인용자 주]을 불러, "그대는 본국에 돌아가 왕위를 계승하시오."하고 말했다. 또 동한東韓의 땅을 주어 보냈다. — 동한은 감라성甘羅城·고난성高難城·이림성爾林城이다.[55]

이 자료에서도 왕인이 일본으로 건너오기 전에 백제에서 재봉기술자인 '마케쓰眞毛津'가 왔고, 또 백제왕이 아직기를 보내 말을 두 필 바쳤다고 하였다. 그리고 그 아직기를 통해서 왕인에 대한 정보를 얻어 그를 부른 것으로 되어 있다.

그런데 이런 기술을 하면서도 일본이 백제보다 우위에 있는 것

---

55) "十四年春二月 百濟王貢縫衣工女 曰眞毛津. 是今來目衣縫之始祖也. 是歲 弓月君自百濟來歸. 因以奏之曰 臣領己國之人夫百二十縣而歸化. 然因新羅人之拒 皆留伽羅國. 爰遣葛城襲津彦 而召弓月之人夫於加羅. 然經三年 而襲津彦不來焉. 十五年 秋八月壬戌朔丁卯 百濟王遣阿直岐 貢良馬二匹. 卽養於輕坂上廏. 因以阿直岐令掌飼. 故號其養馬之處 曰廏坂也. 阿直岐亦能讀經典. 卽太子菟道稚郞子師焉. 於是 天皇問阿直岐曰 汝勝汝博士亦有耶. 對曰 有王仁者. 是秀也. 時遣上毛野君祖 荒田別巫別於百濟 仍徵王仁也. 其阿直岐者 阿直岐史之始祖也. 十六年春二月 王仁來之. 則太子菟道稚郞子師之. 習諸典籍於王仁 莫不通達. 所謂王仁者 是書首等之始祖也. 是歲 百濟阿花王薨 天皇召直支王 謂之曰 汝還於國以嗣位. 仍且賜東韓之地而遣之. 東韓者 甘羅城 高難城 爾林城 是野." 井上光貞 共校注, 앞의 책, 370~373쪽.

같은 표현을 하고 있다는 점이 특이하다. 일본의 역사 편찬자들은 이상하게도 자기들의 우위를 드러내기 위해서 이런 표현을 즐겨 사용하였다. 하지만 문화가 발달하였던 한반도의 여러 세력들이 그보다 못한 일본으로 건너간 것을 이렇게 표현했다는 것은 쉽사리 이해가 되지 않는다. 쉽게 말해 선진적인 문화를 가졌던 집단이 그보다 후진적 문화를 지녔던 일본에게 무엇 때문에 기술자를 바쳤겠느냐 하는 것을 명확하게 설명해야 한다는 것이다.

또 역사적으로 생각해보더라도 이런 기술을 액면 그대로 받아들일 수는 없을 것 같다. 일본의 고고학자들은 그들의 고대사에서 왕권이 성립되었다는 것을 나타내는 고분시대, 곧 '전방후원분'이 축조된 연대를 4세기 무렵부터 7세기 말엽까지로 보고 있다.[56] 그렇다면 여기에 기록되어 있는 3세기 무렵에 일본 열도에 천황이 실존했다고 하는 것 자체가 신뢰할 수 없는 억설臆說이라고 하지 않을 수 없다.

그러나 위의 자료 16에 등장하는 '아화왕'을, 일본에서는 백제의 아신왕으로 간주하고 있다. 그러면서 오진 천황 16년(기원후 285년)의 간지가 '을사乙巳'였는데, 《삼국사기》에 따르면 아신왕이 돌아간 14년(기원후 405년)의 간지 또한 '을사'였다는 점에 주목하여 《일본서기》의 기록을 믿을 수 있다는 식으로 억지를 부리고 있다.[57]

그러나 여기에 기록된 야마토 왕국의 오진 천황 16년과 백제의 아신왕 14년 사이에는 120년이란 세월의 간극이 존재한다. 그래서 《일본서기》가 120년 뒤의 역사를 끌어올려 기술을 했다고 하여 기록의 역사성을 인정받으려고 하는 것인지도 모른다. 하지만 이

---

56) 정한덕 편저, 앞의 책, 244~261쪽.
57) 井上光貞 共校注, 앞의 책, 473쪽의 주 참조.

처럼 부정확한 기록으로 이루어진 사서가 역사로서 가치를 가질 수 없다는 것은 너무도 자명한 이치가 아닐 수 없다.

이에 대해 김석형金錫亨은《천자문》이 6세기 무렵에 양梁나라의 주흥사周興嗣에 의해서 만들어진 것이 후세에 널리 유포되었다는 사실과, 마구馬具가 일본에 전해진 것이 5세기 이후라는 일본 학자들의 의견을 수용하여, 6세기 무렵에 백제에서 유교 경전들이 야마토 왕국으로 전수되었다는 이야기가 후세에 전해진 것이 왕인의 이야기라고 보았다.58) 그러면서 그는 왕인 이외에 제철과 재봉, 양조 등의 기술자가 이 무렵에 백제로부터 야마토 왕국에 왔다고 하는 것은 일본 열도 안에 있던 백제 소국에서 여러 기술자들이 야마토로 들어간 것을 이야기한다는 견해를 밝힌 바 있다.59)

이런 연구 성과의 타당성을 인정한다면, 왕인에 연루되어 전해지는《고사기》와《일본서기》의 기록은 6세기 무렵에 일어났던 사실이 후대로 내려오면서 설화의 형태로 바뀐 것이라고 보아도 좋을 것 같다. 그런데도 일본 제국주의자들은 한국을 식민지화하면서 이와 같은 왕인에 관한 기록을 교묘하게 악용하였다. 곧 그들은 왕인이라는 백제 사람이 일본 문화의 발달에 기여했다는 점을 대대적으로 부각하였다. 그러면서 1927년 조선총독부 중추원에서 발간한《조선인명사서朝鮮人名辭書》에 왕인에 대하여 아래와 같은 설명을 한 바 있다.

　"왕인은 백제 사람이다.《일본서기》에는 왕인으로,《고사기》에는 와니키시和邇吉師로 되어 있다. '기시吉師'는 '아치키시阿直吉師'의 키시와 같은 칭호이다.60) 이 사람의 이름은 조선의 역사에는 전혀

---

58) 김석형,《초기 조일 관계사(하)》, 평양: 사회과학원출판사, 1988, 131쪽.
59) 김석형, 위의 책, 131쪽.
60) '기시吉師'는 귀인이나 스승을 뜻하는 백제어라고 한다.

보이지 않는다. 《속일본기》에서 이르기를, 왕인은 그 조부를 구狗라고 하고, 구의 윗대는 란鸞이라 하며, 한漢의 고조高祖에서 나왔다고 한다. 구가 처음에 백제에 이르러, 그로부터 집안을 이루었다. 그가 우리나라(일본: 인용자 주)에 내조來朝한 것은, 백제의 근구수왕近仇首王이 우리 조정에서 아라타와케荒田別 등을 그 나라에 파견하여 문학의 사士를 보내달라고 한 것을 받아들여, 국왕의 손자인 진손왕辰孫王(다른 이름 지종왕智宗王)과 함께 보낸 것이다. 바로 오진 천황의 치세에 해당한다. 왕인이 널리 경적經籍에 통달하니, 천황은 만족하게 생각하고 특별히 총애하여 태자 와키이라쓰코稚郎子의 스승으로 삼았다. 이에 처음으로 서적을 전하고 크게 유풍儒風을 열었다. 우리나라 문교文敎가 일어남이 실로 여기에 있다고 한다. 위의 글에 따르면, 왕인의 내조는 아지기기阿知岐(아직기를 말함: 인용자 주)가 조정에 들어온 근초고왕 때보다 뒤가 되는데, 《일본서기》에는 양쪽 다 아화왕(백제의 아신왕: 인용자 주) 때라고 하여, 오진 천황 15·16년에 이어서 기록한 것은 전승이 잘못된 것이다. 《고사기》에는 이때 와니키시가 《논어》 10권과 《천자문》 1권을 바쳤다고 되어 있다. 왕인과 함께 온 손진왕孫辰王(진손왕을 일컫는 것 같음: 인용자 주)의 일은 《기기記紀》에 모두 빠져 있다. 왕인은 그 뒤에 닌토쿠 천황이 즉위함에 미쳐 와카를 지어 축하하여 가로되, "나니와즈에 피었구나. 나무의 꽃. 겨울엔 움츠러 있다가, 지금을 봄이라고 피었구나. 나무의 꽃이."라고 읊었다. 세상에서 이것을 무쓰 우네메陸奧采女의 '아사카야마의 노래淺香山歌'와 나란히 일컫기를 와카의 부모라고 하지만, '나나와즈의 노래'는 왕인이 짓지 않았다는 설도 있다. 리추 천황履中天皇 때 궁정에 창고를 짓고 물건들을 수집하여 왕인과 아치노오미阿知使主(한漢 씨의 조상)를 시켜 그 출납을 기록하게 해서, 처음으로 장부藏部를 정해주었다고 한다. 왕인의 자손은 대대로 가와치에 살아서 그들을 '가와치노후히토베西史部'라고 하였고, 아지노오미의 자손은 대대로 야마토

정태욱, 앞의 논문, 215쪽.

에 살아서 그들을 '야마토노후히토베東史部'로 일컬었으며, 어느 쪽
이나 문사文事로서 세습의 업業으로 삼아 조정에 봉사하고 우리나
라의 문운文運에 많은 공헌을 하였다."[61]

이러한 해설을 하고자 이 책의 편자는 《고사기》와 《일본서기》,
《속일본기》, 《고어습어古語拾語》, 《고사기전古事記傳》 등에 실려
있는 왕인에 관한 기록들을 전부 취합하였다. 그런 다음에 위와
같은 해설을 한 것은 백제의 왕인이란 사람이 일본 문화의 발전에
그만큼 기여했다는 것을 강조하기 위한 것이었을 수도 있다.

그러나 일본 제국주의자들이 그를 이렇게 부각시킨 이유는, 그
의 학문적인 업적을 기리기 위한 것이라고 하기보다는 그들의 정
치적인 목적을 성취하기 위한 수단이었을 가능성이 짙다. 왜냐하
면 그들은 실제로 왕인을 '내선일체內鮮一體'를 위한 선전 도구로
이용하려고 했기 때문이다.

두루 알다시피, 일제는 1931년 만주사변을 일으켜 중국의 동북
지방을 점령하고 만주에 괴뢰국가를 세웠었다. 그리고 대륙 진출
을 꾀하고 있던 1933년에 그들은 '박사 왕인博士王仁의 추모비 건
립'에 나섰다. 그리하여 1938년에 처음으로 추모비를 건립하기로
한 곳이 왕인의 출생지인 한국의 충청남도 부여扶餘와, 그의 묘지
가 있다고 전해지는 오사카 부 가와치의 시조나와테四條畷, 그리고
도쿄東京의 고라쿠엔後樂園 도쿠진도得仁堂 등 세 곳이었다. 그렇지
만 1940년에 추모비가 세워진 곳은 도쿄 우에노 공원上野公園이었
는데,[62] 왜 그렇게 설치 장소가 변경되었는지 그 이유는 정확하게
알려지지 않고 있다.

---

61) 朝鮮總督府中樞院, 《朝鮮人名辭書》, 京城: 朝鮮總督府, 1927, 117쪽.
62) 〈內鮮を結ぶ美談〉, 《東京日日新聞》, 1938년 8월 27일 석간.

그 당시에 그들이 왕인의 추모비를 세우려고 했던 이유는, "왕인은 조선의 사람이다. 그리고 또 우리(일본을 가리킴: 인용자 주) 문교文教의 시조이다. 지금 왕인을 중심으로 하여, 그러한 내지인內地人과 조선인朝鮮人이 서로 그 공적을 찬양하고 서로 고덕古德을 추앙하려고 하는 것은, 곧 참으로 내선일체 융화의 결실을 구체화하는 것이라고 말하지 않을 수 없다."[63]는 말 속에 잘 나타나 있다. 실제로 1940년 4월 11일자의 《매일신보每日申報》에 〈내선일체의 기념탑 박사 왕인 비 제막식〉이란 기사를 실었던 것을 보면, 일제日帝가 왕인을 이용하여 명실상부한 내선일체를 기도했던 것은 명백한 사실이다.

그러나 그렇다고 하여, 왕인이 일본 문화의 발전에 끼친 영향을 부정하려고 하는 것은 결코 아니다. 다만 정확하지도 않은 기록을 근거로 하여 백제의 문화를 과대 포장하는 것은 한·일 사이 문화교류의 실상을 밝히는 데 저해가 될 수 있다는 것을 언급하지 않을 수 없다. 이런 의미에서 임형택林螢澤의 다음과 같은 지적은 귀담아 들어야 할 것 같다.

"왕인의 지명도를 높이 끌어올린 것은 다른 무엇이 아니고 일본에 문화를 전파했다는 그 자체이다. 근대 한국은 근대 일본의 식민지로 전락하여 근대문화 또한 일본을 경유해서 받아들였다. 일본에 대해 갖기 마련인 박탈감과 열등의식에 대한 보상심리로써 왕인의 '문화 전파자'로서의 표상을 클로즈업한 면이 확실히 있다. 그런데 '문화 전파자' 왕인에 관한 근거는 전적으로 일본 측 역사서에 의존한 것이다. 원 기록을 검토해보면 도리어 일본 측이 우월한 입장에서 불러들인 것처럼 되어 있다. 이는 일본 천하관天下

---

63) 先賢王仁建碑後援會, 《王仁博士建碑紀念誌(上)》, 東京: 岩間幸雄, 1938, 19쪽, 당시 《도쿄신문》의 기사.

觀에 의해서 변조된 것으로 간주해야 할 것이다."[64]

이와 같은 논지는, 한국 측에는 왕인이 일본에 문화를 전해주었다고 하는 '문화 전파자'로서의 구실을 통해서 일본에 대해 갖기 쉬운 근대문화에 관한 열등의식에 대한 보상심리를 불러일으킬 수 있고, 또 일본 측에는 왕인을 매개로 하여 그들의 우월성을 은연중에 드러낼 수 있는 긍정적인 측면이 있다는 것이다. 실제로 그를 클로즈업시킨 일본 측의 의도는 식민지 지배의 최종 목표였던, 한국을 일본에 동화시키기 위한 최선의 메뉴였는지도 모른다.

그런데 이런 왕인이 1970년대 접어들면서 갑자기 전라남도 영암군의 인물로 되살아났다. 곧 '영암의 왕인'이 되었던 것이다. 그와 더불어 '왕인 박사 기념사업'이 추진되었고, 나아가서는 그의 이름이 붙은 유적들이 영암군에 조성되었으며, 그에 관련된 책자들도 여러 권 간행되기에 이르렀다. 그러자 국가에서도 드디어 1997년에 당시의 문화체육부가 그해 11월을 '문화인물 백제 학자 왕인의 달'로 지정하여 전국적인 인물로 각광을 받았다.

하지만 앞에서 살펴본 것과 같이 왕인에 대한 기록은 일본에만 존재한다는 사실을 유념할 필요가 있다. 게다가 그의 출생에 관해서는 아무것도 알려진 것이 없다. 그럼에도 1930년 왕인 추모비가 건립될 무렵에 그의 출생지인 충청남도 부여에도 비석을 세운다는 것이 언론에 보도된 적이 있었다.[65]

그러던 것이 1970년에 영암의 왕인으로 거듭나게 된 이유는, 1932년에 영산포榮山浦 본원사本願寺의 주지住持로 와 있던 아오키

---

64) 임형택 공저, 《전통 — 근대가 만들어낸 또 하나의 권력》, 서울: 인물과사상사, 2010, 31~32쪽.

65) 충남 부여에 왕인의 비석이 세워진 것은 확실한 것 같지만, 현재 이 비석이 어디에 존재하는지는 확인이 되지 않고 있다는 것을 밝혀둔다.

게이쇼靑木惠昇라는 일본인 승려가 왕인 박사의 동상을 건립하려
고 한 취지문에서 비롯된 것으로 보고 있다. 이에 대해 임형택은
아래와 같은 상정을 하였다.

"왕인 영암 출생설의 최초 발설자는 영산포 본원사의 일본인 승
려 아오키 게이쇼이다. 그는 도대체 무슨 근거를 가지고 발설했을
까? 왕인의 유적지 구림鳩林에 동상을 건립하자는 뜬금없는 주장
을 펼친 문제의 문건을 보면, 왕인이 배를 타고 일본으로 떠나는
장면을 자못 극적으로 묘사하고 있다. 식민지 조선에 나와 있던
일본인이 1천 6백 년 전의 일을 어디서 그렇게 잘도 알 수 있었을
까? '박사의 구지舊地 영암군 구림리의 유적은 문헌이 전혀 없고,
구비口碑로 전해져와 애통하다'〔〈박사 왕인 동상건설 논견博士王仁銅像
建設論見〉〕이 언표言表에 의하면 왕인 영암 출생설은 오로지 현지
의 구전에 근거한 것이 된다. 학문적으로 말하면 구전 자료의 경
우 언제 누구로부터 들었다는 사실이 밝혀 있어야 증거력을 갖게
된다. 따라서 아오키의 이 언표는 왕인 영암 출생을 입증하는 자
료로 채택될 수 없다고 보아야 할 것이다. 구림의 왕인 전설은 필
자 자신 고향이 영암이지만 고로古老들로부터 한 번도 들어본 적
이 없고, 그 이후로도 누가 분명히 기록해 놓은 것이 없다. 유일하
게 있는 것이 《조선환여승람朝鮮寰輿勝覽·영암편》인데 이는 <u>방금
지적한 대로</u> 현지의 구전이 아니고, 일본 측의 기록 및 일본인에
게서 얻어 들은 것이다."[66]

임형택이 밑줄을 그은 곳에서 언급한 것은, 그 앞에서 이 책이
1937년에 발행되었고, 당시 영암 출신의 재벌이었던 현준호玄俊鎬
가 발문跋文을 썼다는 것이었다. 그리고 거기에는 왕인이 백제 고
이왕古爾王 52년 을사乙巳(기원후 285년)에 도일하였고, 그의 묘가

---

66) 임형택 공저, 위의 책, 34쪽.

오사카 부 가와치 군河內郡 히라카타枚方에 있으며, 그 아래에 사당
이 건립되어 있다고 한 것을 가리킨다.67)

　이렇게 보면, 역사적으로는 그 근거가 명확하지 않은 왕인의 영
암군 구림 출생설은 일제 강점기에 일본 사람들에 따라 만들어진
것이라고 보아도 좋을 것 같다. 그리하여 1930년대 그들이 만들어
낸 왕인의 구림 출생설은 1972년 영암 문화원이 간행한 《영암군
향토지》에서 한층 더 구체화되었다. 여기에는 "왕인은 구림 성기
동에서 출생하여 문산재文山齋에서 학문을 닦은 다음에 일본으로
건너가 태자의 스승이 되었다. 다만 박사의 탄생지인 구림에는 이
렇다 할 유적이 없고, 단지 문산재의 베틀 굴에 박사가 사용했다
는 석제石製 책함冊函이 있으며, 전설에 의하면 왕인이 도일하려고
서호강으로 가는 길에 지금의 고산 마을 뒷등에 성기동을 보았다
고 해서 '돌상자'라고 부르고 있다."68)라고 하여, 전설을 기반으로
한 것처럼 기술되어 있다.

　표인주의 연구에 따르면, 이렇게 조성된 왕인의 영암군 구림 출
생설이 1980년대 이후 여러 문헌을 통해 기정사실화되었다고 한
다. 그리하여 그 구체적 사례들로 다음과 같은 그의 출생과 성장,
그리고 죽음에 대한 이야기들을 들고 있다.

【자료 17】

　① 왕인의 어머니가 월출산 주지봉 아래에 있는 성천聖川에서 물을 마시
　　고 왕인을 낳았다. 왕인은 성장하여 문산재에서 입문하여 학문을 닦았

---

67) 임형택 공저, 위의 책, 33~34쪽.
68) 영암군향토지편찬위원회, 《영암군 향토지》, 영암: 영암군, 1986, 96쪽.
　　표인주, 〈인물전설의 전승양상과 축제적 활용 ― 왕인박사전설과 도선국사전설을 중
　　심으로〉, 《한국민속학(41)》, 서울: 한국민속학회, 2005, 484쪽에서 재인용.

다. 문산재에서 가까운 곳에 왕인의 책과 필묵을 보관한 석굴石窟이 있
는데, 이곳에서 일본에 가져갈 《천자문》과 《논어》를 썼고, 그 후 상대
포에서 일본으로 건너갔다. 왕인이 일본에 가기 전에 그 제자들이 왕
인을 기억하기 위해 그 앞에 왕인상王仁像을 상대포를 바라보도록 세웠
다고 한다. 일본에서 태자의 스승이 되어 《천자문》과 《논어》를 전수하
였다.

② 왕인은 구림 성기동에서 373년에 태어나 월출산록의 문산재에서 공부
하여 대학자가 되었다. 학문의 깊이가 일본까지 소문나서 405년에 서
른 두 살 나던 해 《논어》 10권과 《천자문》 1권을 가지고 상대포에서
배를 타고 일본으로 건너갔다. 일본에서 왕인은 황태자의 선생뿐만 아
니라 아스카 문화의 시조가 되었다. 일본을 크게 일깨운 그는 고국으
로 돌아오지 못하고 오사카 근처에서 여생을 마쳤다.

③ 월출산 주지봉 일명 문필봉의 정기를 받아 왕인이 성기동聖基洞에서 태
어나고 태를 묻었다는 산태山胎 골이 있으며, 왕인이 물을 마셨던 성천
및 조암槽岩이 있다. 또한 왕인이 수학했다는 문산재, 양사재, 책굴 등이
있으며, 책굴 앞에는 석인상[王仁立像]과 지침 바위가 있다. 아울러 돌정
고개, 배첩골, 왕인이 일본으로 떠날 때 배를 탔던 상대포, 왕인의 후예
들이 살았다는 왕부자터가 있고, 왕인의 후학자들이 그를 추모하기 위
해 3월 3일이면 제향을 모시고 대동계를 조직하여 운영하고 있다.[69]

표인주表仁柱는 이와 같은 왕인 박사에 얽힌 이야기가 그의 영
암 출생설과 더불어 구체화된 것으로 파악하였다. 더욱이 문순태
文淳太가 1986년 '소설 왕인 박사 간행추진위원회'의 지원을 받아
왕인 박사의 행적을 연대기적으로 정리한 《소설 왕인 박사》를 저

술하였는데, 이것이 상당한 영향을 미쳤다는 것이다.[70]

그런데 이러한 이야기는 서거정徐居正의 《필원잡기筆苑雜記》 및 《신증동국여지승람新增東國輿地勝覽》과 같은 문헌에 전해지는 도선국사道詵國師의 탄생 및 영웅적인 일화들과 구전자료들을 취합하였을 가능성이 있는 것으로 보았다. 그래서 그는 《영암의 전설집》에 실린 도선의 이야기를 아래와 같이 정리하였다.

① 추운 겨울에 성기동 통샘에서 빨래하는 처녀에게 오이가 떠내려왔다.

② 오이를 방망이로 떠내려 보내니 그 오이가 다시 거슬러와 그곳에 떠 있었다.

③ 오이를 한 입에 먹은 후 처녀는 임신하여 우람하게 잘생긴 아들을 낳았다.

④ 이상한 아이라고 처녀는 갓난아이를 국사봉의 갈대밭에 버렸다.

⑤ 버린 지 3일째 되던 날 그곳에 가보니 수십 마리의 비둘기들이 아이를 감싸고 있었다.

⑥ 부모는 처녀로 하여금 집에서 아이를 키우게 하니, 나중에 스님이 되었다.

⑦ 중국의 일행스님이 천기를 보고 월출산 밑에 도선을 데려갔다.

⑧ 일행스님의 계략으로 고향으로 돌아와 조선 산세山勢의 맥을 끊다.

⑨ 도선은 중국의 계략을 알고 백두산 상봉에다 철 방아를 밟아 방아를 찧으니 중국의 인물이 죽었다.

⑩ 중국의 황제가 도선을 잡아들이도록 하니 다시 도선이 고향을 떠났다.

---

70) 표인주, 위의 글, 486쪽.

⑪ 고향을 떠나면서 흰덕 바위에 적삼을 벗어 놓으며 "제가 살 았으면 이 바위가 하얗게 변할 것이고 검으면 제가 죽은 줄 아시오."라고 했다.[71]

이와 같은 도선 국사의 전설에서 그의 탄생담에 해당되는 단락 ①에서 ⑥까지의 내용, 곧 떠내려 오는 오이를 먹고 도선을 임신했으며, 그 때문에 낳은 나이가 상스럽지 못하다고 해서 버렸더니 비둘기가 와서 보호해주었다고 하는 모티브는 서거정의 《필원잡기》에 전해지는 것이었다.[72] 그러므로 도선의 설화는 일찍부터 문헌에 정착되었었다는 것을 확인할 수 있다.

그런데 이런 도선의 전설과 왕인 박사의 전설에서 서로 중첩되는 단락은 옷을 벗어던져 뒷날을 기약했다는 모티브라는 것이다. 후자에서도 그가 일본으로 떠나면서 고향 동네를 떠나기가 아쉬워 한참 동안 뒤를 돌아다보았고, 옷을 던져 뒷날을 기약했다고 한다.[73] 이와 마찬가지로 도선 국사도 당나라로 가기 위해 고향을 등지면서 흰덕 바위에 적삼을 벗어 놓고 떠난 것으로 이야기되고 있다.

표인주는 이상복에게서, 이러한 이들 두 이야기 가운데 1980년

---

71) 영암문화원,《영암의 전설집》, 영암: 영암문화원, 1994, 163~164쪽.
   표인주, 앞의 논문, 490~491쪽에서 재인용.
72) "일찍이 도선의 어머니가 처녀로 천택 위에서 놀다가 아름답고 큰 오이를 얻어서 먹었는데, 그 후 아이를 임신하게 되었다. 아이를 낳으니 부모가 상스럽지 못하다 하여 냇가에 버렸더니 추울 때인데도 불구하고 갈매기 떼 수천 마리가 날아와서 위아래로 덥고 십여 일이 지나도록 아이가 죽지 않으니 부모가 이상하게 여겨 거두어 길렀다."
   서거정,〈필원잡기〉,《대동야승(1)》, 서울: 민족문화추진회, 1971, 266쪽.
73) 김병인 외,《구림연구》, 서울: 경인문화사, 2003, 384~385쪽.
   김정호,《왕인 전설과 영산강 문화》, 영광: 왕인 박사 탄생지고증위원회, 1997, 89쪽에서 재인용.

대 이전에는 도선 국사의 전설만 이야기되고 있었지 왕인 박사의
전설은 이야기되고 있지 않았다는 증언을 들었다고 보고한 바 있
다. 그러면서 왕인 문화 축제를 거행하면서 도리어 도선 국사 전
설은 소외되고 왕인 박사 전설이 널리 퍼지게 되었다고 주장하는
사람들도 있다는 것이다.[74]

물론 이와 반대되는 주장을 하는 사람들도 있는 모양이다. 이를
테면 임춘택과 같은 사람은《왕인 박사 일대기와 후기 마한사》에
서 왕인 박사의 전설이 도선 국사의 그것으로 바뀌었다고 하였
다.[75] 하지만 이런 주장은 이미 영암군이 왕인의 영웅화를 상당히
진척시킨 다음에 나온 것이기 때문에 그 진실성을 의심하지 않을
수 없다.

표인주는 이 문제에 대해 두 가지의 가능성, 곧 왕인 박사 전설
이 도선 국사 전설의 형성에 영향을 미쳤다고 것과 그 역의 관계
를 다 검토하였다. 그렇지만 저자의 견해로는, 명확하지도 않은 왕
인 박사의 영암 출생설을 근거로 하여 영암의 인물로 만들었을 가
능성이 짙다는 것을 지적해둔다. 이런 추정을 하는 이유는, 왕인의
영암 출생설이 기록된 문헌이 남아 있지 않을 뿐만 아니라, 일제
강점기에 왕인의 업적을 홍보하면서도 부여를 출생지로 보았다는
자료들은 발견되지만[76] 영암을 출생지로 한 자료들은 발견되지
않고 있기 때문이다.

---

74) 이상복 담(2005년 당시 80세).
   표인주: 앞의 글, 493쪽.
75) 임춘택, 《왕인 박사 일대기와 후기 마한사》, 영광: 영광문화원, 1988, 33쪽.
76) "우리나라에 처음으로 논어를 전한 박사 왕인의 추모비가 가까이 조선 충청남도 부여
   의 왕인 출생지와 오사카 부 가와치 시조나와테의 묘지墓地와 제국의 수도 고라쿠엔
   도쿠진도의 세 곳에 건설되는 것으로 되었는데⋯⋯."
   〈內鮮を結ぶ美談〉, 《東京日日新聞》, 1938년 8월 27일 석간.

　지방자치제도를 확립하면서 그 지방의 특화에 노력하고 그 지방 특유의 문화 축제를 기획하는 것은 대단히 바람직한 일이다. 그러나 일제가 내선일체를 위한 정치적인 목적 아래 부각시켰던 왕인에 대해서는 더 철저한 검증과 검토가 필요하다는 것을 지적하지 않을 수 없다. 그리고 비록 이런 문제점이 있기는 하지만, 백제의 선진적인 문화가 일본에 영향을 미쳤던 것은 부정할 수 없는 사실이라는 점도 함께 인정해야 한다.

5. 고찰의 의의

　한반도에 존재했던 네 나라 가운데서 일본 고대국가의 형성과 가장 긴밀한 관계를 가진 나라는 백제였던 것으로 알려져 있다. 일본에서 제일 먼저 성립되었던 야마토 정권의 성립에 절대적인 기여를 한 것은 백제에서 건너간 사람들이었다. 바로 이런 증거의 하나가 후지노모리 고분과 시바산 고분, 도즈카 고분 등에 분포되어 있는 횡혈식 석실橫穴式石室의 존재이다. 이들 세 곳의 횡혈식 석실 고분은 가와치 지방河內地方에서 가장 오래 되었을 뿐만 아니라, 야마토 지방을 포함한 긴키 지방에서도 제일 오래된 것들로 알려져 있다. 조희승의 연구에 따르면, 이들 횡혈식 석실 고분의 출현은 백제 세력이 이 지역에 진출하여 세웠던 소국들과 밀접한 관계가 있다고 한다.
　그런데도 일본의 어용학자들은 이와 같은 고고학의 발굴 성과마저 왜곡하여 말도 되지 않는, 일본의 한반도 침략을 주장하는 이론적 근거로 이용하려고 하였다. 곧 그들은 "오진 능應神陵을 중핵으로 하는 후루이치 고분군, 닌토쿠 능仁德陵을 중핵으로 하는 모즈 고분군의 두 개의 큰 고분군이 오사카 평야에 출현하는 것이, 호태왕 비에서 보여준 4세기 말, 5세기 초 두 왜의 대규모적인 조선 침략이라고 하는 역사적인 중대 사건과 관련되어 있다는 것은 움직일 수 없다.”라는, 어불성설의 주장을 펼쳤던 것이다.

이런 주장의 타당성을 입증하기 위해서는, 침략에 앞장섰던 집단의 문화적 특징을 나타내는 자료들이 이들 고분군에서 출토되어야 마땅하다. 다시 말해 일본적인 특성을 지니는 부장품들이 나와야만 한다는 것이다. 그렇지만 그 거꾸로 이들 고분에서 출토된 것들은 한국적인 성격이 짙은 것들이 상당한 수를 차지하고 있다. 이와 같은 사실은 이들 고분을 만들었던 야마토 세력의 형성에 한반도에서 건너간 사람들, 그 가운데서도 더욱이 백제에서 건너간 사람들이 많았다는 사실을 반영한다고 할 수 있다.

그리고 백제왕의 후손들이 남긴 시조 전승인 ‘도모왕 신화’에 그의 탄생에 얽힌 이야기가 일본에 전해지고 있다는 사실도 백제와 야마토 정권의 밀접했던 관계를 증명해주는 자료로 볼 수 있다는 것을 지적하였다. 사실 한국의 《삼국사기》나 《삼국유사》에는 백제의 건국주로 기술된 온조나 비류의 신이한 탄생과정이 빠져 있다. 다시 말해, 건국주가 비정상적인 탄생과정을 거침으로써 그가 가졌던 왕권이 신성했다는 것을 나타내는 것이 한국 고대국가 건국신화의 하나의 특징이었다. 하지만 이런 것들과 달리 온조나 비류는 이와 같은 신이한 탄생을 한 것이 아니라 인간들 사이에서 태어났다고 하는 식으로 표현되어 있다.

그러나 일본에서 살고 있던 백제왕의 후손들이 지니고 있던 그들의 시조 전승에는 신비한 탄생의 과정을 서술하는 내용이 들어 있어, 원래는 백제의 경우도 다른 고대국가의 건국신화들과 비슷한 형태를 유지하고 있었음을 드러내고 있다. 곧 《속일본기》엔랴쿠 9년(기원후 790년) 조에 실려 있는 백제왕 진테이 등이 천황에게 올린 상소문 가운데 있는 간단한 형태의 〈도모 신화〉에는 (1) 해의 신이 강령하여 시조 도모왕이 되었는데, (2) 그는 부여에서 나라를 세웠고, (3) 그리하여 천제의 녹부를 받았으며, (4) 여러 한韓을 총괄하는 왕이 되었다는 것 등의 네 단락의 이야기가 남아 있다.

본 연구에서는 이렇게 축약된 형태의 '도모 신화'를, 중국의 사서에 남아 있는 백제의 건국신화 자료들을 이용하여 그 원형을 재구하려고 했다. 그리하여 위징의 《수서》 동이전 백제 조에 전해지는 자료가 백제 건국신화의 원형에 가깝다는 결론을 도출하였다. 그리고 이것이 한층 더 부연된 것이 이연수가 편찬한 《북사》 열전 백제 조에 실려 있는 자료라는 것을 밝혔다.

그런데 이들 백제 건국신화는 중국의 역사책에 전해지는 부여의 건국신화인 '동명 신화'와 같은 계통의 자료라는 사실을 확인하였다. 그리하여 왕충이 지은 《논형》 길험편에 전승되고 있는 '동명 신화'도 아울러 고찰하였다. 그 결과, 일본의 백제왕 후손들 사이에 전해지던 그들의 건국신화도 일단은 중국 사서에 남아 있는 부여의 '동명 신화'와 같은 계통에 속하는 것이라는 상정을 하였다. 그리고 이런 상정은 백제의 왕들이 행한 시조 동명묘에 대한 배알의 기사를 통해서도 그 타당성을 인정받을 수 있다는 것을 구명하였다.

다음으로 일본의 미와산에 얽혀 전승되고 있는 설화들과 백제의 관계를 구명하였다. 나라 지방의 미와산에 연루되어 전해지는 설화는 '이류 교혼담'의 일종으로, 신직神職을 맡은 오호타타네코가 이쿠타마요리히메와 밤중에 찾아온 신의 사이에서 태어났다는 것을 주된 줄거리로 하는 것이었다.

이 설화에서는 이들 사이에서 태어난 오호타타네코라는 사람이
미와산 신사를 관장하는 신관神官이 된 이유는, 바로 그를 낳게 한
신인 오모노누시노카미가 스진 천황 시대에 역병을 일으키고 난
다음에 자기의 아들로 하여금 신직을 맡게 해달라고 한 것 때문이
라고 하였다.

그런데 일본의 신화학자들 가운데 일부는 이 오모노누시노카미
를 이즈모계 신화의 최고 신격인 스사노오노미코토須佐之男命의 자
손으로 등장하는 오쿠니누시노미코토와 동일한 신으로 보려고 하
는 경향이 있다.77) 그래서 이 설화의 고찰을 통해서 이런 견해들
은 일본 신화의 계통상의 혼란을 야기할 소지가 있다는 것을 지적
하였다. 그 이유는, 후자가 신라와 관계가 있는 이즈모계 신화군에
속하는 신이고, 전자는 고구려와 백제, 가락국과 관계가 있는 다카
마노하라계 신화군에 속하는 신이므로, 전혀 별개의 신으로 보는
것이 사리에 맞는 것으로 판단되기 때문이었다.

실제로 일본의 신화학자 오바야시 다료는 "일본의 미와산 형의
전설은 백제계 도래민渡來民들이 가와치 지방으로 가져왔다."는 견
해를 피력한 바 있다. 그의 이런 견해는 이 설화가 《삼국유사》에
전해지는 후백제의 건국주인 견훤의 탄생담과 너무도 흡사하다는
데 착안한 것이었다. 그리고 한국의 장덕순은 이것을 한층 더 구
체화하여, "이 유형의 설화가 야요이 문화의 일본 전파와 때를 같
이 하는 것이 아닐까 하는 가설"78)을 제시하기도 했다는 것을 해
명하였다.

이렇게 한국의 백제 지방에서 전해졌을 것으로 추정되는 일본
의 미와산 설화를 고찰한 다음, 일본에 남아 있는 '왕인 설화'를

---

77) 松前健 共編, 앞의 책, 97~98쪽.
78) 장덕순, 앞의 논문(1982), 10쪽.

살펴보았다. 한국에는 전혀 그 기록이 남아 있지 않지만, 일본의 기록에는 왕인이 일본에 《천자문》과 《논어》를 전해주었을 뿐만 아니라 '나니와즈의 와카'를 지은 인물로 기록되어 있다.

이에 대해 김석형은 《천자문》이 6세기 무렵에 양나라의 주흥사에 의해서 만들어진 것이 후세에 널리 유포되었다는 사실과 마구가 일본에 전해진 것이 5세기 전후라는 일본 학자들의 견해를 수용하여, 6세기 무렵에 백제에서 유교 경전들이 야마토 왕국으로 전해진 것이 왕인의 이야기였다고 보았다. 그러면서 그는 왕인 이외에도 제철과 재봉, 양조 등의 기술자들이 백제에서 야마토 왕국으로 왔다고 하는 일본 측의 기록은, 일본 열도 안에 있던 백제의 소국들에서 여러 종류의 기술자들이 야마토로 들어간 사실을 말해주는 것으로 파악하고 있다는 것도 아울러 밝혔다.

그런데 이와 같은 왕인 이야기를 일본 제국주의자들이 의도적으로 부각시켰던 이유는 이른바 '내선일체'를 강조하기 위한 수단의 하나였을 가능성이 짙다는 것을 구명하였다. 그들은 1931년 만주사변을 일으켜 중국의 동북 지방을 점령하고 난 뒤에 만주에 그들의 괴뢰국가를 세웠다. 그리고 대륙 진출을 꾀하고 있던 1933년에 느닷없이 '박사 왕인의 추모비 건립'에 나섰다. 일제가 왕인의 추모비를 건립하려고 했던 까닭은, "왕인은 조선의 사람이다. 그리고 또 우리 문교의 시조이다. 지금 왕인을 중심으로 하여, 그러한 내지인과 조선인이 서로 그 공적을 찬양하고, 서로 고덕을 추앙하려고 하는 것은, 곧 참으로 내선일체 융화의 결실을 구체화하는 것이라고 말하지 않을 수 없다."라고 했던 비석 건립의 취지문에 잘 나타나 있다.

그런데도 이와 같은 역사적 사실은 외면한 채, 현재 전라남도의 영암군에서는 그를 영암의 인물로 떠받들면서 그와 관련 있는 각

종 문화행사를 개최하고 있다. 그리하여 '왕인 박사 기념 사업회'
가 결성되었고, 각종의 유적들이 조성되었으며, 이것이 국가적으
로도 인정되어 1997년에는 당시의 문화체육부에서 그해 11월을
'문화인물 백제 학자 왕인의 달'로 인정받기까지 하였다.

물론 명확한 고증을 거쳐서 지방자치단체들이 이렇게 하는 데
는 반대할 아무런 이유가 없다. 오히려 장려해야 마땅할 것이다.
그렇지만 1932년 영산포에 와 있던 일본인 승려의 확실하지도 않
은 왕인의 영암 출생설을 근거로 하여 그를 우상화하는 작업은 마
땅히 재고되어야만 한다.

이런 의미에서 표인주의 연구는 매우 중요한 의의를 가진다고
하겠다. 그의 견해에 따르면, 문순태가 1986년 '소설 왕인 박사 간
행추진위원회'의 지원을 받아 왕인 박사의 행적을 연대기적으로
정리한 《소설 왕인 박사》는 서거정의 《필원잡기》 및 《신증동국
여지승람》과 같은 문헌에 전해지는 도선 국사의 탄생 및 영웅적
인 일화들과 구전 자료들을 취합했을 가능성이 짙다는 것이다.

실제로 1933년에 일제가 왕인 박사의 추모비 건립에 나섰을 때,
건립 장소로 지정했던 곳은 왕인의 출생지인 충청남도의 부여와
오사카 부 가와치의 시조나와테, 그리고 도쿄의 고라쿠엔 도쿠진
도 등 세 곳이었다. 그 뒤에 비석이 세워진 곳은 도쿄의 우에노 공
원이었고, 충남 부여에 건립이 되었는지 어떤지는 확인이 되지 않
고 있다. 그렇지만 당시에 그의 출생지를 부여로 비정했는데도 영
암에서 왕인이 탄생했다고 하므로 더욱 철저한 연구가 뒤따라야
한다는 것을 지적해두었다.

어쨌든 백제와 일본의 야마토 정권의 성립이 매우 밀접한 관계
가 있는 것은 사실이다. 그러므로 역사학자들이 나서서 이 문제를
계속 연구하여 한·일 고대사가 더욱 분명하게 밝혀졌으면 한다.

제5장
고구려 세력의 일본 진출

1. 일본에 진출한 고구려 세력

오늘날까지 일본에 잔존하는 고구려 유적은 신라나 가락국, 백제에 견주어 그렇게 많은 편에 속하지 않는 것 같다. 하지만 사이타마 현埼玉縣 히다카 시日高市에 있는 고마 신사高麗神社가 고구려 사람들이 일본으로 이주를 했다는 사실을 분명하게 증언해주고 있다. 이 신사에는 '고려왕 약광高麗王若光'이 모셔져 있는데, 그가 일본의 문헌에 등장하는 것은 《일본서기》 덴지 천황天智天皇 5년 (기원후 666년) 10월 조의 아래와 같은 기사이다.

【자료 1】

　　겨울 10월의 갑오甲午의 삭朔 기미己未(26일)에 고구려가 신하 을상乙相 엄추奄鄒 등을 보내어 조공을 바쳤다[대사신大使臣 을상 엄추, 부사副使 달상達相 둔遁, 2위二位 현무玄武 약광 등].[1]

---

1) "冬十月甲午朔己未 高麗遣臣乙相奄鄒等進調(大使臣乙相奄鄒 副使達相遁 二位玄武若光 等)."

그러나 이 기록만 가지고는 약광이 고마 신사의 주신主神으로 모셔진 까닭이 어디에 있는가를 명확하게 알 수가 없다. 그래서 현재 고마 신사 사무소에서 신사 창건의 유래로 언급하고 있는 자료를 소개하기로 한다.

【자료 2】

> 약광은 겐쇼 천황元正天皇 레이키靈龜 2년(기원후 716년) 무사시국武藏國에 신설된 고마 군高麗郡의 수장首長으로서 이곳에 부임하여 왔다. 당시의 고마 군은 미개의 벌판이었다고 이야기되고 있었는데, 약광은 스루가駿河[시즈오카靜岡], 가이甲斐[야마나시山梨], 사가미相模[가나가와神奈川], 가즈사上總·시모사下總[지바千葉], 히타치常陸[이바라키茨城], 시모쓰케下野[도치기栃木]의 각지로부터 옮겨 살았던 1,799명과 함께 이곳의 개척을 담당하였다. 약광이 이곳에서 돌아간 다음 고마 군 사람들이 그 덕을 연모하여 신체神體를 '고마묘진高麗明神'으로 모시고 제사지냈다. 이것이 이 신사 창건의 경위이다.[2]

이 자료에는 고구려가 멸망하고 난 다음, 일본의 간토關東 일대에 거주하고 있던 유민遺民들이 여기에 모여 불모의 땅을 개척하고 살았으며, 그때 약광이 덕을 쌓고 살다가 죽자 마을 사람들이 신으로 추앙했다는 것이다. 이와 같은 고마 신사의 창건 유래담에 따르는 경우, 고구려 사람들이 대량으로 일본에 이주한 것은 나라가 멸망하고 난 뒤의 일이었던 것으로 상정하기 쉽다.

井上光貞 共校注, 앞의 책, 364~365쪽.
2) http://www.komajinja.or.jp/rekisi.html
인터넷 검색, 2012년 7월 20일.

그러나 고구려 문화가 일본 지배 계층 문화의 형성에 적지 않은 영향을 끼쳤다는 사실은 나라 현奈良縣 다카이치 군高市郡 아스카 촌明日香村에서 발굴된 '다카마쓰총高松塚'의 발굴 성과로써 확실하게 증명되었다. 이 무덤에는 동쪽 벽과 서쪽 벽, 북쪽 벽, 그리고 천정天井의 4면에 벽화가 그려져 있는데, 벽화의 제재는 인물상人物像과 일월日月, 4방 4신四方四神 및 성좌星座 등이다.

이와 같은 제재의 벽화들은 발굴 당시부터 고구려의 고분군과 비교하는 연구가 이루어졌다.[3] 4신은 원래 고구려 양식의 고분에 보이는 특징적인 것인데, 다카마쓰총 고분 및 기토라龜虎 고분[4]에서는 고구려의 화풍과 다른, 일본의 독자적인 화풍으로 4신도四神圖가 그려져 있다는 주장이 제기되었다. 그러면서도 천공도天空圖는 고구려에서 전래한 원래의 그림을 사용했을 가능성이 있는 것을 인정하였다.[5] 게다가 여자군상女子群像의 복식은, 고구려 고분의 수무총愁撫塚[6]과 무용총舞踊塚[7] 벽화의 부인상婦人像의 복식과 비슷하다는 것이 당시의 일반적인 견해였다.[8]

이처럼 많은 추측을 낳은 이 고분은 도굴되지 않고 남은 동경銅鏡 등의 피장품을 통해서 7세기 말부터 8세기 초에 축조되었을 것이라는 생각이 우세했었다. 하지만 2005년에 실시한 발굴 조사 결

3) 末永雅雄 共編,《朝日シンポジウム: 高松塚壁畵古墳》, 東京: 朝日新聞社, 1972 참조.
4) 나라 현 다카이치 군 아스카 촌의 서남부, 아베 산阿部山에 있는 고분을 말한다.
   이 고분과 한반도의 관계에 대해서는 전호천全浩天의《キトラ古墳とその時代 ─ 續·朝鮮からみた古代日本》, 東京: 未來社, 2001라는 책에서 많은 시사를 받을 수 있다.
5)《奈良新聞》〈高松塚光源 ─ 高松塚古墳壁畵發見30周年〉제2부 피장자의 미궁迷宮 (2) 고구려 화풍의 공통성.
   http//www.nara-np.co.jp/special/takamatu/vol_02c_02.html
6) 평양시와 남포시에 있는 고구려 후기의 고분군의 하나를 가리킨다.
7) 만주 길림성吉林省 집안현集安縣 여산如山의 남쪽 산기슭에 있는 고구려 시대의 벽화고분을 가리킨다.
8) 岸俊男,《宮都と木簡》, 東京: 吉川弘文館, 1977 참조.

과 후지와라쿄 기藤原京期(기원후 694년~710년)의 사이에 만들어졌다는 것이 확실하게 밝혀졌다.[9]

이러한 다카마쓰총 고분에 대하여 다양한 견해들이 제기되기는 하였지만, 이것이 고구려 고분 축조의 영향을 직접적으로 받았다는 것은 부정할 수 없는 명백한 사실인 듯하다. 만약에 이런 상정이 타당성을 가진다고 한다면, 고구려에서 이주한 집단들이 갑자기 이와 같은 고분들을 만들었다고 보기는 어렵게 된다. 왜냐하면 상당히 오랜 동안에 걸쳐서 고구려에서 일본 열도로 진출한 세력들이 있었다고 보는 편이 오히려 더 설득력이 있기 때문이다.

이런 의미에서 《일본서기》에 전해지는 일본 안의 고구려 소국小國에 대한 기록을 검토하는 것은 매우 유용한 작업이 아닐 수 없다. 그래서 먼저 닌토쿠 천황仁德天皇 12년 7·8월 조에 수록된 기록부터 살펴보기로 하겠다.

【자료 3】

　　12년 가을 7월 신미辛未의 삭朔 계유癸酉(3일)에 고구려에서 철鐵의 방패와 과녁을 바쳤다. 8월 경자庚子의 삭 기유己酉(10일)에 고구려의 사신에게 조정에서 향응을 베풀었다. 이날 군신 및 백료百寮들을 모아 고구려가 바친 철의 방패와 과녁을 쏘게 하였다. 많은 사람들이 과녁을 관통하지 못했다. 다만 적신的臣의 선조 다테히토노스쿠네盾人宿禰만이 철 과녁을 관통하였다. 그때 고구려의 사신들이 그 활 쏘는 솜씨가 훌륭한 것을 보고 두려워하여, 같이 일어나 배례하였다.[10]

9)《奈良新聞》, 2005년 2월 23일자, 〈築造は藤原京期 ― 高松塚古墳〉.
　　http//www.narashimbun.com/n_arc/050233/arc050233a.shtml
10)"十二年秋七月辛未朔癸酉 高麗國貢鐵盾鐵的. 八月庚子朔己酉 饗高麗客於朝. 是日 集群臣及百寮 令射高麗所獻之鐵盾的. 諸人不得射通的. 唯的臣祖盾人宿禰 射鐵的而通焉.

이 기사가 전하는 닌토쿠 천황 12년은 기원후 324년으로 고구려의 미천왕美川王 25년에 해당한다. 이 무렵의 고구려는 영토의 팽창을 본격화하고 있었다. 이런 증거는《삼국사기》고구려 본기 미천왕 조의 기록에서도 확인할 수 있다.

① 3년 가을 9월에 왕이 군사 3만 명을 이끌고 현토군玄菟郡[지금의 무순撫順]에 침입하여 8천 명을 사로잡아 평양으로 옮기었다.

② 12년 가을 8월에 장수를 보내어 요동遼東의 서안평西安平을 습격하여 빼앗았다.

③ 14년 겨울 10월에 낙랑군樂浪郡(지금의 평안남도)을 침공하여 남녀 2천여 명을 사로잡았다.

④ 16년 봄 2월에 현토성을 쳐서 공략하였는데, 죽이고 사로잡은 것이 매우 많았다.11)

이처럼 영토를 넓혀가면서 나라가 융성하고 있던 고구려가 일본에 철로 만든 방패와 과녁을 바쳤다는 것은 말이 안 되는 억지이다. 더욱이 당시의 일본은 아직 기마술騎馬術조차 제대로 익히지도 못하

時高麗客等見之 畏其射之勝工 共起以拜朝."
井上光貞 共校注, 앞의 책, 394~395쪽.
11) ① 三年 秋九月 王率兵三萬 侵玄菟郡. 虜獲八千人 移之平壤.
② 十二年秋八月 遣將襲取 遼東西安平.
③ 十四年冬十月 侵樂浪郡 虜獲男女二千餘口.
④ 十六年春二月 攻破玄菟城 殺獲甚重.
김부식,《삼국사기》(영인본), 서울: 경인문화사, 1982, 180쪽.
이렇게 미천왕 시대에 국가의 영토가 확대된 사실에 대해서는 역사학계에서 사실로 인정하고 있다.
이지린 공저,《고구려역사》, 서울: 논장, 1988, 75~81쪽.

고 있던 시대였다. 그런데도 이렇게 사실을 왜곡한 기록은《일본서기》긴메이 천황欽明天皇 23년(기원후 562년) 조에도 보인다.

【자료 4】

　　8월에 천황이 대장군 오토모노무라지사데히코大伴連狹手彦를 보내어 군사 수만을 거느리고 고구려를 쳤다. 사데히코는 백제의 계략을 써서 고구려를 쳐부셨다. 이에 왕이 담장을 넘어 도망갔다. 사데히코는 이긴 틈에 궁중에 들어가 진보珍寶 칠직장, 철옥鐵玉을 모두 얻어 돌아왔다.[12]

　　이 기사에서 보는 것과 같이 일본이 한반도와 만주에 걸쳐 있던 고구려를 침입했던 사실은 역사적으로 존재한 적이 없었다. 그럼에도 이와 같은 기록을 남긴 것은, 일본 안의 고구려 분국分國을 야마토 정권이 공략했었음을 나타내는 것으로 보아야 할 것이다. 이렇게 보는 경우에는 고구려에서 건너간 집단들이 일찍부터 일본의 경내에서 소국을 형성하고 있었다는 것을 확인할 수 있다고 하겠다.

　　이와 같은 사실은 현존하는 일본의 지명으로도 그 입증이 어느 정도 가능하다. 오늘날 오카야마 현岡山縣의 구메 군久米郡은 기비吉備의 비젠국備前國에 속했던 곳으로, 쓰야마 분지津山盆地 및 요시이강吉井川과 아사히강朝日川 사이에 있는 기후가 온난한 지역이다. 더욱이 이 일대는 쌀 생산지로 이름이 나 있는 곳인데, 이곳의 '구

---

12) "八月 天皇見大將軍大伴連狹手彦 領兵數萬 伐于高麗. 狹手彦乃用百濟計 打破高麗. 其王踰牆而逃. 狹手彦遂承勝以入宮 盡得珍寶貨路·七織帳·鐵玉還來."
　　井上光貞 共校注,《日本書紀(下)》, 東京: 岩波書店, 1965, 126~127쪽.

메'란 지명은 '고마'가 변화한 것으로 보고 있다. 실제로 기타 사다키치喜田貞吉는 "구메는 고마의 전화轉化된 말로서 고마히토備人족이다."[13]라고 하여, 이 지명이 고구려라는 말에서 연원한 것으로 보았다.

또 옛날 기비 고마국高麗國의 남쪽 끝으로 볼 수 있는 미쓰 군御津郡 일대에는 고구려라는 명칭에서 나온 '고려'라는 지명이 집중적으로 분포되어 있다. 곧 우가키 촌宇垣村의 '고라 산高良山', '고마이駒井, 高麗居', 작은 마을 이름으로서 '고라河原', 가나가와 정金川町의 '고라', 가미타케베 촌上建部村의 '가미고라'와 '시모고라' 등과 같은 지명은 전부 고려라는 명칭에서 유래한 것으로 상정되고 있다.[14]

고구려에서 이주한 집단의 존재는 이렇게 지명에서만 나타나는 것이 아니라, 이 지역에 존재하는 고분군古墳群을 통해서도 확인이 된다. 구메 군 일대에는 고구려 특유의 방형 고분方形古墳이 널리 분포되어 있다. 그러면서도 수장급首長級의 고분은 전방후원분前方後圓墳의 형태를 취한 곳이 많다. 여기에서 후자는 전자에 네모난 제사祭祀 터인 넓은 제단祭壇이 붙은 것으로, 그 구조 형식은 전방후원분과 다른 데가 없다.

또 구메 군에 고구려식 고분 형식이 존재한다는 것은 전형적인 '군집고분群集古墳'이 형성되어 있다는 것을 통해서도 입증이 된다. 이곳에서 말하는 '군집고분'이란 고분군의 한 형태로서 산중턱 같은 일정한 좁은 지역에 규모가 같은 무덤들이 밀집해 있는 것을 가리킨다. 구메 군에는 군집고분 연구의 선구가 되었다고 하는, 오늘날의 쓰야마 시津山市 사라야마 촌佐良山村을 중심으로 한

---

13) 喜田貞吉, 《岡山縣通史》, 岡山: 岡山縣通史刊行委員會, 1930, 245쪽.
14) 조희승, 앞의 책, 304쪽.

산기슭에 200여 기에 이르는 사라야마 고분군이 존재한다.

이러한 군집고분은 횡혈식 석실 고분橫穴式石室古墳과 함께 고구려에서 발전한 것이다. 한국의 고고학계에서는 이것이 고구려의 강성과 더불어 5·6세기에 백제와 신라에도 보급된 것으로 보고 있다. 그러므로 그 시원始原은 고구려에 있으며, 고구려의 문화적 영향이 강화되면서 백제와 신라에서도 횡혈식 석실을 가진 고분군이 일반화되었을 것으로 추정된다. 그리고 한국의 이런 고분 형식이 일본에도 전해졌는데, 그 하나의 예가 구메 군에 있는 사라야마 고분군이며, 이것은 고구려 세력이 이 지방으로 진출했었다는 것을 나타내는 것이라고 하겠다.[15]

이처럼 기비 지방의 비젠국 구메 군 일대로 진출한 고구려 세력은 일본 서해안에 자리한 북시나노北信濃 지방과 노토 반도能登半島 일대를 거쳐서 들어간 것으로 상정되고 있다. 이와 같은 고구려 사람들의 일본 열도 진출은 4·5세기 무렵에 이루어졌을 것으로 상정된다. 이런 상정이 가능한 이유는, 고구려가 남쪽으로 영토를 확장한 것이 이 무렵이었기 때문이다.

이 시기에 고구려 사람들은 동해東海를 거쳐 일본 혼슈本州의 서해안 일대로 진출하였을 것이다. 먼저 그들이 건너가서 정착한 곳으로는 한국의 동해안 쪽으로 튀어나온 노토 반도를 생각해볼 수 있다. 이곳을 중심으로 한 호쿠리쿠北陸 일대를 '고시국越國'이라고 부르고, 이 지역을 다시 전前과 중中, 후後로 갈라서 에치젠越前과 엣추越中, 에치고越後로 나누었다. 이런 지명에는 한국에서 건너온 나라들이란 뜻이 내포되어 있다고 한다.[16] 곧 한국에서 바다를 건너 일본으로 건너왔기 때문에 '고시'라고 명명하였다는 것이다.

---

15) 조희승, 위의 책, 305~306쪽.
16) 조희승, 위의 책, 481~482쪽.

이처럼 노토 반도 일대로 건너간 고구려 사람들이 일본 열도로 진출하여 집중적으로 정착한 곳은 도야마 현富山縣 서쪽의 도야마 평야 지대와 이시카와 현石川縣 가시마 군鹿島郡 오치가타邑知潟 평야 지대였다. 이들 지역에는 고구려 유적들이 많이 분포되어 있어 고구려 사람들의 이주를 증명해주고 있다.[17] 그리고 북시나노 일대 또한 마찬가지이다. 이 일대에도 많은 고분군들이 남아 있는데, 이것들은 고구려적인 색채를 강하게 지니고 있다.[18] 다시 말해 고시와 시나노 일대는 고구려의 이주민들이 진출하기에 적당한 장소였다는 것을 말해준다고 할 수 있다.

2. 진무 천황의 일본 건국 신화와 고구려

일본에서는 진무 천황神武天皇이 동쪽으로 정벌에 나선, 동정東征의 이야기를 그들의 건국신화로 보고 있다. 이것은 규슈에 있던 진무 천황 집단이 오늘날의 나라 현奈良縣 일대인 야마토大和에 진출하여 고대국가를 형성하였다고 하는 《고사기》나 《일본서기》의 기록을 근거로 한, 일본 고대사의 전통적인 통설이라고 하겠다.

그런데 이러한 일본의 건국신화는 고구려의 그것과 매우 유사한 형태로 이루어져 있다. 그래서 우선 그의 출자出自에 얽힌 신화부터 소개하기로 한다.

---

17) 조희승, 앞의 책, 492쪽.
18) 조희승, 위의 책, 483~489쪽.

【자료 5】

이에 바다 신의 딸인 도요타마히메노미코토豊玉毗賣命가 몸소 남편을 찾아와 말하기를, "저는 벌써 아기를 가졌는데, 지금 낳을 때가 되었습니다. 이를 생각건대 천신의 자손을 바다에서 낳을 수는 없어 이렇게 찾아왔습니다."고 하였다.

그리하여 곧 해변에 가마우지〔鵜〕의 날개로 지붕을 잇고 산실産室을 만들었다. 그런데 그 산실의 지붕을 다 잇기도 전에 진통이 심하여 참을 수가 없었다. 그래서 산실로 들어가 이윽고 해산을 하려고 했을 때 그 남편에게 말하기를, "모든 다른 나라의 사람들은 아기를 낳을 때가 되면 자기 나라에서 모습으로 아이를 낳습니다. 그러므로 저도 지금 원래의 모습으로 아이를 낳고자 합니다. 원하옵건대 저의 모습을 보지 말아 주십시오."라고 하였다.

이에 호오리노미코토火遠理命[19]는 그 말을 이상하게 생각하여, 출산하는 모습을 몰래 들여다보았다. 그랬더니 도요타마히메가 아주 큰 상어가 되어 엉금엉금 기면서 몸을 틀고 있었다. 이를 보고 깜짝 놀라 두려워하며 물러나 도망쳤다.

이에 도요타마히메노미코토는 자기 남편인 호오리노미코토가 들여다보았다는 사실을 알고 매우 부끄럽게 생각하여 곧 아기를 낳고 말하기를, "저는 늘 바닷길을 통하여 이 나라에 다니고자 했습니다. 하지만 내 모습을 보았다는 것은 저로서는 정말로 부끄러운 일입니다."고 하며, 곧 바다로 통하는 길을 막고, 자기의 나라로 돌아가 버렸다. 이러한 연유로 그때 낳은 자식의 이름을 짓기를 아마쓰히코히코나기사타케우가야후키아에즈노미코토天津日高日子波限建鵜葺草葺不合命라고 하였다.

그러나 나중에는, 호오리노미코토가 자신의 모습을 본 것에 대해 원

---

19) 다른 이름으로 호호데미노미코토穂穂手見命라고도 한다.

한은 가지고 있었으나 남편을 그리워하는 마음을 견딜 수가 없었다. 그래서 그 아이를 양육하는 그녀의 동생인 다마요리히메玉依毗賣에게 부탁하여 다음과 같은 노래를 지어 바쳤다.

"붉은 구슬은 그것을 꿰고 있는 줄까지도 아름답게 빛나지만, 하얀 구슬과 같은 당신의 모습은 고귀하였습니다."

이에 호오리노미코토가 답하여 노래하기를

"물오리들이 날아드는 섬에 데리고 같이 잤던 아내는 잊을 수가 없구나, 언제까지나."

그리하여 히코호호데미노미코토日子穗手見命는 다카치호 궁高千穗宮에 580년 동안 있었다. 능은 다카치호라는 산의 서쪽에 있다.

이 아마쓰히코히코나기사타케우가야후키아에즈노미코토가 그의 이모인 다마요리히메노미코토와 혼인하여 낳은 자식의 이름은 이쓰세노미코토五瀬命, 다음에 이나히노미코토稲氷命, 다음에 미케누노미코토御毛沼命, 다음에 와카미케누노미코토若御毛沼命이다. 이 신의 다른 이름은 도요미케누노미코토豊御毛沼命, 또 다른 이름은 가무야마토이와레비코노미코토神倭伊波禮毗古命라고도 한다. 미케누노미코토는 파도를 밟고 도코요노쿠니常世國로 건너갔고, 이나히노미코토는 어머니의 나라가 있는 바다로 돌아가고 말았다.[20]

---

20) "於是 海神之女豊玉毗賣命 自參出白之 妾已妊身. 今臨産時 此念 天神之御子 不可生海原. 故參出到也. 爾卽於其海邊波限 以鵜羽爲葺草 造産殿. 於是其産殿未葺合 不忍御腹之急. 故入坐産殿. 爾將方産之時 白其日子言 凡佗國人者 臨産時 以本國之形産生. 故妾今以本身爲産. 願勿見妾. 於是思奇其言 竊伺其方産者 化八尋和邇而 匍匐委蛇. 卽見驚畏而遁退. 爾豊玉毗賣命 知其伺見之事 以爲甚恥 乃生置其御子而 白妾恒通海道欲往來. 然伺見吾形 是甚作之. 卽塞海坂而返入. 是以名其所産之御子 謂天津日高日子波限建鵜葺草葺不合命. 然後者 雖限其情 不忍戀心 因治養其御子之緣 附其鵜玉依毗賣而 獻歌之. 其歌曰 阿加陀麻波 袁佐閇比迦禮杼 斯良多麻能 岐美何余曾比斯 多布斗久阿理祁理. 爾其比古遲 答歌曰 意岐都登理 加毛度久斯麻邇 和賀韋泥斯 伊毛波和須禮士 余能許登碁登邇. 故日子穗手見命者 坐高千穗宮 伍佰捌拾歳. 御陵者 卽在其高千穗山之西也. 是天津日高日子波限建鵜葺草葺不合命 娶其姨玉依毗賣命 生御子名 五瀬命. 次稲氷命.

이 자료에서는 이와레비코의 아버지인 아마쓰히코히코나기사타케우가야후키아에즈노미코토21)의 탄생을 이야기하고 있다. 이러한 이 신화에서 관심을 끄는 것은 우가야후키아에즈노미코토가 해변의 산실에서 태어났다고 하는 모티브이다.

그런데 이 신화에 등장하는 호오리노미코토는 천손天孫으로, 하늘에서 내려온 니니기노미코토邇邇藝命와 지신地神인 오야마쓰미노카미大山津見神의 딸 고노하나노사쿠야히메木花之佐久夜毗賣 사이에서 탄생했다. 원래 그는 야마사치히코山佐知毗古(山幸彦)라고 불렸으며, 산에 있는 짐승들을 잡아먹으면서 살았다. 이와 달리, 그의 형인 호데리노미코토火照命는 우미사치히코海佐知毗古(海幸彦)라고 하여, 바다에서 나는 크고 작은 물고기들을 잡아먹으면서 살고 있었다. 이에 동생인 야마사치히코가 그의 형의 낚시 바늘을 빌려서 고기를 잡다가 그만 그것을 잃어버리고 말았다. 그러자 굳이 잃어버린 그 낚시 바늘을 꼭 찾아주어야 한다고 하는 형의 무리한 요구 때문에 그는 어려움을 겪어야만 했다.

그리하여 어려움을 겪고 있을 때 나타난 신이 시오쓰치노카미鹽椎神였다. 그의 도움을 받아 야마사치히코는 바다의 궁궐로 안내되었다. 거기에서 바다 신의 딸인 도요타마히메와 결혼을 하여 낳은 신이 우가야후키아에즈노미코토라는 것이다. 이처럼 그의 탄생담에 규슈 남부 지방에 거주하던 하야토隼人의 조상인 호데리노미코토의 이야기가 삽입된 문제에 대해서는, 일찍부터 이들 신화를 동남아시아와 관련 있는 것으로 보려는 시도가 이루어기도 하였다.22)

次御毛沼命. 次若御毛沼命 亦名豊御毛沼命 亦名神倭伊波禮毘古命. 故御毛沼命者 跳波穗 渡坐于常世國 稻氷命者 爲妣國而 入坐海原也."

荻原淺男 共校注,《古事記, 上代歌謠》, 東京: 小學館, 1973, 145~148쪽.

21) 이후에는 우가야후키아에즈노미코토鵜葺草葺不合命로 줄여서 쓰기로 한다.

그러나 이 문제는 그처럼 단순하게 보아 넘길 수 있는 것이 아니다. 이와레비코의 동정東征 전승, 곧 진무 천황의 일본 건국신화에 한국적인 요소가 남아 있다고 한다면, 이 문제 또한 한국과의 관계를 생각해보는 것이 당연하지 않을까 한다. 실제로 고구려의 건국주인 주몽은 수신水神인 하백河伯의 딸 유화柳花가 햇빛의 감응感應 때문에 탄생했다는 신화를 가지고 있다.

물론 이들 사이에 얼마간의 차이가 있는 것은 사실이다. 곧 전자에서는 건국주인 이와레비코의 탄생담이 아니라 그의 아버지인 호오리노미코토에 연루된 것이고, 또 천신과 지신 사이에서 태어난 그가 바다 신의 딸을 아내로 맞이하여 탄생한 것으로 되어 있다. 이와는 달리 고구려의 주몽은 천신을 표상하는 햇빛과 수신의 딸 사이에서 탄생한 존재로 그려져 있다.

비록 이러한 차이가 있기는 하지만, 새로운 나라의 시조인 주몽이나 이와레비코의 탄생에 천신과 수신이 관계를 가진다고 하는 것은 명백한 사실이다. 그렇다고 한다면 일본의 진무 천황의 탄생담이 복잡한 형태로 바뀌기는 하였으나 고구려의 그것과 비슷한 형태로 구성되었다는 것은 인정해도 될 것 같다.

이 문제는 어찌 되었든, 위 신화의 주인공인 우가야후키아에즈노미코토가 바다와 관련을 가지고 있는 존재인 것만은 분명하다. 좀 더 구체적으로 말한다면, 그의 어머니가 바다 신의 딸인 도요타마히메였으므로, 그의 출자出自는 바다와 떼려야 뗄 수 없는 관계를 가진다는 것이다. 또 실제로 그가 태어난 것도 바닷가의 산실이었다.

---

22) 松本信廣, 〈古事記と南方世界〉, 《古事記大成(神話民俗篇)》, 東京: 平凡社, 1962, 109~120쪽.

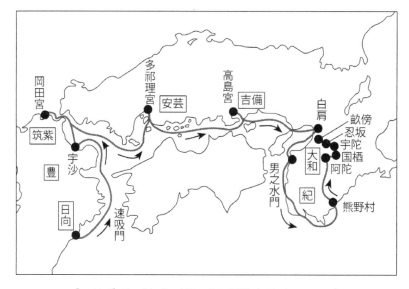

《고사기》의 기술에 따른 진무 천황의 동정로東征路23)

　이렇게 이와레비코의 아버지인 우가야후키아에즈노미코토가 바다와 관련을 가진다는 것은 동정 전승을 가진 진무 천황의 집단이 해상을 통해서 일본에 들어갔다는 것을 말해주는 것은 아닐까? 만약에 이런 상정이 허용된다고 한다면, 그들은 바다로 둘러싸인 일본에 새로운 문물을 가지고 들어가 선주민先住民들을 복속시키고 지배 계층으로 군림하면서 나라를 세웠던 집단이었다는 것을 나타낸다고 볼 수 있다.

　그리고 이와레비코 집단이 해양 문화海洋文化와 연계되어 있었다는 것은, 그들이 규슈 지방을 출발해서 바닷길을 이용하여 동쪽으로 나아가 기나이畿內 지방까지 진출하는 과정을 그린 지도를 통해서도 확인할 수 있다. 위의 지도에서 보는 것처럼, 이와레비코

---

23) 荻原淺男 共校注, 앞의 책, 160쪽.

집단은 육로가 아니라 해로를 이용하여 야마토로 들어갔다. 이것은 이들 집단이 바다와 아주 밀접한 관련을 가졌었다는 것을 말해준다고 하겠다.

이렇게 이와레비코를 중심으로 한 집단의 조상이 바다를 통해서 일본에 들어갔다고 한다면, 그들이 어디로부터 어떤 문화를 가지고 들어갔는가 하는 문제를 해명하지 않으면 안 된다. 그래서 그들 형제의 동정에 얽힌 이야기를 소개하기로 한다.

【자료 6】

가무야마토이와레비코노미코토神倭伊波禮毘古命와 그의 형인 이쓰세노미코토五瀬命는 다카치호 궁에서 서로 의논한 뒤 말하기를, "어느 곳이면 천하를 편안히 다스릴 수 있을까? 동쪽으로 가서 그 지역을 찾아보자."고 하였다. 그러고는 곧 히무카를 출발하여 쓰쿠시筑紫에 도착하였다. 그리고 또 도요노쿠니豊國의 우사宇沙라는 곳에 도착했을 때, 그 지역에 사는 우사쓰히코宇沙都比古, 우사쓰히메宇沙都比賣라는 두 사람이 아시히토쓰아가리노미야足一騰宮라는 궁궐을 짓고 음식을 바쳤다. 다시 그곳에서 쓰쿠시의 오카다岡田 궁으로 옮겨 1년을 보냈다. 그리고 다시 그곳을 출발하여 아키국阿岐國의 다케리多祈理 궁으로 옮겨 7년을 지냈다. 또 그곳에서 기비吉備의 다카시마 궁高嶋宮으로 옮겨 8년을 보냈다.

다시 기비라는 곳을 출발하였을 때, <u>거북이 등을 타고 낚시를 하면서 소매 자락을 새의 날개처럼 펄럭이며 다가오는 사람을 하야스이노토速吸門에서 만났다.</u> 그리하여 그 사람을 불러, "너의 이름은 무엇이냐?"고 묻자, "저는 토지의 신입니다."고 대답했다. 그러자 천황이 또 묻기를, "너는 바다의 길을 아느냐?"하고 묻자, "분부대로 따르겠습니다."고 대답하였다. 그리하여 노를 내어주며 그 신으로 하여금 천황의 배에 옮겨 타게 했다. 그리고는 곧 그에게 사오네쓰히코橋根津日子라는 이름을 하사하였다. 그가 바로 야마토노쿠니노미야쓰코倭國造의 선조이다.24)

이 신화에서 이와레비코 형제는 처음에 히무카의 다카치호 궁을 출발하여 쓰쿠시에 도착했다고 하였다. 원래 그의 증조부뻘인 니니기노미코토가 하늘로부터 내려온 곳이 여기에서 말하는 "쓰쿠시의 히무카에 있는 다카치호의 구시후루노타케久土布流多氣"였는데, 학자들은 이곳을 오늘날 규슈 남부에 있는 미야자키 현宮崎縣으로 비정하고 있다.25)

그러나 앞의 '가락국 신화와 일본'에서도 지적한 것처럼, 이렇게 되면 앞뒤가 맞지 않는 모순에 빠지게 된다. 왜냐하면 같은 《고사기》의 천손강림 조에는 니니기노미코토가 "이곳은 가라쿠니韓國를 바라보고 있고, 가사사 곳笠沙岬과도 바로 통하고 있어 아침 해가 바로 비치는 나라, 저녁 해가 비치는 나라이다. 그러므로 여기는 정말 좋은 곳이다."26)고 한 것으로 기록되어 있다. 이 구절을 보면 니니기노미코토의 강탄지가 한국과 마주 보는 곳이어야 마땅한데, 남규슈의 미야자키 현은 도저히 그렇게 될 수가 없는 곳이기 때문

---

24) "神倭伊波禮毘古命 與其伊呂兄五瀨命 二柱 坐高千穗宮而議云 坐何地者 平聞看天下之政. 猶思東行. 即自日向發 幸行筑紫. 故到豊國宇沙之時 其土人 名宇沙都比古 宇沙都比賣二人 作足一騰宮而 獻大御饗. 自其地遷移而 於竺紫之岡田宮 一年坐. 亦從其國上幸而 於阿岐國之多祁理宮 七年坐. 亦從其國遷上幸而 於吉備之高嶋宮 八年坐. 故從其國上幸之時 乘龜甲爲釣乍 打于擧來人 遇于速吸門. 爾喚歸 問之汝者誰也. 答曰僕者國神. 又問汝者知海道乎 答曰能知. 又問從而仕奉乎 答曰 仕奉. 故爾指波橋機 引入其船 卽賜名號橋根津日子. 此者倭國造等之祖."
荻原淺男 共校注, 《古事記, 上代歌謠》, 東京: 小學館, 1973, 149~151쪽.

25) 노성환 역주, 《고사기(상)》, 서울: 예전사, 1987, 246~247쪽 보주 58 참조.

26) "此地者 向韓國 眞來通笠沙之御前而 朝日之直刺國 夕日之日照國也. 故此地甚吉地."
荻原淺男 共校注, 앞의 책, 130~131쪽.

이다.

그래서 에가미 나미오江上波夫는 뒷부분의 '히무카'라고 하는 것 보다는 앞부분의 '쓰쿠시'라는 쪽에 더 타당성을 인정하여 그곳을 북규슈로 보았다. 그의 이런 추정은 앞에서도 언급한 것과 같이, 일본의 '천손강림 신화'와 가락국의 건국신화는 내용이 너무도 비 슷하기 때문에 같은 내용의 건국신화를 가진 민족이 한반도 남부 지방에서 일본으로 건너온 것이 아닌가 하는 추론에 바탕을 둔 것 이었다.[27]

그러므로 진무 천황 계통의 건국신화를 기록했던 후대의 집권 세력은 가능한 한 한반도의 영향을 배제하려고 했던 것이 아닐까 하는 의구심을 불러일으킨다. 바꾸어 말하면 일본에서 최초로 국 가를 세우면서 그들의 건국신화를 만들었던 집단은 한국적인 색 체를 지우고 일본의 독자적인 색체를 짙게 하려고 했었다는 것이 다. 그리하여 오늘날의 미야자키 현에 해당하는 "쓰쿠시의 히무카 에 있는 다카치호의 구시후루노타케"를 니니기노미코토의 강탄지 로 기록하게 되었을 가능성이 높다.

어떻든 그 뒤에 이와레비코 형제는 아키국의 다케리를 거쳐, 기 비의 다카시마高嶋로 이동했다. 그런데 그 기비 지방은 가와치계河 內系의 오진 천황應神天皇과 깊은 관련이 있던 곳이었다.[28] 그들이 이와 같은 곳을 통과한 것으로 되어 있다는 것은, 위의 자료 6이 이곳에서 벌어졌던 왕권 충돌의 역사적인 경험을 이야기하는 것 과 개연성이 있다고 본다. 만약에 이런 개연성을 인정한다고 한다 면, 일단은 후대의 천황들이 《고사기》를 편찬하는 과정에서 자기 들의 조상으로 최초의 천황 자리에 오른 것으로 설정한 이와레비

---

27) 江上波夫 外,《シンポジウム日本國家の起源》, 東京: 角川書店, 1966, 35~37쪽.
28) 門脇禎二,《吉備の古代史》, 東京: 日本放送出版協會, 1992, 33~71쪽.

코, 곧 진무 천황의 동정담 속에 이런 경험을 반영하였을 가능성
이 있다는 것을 부인할 수 없을 것이다.

그러고 밑줄을 그은 곳에서 보는 것처럼, 기비를 출발한 이와레
비코 일행이 하야스이노토에서 거북이 등에 타고 낚시를 하면서
소매 자락을 새의 날개처럼 펄럭이며 다가오는 사람을 만난 것으
로 기술되어 있다. 이처럼 거북과 같은 물고기가 사람들로 하여금
바다를 건너게 해준 모티브에 대해, 에가미 나미오는 부여와 고구
려의 주몽朱蒙 신화에 나오는 어별교魚鼈橋와 연관 지어 아래와 같
은 견해를 제시한 바 있다.

"이렇게 부여·고구려의 시조 건국 전설의 요소로 되어 있는 것
은, ⑴ 고국(고향)을 떠나 강물을 건너서 새로운 토지에 가 건국을
하는 것, ⑵ 그 강물에서 거북의 도움을 받아 무사히 건너편으로
건너가는 것, ⑶ 시조가 된 자는 하늘의 아들로 때로는 아버지 쪽
이 하늘, 어머니 쪽이 수신水神의 딸이라고 하는 세 가지가 있는
데, 이것을 진무의 동정 전설의 경우와 비교하면, 전자에서는 강을
건너지만 후자에서는 바다를 건너는 것으로 되어 있으며, 전자에
거북이 나오고 있으나 후자에서는 거북에 탄 사람이 나타나는 것
으로 되어 있다.

또 전자에서 아버지가 하늘이고 어머니가 수신의 딸이라고 한
데 대해서도, 진무는 천손이고 더욱이 그 어머니는 바다 신의 딸
이었다고 하는 것과 같이 아주 대동소이한 것이 주목된다. 요컨대
부여·고구려 시조 전설의 강이 진무 전설에서는 바다가 되어 있을
뿐으로, 대강의 줄거리에서는 아주 똑같다. 이것은 대륙 기원의 전
설이 바다의 나라인 일본에 전해져 그 새로운 환경에 적응하여 변
형이 이루어진 것으로 인정해야만 한다."[29]

---

29) 江上波夫, 《騎馬民族國家》, 東京: 中央公論社, 1967, 179~180쪽.

이러한 선행 연구 성과를 받아들인다면, 이와레비코의 동정 전승이 바다와 관련을 가진 것은 사실이지만, 부여와 고구려에서 한국의 남부 지방을 거쳐서 일본으로 건너가 왕권을 장악했던 집단들에 따라 재창조되었다고 보아도 크게 지장은 없을 듯하다.[30] 바꾸어 말하면 진무 천황 집단은 부여·고구려에서 한국의 남부 지방을 거쳐 바다를 건너 일본 열도로 들어간 선조들의 문화를 계승하였다는 것이다.

따라서 이렇게 부여·고구려와 긴밀한 관련을 가지는 이와레비코 집단은 기비의 하야스이노토를 떠나 시라카타쓰白肩津에 도착하였다. 이곳에서 도미히코登美毗古와 전투를 하다가, 형인 이쓰세노미코토는 그가 쏜 화살에 맞아 죽게 되는 것과 달리, 동생인 이와레비코는 육지로 동진을 하여 아마테라스오카미와 다카기노오카미가 보낸 칼을 받는 것으로 되어 있다.

【자료 7】

(1) 그리하여 하야스이노토에서 출발하여 나미하야노와타리浪速渡라는 곳을 거쳐서 푸른 구름이 감도는 시라카타쓰에 도착하여 머물게 되었다. 이때 도미노나가스네비코登美能那賀須泥毗古라는 자가 군사를 일으켜 대항하였다. 그러자 가무야마토이와레비코노미코토는 배에 넣어 두었던 방패를 끄집어내어 세웠다. 그래서 그곳을 다데쓰楯津라고 한다. 오늘날 사람들은 구사카日下의 다데쓰蓼津라고 부른다. 이곳에서 도미비코와 전투를 하였을 때, 이쓰세노미코토는 도미비코가 쏜 화살에 그의 손을 맞아 그만 부상을 당하고 말았다. 그때 그가 말하기를, "나는 태

---

30) 이 문제에 대해서는 오바야시 다료大林太良도 한국 신화와의 연관성을 인정하고 있다. 大林太良, 《日本神話の構造》, 東京: 弘文堂, 1975, 246~252쪽.

양신의 아들임에도 불구하고 태양이 있는 곳을 바라보고 싸운 것이 좋
지 않았다. 그 때문에 하잘 것 없는 미천한 녀석이 쏘는 화살에 맞아
손에 상처를 입었다. 그러므로 지금부터 돌아가서 태양을 등지고 적을
물리치자."고 한 뒤에, 남쪽에서 우회하여 지누마 해血沼海에 도착하여
손의 피를 씻었다. 그리하여 이곳을 지누마 해라고 하는 것이다. 그곳
에서 다시 우회하여 기국紀國의 오노미나토男之水門에 도착하여 말하기
를, "미천한 녀석이 쏜 화살에 맞아 죽다니."라고 거칠게 외치면서 목
숨을 거두었다. 그리하여 그 미나토를 오노미나토라고 하는 것이다. 능
은 기국의 가마 산竈山에 있다.

(2) 가무야마토이와레비코노미코토는 다시 그곳 오노미나토에서 우회하
여 구마노熊野라는 마을에 도착하였는데, 커다랗게 생긴 곰이 언뜻 나
타났다가 이내 그 자취를 감추었다. 그러자 가무야마토이와레비코노미
코토는 이내 정신을 잃고 쓰러졌으며, 거느리고 있던 군사들마저도 모
두 정신을 잃고 쓰러져 버렸다. 바로 이때 구마노에 사는 다카쿠라지高
倉下라는 자가 칼 한 자루를 가지고 천신天神의 자손이 쓰러져 있는 곳
에 와서 바쳤다. 그러자 천신의 자손이 곧바로 정신을 차리고 일어나
"오랫동안 잠이 들었었구나!"라고 하며 그 칼을 받아들자마자 그 구마
노 산의 거친 신이 저절로 모두 잘린 채 쓰러지고 말았다. 그리고 정신
을 잃고 쓰러져 있던 군사들은 이내 정신을 차리고 모두 일어났다.

그리하여 천신의 자손이 그 칼을 얻게 된 연유를 물었더니, 다카쿠라
지는 다음과 같이 대답하였다. "제가 꿈을 꾸었는데, 아마테라스오카미
天照大神와 다카기노오카미高木大神라는 두 분의 신께서 다케미카쓰치노
카미建御雷神를 불러 말씀하시기를 '아시하라노나카쓰쿠니葦原中國에서
매우 시끄러운 소리가 들리는구나. 내 자손들이 평온하지 못한 모양이
다. 그 아시하라노나카쓰쿠니는 오로지 너만이 복종시켰던 나라이니
라. 그러므로 너 다케미카쓰치노카미가 내려가도록 하여라.'라고 하셨

습니다. 그러나 다케미카쓰치노카미가 대답하기를 '제가 내려가지 않는 대신에 나라를 평정할 때 사용했던 칼을 내려 보내시는 것이 좋을 듯합니다.'라고 아뢰었습니다. 그 칼의 이름은 사지후쓰佐土布都의 신 혹은 미카후쓰甕布都의 신이라고 하며, 또 다른 이름은 후쓰노미타마布都御魂입니다. 이 칼은 이소노카미 신궁石上神宮에 있습니다. '이 칼을 내려주는 방법은 다카쿠라지가 사는 집의 창고 지붕을 뚫어 그곳에다 떨어뜨려주면 됩니다'고 말씀하셨습니다. 그리고 저에게는 '너는 아침 일찍 일어나면 좋은 물건을 보게 되는 것처럼 네가 그 칼을 보게 될 것이다. 그 칼을 가지고 가서 천신의 자손에게 바쳐라'고 하셨습니다. 그리하여 꿈에서 계시한 대로 다음날 아침 제가 그 창고 안을 보았더니 과연 그 칼이 있었습니다. 그러므로 칼을 바쳤던 것입니다."고 하였다.[31]

위의 신화에서 단락 (1)은 형인 이쓰세노미코토의 이야기이고, (2)는 아우 이와레비코의 이야기이다. 그런데 이들 두 개의 단락은 서로 대립되는 양상을 보여주고 있다. 곧 전자는 바다와 관련을

---

31) "故從其國上行之時 經浪速之渡而 泊青雲之白肩津. 此時登美能那賀須泥毘古 興軍待向以戰. 爾取所入御船之楯而下立. 故號其地謂楯津. 於今者云日河之蓼津也. 於是 與登美毘古戰之時 五瀬命於御手負登美毘古之痛矢串. 故爾 詔吾者爲日神之御子 向日而戰不良. 故負賤奴之痛手. 自今者行廻而 背負日以擊期而 自南方廻幸之時 到血沼海 洗其御手之血. 故謂血沼海也. 從其地廻幸 到紀國男之水門而詔 負賤奴之手乎死 爲男建而崩. 故號其水門謂男水門也. 陵卽在紀國之竈山也. 故神倭伊波禮毘古命 從其地廻幸 到熊野村之時 大熊髣出入卽失. 爾神倭伊波禮毘古命 儵忽爲遠延 及御軍皆遠延而伏. 此時 熊野之高倉下齎一橫刀 到於天神御子之伏地而獻之時 天神御子卽寤起 詔長寢乎. 故受取其橫刀之時 其熊野山之荒神 自皆爲切伏. 爾其惑伏御軍悉寤起之. 故天神御子 問獲其橫刀之所由. 高倉下答曰 己夢云 天照大神 高木神 二柱神之命以 召建御雷神而詔 葦原中國者 伊多玖佐夜藝帝阿理那理. 我之御子等 不平坐良志. 其葦原中國者 專汝所言向之國. 故汝建御雷神可降. 爾答曰 僕雖不降 專有平其國之橫刀 可降是刀 降此刀狀者 穿高倉下之倉頂 自其墮入. 故阿佐米余玖 汝取持獻天神御子. 故如夢教而 旦見己倉者 信有橫刀. 故以是橫刀而獻耳."
荻原淺男 共校注, 앞의 책, 150~154쪽.

가지는 인물이었던 것으로 그려져 있다. 다시 말해 도미비코와 싸움을 한 '시라카타쓰'란 곳은 신화에서 '다데쓰'라고 했던 곳으로, 오늘날 동오사카 시東大阪市 구사카 정日下町 부근에 있었던 선착장船着場이라고 한다. 그러므로 이곳 바다에서 벌어진 전투에서 도미비코가 쏜 화살에 상처를 입고 전사를 한 것으로 되어 있다.

이와 달리, 형인 이쓰세노미코토가 죽은 다음에 아우 이와레비코 일행은 '구마노'라는 육지에 도착하여 곰을 만나서 병사들과 함께 정신을 잃게 되었는데, 그때 다카쿠라지라고 하는 자가 칼 한 자루를 바치자 이내 정신을 되찾았다는 것이다. 여기에 등장하는 칼은 아마테라스오카미와 다카기노오카미가 보낸 것으로, 이와레비코의 통치권을 인정한 상징적인 조처였다고 하겠다.32)

이처럼 이 신화는 바다의 원리를 대표하는 이쓰세노미코토는 실패하고, 육지의 원리를 대표하는 이와레비코는 성공을 거두는 형태를 취하고 있다. 이런 특징은 진무 동정담神武東征譚에 선행하는 '우미사치 야마사치 신화海幸山幸神話'에서 형제 관계에 있는 야마사치히코가 우미사치히코에게 굴복하는 것과도 비슷한 구조를 취하고 있다는 것을 알 수 있다.

그런데 이와 같은 구조는 백제의 건국 신화에 등장하는 온조와 비류의 이야기와도 아주 유사한 형태라고 할 수 있다. 그래서 이미 앞에서 고찰한 바 있는 이 부분의 내용을 거듭 인용하기로 한다.

【자료 8】

　　백제의 시조 온조왕은 그 아버지가 추모鄒牟인데, 또는 주몽朱蒙이라고도 한다. (주몽은) 북부여에서 도망하여 졸본부여에 왔는데, 졸본부

---

32) 松村一男 共著, 《神話学とは何か》, 東京: 有斐閣, 1987, 67~68쪽.

여의 왕은 아들이 없고 세 딸만 있었다. 왕은 주몽이 보통 인물이 아님을 알고 둘째딸을 그의 아내로 삼게 했다. 얼마 아니하여 졸본부여 왕이 돌아가니 주몽이 그 자리를 이었다. (주몽이) 두 아들을 낳았는데 맏이는 비류沸流라고 하고, 둘째 아들은 온조溫祚라고 하였다.〔또는 주몽이 졸본에 와서 건너편 고을 월군越郡의 여자에게 장가들어 두 아들을 낳았다고도 한다.〕

　주몽이 북부여에 있을 때 낳은 아들이 와서 태자가 되자 비류와 온조는 태자에게 용납되지 못할까 두려워하여 마침내 오간·마려 등 열 명의 신하와 함께 남쪽으로 왔는데, 따라오는 백성들이 많았다. 드디어 한산에 이르러 부아악에 올라 가히 살만한 곳을 바라보았다. 비류는 바닷가에 살기를 원하였으나, 열 명의 신하가 간하기를, "생각건대 이 하남의 땅은 북쪽은 한수를 띠고, 동쪽은 고악高岳을 의지하였으며, 남쪽은 옥택沃澤을 바라보고, 서쪽으로는 대해大海를 격하였으니, 그 천험지리天險地利가 얻기 어려운 지세입니다. 여기에 도읍을 이루는 것이 좋겠습니다."라고 하였다.

　(그러나) 비류는 듣지 않고 그 백성을 나누어 미추홀로 가서 살았다. (이에) 온조는 하남 위례성에 도읍을 정하고 열 신하로 보익을 삼아 나라 이름을 십제十濟라고 하니, 이때가 전한前漢 성제成帝 홍가鴻嘉 3년이었다. 비류는 미추의 땅이 습하고 물이 짜서 편안히 살 수 없으므로 돌아와 위례를 보니 도읍이 안정되고 백성이 편안하였다. (그래서) 참회하여 죽으니, 그 신하와 백성들이 모두 위례로 돌아왔다. 올 때에 백성이 (모두) 즐겨 좇았으므로 나중에 나라 이름을 백제百濟라고 고쳤다.

　그 세계世系가 고구려와 한가지로 부여에서 나왔기 때문에, 부여로서 성씨를 삼았다.[33]

---

33) 본문은 이 책의 제3장 각주 21을 참조할 것.

이 신화에서도 육지의 원리를 대표하는 동생 온조는 건국에 성공을 하는 것과 달리, 바다의 원리를 대표하는 형인 비류는 결국 실패하여 자살을 하는 것으로 되어 있다.[34]

이와 같은 두 나라의 신화들에 대해 오바야시 다료는 그 공통점과 차이점을 아래와 같이 적시한 바 있다.

"이 백제 건국 전설을 진무 동정 전설과 비교하면, 이쓰세노미코토와 같이 바다의 원리를 대표하는 비류가 형이며, 이와레비코와 같이 육지의 원리를 대표하는 온조는 동생으로 되어 있다는 점이 우선 일치하고 있다. 두 번째로 이 두 사람의 형제가 지금까지의 거주지를 버리고 새로운 나라를 찾아서 방랑하는 점이 일본, 백제 다 같이 공통하고 있다. 게다가 세 번째로 바다의 원리를 대표하는 형은 실패하여 죽고, 육지의 원리를 대표하는 동생은 성공해서 건국하여 왕조의 조상이 되는 점이, 또한 일본과 백제가 같은 것이다.

다만 서로 다른 점으로는, 첫째로 진무 동정 전설에서는 두드러지게 군사적·정복적인 색채가 짙은 것과 달리, 백제의 건국 전설에서는 마치 사람이 살지 않는 땅에 식민植民한 것처럼 기록되어 선주민先住民과의 마찰이 쓰여 있지 않은 점이 있다. 두 번째로 비류·온조 두 형제가 병립竝立의 주인공으로 그려져 있는데, 이 점에서는 《고사기》에 정리된 이쓰세노미코토와 이와레비코의 관계에 조금 가깝지만, 《고사기》에서는 동정의 전반의 주인공이 이쓰세노미코토, 후반의 그것이 이와레비코라고 하는 2단 구성의 흔적이 엿보이는 것과 달리, 백제의 건국 전설에서는 그러한 흔적이 보이지 않는 것이다.[35]

---

34) 이에 대한 자세한 논의는 저자의 아래 논문을 참조하기 바란다.
   김화경, 〈온조 신화의 연구〉, 《인문연구(4)》, 경산: 영남대 인문과학연구소, 1983, 121~144쪽.
35) 大林太良 編, 《日本神話の比較硏究》, 東京: 法政大學出版部, 1974, 103쪽.

　이러한 견해를 받아들이는 경우에는, 부여·고구려와 긴밀한 관련을 가지고 있던 이와레비코 집단이 한반도의 남부 지방을 지나면서 백제의 건국 전승을 계승하여 그들의 건국신화를 만들었다고 보아도 무방하지 않을까 한다.

　그리고 이와레비코가 야마토에 들어가 선주하고 있던 세력에게 나라를 양도받는 이야기 또한 고구려의 그것과 비슷한 양상을 보여주고 있다. 하지만 《고사기》의 기록은 이 부분의 내용이 확실하게 명기되어 있지 않기 때문에, 여기에서는 《일본서기》의 기록을 중심으로 고찰하기로 하겠다.

【자료 9】

　　이때 나가스네히코長髓彦가 곧 사람을 보내어 천황에게, "옛날에 천신의 아들이 아마노이와후네天磐船를 타고 하늘에서 내려왔습니다. (그는) 구시타마니기하야히노미코토櫛玉饒速日命라고 합니다. 이 분이 내 누이 미카시키야히메三炊屋媛에게 장가들어 아들을 낳았습니다. 이름을 우마시마데노미코토可美眞手命라 합니다. 저는 니기하야히노미코토饒速日命를 임금으로 모시고 있습니다. 천신의 아들에 두 종류가 있는 것입니까? 어째서 또 천신의 아들이라고 일컬어, 남의 땅을 빼앗으려고 하는 것입니까? 제 생각으로 미루어 보니, 거짓일 것입니다."라고 말하였다. 천황이, "천신의 아들이라도 여럿이 있다. 네가 임금으로 섬기는 이가 진실로 천신의 아들이라면, 반드시 징표가 있을 것이다. 그것을 보여라."고 하였다. 나가스네히코는 곧 니기하야히노미코토의 아마노하하야天羽羽矢 한 개와 가치유키步靫를 천황에게 보였다. 천황이 보고, "거짓은 아니다."고 말했다. 돌아와서 아마노하하야 한 개 및 가치유키를 나가스네히코에게 보였다. 나가스네히코는 그 하늘의 징표를 보고,

더욱 조심하는 마음을 가졌다. 그러나 무기는 이미 갖추었고, 그 세력
이 중도에서 중지할 수가 없었다. 그래서 잘못된 생각을 버리지 못하
고 고칠 생각이 없었다. 니기하야히노미코토는 본시 천신이 깊이 걱정
하고 있는 것은 오직 천손뿐인 것을 알았다. 또 저 나가스네히코의 성
품이 비뚤어져서 천손과 사람은 전혀 다른 것임을 가르쳐도 알아듣지
못하는 것을 알고, 그를 죽였다. 그리고 그 무리를 거느리고 귀순하였
다. 그리고 지금 과연 충성을 다하는 것을 보았다. 곧 칭찬하고 총애하
였다. 이가 모노노베物部 씨의 선조이다.[36]

이 자료에 따르면, 이와레비코가 야마토에 들어가기 이전에 이
미 천손 계통의 니기하야히노미코토 집단이 선주하고 있었다. 그
리고 그는 그곳에 살던 나가스네히코의 누이동생을 아내로 맞이
하여 아들 우마시마데노미코토를 얻었다.

여기에서 말하는 천손은 다카마노하라에서 내려온 존재를 가리
키는 것이 틀림없다. 따라서 앞에서 살펴본 것처럼 다카마노하라
가 한반도를 가리킨다고 한다면, 부여·고구려와는 구별되는 또 다
른 집단, 이를테면 가락국이나 백제와 같은 곳으로부터 야마토에
들어가 선주先住하고 있던 니기하야히노미코토 집단이 존재했었다

---

36) "時長隨彦 乃遣行人 言於天皇曰 嘗有天神之子 乘天磐船 自天降止. 號曰櫛玉饒速日命.
是娶吾妹三炊玉媛 遂有兒息. 名曰可美眞手命. 故吾以饒速日命 爲君而奉焉. 夫天神之
子 豈有兩種乎. 奈何更稱天神子 以奪人地乎. 吾心推之 未必爲信. 天皇曰 天神子亦多
耳. 汝所爲言 是實天神之子者. 必有表物 可相示之. 長隨彦卽取饒速日命之天羽羽一隻
及步靫 以奉示天皇. 天皇覽之曰 事不虛也. 還以所御天羽羽矢一隻及步靫. 賜示於長隨
彦. 長隨彦見其天表 益懷척적. 然而凶器已構 其勢不得中休. 而猶守迷圖 無復改意. 饒
速日命 本知天神慇懃. 唯天孫是與. 且見夫長隨彦稟性愎佷 不可敎以天人之際 乃殺之.
帥其衆而歸順焉. 天皇素聞 饒速日命 是自天降者. 而今果立忠效. 則褒而寵之. 此物部氏
遠祖也."
井上光貞 共校注, 앞의 책, 208~211쪽.

고 보는 것이 자연스러울 것이다.

　이처럼 천손 계통의 후예들이 선주하고 있는 곳에 이와레비코 집단이 들어갔기 때문에 그들 사이에는 갈등과 대립이 발생할 수밖에 없었다. 자료 9의 밑줄 그은 부분은 바로 그런 상황을 표현하고 있다. 나가스네히코가 "천신의 아들에 두 종류가 있는 것입니까? 어째서 또 천신의 아들이라고 일컬어, 남의 땅을 빼앗으려고 하는 것입니까?"라고 한 것이었다. 자기 누이동생을 아내로 바친 천손 니기하야히노미코토가 있는데, 또 다른 천손 계통의 자손이 나타나서 그들의 땅을 빼앗으려고 한다는 것은 이해가 되지 않는 상황이었다.

　그러나 그러한 갈등은 이들 두 존재, 곧 나가스네히코와 이와레비코가 서로 천손의 징표徵標를 보이고 니기하야히노미코토를 살해함으로써 해소되기에 이른다. 이곳에서 니기하야히노미코토를 살해했다는 것은 그가 다스리던 땅을 이와레비코에게 물려주었음을 의미한다고 볼 수 있다.

　그런데 고구려 신화에서도 이와 같이 나라의 양도가 이루어지는 이야기가 있다.

【자료 10】

　　유리명왕琉璃明王이 즉위하니, 휘諱는 유리類利 또는 유류孺留라고 하며, 주몽의 원자元子이고, 어머니는 예씨禮氏이다. 처음에 주몽이 부여에 있을 때 예씨의 딸에게 장가를 들어 아이를 임신했는데 주몽이 떠나온 뒤에 출생한 것이 유리였다.

　　(유리가) 어렸을 때 밭두둑에 나아가 새를 쏘다가 잘못 물 긷는 여자의 물동이를 깨뜨리자 그 여자가 꾸짖어 말하기를, "이 아이는 아비

가 없는 까닭에 이같이 미련한 짓을 한다."고 하였다. 유리가 부끄러워 돌아와 어머니에게 묻기를, "우리 아버지는 누구며 지금 어디 계시냐?"고 물었다. 그 어머니가 말하기를, "너의 아버지는 보통 사람이 아니어서 나라에서 용납되지 못하고 남쪽 땅으로 도망하여 나라를 세우고 왕이 되셨단다. 떠날 때 나에게 이르기를, '그대가 남자를 낳거든 그 아이에게 이르되 내가 유물을 일곱 모가 진 돌(七稜石) 위의 소나무 밑에 감추어 두었으니, 능히 이것을 찾는 자가 나의 아들이다.'고 하였다."고 하니, 유리가 듣고 곧 산골짜기에 가서 그것을 찾다가 찾지 못하고 지쳐서 돌아왔다. 하루는 그가 마루 위에 있을 때 무슨 소리가 주춧돌 틈바귀에서 나는 것 같았다. 가서 살펴보니 주춧돌이 일곱 모로 되어 있었으므로, 곧 기둥 밑을 찾아보니 부러진 칼 한 조각이 나왔다.

드디어 그것을 가지고 옥지屋智, 구추句鄒, 도조都祖 등 세 사람과 함께 졸본卒本에 이르러서 아버지인 왕을 보고 끊어진 칼을 바쳤다. 왕이 가지고 있던 단검을 꺼내어 맞추어 보니 완연한 칼 한 자루가 되었다. 왕이 기뻐하여 유리를 세워 태자로 삼았다가 이때에 이르러 왕위를 계승하였다.[37]

이 신화는 주몽이 부여에 있을 때에 예 씨에게 장가를 들어 임신을 하게 되었는데, 그때 태어난 유리가 졸본으로 아버지를 찾아

---

37) "瑠璃明王立, 諱類利, 或云孺留, 朱蒙元子, 母禮氏, 初, 朱蒙在扶餘, 娶禮氏女有娠, 朱蒙歸後乃生, 是爲類利, 幼年出遊陌上, 彈雀誤破汲水婦人瓦器, 婦人罵曰, 此兒無父, 故頑如此, 類利慙, 歸問母氏, 我父何人, 今在何處, 母曰, 汝父非常人也, 不見容於國, 逃歸南地, 開國稱王, 歸時謂予曰, 汝若生男子, 則言我有遺物, 藏在七稜石上松下, 若能得此者, 乃吾子也, 類利聞之, 乃往山谷索之, 不得, 倦而還, 一旦在堂上, 聞柱礎間若有聲, 就而見之, 礎石有七稜, 乃搜於柱下, 得斷劒一段, 遂持之與屋智句鄒都祖等三人, 行至卒本, 見父王, 以斷劒奉之, 王出己所有斷劒合之, 連爲一劒, 王悅之, 立爲太子, 至是繼位." 김부식, 앞의 책, 147~148쪽.

와서 태자가 되었다는 것을 그 내용으로 하고 있다. 그런데 주몽이 졸본에 와서 졸본부여 왕의 둘째 딸과 결혼하여 비류와 온조를 낳았다. 하지만 유리가 찾아와서 태자가 되자 이들은 "용납되지 못할까 두려워하여" 남쪽으로 내려와 나라를 세웠다는 것은 이미 자료 8에서 고찰한 바 있다.

여기에서 유리가 부여로부터 오지 않았더라면 비류와 온조 둘 가운데서 누군가가 주몽의 왕위를 이어받게 되어 있었다는 것은 두말할 나위도 없다. 그렇지만 유리가 찾아옴으로써, 비류 형제는 자기들이 계승해야 할 땅을 물려주고 남하하여 다른 나라를 세웠다고 할 수 있다.

이에 대해 오바야시 다료는 아래와 같은 견해를 피력하였다.

"조선의 경우, 표면상은 주몽이 그 맏아들 유리에게 왕위를 물려준 것이지만, 실제는 왕위 계승권을 빼앗긴 비류·온조 두 형제가 나라를 떠난 것이기 때문에, 실질적으로는 이 두 형제가 유리에게 나라를 양도한 것이 된다. 그러나 그 나라의 양도가 일본과 조선 다 같이 하늘의 징표로서 무기의 합치를 계기로 하여 이루어지는 것과, 왕위 청구자(이와레비코, 유리)와 직접 교섭하는 것은 나라를 양도하는 자 자신이 아니라 그 관계자, 곧 니기하야히노미코토의 경우는 처남인 나가스네히코, 비류·온조의 경우는 그 아버지인 주몽이라고 하는 두 가지 점에서 유사성을 지니고 있다. 이와 같은 일치는, 백제 경우의 두 형제의 유랑, 일본 경우의 나가스네히코의 살해라고 하는 상위점相違点에도 불구하고 역시 주목할 만한 것이라고 생각한다."[38]

이러한 유사점과 차이점이 있다고 하더라도, 오바야시가 지적한

---

38) 大林太良, 앞의 논문(1974), 109~110쪽.

것처럼 이들 두 신화 사이에는 주목할 만한 점이 분명히 있다. 바꾸어 말하면 일본의 건국 신화인 진무 천황의 동정담東征譚은 실제로 부여·고구려에서 백제를 경유하여 규슈로 건너갔던 세력이 그들의 역사적 경험을 토대로 하여 이와 같은 이야기를 《고사기》와 《일본서기》에 기록했다고 보는 것이 타당하다는 것이다.

이렇게 본다면, 야마토 정권의 성립에는 반드시 가락국이나 백제에서 건너간 집단들만이 참여한 것이 아니라, 고구려에서 들어간 집단들도 상당한 구실을 했다고 보는 것이 타당하다. 곧 한반도, 그들의 신화적 표현을 빌린다면 다카마노하라高天原에서 도일한 유력한 세력들이 서로 연합하여 야마토 정권을 성립시켜 일본의 고대국가를 형성했다고 하는 것이 사리에 맞는다는 것이다.

3. 일본 서남제도의 무조 신화와 고구려

일본에서는 규슈의 가고시마 현鹿兒島縣에서 오키나와 현沖繩縣으로 이어지는 일련의 섬들을 서남제도西南諸島라고 일컫고 있다. 이들 섬 가운데 기카이 도喜界島와 아마미오 도奄美大島에 사는 무당의 한 부류인 유다[39]들 사이에는 무조 신화巫祖神話의 하나로 '오모이마쓰가네 신화思松金神話'가 전해지고 있다. 이 신화는 일본에서 그 예가 그다지 흔하지 않은 '일광감응日光感應'과 '심부고난尋父苦難'의 모티브로 이루어져 있어, 일찍부터 관심의 표적이 되

---

[39] 이 일대의 무당들로는 '노로'와 '유다'가 있는데, 전자가 세습무世襲巫로 공동체의 의례를 주제主祭하는 데 견주어, 후자는 공수를 주로 하는 강신무降神巫로 개인적인 의례를 주제한다.
民俗學硏究所 編, 《民俗學辭典》, 東京: 東京堂出版, 1951, 652쪽.

어왔다.

더욱이 이 신화의 범주에 들어가는 자료들을 집중적으로 조사하고 연구한 야마시타 긴이치山下欣一는 "이 설화의 계통은 지리적으로 보더라도 이 경역〔滿蒙鮮諸族〕에서 그 기원을 찾아야 할 것이다."40)라는 견해를 제시한 바 있다. 하지만 야마시타의 이와 같은 견해는 이 신화가 구체적으로 어느 나라의 어떤 신화 자료와 관계가 있는지를 밝힌 것이 아니라, 미시나 아키히데三品彰英의 주장, 곧 일광감응 신화는 만몽계통滿蒙系統의 태양 숭배 사상과 결부되어 있다고 한 견해41)를 답습하는 데 그친 것이었다.

이와 달리 오바야시 다료는 이 유형의 신화가 멜라네시아와 폴리네시아의 접경 지역 및 북아메리카의 북서해안과 서남부의 인디언들 사이에 분포되어 있다는 사실을 소개하면서, 한국의《삼국사기》와《구삼국사》에 전해지는 '주몽 신화'도 일본의 자료와 관계가 있을 것이라는 상정을 하였다.42) 그렇지만 그의 연구는 이 유형에 속하는 자료들을 직접적으로 비교한 것이 아니라, 자료의 분포 지역을 소개하는 수준에 머물렀다고 할 수 있다.

한편 후쿠다 아키라福田晃는 이 신화를 중세의 일본 본토 자료들과 비교한 다음, "남도의 '일광감응 신화'가 북상北上하여 일본 본토에 상륙했다고도 볼 수 있고, 한반도에서 그 한 유파流波가 본토를 향하고 다른 한 유파가 남도에 상륙했다고도 생각할 수 있으

---

40) 山下欣一,《奄美說話の硏究》, 東京: 法政大學出版部, 1979, 339~340쪽.

41) 三品彰英,《神話と文化史》, 東京: 平凡社, 1971, 489~528쪽.

42) 오바야시 다료가 추정하는 '일광감응 신화'를 가진 고대 해양문화의 중심지는 중국 동부의 오월吳越 지역으로, 여기에서 한편으로는 일본의 아마미奄美와 폴리네시아 쪽으로 들어갔고, 다른 한편으로는 구로시오黑潮를 따라 북아메리카의 서북 해안으로 들어갔을 것이라고 보았다.
    大林太良, 〈南島民間文藝の比較硏究〉,《南島說話の傳承》, 東京: 三弥井書店, 1982, 116~117쪽.

나, 지금은 그 이상을 단정할 수 없다."[43])고 하여, 명확한 결론은
유보한 채 두 가지의 가능성을 제시하는 데 그쳤다.

또 이와세 히로시岩瀬博는 '오모이마쓰가네 신화'의 일종으로 아
마미오 도에 전해지는 '미야코하쓰마루都はつ丸' 유형의 이야기와
일본 본토의 '고아쓰모리子敦盛' 이야기를 비교·검토한 다음에,
"'오모이마쓰가네'가 전승되고 있는 아마미에 '고아쓰모리'의 이야
기가 전파되어 그 자극을 받아 '미야코하쓰마루'가 새로운 화형話
型으로 성립하였다."[44])는 주장을 하기도 하였다.

이상과 같은 일본 학자들의 연구 성과를 일별한다면, 그들이
'일광감응'의 모티브를 가지고 있는 '오모이마쓰가네 신화'를 한국
의 자료와 직접적으로 비교하는 시도를 하지 않고 있다는 사실을
확인할 수 있다. 이러한 일본 학자들의 연구 자세는, 이 신화와 한
국의 자료가 관련이 있다는 사실이 밝혀지면 그들이 주장해온 남
방해양 문화와의 관련설이 희석될 가능성이 있기 때문이 아닌가
한다. 그래서 본 연구에서는 이 신화를 고구려 신화와 비교하여
고찰함으로써, 이것과 한반도의 관계를 해명하려고 한다.

야마시타 긴이치가 조사한 바에 따르면, 일본의 서남제도 일대
에서 보고된 '오모이마쓰가네 신화'의 이본들은 아홉 편에 이른
다.[45]) 하지만 이 책에서 이들 자료를 전부 다 고찰할 필요는 없으
므로, 그가 요약한 것을 기본 텍스트로 하기로 한다.

---

43) 福田晃, 〈奄美·日光感應説話(神の子邂逅型)の傳承〉, 《南島説話の傳承》, 東京: 三弥井
書店, 1982, 161쪽.
44) 岩瀬博, 〈奄美昔話考〉, 《南島説話の傳承》, 東京: 三弥井書店, 1982, 210쪽.
45) 山下欣一, 앞의 책, 188~189쪽.

【자료 11】

⑴ 방 바깥에 나가본 적이 없는 절세絶世의 미인인 오모이마쓰가네思松金
라고 하는 베 짜는 처녀가 어느 날 바깥에 나와 동쪽의 해변을 향해 용
변을 보고 있었다. (그랬더니) 거기에 햇빛이 비치었다. 방에 돌아와
베를 짜고 있으니 배가 점점 불러왔다. 양친이 화를 내어 질책하면서
점쟁이에게 부탁을 하여 점을 쳤다. 점쟁이는 "(그 아이가) 열 달 만에
태어나면 사람의 아들이고, 아홉 달 만에 태어나면 귀신의 아들이다.
그리고 열두 달 만에 나오면 신의 아들이니 소중하게 기르라."고 하였
다. 열두 달 만에 신의 아들이 탄생하였는데, 그는 태어난 지 이레 만
에 문 앞에 나가 놀았다.

⑵ 그런데 그곳의 유력한 영주領主인 아지按司의 아들이 그 아이의 이야기
를 듣고, 먼저 활쏘기 내기를 하자고 제의했다. 아지의 아들은 훌륭한
활을 가지고 있었으나, 오모이마쓰가네는 베틀의 도구를 뜯어내어 조
잡하게 만든 활을 아들에게 주었다. 그리하여 활쏘기 내기를 했다. 아
지의 아들이 쏜 화살은 멀리 날아갔지만 오모이마쓰가네의 아들이 쏜
화살은 하늘까지 다다라 돌아오지 않았으므로, 활쏘기에서 승리를 거
두었다. 그 다음에는 말달리기 경주, 그리고 노젓기 경주 등을 하였으
나, 전부 오모이마쓰가네의 아들이 이겼다. 마지막으로 아지의 아들은
아버지 견주기 내기를 하자고 하였다. 그래서 자기의 아버지는 누구냐
고 (어머니인) 오모이마쓰가네에게 물었더니, (그녀는) 태양이 너의
아버지라고 가르쳐 주었다.

⑶ 오모이마쓰가네의 아들은 태양이 있는 곳으로 올라갔다. 천상에서는
사람의 아들이 간단하게 하늘에 올라온 것을 용서할 수 없다고 하면서
(그 아이를) 말 우리라든가 용龍의 우리에 넣어 갖가지 시련을 겪게 하
였다. (그는) 그 일들을 전부 이겨내고 마침내 아버지를 만났다.

⑷ 아버지는 "너는 나의 아들이다. 그렇지만 너는 신과 인간의 사이에서 태어났기 때문에 천국에 있을 수가 없다. 지상에 내려가서 인간들을 도와주어라."고 하였다. 그래서 (그는) 말을 타고 하늘에서 내려왔다. 이것이 유다의 시작이라고 한다.[46]

이 자료는 ⑴ 일광감응에 따른 주인공의 비정상적인 탄생과 ⑵ 비범한 능력의 발휘 및 아버지가 없어 당하는 고난苦難, ⑶ 아들로서 인정을 받기 위한 고난의 극복, ⑷ 지상으로 하강과 유다의 시작 등 네 개의 단락으로 나누어진다. 이렇게 유다라는 샤먼의 연원이 서술되는 이 신화에 대해서 야마시타는 "이들 설화군을 유다가 구송하는 것은 신성한 이야기이기 때문이다. 곧 태양 신앙의 배경 아래, 이 신앙의 대상인 태양에게 사랑을 받는 베 짜는 여자가 출산한 해의 아들이 그 출자와 신성성을 보이면서 (그것을) 획득해간다고 하는 것이다. 또 이 신성성은 지상과 천상에서 증명되지만, 최종적으로는 지상에 내려와 신분이 낮은 사람들을 도와주는 역할을 한다. 그리고 제일 중요한 것은, 이 지상에 내려온 성스러운 해의 아들이 유다의 조상이 되었다고 생각한 점이다."[47]고 하여, 오모이마쓰가네의 아들이 신성성을 가지게 된 까닭을 그의 출자가 태양에 있다는 것에서 찾고 있다.

말할 것도 없이 이러한 야마시타 긴이치의 견해도 어느 한 면에서는 타당성을 지닌다고 할 수 있다. 그렇지만 이 자료는 유다가 어떻게 하여 무업巫業을 시작하게 되었는가를 이야기해주는 무조 신화巫祖神話의 범주에 속한다. 말하자면 유다가 천상의 세계에 가서 그의 아버지에게 무업을 시작하여 서민들을 보살피라

---

46) 山下欣一 共著, 《南島のフォークロア》, 東京: 方英社, 1984, 159~160쪽.
47) 山下欣一, 앞의 책, 244쪽.

는 명령을 받아 무당의 조상이 되었다는 것을 말해주고 있다.

원시민족들은 말할 것도 없이 문화민족들도 어떤 것의 원인이나 근본을 안다는 것은 단순히 그것의 지식을 습득하는 데 그치지 않고, 그것을 지배하고 통제할 수 있다는 사유를 가지고 있다고 한다.[48] 그러므로 이 신화가 입무 의례入巫儀禮와 점복占卜을 할 때에도 사용되는 것은,[49] 그 신의 근원을 앎으로써 신을 움직여 무업을 수행하는 유다가 되고, 또 점복을 하여 찾아온 사람들에게 신의 뜻을 제대로 전달할 수 있다는 신화적 사유가 반영되어 있다고 하겠다. 바꾸어 말하면 이 신화가 입무 의례나 점복을 할 때에 구송되는 것은 무당의 조상이 된 신의 내력을 알고 있기 때문에 그 신을 유다가 마음대로 지배하고 통제하여 소기의 성과를 거둘 수 있다는 의미에서 말미암은 것이라고 할 수 있다. 이와 같은 '오모이마쓰가네 신화'는 앞에서 지적한 것처럼 일본 본토에서는 일광감응의 모티브를 가진 자료들이 거의 발견되지 않고 있기 때문에,[50] 그 계통에 의문이 제기되는 것은 어쩌면 자연스러운 귀결일지도 모른다.

그러나 일본의 학자들은 이 신화를 본토의 자료들과 연관시키기 위한 노력을 끊임없이 시도해오고 있다. 후쿠다 아키라는 〈아마미奄美·일광감응 설화 '신의 아들 해후형邂逅型'의 전승〉이란 논

---

48) 松村武雄, 《神話學原論(上)》, 東京: 培風館, 1940, 141쪽.
49) 山下欣一 共著, 앞의 책, 161쪽.
50) 일본의 문헌신화들 가운데 일광감응의 모티브를 가진 것으로는 《고사기》에 전하는 '아메노히보코 신화天日槍神話'와 《덴도법사연기天童法師緣起》에 전승되는 '덴도 탄생담天童誕生譚', 《이헨비구필기惟賢比丘筆記》에 전하는 '오스미쇼하치만 탄생담大隅正八幡誕生譚' 등이 있을 따름이다[三品彰英, 앞의 책(1971), 500~501쪽]. 그런데 이들 자료도 모두가 어떠한 형태로든 한국과 깊은 관련을 지니고 있어 주목을 끈다. 다시 말해 '아메노히보코 신화'가 신라와 연계된 것이고, 뒤의 두 이야기는 지리적으로 한국과 가까운 대마도對馬島에서 전해지고 있다는 것을 밝혀둔다.

문에서, 이 신화와 관련을 가지는 중세의 이야기들로 ① '칠석七夕의 본체本體'와 ② '아사마 본지 유래기淺間御本地御由來記', ③ 《신도집神道集》의 '고모치야마노코도兒持山之事', ④ '아카시의 이야기明石の物語' 등을 들었다. 이들 가운데 스루가駿河의 후지아사마富士淺間 대보살大菩薩의 본체에 얽힌 이야기인 ②의 내용을 소개한다면 아래와 같다.

【자료 12】

　　서울의 (어떤) 대신이 5만 석 부잣집의 딸이 미인이라는 소문을 듣고, 보지도 않고 짝사랑을 하게 되어 지방관으로 내려갔다.

　　그 딸이 독경讀經을 하고 있는데, ㉮ 달에 사는 신선이 동자로 변신<u>하여 나타나서는 다시 백사白蛇로 변해서 그녀의 품속으로 들어갔다.</u>

　　(그 지방의) 영주領主가 부자를 불러, (서울에서 내려온 대신이) 딸을 좋아한다는 사실을 전했다. 부자는 좋아하면서 (혼사) 준비를 하였다. 그 아내가 딸의 몸을 씻기려고 탕湯에 들어가게 했더니, 딸은 임신을 한 몸이었다. 부자는 전어錢魚 새끼를 먹여 딸이 급사한 것처럼 꾸미고, 그것을 영주에게 알렸다.

　　부자는 부인에게 "딸에게 다녀간 남자가 누구냐?"고 물었다. (그러자) 부인은 달에 사는 신선이 다녀갔다는 사연을 이야기했다. 부자는 딸을 명마名馬에 태워서, 하인을 붙여 집에서 쫓아냈다. (집을 나온) 두 사람은 이윽고 무사시 강武藏川을 건너 들판에 이르렀다. 딸은 그곳에 이르자 산기産氣가 있었다. 하인이 물을 찾으러 나간 사이에 아이가 태어났다.

　　(그녀를 짝사랑했던) 대신이 (마침) 그곳을 지나가다가 (부자의 딸을 발견하고 그녀를) 데리고 가려하였다. ㉯ <u>딸은 거울을 두 쪽으로 깨</u>

<u>어, 그 한 쪽을 아이의 (품속에) 넣어두고 (거기를) 떠났다.</u> 돌아온 하인은 아이를 안고 말의 발자국을 따라가다가 사가미相模의 어떤 부잣집에 들어가 (그곳에서) 살게 되었다.

그 아이가 열세 살이 되었을 때, 하인은 그 아이를 데리고 어머니를 찾아 나섰다. 하지만 그들은 (도중에) 마음씨가 고약한 사람에게 붙잡히고 말았다. ㉰ 하인은 마음씨가 고약한 사람에게 살해되었으나, 아이는 도망을 쳐서 (어머니를 데려간) 대신을 만나 보호를 받게 되었다. 대신은 그 아이에게 이제까지의 경위를 듣더니, 반쪽의 거울을 내어 맞추어 보고 그들이 모자母子라는 사실을 확인하였다. 대신은 기요미가세키淸見ケ關에 가서 그 고약한 사람을 죽이고, (죽은) 하인에게 공양을 했다.

하인은 그들 모자와 한 권속眷屬의 신이 될 것을 맹세하였다. 대신은 소우샤다이묘신揔社大明神, 어머니는 아사마대보살, 아들은 산궁山宮의 신이 되었다.[51]

이것은 아무리 보아도 앞의 자료 1과는 거리가 있다. 후쿠다가 지적한 것처럼, ㉮의 '월광감응月光感應 모티브'와 ㉰의 '고난 모티브'가 '오모이마쓰가네 신화'와 상통한다고 볼 수는 있다. 그렇지만 위의 자료는 ㉯에서 보는 바와 같이, 아이를 낳은 어머니까지도 그 아이를 버리는 '기아棄兒 모티브'로 이루어져 있다는 점에서는 전연 다른 유형의 이야기라고 보지 않을 수 없다.

한편 서남제도 일대에 구전되는 설화로 '미야코하쓰마루' 또는 '미야코아쓰모리都敦盛'라는 이야기가 있다. 이것은 세키 게이고關敬吾가 《일본 이야기 대성日本昔話大成》 권10의 보유補遺 31에 '미야코하쓰마루'로 새롭게 등재한 유형이다.[52] 야마시타 긴이치는 이

---

51) 福田晃, 앞의 논문, 146~148쪽의 표에서 정리·인용하였음을 밝혀둔다.

유형의 이야기도 자료 1의 '오모이마쓰가네 신화'와 관련이 있는 것으로 보았다. 그래서 이것의 내용도 아울러 살펴보기로 하겠다.

【자료 13】

　　옛날 어떤 곳에 모녀母女 두 사람이 사는 집이 있었다. 그 딸은 미인이어서, 일절 바깥에 나가지 않았다. 어느 날 밤바람을 쐬려고 하는데 전기의 불빛 같은 것이 몸 전체를 비추어, 그 딸은 무서운 나머지 집에 들어가 바깥출입을 하지 않았다.

　　그런데 그 딸은 어느새 임신을 하고 있었다. 세간世間에 여러 가지 소문이 있었으나, 그 사이에 (그녀는) 사내아이를 무사히 출산하여 (처음) 4·5개월을 어린아이와 함께 살았다. 하지만 아이를 낳고 나서는 더욱 더 듣기 거북한 소문이 퍼졌으므로, 아이를 어머니에게 맡기고 딸은 집을 나섰다. (딸은) 어머니에게 여행을 떠난다고 했지만, 실은 죽을 결심을 하고 집을 나섰던 것이다.

　　집을 지키고 있던 어머니는 자기 딸이 언제 돌아올지, 이제나저제나 하면서 기다리고 있었다. 그 사이에 어떤 사람에게 (딸이) 죽었다는 소문을 듣고 슬픔과 고뇌에 빠졌으나, 어쩔 도리가 없어 포기하고 이 손자를 키우면서 살아가자고 결심하였다. 4·5개월이 지났으나 아버지가 없는 데다 어머니마저 없어 (그 아이의) 이름도 짓지 못하고 있었다. 그래서 할머니가 '미야코아쓰모리都敦盛'란 이름을 붙여주고, 약한 여자의 힘으로 (그 아이를) 학교에 보낼 나이가 될 때까지 키웠다. 아쓰모리는 달리기와 노젓기 경주, 공부 등 무엇을 시켜도 친구들에게 지지 않고 일등만 하여 할머니를 즐겁게 만들었다.

　　어느 날 친구가 "아버지 자랑을 하자."고 했다. 할머니에게 태어나면

---

52) 關敬吾,《日本昔話大成)(10)》, 東京: 角川書店, 1980, 314~316쪽.

서부터 아버지가 없다는 것을 듣고 자란 그는, 그때에는 이기지 못하고 가만히 있었다. 또 친구는 "어머니 자랑을 하자."고 하였다. (집에 돌아온) 아쓰모리는 할머니의 무릎에 엎드려 울기만 했다.

뒤에 무슨 생각을 하였는지 할머니에게 부탁하여 도시락을 준비한 아쓰모리는, 혼자서 마을을 빠져나와 산속으로 들어갔다가 날이 저물었다. 어떻게 하면 좋을까 하고 망설이고 있을 때, 앞쪽에서 불빛이 보였다. 아쓰모리는 서둘러 그 집을 찾아가 문을 두드리면서, "나그네인데 하룻밤 재워주십시오."라고 하였다. 그러자 안에서 "자는 것은 안됩니다."하고 거절을 했다. 아쓰모리는 또 "헛간이나 처마 밑이라도 좋습니다."라고 애원을 했다. "그렇게 말한다면, 처마 밑에서 묵고 가시오."라고 하는 두 번째의 대답이 있었다.

그리하여 집에 들어가 방안을 엿보았더니, 아름다운 여자가 거울 앞에 앉아 머리를 빗으면서 무엇인가 입으로 중얼거리고 있었다. 아쓰모리가 귀를 곤두세워 들어본즉, "달에 비유해도 별에 비유해도 미야코 아쓰모리의 일이야 잊을 수가 있으랴?"라고 몇 번이고 반복하는 것이었다. 아쓰모리는 자기의 이름을 말하는 데 놀라서 처마 밑에서 "달에 비유해도 별에 비유해도 나를 낳은 어머니야 잊을 수가 있으랴?"라고 말하였다.

(그랬더니) "네가 내 아들인 미야코아쓰모리냐?"라고 하면서, 어머니는 (그를) 끌어안고 방안으로 들어가 여러 가지로 보살펴주었다. 아쓰모리는 태어나서 처음으로 어머니와 베개를 같이하고 편안하게 그 밤을 보냈다.

이튿날 아침 깨어보니, 두렵게도 계곡의 절벽 위에서 어머니의 뼈를 베개로 하여 잠을 잔 것이었다. 아쓰모리는 생각한 끝에, 흩어져 있던 어머니의 뼈를 주워 모아 할머니의 곁으로 돌아와서 묻어주었다. 그 뒤에 이장移葬하게 되었다고 한다.53)

이것은 다바타 에이카쓰田畑英勝의 《아마미 대도 설화집奄美大島昔話集》에 실린 것을 인용한 것으로, (1) 월광감응에 의한 아이의 탄생과 (2) 어머니의 가출과 죽음, (3) 어머니를 찾아나서는 아이의 여행, (4) 죽은 어머니와의 만남, (5) 어머니 무덤의 완성 등 다섯 개의 모티브들로 구성되어 있다. 이에 대해 야마시타는 이들 일련의 모티브는 독립되어 있던 것이 어떤 기회에 결합한 것이거나, 아니면 유다의 무가巫歌 속의 서사적인 부분이 설화로서 이야기된 것이거나 어느 한쪽일 것이라는 견해를 펼쳤다.54)

그러나 이 설화가 '오모이마쓰가네 신화'의 일광감응 모티브와 깊은 관련이 있을 것이라고 한 그의 견해는, 이와세 히로시岩瀬博가 지적한 것처럼 정곡正鵠을 벗어난 것이다.55) 왜냐하면 이 설화는 월광감응 모티브를 가지고 있어 '오모이마쓰가네 신화'의 일광감응 모티브와는 구별되고, 또 아이가 비범한 능력을 구비한 것 이외에는 줄거리가 전혀 다르기 때문이다.

지금까지 일본의 학자들이 서남제도 일대에서 전승되는 설화와 '오모이마쓰가네 신화'가 관련을 가진다고 주장하는 견해들을 살펴보았다. 그 결과, 이들 자료 사이에는 유사한 모티브가 존재하기는 하지만, '오모이마쓰가네 신화'와는 그 유형이 다른 이야기들이란 사실을 확인할 수 있었다. 따라서 그들이 이 신화를 일본 본토의 자료들과 연결시키려고 한 것은 거의 무리에 가까운 억설臆說이라고 생각된다.

그렇다면 이 신화는 어디로부터 들어간 것일까 하는 문제를 더 깊이 있게 따져보지 않을 수 없다. 이 문제의 해결을 위해서

---

53) 岩瀬博, 앞의 논문, 194~196쪽에서 재인용.
54) 山下欣一, 앞의 책(1979), 274쪽.
55) 岩瀬博, 앞의 논문, 198쪽.

는 '오모이마쓰가네 신화'가 전승되는 일본의 서남제도와 근접한 지역에서 비슷한 모티브들로 이루어진 자료를 찾아야 한다. 그런 지역에서 이 신화와 가장 가까운 자료로는 고구려의 '주몽 신화'와 '유리 신화'가 있다. 먼저 '주몽 신화'의 내용부터 별견하기로 한다.

【자료 14】

　　이때 (금와가) 태백산의 남쪽 우발수에서 한 여자를 만나 (그 사정을) 물어 보았다. 그녀가 "나는 하백의 딸로 유화라고 합니다. 여러 동생들과 더불어 나와 놀고 있을 때에, 한 남자가 있어 스스로 천제의 아들 해모수라고 하면서 나를 웅심산 밑의 압록강 가에 있는 집 안으로 유인하여 동침을 하고 곧 가서는 (다시) 돌아오지 않았습니다. 나의 부모는 내가 중매도 없이 남자와 상관한 것을 꾸짖고 드디어 우발수에서 귀양살이를 하게 하였습니다."라고 대답하였다. <u>금와가 이상하게 생각하여 (그녀를) 방 안에 가두었더니, 그녀에게 햇빛이 비치었다. 그녀가 몸을 피하면 햇빛이 또 따라와 비치었다. 이로써 태기가 있어 알 한 개를 낳았는데, 크기가 닷 되들이 만하였다.</u> 왕이 그 알을 버려 개와 돼지에게 주었으나 모두 먹지 않았다. 다시 길 가운데 버렸더니 소와 말이 피하면서 밟지 않았다. 나중에는 들판에 버렸더니 새가 날개로 덮어 주었다. 왕이 그것을 쪼개려고 하였지만 깨뜨릴 수가 없었기 때문에 마침내 그 어머니에게 돌려주었다. 그 어머니가 물건으로 싸서 따뜻한 곳에 두었더니 한 사내아이가 껍질을 깨고 나왔다.

　　그의 골격과 풍채가 영특하고 기이하였으며, 나이가 겨우 일곱 살인데도 보통 사람들과는 월등하게 달랐다. 스스로 활과 화살을 만들어

쏘았는데 백발백중이었다. 부여의 속담에 활을 잘 쏘는 것을 주몽이라
고 하였으므로 이렇게 이름을 지었다고 한다.56)

이 신화는《삼국사기》고구려 본기 시조 동명성왕東明聖王 조에
전해지는 주몽의 탄생담이다. 이 자료에서 그는 밑줄을 그은 곳에
서 보는 것과 같이 일광감응에 의해 알로 태어난 것으로 기술되어
있다. 여기에 초점을 맞추어, 이 난생 신화가 남방 해양계통의 문
화적 산물이라는 견해가 나오기도 하였다.57) 하지만 저자가 검토
한 바로는, 부여족이 동쪽으로 진출하면서 그 전에 살고 있던 코
랴크 족Koryak과 같은 고아시아족Paleo-Asiatics들과의 문화적인 접촉
으로 난생 모티브를 가지게 되어, 일광감응에 따른 임신과 알에서
탄생이라고 하는 분화가 이루어졌을 가능성이 높은 것 같았다.58)
  만약에 이러한 상정이 타당하다고 한다면, 고구려를 세운 주몽
집단이 원래부터 지니고 있었던 것은 일광감응으로 건국주가 태

---

56) "於是時 得女子於太白山 南優渤水 問之曰 我是河伯之女 名柳花 與諸弟出遊 時有一男
  子 自言天帝子解慕漱 誘我於熊心山下 鴨淥邊室中私之 卽往不返 父母責我無媒而從人
  遂謫居優渤水 金蛙異之 幽閉於室中 爲日所炤 引身避之 日影又逐而炤之 因而有孕 生
  一卵 大如五升許 王棄之與犬豕 皆不食 又棄之路中 牛馬避之 後棄之野 鳥覆翼之 王欲
  剖之 不能破 遂還其母 以物之 置於暖處 有一男兒 破殼而出 骨表英奇 年甫七歲 嶷然異
  常 自作弓矢射之 百發百中 扶餘俗語 善射爲朱蒙 故以名云."
  김부식, 1982, 145~146쪽.
57) 三品彰英, 앞의 책(1971), 343~381쪽.
58) 김화경, 〈고구려 건국신화의 연구〉,《진단학보(86)》, 서울: 진단학회, 1998, 40쪽.
  이런 상정이 가능한 이유는, 손진기孫進己의 연구로서 길랴크 족Gilyak이나 코랴크 족
  과 같은 고아시아족들이 만주의 동북 지방 일대에 살고 있다가 뒤에 들어온 퉁구스 족
  이나 몽고계의 여러 종족들에게 동화되었고, 그 나머지 일부는 아시아의 극동 북쪽 귀
  퉁이까지 밀려났다는 것이 밝혀졌다. 그런데 이렇게 밀려난 코랴크 족이 난생 신화를
  가지고 있다는 것에 착안한 것임을 밝혀둔다.
  孫進己, 임동석 역,《東北民族源流》, 서울: 동문선, 1992, 424쪽.
  J. Michael, *Myth of the World*, London: Kyle Cathie Ltd, 1995, pp.8~9.

어났다고 하는 모티브였을 것이다. 이처럼 시조의 출자를 하늘에서 구하는 것은 중앙아시아 일대에 거주하고 있던 유목민들의 세계관과 밀접한 관계를 가지고 있다. 다시 말해 그들은 자기들이 가진 왕권이 하늘에서 유래되었다는 세계관을 가지고 있었다는 것이다. 이런 추정의 타당성을 입증하고자 《원조비사元朝秘史》에 실려 있는 신화를 소개하기로 한다.

【자료 15】

　　그리하여 그의 어머니 알란고아阿蘭豁阿가 말하기를 "벨구누테이別古訥台·부구누테이不古訥台 두 아들들아, (다른 사람들이) 내가 낳은 세 아이를 누구의 아이인지 의아하게 여기고 있으니, 너희들이 의혹을 가지는 것도 당연하다. 너희들은 (그 내막을) 알지 못할 것이다. (실은) 매일 밤 황백색의 남자가 천창天窓 문설주의 밝은 곳으로 들어와서 나의 배를 쓰다듬고, 그의 광명이 내 뱃속으로 스며들었다. (그가) 나갈 때에는 일월日月의 빛을 따라서 마치 누렁개가 기어가는 것 같이 하였다. (그러니) 너희들은 그런 말을 하지 말거라. 이것을 보면 분명히 하늘의 아들이니, 보통 사람들은 가히 알지 못할 것이다. 오랜 뒤에 그(의 후예)가 제왕帝王 노릇을 할 터인즉, 그때 가서야 비로소 (그것을) 알 것이다."라고 하였다.[59]

이것은 징기스칸成吉思汗의 선조 보돈차르孛端察兒의 어머니 알

---

[59] "因那般 他母親阿蘭豁阿說 別古訥台 不古訥台 您而兒子 疑惑我這三個子是誰生的 您疑惑的也是 您不知道 每夜有黃白色人 自天窓門額明處入來 將我肚皮摩挲 他的光明 透入肚裏 去時節隨日月的光 恰似黃狗 般爬出去了 您休造次說 這般看來 顯是天的兒子 不可比做凡人 久後他每做帝王呵 那時纔知道也者."
　李文田 注, 《元朝秘史》, 台北: 藝文印書館, 1986, 20~21쪽.

란고아가 자신이 아이를 낳게 된 경위를 말한 것으로,《원조비사》
서두에 실려 있는 푸른 이리蒼狼와 흰 암사슴白牝鹿의 결합으로 시
조가 탄생되었다고 하는 이야기와는 별개의 계열에 속하는 자료
이다. 이 전승에서는 사람의 형상을 한 존재가 등장하여 알란고아
에게 접근하였다. 하지만 성적인 접촉을 강요한 것이 아니라, 손으
로 배를 만지고 빛이 뱃속으로 스며들게 했다. 이른바 빛의 감응
으로 임신을 하고, 그렇게 하여 태어난 삼 형제를 하늘의 아들이
라고 하였다.

　이처럼 햇빛의 감응으로 위대한 인물이 탄생하는 신화가 몽고
에 국한되어 전해지는 것은 아니다. 선비족鮮卑族이 세웠던 북위北
魏의 태조인 도무제道武帝의 탄생담도 이런 유형에 속하는 신화로
분류되고 있다.

【자료 16】

　　태조 도무 황제道武皇帝의 휘는 규珪이고 소성 황제昭成皇帝의 적손이
　며 헌명 황제獻明皇帝의 아들이다. 어머니는 헌명하 황후獻明賀皇后라고
　하였다. 처음에 옮겨감으로 말미암아 운택에서 지냈는데, 이미 하던 일
　을 멈추고 잠자리에 들었다. 해가 방 안을 지나가는 꿈을 꾸고 깨어나
　본즉 빛이 창으로부터 하늘에 닿아 있었고 갑자기 감응함이 있었다.
　건국 34년 7월 7일에 합피북合陂北에서 태조를 낳자 밤에 다시 광명이
　있어 소성 황제가 크게 기뻐하였으며, 군신들이 경사를 치하하였고 대
　사면이 있었다.[60]

---

60) "太祖道武皇帝 諱珪 昭成皇帝之嫡孫 獻明皇帝之子也 母曰獻明賀皇后 初因遷徙 遊于
　雲澤 旣而寢息 夢日出室內 窹而見光自牖屬天 欻然有感 以建國三十四年七月七日 生太
　祖於參合陂北 其夜復有光明 照成大悅 群臣稱慶 大赦."
　魏收,《魏書》(影印本), 서울: 景仁文化社, 1976, 19쪽.

이상과 같은 자료들을 볼 때, 북방아시아의 유목민들이나 수렵민들 사이에는 왕이나 그의 선조가 햇빛의 감응으로 탄생하였다고 하는 전승이 널리 분포되어 있었음을 알 수 있다. 따라서 자료 14의 '주몽 신화' 또한 이러한 북방아시아의 유목·수렵민들의 신화와 그 계통을 같이하는 것으로, 이러한 신화적 사유는 천상의 세계에 존재하는 최고신最高神[61]에서 그 출자를 구하는 샤머니즘적 사상에 바탕을 두고 있다고 보는 것이 합당하지 않을까 한다.

그런데 이렇게 북방아시아에서 들어온 '일광감응 신화'는 건국에 얽힌 왕권 신화王權神話로 정착하는 데 그치지 않고, 그 뒤에도 구전되어 왔다. 그런 내용의 구전 설화를 하나 소개하기로 하겠다.

【자료 17】

　　옛날에 어떤 정승의 아들이 아내를 맞이하였는데, 첫날밤에 아내가 아기를 낳았다. 그는 자기가 산파産婆의 일을 다 한 다음, 아기를 포대기에 싸서 대문 앞에 놓아두었다. 그러고는 머슴들을 깨워서 "문 앞에서 아기의 울음소리가 들리니, 틀림없이 버려진 아기일 것이다. 그러니 빨리 아기를 데려오너라."는 명령을 내렸다. 이리하여 아기는 어머니의 손에 의해 잘 자랐으나, 그는 아내에게 그 연유를 묻지 않았다.

　　그는 뒷날 그 아버지와 마찬가지로 나라의 정승이 되었다가, 나이가 많아 은퇴를 하였다. 하지만 언제나 첫날밤의 사건이 그의 머리를 어지럽히고 있었으므로, 처음으로 아내를 불러 그 까닭을 물어보았다.

　　그러자 아내는 "제가 처녀였을 때, 언제나 집의 뒤뜰에서 소변을 보았습니다. 그런데 그 소변을 본 곳에는 항상 햇빛이 비치었습니다. 그것이 재미가 있어 언제나 같은 장소에서 소변을 본 것 이외에는 결코

---

61) 鳥居龍藏, 《鳥居龍藏全集(7)》, 東京: 朝日新聞社, 1979, 327~328쪽.

<u>다른 남자를 접한 적이 없습니다.</u>"고 이야기했다.

　그 뒤에 그는 이내 죽고 말았으나, 그 아들은 뒷날에 대단히 위대한
사람이 되었다고 전해진다.[62]

　이 자료는 손진태孫晉泰가 1928년에 함경남도 정평定平에서 조
사한 것으로, 햇빛의 감응으로 위대한 인물이 태어났다고 하는 일
광감응의 모티브로 되어 있다. 이 설화는 자료 14의 '주몽 신화'와
는 달리, 밑줄 그은 곳에서 보는 것처럼 처녀가 소변을 본 곳에 햇
빛이 비치어 임신을 한 것으로 이야기되고 있다. 이런 모티브는
자료 1 '오모이마쓰가네 신화'의 단락 (1)에서 그녀가 임신을 하게
된 경위와 같은 내용으로, 매우 흥미 있는 것이라고 보지 않을 수
없다.

　이런 사실은 일광감응의 모티브가 왕권 신화로 정착된 다음 구
전되는 과정에서 얼마간의 변용이 이루어졌다는 것을 추측하게
한다. 그리고 이와 같은 모티브의 변용은 인간 지혜의 발달과 더
불어 단순히 햇빛이 비치는 것만으로는 성적인 결합을 나타내기
에 미흡했기 때문에 일어났을 가능성이 높다. 바꾸어 말하면 처녀
가 소변을 보던 곳에 햇빛이 비치어 임신을 했다는 것은, 성적인
결합의 더 구체적인 표현이라고 볼 수 있다는 것이다.

　이제까지의 고찰에서, 일광감응 모티브의 측면에서는 한국의
'주몽 신화'와 구전 설화가 일본 본토의 자료들보다 '오모이마쓰가
네 신화'와 더 밀접한 관계를 가지고 있다는 사실을 확인하였다.
그래서 이들의 관련성을 더 명확하게 구명하기 위해, '오모이마쓰
가네 신화'의 심부고난 모티브와 같은 내용으로 되어 있는 '유리
신화'의 내용을 고찰하기로 하겠다.

---

62) 孫晉泰, 《朝鮮民譚集》, 東京: 鄕土文化社, 1930, 107~108쪽.

【자료 18】

⑴ (유리는) 어려서 참새 잡는 것을 일로 삼았는데, 한 부인이 물동이를 이고 가는 것을 보고 (활을) 쏘아서 구멍을 냈다. 그 부인이 노해서 꾸짖어 말하기를, "아비 없는 자식이 내 물동이를 쏘아서 깼다."고 하였다. 유리가 크게 부끄럽게 생각하고 진흙 탄환으로 쏘아 맞혀, 동이의 구멍을 막으니 전처럼 되었다.

　집에 돌아온 (그는) 어머니에게 묻기를, "저의 아버지는 누구입니까?"라고 하니, 어머니는 유리가 어리기 때문에 농담으로 "너의 정해진 아버지가 없다."고 대답하였다. 유리가 울면서 "사람이 정해진 아버지가 없으면 장차 무슨 면목으로 다른 사람을 봅니까?"하고 말하면서, 스스로 목을 찌르려 하였다.

⑵ (그러자) 어머니가 크게 놀라 말리면서 말하기를, "아까 말은 농담이다. 너의 아버지는 천제天帝의 손자이고 하백의 외손자인데, 부여의 신하됨을 원통하게 여겨서 도망하여 남쪽으로 가서 나라를 만들었다. 네가 가서 뵙겠느냐?"라고 했다. (유리가) 대답하여, "아버지가 임금이 되었고 이들은 신하가 되었으니, 비록 내 재주는 없으나 어찌 부끄럽지 않겠습니까?"라고 하였다.

　어머니가 말하기를, "너의 아버지가 떠나실 때에 말씀하시기를 '내가 감추어 둔 물건이 있는데, 칠령칠곡七嶺七谷의 돌 위에 있는 소나무에 있다. 이것을 얻는 자가 나의 아들이다.'고 하셨다." 유리가 스스로 산골짜기에 가서 찾아보았지만, 얻지 못하고 지쳐서 돌아왔다. 유리가 집에서 슬픈 소리가 나는 것을 듣고 가서 보니, 그 기둥은 바로 돌 위의 소나무였다. 그 기둥은 일곱 모서리가 났는데, 유리가 스스로 해독하여 말하기를, "칠령 칠곡은 일곱 모서리이고 돌 위의 소나무는 기둥이다."고 했다. 일어서서 나아가 보니, 기둥 위에 구멍이 있어 부러진 칼 한

조각을 얻고 크게 기뻐하였다.

(3) 전한前漢 홍가鴻嘉 4년 여름 4월에 고구려로 달려가서 칼 한 조각을 바쳤다. 왕이 가지고 있던 칼 한 조각을 꺼내어 맞추니 피가 흐르면서 하나의 칼이 되었다. 왕이 유리에게 말하기를, "너는 진실로 내 아들이다. 무슨 신성한 것을 가졌느냐?"고 하니, 유리는 그 소리에 맞추어 몸을 날려 공중으로 솟아 올라가 해에 이름으로써 그의 신성한 이변異變을 보여 주었다.

(4) 왕은 크게 기뻐하고 태자로 삼았다.63)

이 자료는 이규보李圭報의 《동국이상국집東國李相國集》 동명왕편東明王篇에 전해지는 것으로, 《구삼국사》에서 인용된 것이다. 이 책은 김부식의 《삼국사기》보다 먼저 저술된 것이기 때문에, 이것을 통해서 일찍부터 고주몽과 그의 아들인 유리왕에 얽힌 이야기가 고구려 지역에 전승되고 있었다는 것을 확인할 수 있다.

그런데 이 자료의 내용은 크게 (1) 활쏘기의 명수인 유리의 아버지가 없는 것에 대한 고충苦衷과 (2) 아버지가 남긴 신표信標의 발견, (3) 아버지와 만남과 신성성의 확인, (4) 태자로의 책봉 등 네 개의 단락으로 구분할 수 있다. 이와 같은 순차적 구

---

63) "少以彈作爲業. 見一婦戴水盆 彈破之. 其女怒而言曰 父無之兒 彈破我盆. 類利大慙 以泥丸彈之 塞盆孔如故. 歸家問母曰 我父是誰. 母以類利年少 戱之曰 汝無定父. 類利泣曰 人無定父 張何面目見人乎. 遂欲自刎. 母大驚止之曰 前言戱耳. 汝父是天帝孫河伯外甥. 怨爲夫餘之臣 逃王南土 始造國家. 汝往見之乎. 對曰 父爲人君 子爲人臣. 吾雖不才 豈不愧乎. 母曰 汝父去時有言 吾有藏物七嶺七谷上之松 能得此者 乃吾之子也. 類利自往山谷 搜求不得 疲倦而還. 類利聞堂柱有悲聲 其柱乃石上之松 木體有七稜 類利自解之曰 七嶺七谷者七稜也. 石上松者柱也. 起而就視之 柱上有孔 得毁劍一片 大喜. 前漢鴻嘉四年夏四月 奔高句麗 以劍一片奉之於王 王出所有毁劍一片合之 出血連爲一劍. 王謂類利曰 汝實我子 有何神聖乎. 類利應聲 擧身聳空 乘牖中日 示其神聖之異. 王大悅 立爲太子."

장덕순 편역, 《이규보작품집》, 서울: 형설출판사, 1981, 93~94쪽.

조는 자료 2 '오모이마쓰가네 신화'의 심부고난 모티브와 거의 같은 형태로 구성되어 있다. 이것을 더 분명하게 하고자 후자의 자료에서 일광감응 모티브인 단락 ⑴을 제외하고, ⑵ 이하를 한번 더 정리한다면 아래와 같다.

⑵ 탁월한 능력이 있지만, 아버지가 없는 것에 대한 고충
⑶ 아들로서 인정을 받기 위한 고난의 극복
⑷ 유다로서 지상으로 하강

그러나 이들 사이에 차이가 없는 것은 아니다. 전자에서는 아버지가 감추어둔 신표를 찾아서 유리가 그것을 가지고 아버지를 만나러 가고, 그 공간의 이동이 지상에서 이루어지며, 나중에 태자로 책봉을 받는다. 이와 달리 후자에서는 오모이마쓰가네의 아들이 그러한 신표도 없이 아버지를 찾아서 천상의 세계로 갔다가 아버지의 명령을 받들어 유다가 되어 다시 지상으로 내려온다는 차이를 지니고 있다.

이런 차이가 있기는 하지만, 이들 두 자료가 너무도 유사한 순차적 구조로 되어 있다는 것은 명백하다. 또 유리왕과 오모이마쓰가네의 아들이 다 같이 활쏘기의 명수라는 공통점을 가지고 있다. 더욱이 유리는 밑줄 친 곳에서 보는 바와 같이 천신의 자손으로서 자신이 지닌 신성성을 증명하기 위해 공중으로 날아 올라가서 태양에 다녀온다. 그리고 오모이마쓰가네의 아들이 아버지를 만나기 위해 천상의 세계를 다녀오는 것도 거의 같은 신화적 사유에서 유래되었다고 할 수 있다.

그런데 이렇게 천상으로 여행이 가능하다고 믿는 존재는 샤먼이 아니고는 불가능하다. 동북아시아의 사람들은 샤먼이 "하계下

界에 잠행潛行할 수도 있고 공중에 떠오를 수도 있기 때문에, 그가 못 갈 데는 하나도 없으며 영령에게 가는 것도 샤먼을 위하여 열려져 있다."[64]고 믿고 있다. 또 앞에서 지적한 것처럼, '주몽 신화'에서 주몽이 햇빛의 감응으로 탄생하였다고 하는 신화적 사유도, 천상 세계의 최고신이 존재한다는 샤머니즘 사상에 바탕을 둔 것이었다. 그렇다고 한다면, 이들 신화가 '오모이마쓰가네 신화'와 같은 무조 신화였을 가능성을 배제할 수 없을지도 모른다.

그러나 12세기 무렵에 수록된 《삼국사기》의 '주몽 신화'와 그전에 기록된 《구삼국사》의 '유리 신화'가 일본의 서남제도에 현전하는 '오모이마쓰가네 신화'의 형성에 영향을 미쳤다고 한다면, 이 자료들 사이에 존재하는 몇 세기에 걸친 시간적인 간극間隙을 어떻게 설명할 것인가 하는 문제가 제기된다. 물론 후자가 유다라고 하는 특수 집단에 의해 전승되어왔으므로, 오늘날까지 전승될 수 있었다고 보아도 좋을 것이다. 그렇지만 이 문제를 해결하는 데는, 서대석徐大錫이 〈고대 건국신화와 현대 구비전승〉이란 논문에서 '주몽 신화'와 무조 신화의 하나인 '제석帝釋본풀이'를 대비하여 고찰한 연구로부터 많은 도움을 얻을 수 있을 것 같다. 그는 이 연구에서 '제석본풀이'를 (1) 남녀의 결합 과정과 (2) 여주인공의 수난상受難相, (3) 출산 장면, (4) 부친을 찾는 과정, (5) 혈육 확인 과정 등으로 나누어 고찰한 다음, "무속 신화 '제석본풀이'는 건국신화 가운데 '동명왕 신화'와 같은 계보系譜에 속하는 신화임을 확인할 수 있다고 본다. 또한 동북 지역의 전승 유형은 '주몽 신화'와 '유리 신화'의 신화소들로 구성되어 있으며, 서남 지역의 전승 유형은

---

64) G. Nioradze, 이홍직 역, 《시베리아 제민족의 원시종교》, 서울: 신구문화사, 1976, 122쪽.

'유리 신화'의 신화소가 탈락되어 있음도 알 수 있었다고 본다."[65)]
라는 결론을 추출한 바 있다.

　서대석의 이와 같은 연구는 한국의 고대 건국신화가 사서史書에
정착됨으로써 사문화死文化된 것이 아니라, 그 형태를 바꾸어 현대
의 구비전승으로 그 명맥을 유지하고 있다는 사실을 해명했다는
점에서 높이 평가받아야 마땅하다. 따라서 이러한 선행연구를 받
아들인다면, 한국의 '주몽 신화'와 '유리 신화'가 동북아시아의 샤
머니즘 문화와 함께 일본의 서남제도 일대로 들어갔고, 그러한 흔
적이 현재까지 전승되는 '오모이마쓰가네 신화'에 영향을 미쳤다
고 생각하는 것이 합리적이다.

　이와 같은 상정이 사실이라고 한다면, 이 지역과 한국 문화의
상관관계 구명에도 많은 노력을 할 필요가 있다는 것을 지적해둔
다. 다시 말해 일부 민속학자들 사이에서 제기되어 온 한국 샤머
니즘의 남방 문화적 요소에 대한 연구[66)]도 더 치밀한 연구를 거
치며 검증되어야 한다는 것이다.

4. 일본의 날개옷 설화와 고구려

　고구려 사람들 또한 일찍부터 일본으로 진출했다는 것은 이미
앞에서 살펴본 그대로이다. 하지만 일본의 설화 자료들 가운데 고
구려에서 전래되었다고 보이는 것은 거의 남아 있지 않다. 그렇다
고 하여 고구려에서 건너간 이주민들이 옛날 이야기를 가지고 가

---

65) 서대석, 〈고대 건국신화와 현대 구비전승〉, 《민속어문논총》, 대구: 계명대출판부,
　　1983, 206쪽.
66) 최길성, 《한국무속의 연구》, 서울: 아세아문화사, 1978, 21~22쪽.

지 않았었다고 단정하는 것도 어렵지 않을까 한다. 실제로 앞에서 살펴본 바와 같이 고구려에서 건너간 집단들이 일본의 왕권 성립에도 상당한 기여를 했던 것은 분명한 사실이었다.

그래서 여기에서는 일본에 전해지는 '날개옷 설화羽衣說話'들에 대한 고찰을 통해서, 이것이 고구려에서 전해졌을 가능성을 검토하기로 한다. 일본에서 이 유형에 들어가는 문헌설화로 가장 오래된 것은 가마쿠라 시대鎌倉時代에 나가요시永祐라는 승려가 지은 《제황편년기帝皇編年記》에 수록된 다음과 같은 설화이다.

【자료 19】

　　옛일을 아는 노인들이 전하여 말하기를, 오우미국近江國의 이카고 군伊香郡 요고 마을與胡鄕의 남쪽에 이카고伊香라고 하는 작은 강이 있었다. 천상天上의 여덟 천녀가 다 같이 백조白鳥가 되어 하늘에서 내려와 강의 남쪽 나룻가에서 목욕을 하였다. 이때에 이카토미伊香刀美가 서쪽 산에 있다가 멀리서 백조들을 보니 그 형상이 기이하였다. 이 때문에 어쩌면 이들이 신인神人이 아닐까 하고 의심을 하여, 가서 보니 정말로 이들은 신인이었다. 이에 이카토미는 곧 사랑스럽다는 생각을 하게 되어 돌려보낼 수가 없었다.

　　가만히 흰 개를 보내서 하늘의 날개옷을 훔쳐오게 하여, 제일 어린 것의 옷을 얻어 감추었다. 천녀들은 곧 알게 되어 언니들 일곱 명은 하늘로 날아 올라갔다. 그 제일 어린 한 사람은 하늘로 올라가지 못하였다. 하늘로 올라가는 길도 막혀서 이내 지상의 백성이 되었다. 천녀가 목욕을 했던 물가를 지금 가미우라神浦라고 하는데, 바로 이것이다.

　　이카토미와 제일 어린 천녀는 함께 부부가 되어 이곳에서 살았다. 마침내 아들딸들을 낳았는데, 아들 둘과 딸 둘이었다. 형의 이름은 오미시루意志志留, 동생의 이름은 나시토미那志登美였고, 딸의 이름은 이제리히메伊是理比咩, 다음의 이름은 나제리히메奈是理比賣였다. 이들이 이카고 집안의 조상이 되었다.

　뒤에 어머니는 곧 하늘의 날개옷을 찾아서 입고 하늘로 올라갔다. 이카토미 혼자서 쓸쓸하게 살면서 한탄하는 노래 부르기를 그치지 않았다.[67]

　나가요시가 고문서와 고기록古記錄들을 간추려서 찬술한 《제황편년기》에 실려 있는 이 설화는, 나라 시대奈良時代에 편찬된 《오우미국 풍토기近江國風土記》에 일문逸文으로 전해지던 것이었다고 보고 있다.[68] 이렇게 일찍부터 문헌에 정착된 이 자료는 지금의 시가 현滋賀縣인 오우미국 이카고 군 일대에 사는 이카토미 가문의 시조 탄생에 얽힌 설화로 정착된 것이다. 사에키 아리키요佐伯有清의 《신찬성씨록新撰姓氏綠》의 연구에 따르면, 이카토미의 조상은 아메노코야네노미코토天兒屋命이고, 아메노코야네노미코토의 조상은 아메노미나카누시노미코토天之御中主尊라는 것이다.[69]

　이러한 연구 성과를 그대로 수용한다면, 이카토미의 조상은

---

67) "古老傳曰 近江國伊香郡 與胡鄕 伊香小江 在鄕南也. 天之八女 俱爲白鳥 自天而降 浴
　於江之南津. 于時 伊香刀美 在於西山 遙見白鳥 其形奇異 因疑若是神人乎. 往見之 實
　是神人也. 於是 伊香刀美 卽生感愛 不得還去 竊遣白犬 盜取天羽衣 得隱弟衣 天女乃知
　其兄七人 飛昇天上 其弟一人 不得飛去 天路永塞 卽爲地民. 天女浴浦 今謂神浦是也.
　伊香刀美 與天女弟女 共爲賓家 居於此處. 遂生男女 男二女二 兄名意美志留 弟名那志
　登美 女伊是理比咩 次名奈是理比賣 此伊香連等之先祖是也. 後母卽搜取天羽衣 着而昇
　天 伊香刀美 獨守空床 唫詠不斷."
　秋本吉郎 校注, 《風土記》, 東京: 岩波書店, 1958, 457~459쪽.
68) 井野川潔, 〈天女傳說の渡來と移動〉, 《日本文化と朝鮮》, 東京: 朝鮮文化社, 1973, 145
　쪽.
69) 佐伯有清, 《新撰姓氏綠の硏究(硏究篇)》, 東京: 吉川弘文館, 1981, 307~309쪽.

일본의 신화 체계에서 하늘의 세계를 나타내는 다카마노하라와 긴밀한 관계를 가지는 인물이라고 하겠다. 그런데 다카마노하라를 다스리는 신격들이 고구려와 관계를 가지는 것들도 있다는 사실을 감안한다면,[70] 이카토미의 조상 또한 고구려 계통의 인물이라고 보는 것이 가능하지 않을까 한다.

이러한 상정을 하면서, 비파호琵琶湖에 인접해 있는 이카고 군이 지금의 후쿠이 현福井縣인 에치젠국越前國의 쓰루가 항敦賀港에 모인 호쿠리쿠 지방北陸地方의 봉물封物이나 관물官物들을 오쓰大津를 거쳐 야마토奈良로 보내는 길목이었다는 점에 주목할 필요가 있다.[71] 그리고 이 경로가 대외적인 교통로였다는 사실도 아울러 고려하지 않으면 안 될 것이다.

《일본서기》에 따르면, 긴메이 천황 31년(기원후 570년) 4월에 고구려의 사신이 '고시越'에 표류해서 도착하자, 오우미近江를 지나 야마시로국山城國 소라쿠 군相樂郡[지금의 교토 부京都府 소라쿠 군을 가리킴: 인용자 주]의 객관客館[72]으로 맞아들였다. 또 7월에 고구려의 사신이 오우미국에 오자, 그 달에 소라쿠 객관相樂客館에 묵게 했다.[73] 그리고 비다쓰 천황敏達天皇 2년(기원후 573년) 5월에는 고구려의 사신이 '고시'의 바닷가에 표착漂着한 적이 있고, 또 동 3년(기원후 574년) 5월에는 고구려의 사신이 '고시'의 바닷가에 표착하여 수도로 들어온 적도 있었다고 한다.[74] 물론 이것들은 6세기의

---

70) 김화경, 《일본의 신화》, 서울: 문학과지성사, 2002, 179~287쪽의 다카마노하라계 신화 연구 참조.

71) 平野卓治, 〈ヤマト王權と近江·越前〉, 《古代の日本(近畿Ⅰ)》, 東京: 角川書店, 1992, 316쪽.

72) 이것을 '고마관高橛館'이라고 불렀다고 한다.
조희승, 《일본에서 조선 소국의 형성과 발전》, 평양: 백과사전출판사, 1990, 483쪽.

73) 井上光貞 共校注, 《日本書紀(下)》, 東京: 岩波書店, 1965, 128~129쪽.

74) 井上光貞 共校注, 앞의 책, 135~137쪽.

사실을 기술한 것이기 때문에, 고구려와 관계를 유추할 수 있을 따름이다. 하지만 이 무렵에 남야마시로南山城에는 고마사高麗寺라는 절이 있었고, 그 일대에 지금도 윗고마上狛, 아랫고마下狛, 고마高麗 등의 지명이 남아 있다는 것을 간과해서는 안 될 것이다.[75]

그러므로 이와 같은 표착의 기록은 고구려에서 일본으로 건너가는 해로가 있었음을 말해준다고 볼 수 있다. 실제로 북한에서 한·일 관계사를 심도 깊게 연구한 조희승의 견해에 따르면, 오른쪽의 지도[76]에서 보는 것처럼 고구려의 영토였던 북청北青이나 원산元山에서 일본의 도야마富山나 돗토리鳥取로 건너가는 해로가 존재했다는 사실을 확인할 수 있다.

또 그는 "고구려 사람들의 일본 열도로 진출은 시기적으로 볼 때는 4~5세기 이후 시기이며, 그들이 정착한 곳은 주로 일본 혼슈本州의 서부 해안 지역이었다. 그것은 고구려가 일본 열도와 지리적으로 멀리 떨어져 있을 뿐만 아니라, 고구려가 남쪽으로 진출하여 영토를 그쪽으로 크게 확장한 것이 주로 4~5세기이기 때문이다. 또한 고구려가 일본 열도에 진출할 당시에는 규슈 섬과 세토 내해瀨戶內海 연안 지역은 거의 다 백제, 가야, 신라의 세력들이 차지하고 있었기 때문이다. 그와 같은 지리(해류) 관계와 일본 열도의 정치적 형세는 고구려 사람들로 하여금 조선 동해를 거쳐 혼슈 서부 연안 일대에 진출하게 만들었다."[77]고 하였다.

이와 같은 조희승의 연구는 고구려에서 동해의 해류를 이용하여 일본 열도 혼슈의 서해안으로 진출한 집단이 있었음을 구명한 것이었다. 그런데 그는 이러한 추정의 근거로 이 일대를 '고시越'

---

75) 조희승, 앞의 책, 483쪽.
76) 지도는 조희승, 앞에서 인용한 책의 482쪽에서 옮긴 것이다.
77) 조희승, 앞의 책, 481쪽.

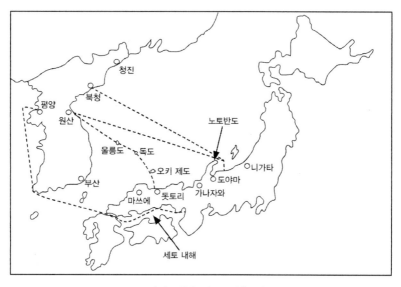

고구려의 일본 열도 진출 경로

라고 불렀던 지명에서 찾고 있다. 곧 조희성은 "일본 열도의 혼슈섬 가운데 조선 동해 연안 쪽으로 삐어져 나온 반도가 노토 반도이다. 예로부터 노토 반도를 중심으로 한 호쿠리쿠 일대를 '고시越'의 나라라 부르고 전, 후, 중부를 갈라서 에치젠越前〔후쿠이 현福井縣〕, 엣추越中〔도야마 현富山縣〕, 에치고越後〔니가타 현新潟縣〕로 나누었다. '고시'의 나라란 일본말로 '건너온 나라'라는 뜻이다. 말하자면 그 말에는 조선에서 건너온 나라라는 뜻이 담겨져 있다. 그 '고시국'의 앞 바다는 오랫동안 '고시'의 바다라고 불러왔다. 오늘날 일본에서 부르는 '일본해日本海'라는 명사는 고대와 중세, 심지어 근세까지 없었으며, 조선에서는 역대로 '조선 동해'로 불러왔다."78)는 견해를 밝혔다. 이렇게 본다면 자료 19의 전승이 고구려에서 전해졌을 개연성을 인정해도 좋을 것 같다.

---

78) 조희승, 앞의 책, 482쪽.

　　이런 추정은 《단고국 풍토기丹後國風土記》에 전해지는 다음과 같은 설화를 통해 그 타당성을 입증할 수 있다.

【자료 20】

　　단고국丹後國의 풍토기에 말하기를, 단고국의 다니하 군丹波郡 군청의 서북쪽 모퉁이에 히지比治라는 마을이 있다. 이 마을의 히지산比治山 꼭대기에 우물이 있어 그 이름은 마나 정眞奈井이라고 하였는데, 지금은 이미 늪이 되었다. 이 우물에 천녀天女 여덟 명이 내려와서 목욕을 하였다. 이때에 노부부가 있어, 그 이름을 와나사和奈佐 할아버지와 와나사 할머니라고 불렀다. 이 늙은이들이 그 우물에 갔다가, 몰래 천녀 한 사람의 옷을 가져와 감추었다. 이윽고 옷이 있는 천녀들은 전부 하늘로 올라가고, 다만 옷이 없는 천녀 한 사람만이 남아서 몸을 물에 넣고 부끄러워하고 있었다.

　　여기서 늙은이 부부가 천녀에게 말하기를 "우리는 아이가 없소. 청하건대 천녀 당신이 우리의 아이가 되어주시오."라고 했다. (그러자 천녀가 대답하기를) "저 혼자 인간 세계에 머물면서 어찌 감히 따르지 않겠습니까? 청컨대 옷을 돌려주십시오."라고 했다. 늙은이가 말하기를, "천녀는 어찌하여 속이는 마음을 가지고 있소?"라고 하자, 천녀가 "대개 하늘나라 사람들의 의지는 신의로서 근본을 삼습니다. 어찌 의심을 많이 가져 옷을 돌려주지 않습니까?"라고 하였다. (이에) 늙은이가 답하기를, "의심이 많아 신의가 없는 것은 지상地上의 상례요. 그래서 이런 마음을 가졌으니 용서하여 주구려." 하면서, 마침내 돌려주었다. 그리하여 (천녀는 늙은이 부부를) 따라서 집으로 돌아와 10여 년을 살았다.

　　(그런데) 어떻게 해서인지 천녀는 술을 잘 빚었다. 그 술을 한 잔

마시면 많은 병들이 다 물러갔으므로, 한 잔의 값이 수레에 쌓여 보내졌다. 이때에 그 집이 풍족해져서 그 히지가타의 부자가 되었다. 그리하여 히지가타 마을이라고 한다. 이 중간 무렵부터 오늘날에 이르기까지 곧 히지 마을이라고 부르게 되었다.

뒤에 노부부가 천녀에게 말하기를, "너는 우리 아이가 아니다. 잠시 동안 빌려서 살았을 뿐이니 빨리 나가거라."고 하였다. 이에 천녀가 하늘을 우러러 통곡하고 땅을 내려다보며 슬퍼하면서 노부부에게 이르기를, "저는 저의 뜻으로 온 것이 아닙니다. 노부부가 원한 바였습니다. (그럼에도) 어찌해서 미워하는 마음을 발하여 갑자기 떠나는 아픔을 가지게 합니까?"라고 하였다. 늙은이는 점점 화를 내면서 나갈 것을 청했다. 천녀는 눈물을 흘리며 겨우 문밖으로 물러나면서 마을 사람들에게 "오랫동안 인간세계에 머물러 하늘로 돌아갈 수도 없습니다. 또 친구도 없고 있을 만한 곳도 알지 못합니다. 저는 어찌해야 합니까, 저는 어찌해야 합니까?"라고 눈물을 닦으며 탄식하면서 하늘을 우러러 노래하기를, "하늘을 멀리서 바라보니까 안개가 자욱하게 일어나 잘 보이지 않네. 우리 집에 돌아가는 길을 알지 못해서 가야할 방향도 모르고 있네."라고 하였다.

이윽고 물러나서 아라시오 촌荒鹽村에 이르렀다. 곧 마을 사람들에게, "노부부의 마음을 생각한다면, 제 마음은 거친 파도와 다르지 않습니다." 그리하여 히지 마을의 아라시오 촌이라고 하였다. 또 다니하의 마을 나키키 촌에 이르러 느티나무에 의지하여 울었으므로, 나키키 촌이라고 부른다. 다시 다카노 군竹野郡의 후나키 마을船木里의 나구 촌奈具村에 도착하여 곧 마을 사람들에 "이곳에 이르러 제 마음이 평온하게 되었습니다."고 하면서, 이에 이 마을에 머물러 살았다. 이리하여 이른바 다카노 군의 나구 신사奈具神社에 진좌하여 도요우카노메노미코토豊宇賀能賣命가 되었다.[79]

이 문헌설화에는 백조白鳥 모티브가 결여되어 있고, 또 날개옷을 얻어 하늘로 올라간다고 하는 것도 이야기되지 않고 있다. 그리고 천녀가 남자의 아내가 되는 대신에 늙은이들의 양녀養女로 양육되어 그 집을 부자로 만들지만, 뒤에는 그 집에서 쫓겨나는 것으로 되어 있다. 이러한 요소는 대나무에서 딸아이를 얻었으나, 결국은 그 여식아이가 달나라로 돌아갔다는 '다케토리 이야기竹取物語'80)와 비슷한 데가 있어 관심을 끌어왔다. 그렇지만 이와 같은 변화가 생긴 것은 풍토기의 편자編者가 지명地名의 기원을 설명하려고 무리하게 그 줄거리를 민간어원folk-etymology에 가깝도록 바꾸었기 때문에 생겨난 것 같다.81)

어쨌든 이렇게 그 내용이 변형된 이 이야기는 지금의 교토 부에 해당하는 단고국의 나카 군中郡에 있는 나구 신사에 진좌한 도요우카노메노미코토의 연기담으로 기록되었다. 그런데 이 나카 군

---

79) "丹後國風土記曰 丹後國丹波郡 郡家西北隅方 有比治里. 此里比治山頂有井 其名云眞奈井 今旣成沼. 此井天女八人 降來浴水. 于時 有老夫婦 其名曰和奈佐老夫和奈佐老婦 此老等至此井 而竊取藏天女一人衣裳. 卽有衣裳者 皆天飛上 但无衣裳女娘一人留 卽身隱水而 獨懷愧居. 奚老夫謂天女曰 吾無兒 請天女娘 汝爲兒. 天女答曰 妾獨留人間 何敢不從 請許衣裳. 老夫曰 天女娘 何存欺心. 天女云 凡天人之志 以信爲本 何多疑心 不許衣裳. 老夫答曰 多疑无信 率土之常 故以此心 爲不許耳. 遂許. 卽相副而往宅 卽相生十餘歲. 奚天女 善爲釀酒 飮一坏 吉萬病除之. 其一坏之直財 積車送之. 于時 其家豊 土形富 故云土形里 此自中間 至于今時 便云比治里. 後老夫婦等 謂天女曰 汝非吾兒 蹔借住耳 宜早出去. 於是 天女仰天哭慟 俯地哀吟 卽謂老夫等曰 妾非以私意來 是老夫等所願 何發厭惡之心 忽存出去之痛. 老夫增發瞋願去. 天女流淚 微退門外 謂鄕人曰 久沈人間 不得還天 復無親故 不知由所居. 吾何可哉哉. 拭淚嗟歎 仰天哥曰 兒麻能波良 布理佐兼美禮婆 加須美多智 伊幣治麻土比天 由久幣志良受母. 遂退去而 至荒鹽村 卽謂村人等云 思老老夫婦之意 我心无異荒鹽者. 仍云比治里荒鹽村 亦至丹波里哭木村 據槻木而哭 故云哭木村 復至竹野郡船木里奈具村 卽謂村人等云 此處我心成奈志久 乃留居此村 斯所謂竹野郡奈具社坐 豊宇賀能賣命也."
秋本吉郎, 앞의 책, 466~469쪽.

80) 小山利彦, 〈竹取物語〉, 《日本昔話事典》, 東京: 弘文堂, 1977, 540~541쪽.

81) 丸山林平, 《說話文學の新硏究》, 東京: 藤井書店, 1937, 141~142쪽.

또한 일본 서해안에 면한 단고 반도丹後半島에 자리한 곳이어서, 고구려와의 왕래를 쉽게 상정할 수 있는 곳이다.

더욱이 앞에서 이미 인용한 바 있는 고구려 사신들이 '고시越' 바다에 표류·착륙했다는 기록은 이 설화의 전승지가 고구려와 관계가 있다는 사실을 드러내는 증거로 보아도 좋을 것 같다. 왜냐하면 단고 반도는 지도에서 본 해로에서 고구려의 북청이나 원산에서 일본의 서부 해안 일대인 도야마나 돗토리로 가던 배들이 풍랑을 만나는 경우에 착륙할 수 있는 장소였을 것으로 추정되기 때문이다.[82]

실제로 김석형은 "고구려 사람들의 일본 열도로의 진출은 위치 관계로 신라, 백제, 가야 나라들보다 어려웠으리라 짐작되나 일본 열도의 고시 지방에서 기이 반도紀伊半島〔지금의 와카야마 현和歌山縣에 있음: 인용자 주]로 뻗은 일대에 고구려 유적도 보인다고 하므로, 고시 지방이나 와카사 만若狹灣 일대에 고구려 소국이 자리 잡았을 수 있다."[83]는 견해를 피력하였다. 여기에서 그가 지적한 와카사 만의 바로 왼쪽에 있는 것이 단고 반도이기 때문에, 이곳에 고구려 계통의 소국이 있었을 가능성은 매우 높다고 볼 수 있다.

그런데 이 유형의 이야기는 위에서 살펴본 것처럼 일본의 서부 해안 일대의 문헌설화로만 정착된 것이 아니다. 지금의 시즈오카 현靜岡縣인 스루가국駿河國 이하라 군庵原郡의 마쓰바라松原 지방에서도 이 유형의 설화가 구전되고 있었다.

---

82) 전호천은 발해渤海에서 보낸 사신들이 도착하는 일본 서부 해안의 항구들 가운데 단고국의 오쓰 항大津濱(교토 부의 단고 반도)을 넣고 있다.
　　全浩天, 《朝鮮からみた古代日本》, 東京: 未來社, 1989, 42쪽.
83) 김석형, 《초기 조일관계사(하)》, 평양: 사회과학출판사, 1988, 87쪽.

【자료 21】

풍토기를 살펴보니 옛일을 아는 노인들이 전하여 말하기를, 옛날에 신녀神女가 있어 하늘에서 내려와 날개옷을 소나무 가지에 걸어서 말리었다. 어부가 주워서 이것을 보니, 그 가볍고 하늘하늘한 것이 이를 데가 없었다. 이른바 6세銖의 옷으로, 직녀가 베틀로 짠 것인가 의심을 할 정도였다. 신녀가 이것을 돌려달라고 애걸했으나, 어부는 주지 않았다. 신녀는 하늘로 올라가고 싶었지만 날개옷이 없었다. 이에 마침내 어부와 부부가 되었다. 생각건대 어쩔 수가 없었을 것이다. 그 뒤에 일단 신녀는 날개옷을 찾아 구름 위로 올라가 버렸다. 그 어부도 신선이 되었다고 한다.[84]

일문逸文으로 전해지는 이 자료는 일본의 대표적 가면假面 음악극인 노가쿠能樂의 노래 '요곡謠曲'의 소재가 되기도 하였다. 《동행기록東行記錄》에 따르면, 이 설화가 전승되는 미호의 미호신사三保神社에 모셔진 신은 미호쓰히코노미코토三穗津彦命와 미호쓰히메노미코토三穗津彦命 두 신이었다. 여기에서 전자에게 시집을 간 후자는 다카미무스비노미코토高産靈尊의 딸로 하늘에서 내려왔다고 전해지는 존재이므로, 이러한 신의 좌정담坐定譚은 날개옷을 나뭇가지에 걸어서 말린 천녀天女의 하강 이야기로 본다는 것이다.[85]

이런 기록을 보면, 이 설화가 미호 신사에 좌정한 신의 연기담

---

84) "案風土記 古老傳言 昔有神女 自天降來 曝羽衣於松枝 漁人拾得而見之. 其輕軟不可言也. 所謂六銖衣乎. 織女機中物乎. 神女乞之 漁人不與. 神女欲上天 而無羽衣 於是 遂與漁人爲夫婦 皆不得已也. 其後一旦 女取羽衣 乘雲而去 其漁人亦登仙云."
秋本吉郎, 앞의 책, 447쪽.

85) 藤澤衛彦, 《日本傳說研究(2)》, 東京: 六文館, 1931, 189쪽.

으로 전승되던 것이 문자로 정착되지 않았는가 한다. 이런 추정은 이 신사의 근처에 '하고로모노야시로', 곧 우의羽衣의 신사神社라고 하는 돌로 된 동굴洞窟이 있는데, 이것이 마쓰바라의 날개옷 설화의 유적으로 전해지고 있어 그 타당성을 인정받을 수도 있다.

그러므로 미호쓰히메노미코토가 다카미무스비노미코토의 딸이었다는 기록은 그녀의 출자出自가 고구려와 관계를 가진다는 사실을 말해준다. 이렇게 말하는 까닭은, 일본의 신화에서 다카마노하라라는 하늘의 세계를 다스리는 최고 신격들 가운데 하나인 다카미무스비노미코토[86]는 앞에서도 살펴본 것처럼 고구려와 밀접한 관련을 가지는 신격이기 때문이다.

이처럼 미호쓰히메노미코토가 고구려와 관련 있다는 상정은, 미호 신사에 모셔져 미호의 신三穗神이라고 부르는 미호쓰히코노미코토와 미호쓰히메노미코토가 이즈모出雲의 미호 갑三穗崎에서 옮아왔기 때문이라고 하는 전승으로도 그 합리성을 확인할 수 있다.[87] 일본의 이즈모 지방은 신라와 긴밀한 관련이 있는 지역이기도 하지만,[88] 고구려에서 일본의 서부 연안으로 건너가는 해로海路가 있는 곳이기도 했다. 다시 말해 앞에서 제시한 지도에 그려진 돗토리의 바로 왼쪽이 이즈모 지방이므로, 이곳에도 고구려와 내왕이 있었다는 것은 쉽게 추측할 수 있다는 것이다.

이렇게 볼 때, 일본에서 '날개옷 설화'의 문헌 자료가 전해지는

---

[86] 일본의 신화 체계에 따르면, 다카마노하라를 통치하는 최고의 신격은 아마테라스오카미天照大神와 다카미무스비노카미라는 것이다.
荻原淺男, 《古事記への旅行》, 東京: 日本放送出版協會, 1979, 24쪽.

[87] 藤澤衛彦, 앞의 책, 189쪽.

[88] 신라를 비롯한 한국의 동해안 지역에서 건너간 문화가 이즈모 일대의 고대문화 형성에 지대한 역할을 했다는 것은 일본의 이즈모계 신화出雲系神話에 잘 서술·반영되어 있다.
김화경, 앞의 책, 77~175쪽 참조.

지방은 모두 고구려와 직·간접적인 관계를 가진 곳이었음을 알 수 있다. 그렇다면 고구려의 문헌들 가운데 이 유형의 설화가 존재한 다는 사실을 밝히는 것이 무엇보다도 필요한 작업이라고 하지 않 을 수 없다. 하지만 이것은 거의 불가능에 가깝다. 그 이유는 한국 의 경우 나라를 세우는 데 연루된 건국신화나 왕권의 확립을 서술 하는 왕권 신화들이 주로 역사적 사실과 결부되어 사서史書에 기 록되는 데 그쳤다. 더욱이 이런 신화들은 가부장제家父長制가 확립 되고 난 다음에 그들의 왕권이 하늘에서 유래되었음을 강조하기 위해 천부지모 사상天父地母思想에 근거를 둔 것들이 주류를 이루 었으므로, 천모지부 사상天母地父思想에 입각한 '나무꾼과 선녀 설 화'와 같은 이야기는 문헌에 정착되지 못하고 말았다.

그래서 근대에 들어 가장 먼저 조사된, 이 유형의 설화를 소개 하기로 한다.

【자료 22】

강원도 금강산의 산기슭에 한 사람의 나무꾼이 살고 있었다. 어느 날 그가 산에 나무를 하러 갔는데, 사냥꾼에게 쫓기는 노루가 나타나 도움을 요청했다. 그는 쌓아둔 나뭇단 밑에 노루를 숨겨주고, 사냥꾼에 게는 저쪽 골짜기로 갔다고 일러주었다.

목숨을 건진 노루는, "금강산 위의 연못에 가면 세 사람의 선녀가 내려와 목욕을 할 것이니, 날개옷을 하나 감추십시오. 그러면 하늘에 올라가지 못한 선녀와 같이 살게 되는데, 세 아이를 낳으면 하늘로 올 라갈 수가 없으니 그때까지는 날개옷을 돌려주어서는 안 됩니다."고 하였다.

나무꾼은 노루가 가르쳐준 대로 해서 선녀와 결혼을 하고 두 아이

까지 얻었다. 그러자 그는 노루의 가르침을 잊어버리고 선녀에게 날개
옷을 보여주고 말았다. 선녀는 날개옷을 입더니 한 손에 아이 하나씩
을 껴안고 하늘로 올라갔다.

혼자 남아서 비탄의 세월을 보내던 나무꾼은 어쩔 수가 없어 다시
산으로 나무를 하러 갔다. 그때 다시 노루가 나타나, "선녀들은 더 이
상 목욕을 하러 내려오지 않지만, 그 대신에 하늘에서 두레박으로 물
을 길어 올리기 때문에 거기에 들어가 올라가면 아내와 아이들이 맞이
하러 올 것입니다."하고 가르쳐 주었다. 그리하여 나무꾼은 하늘로 올
라가서 부부가 재회하였고, 하늘의 사람들과 함께 살게 되었다.[89]

이것은 구전하던 한국의 '나무꾼과 선녀 설화'를 문자로 기록한
최초의 자료이다. 이것을 조사하여 보고한 다카하시 도오루高橋亨
는 일본 제국주의자들의 한국 강점强占에 앞서 한국의 민속자료들
을 조사하여 정리한 사람이다. 그러한 그가 이 자료를 보고하면서,
일본 미호의 이야기는 해변을 배경으로 하고 있는 데 견주어 한국
의 이 자료는 산을 배경으로 하고 있다고 하였다. 이와 같은 특징
은 일본이 상고上古 이래로 바다에 친숙해진 나라인데, 한국은 대
륙에서 이어져 바다보다 오히려 산을 영지靈地로 보는 증거로 보
았다. 그러면서 그는 일본에서는 선녀 아내를 따라 하늘로 올라가
는 것이 전해지지 않는 것은 한국과 일본의 국민성이 다르다는 것
을 말해준다.[90]

이와 같은 다카하시의 지적은 한국의 민속을 조사하고 정리했
던 목적이 어디에 있었는가를 분명하게 드러내고 있어 관심을 끈
다. 바꾸어 말하면 그들의 민속 조사사업은 한국 민족의 민족성을

---

89) 高橋亨, 《朝鮮の物語集附俚諺》, 東京: 日韓書房, 1910, 117~124쪽에서 요약.
90) 高橋亨, 앞의 책, 124쪽.

파악함으로써 식민지 통치를 용이하게 하겠다는 저의에서 시작되었음을 말해준다는 것이다.[91]

이 문제는 어찌 되었든, 위의 설화에서 관심을 불러일으키는 것은 나무꾼이 하늘로 올라가서 먼저 간 아내와 재회하였을 뿐만 아니라, 그 또한 하늘의 사람들과 같이 살게 되었다고 하는 점이다.[92] 이렇게 고진감래苦盡甘來로 끝맺는 것은 민담의 한 특징을 드러내는 것이어서,[93] 당시에 이 설화가 민담의 형태로 널리 전승되었다는 것을 알 수 있다.

이렇게 민담의 형태로 전해지던 이 유형의 이야기가 그 뒤에는 비극적인 결말로 끝을 맺는 형태로 보고되기에 이른다. 그래서 그런 자료로 보고된 설화를 하나 더 소개하기로 하겠다.

【자료 23】

옛날 어떤 곳에 젊은이가 그의 어머니와 둘이 살고 있었다. 그는 산에 가서 나무를 하여 그것을 팔아 생활하는 나무꾼이었다. 어느 날 이 나무꾼이 나무를 하고 있는데 사슴이 나타나 살려달라고 애원하였다. 불쌍하게 생각한 그는 이 사슴을 나무더미 아래 숨겨주었다. 그

---

91) 일제 강점기에 이루어진 일본인들의 조선 민속 조사사업에 관한 연구로는 김화경, 〈일제 강점기 조선 민속 조사사업에 관한 연구〉, 《동아인문학(17)》, 대구: 동아인문학회, 2010, 1~32쪽이 있다는 것을 밝혀둔다.

92) 야마자키 겐타로山崎源太郎가 저술한 《朝鮮の奇譚と傳說》에도 자료 4와 비슷한 내용의 이야기가 수록되어 있다는 것을 밝혀둔다.
山崎源太郎, 《朝鮮の奇譚と傳說》, 서울: ウツボヤ書房, 1920, 113~118쪽.

93) 한국 설화의 형태적인 연구에 따르면, 한국 설화의 80퍼센트 이상이 개선된 상태, 곧 고진감래 형식으로 되어 있다는 사실을 확인할 수 있다.
金和經, 〈韓國說話의形態論的研究〉(未刊行), 筑波: 筑波大學博士學位論文, 1988, 124~319쪽.

러고는 사슴을 뒤좇아 온 포수에게는 산길을 가리키며 저쪽으로 도망을 쳤다고 대답했다.

　포수가 그쪽으로 좇아가 보이지 않게 되었을 때, 나무꾼은 사슴을 나무더미 아래에서 꺼내 주었다. 사슴은 "나는 이 산의 산신령인데, 당신이 내 생명의 은인이니 은혜를 갚지 않으면 안 되겠소. 무엇이든 소원을 말해 보시오."라고 하였다. 그는 아직까지 장가를 들지 못하고 있으니 예쁜 마누라를 얻을 수 있도록 해달라고 말했다.

　그러자 사슴은 "이 산 위에 있는 연못에서는 하늘에서 선녀들이 내려와 목욕을 한다오. 그러니 그 선녀들의 속옷을 하나 감추도록 하시오. 그리고 그 선녀와 부부가 되어 살면서 아이 넷을 낳을 때까지는 그 속옷을 보여주어서는 안 된다오. 왜냐하면 세 아이는 양손에 하나씩 안고 등에 한 아이를 업으면 하늘로 올라갈 수가 있기 때문이오."라고 하였다.

　나무꾼은 사슴이 시킨 대로 하여, 선녀에게 장가를 들었다. 그리고 그들 사이에는 세 아이가 태어났다. 그 사이에 아내는 속옷에 대해서는 한 마디도 하지 않았다. 그러던 어느 날 아내가 나무꾼에게 술을 권하면서, "우리 사이에는 이미 세 아이가 태어났습니다. 처음에는 하늘로 돌아가고 싶기도 하였지만, 지금은 인간 세상을 도리어 좋아하게 되었습니다. 옛날의 추억 때문에 그 속옷을 보고 싶으니, 잠깐 동안만 보여줄 수 없는지요."라고 간청하였다.

　술에 조금 취하여 기분이 좋았던 그는 아내가 말하는 것을 의심하지도 않았으므로, 옷을 내어 주었다. 선녀는 그 옷을 입자마자, 한 손에 아이 하나씩을 껴안고 한 아이는 등에 업더니 <u>천정天井을 뚫고 하늘로 날아가 버렸다.</u>

　불행한 세월을 보내던 그는 어느 날 산에 나무를 하러 갔다. 그랬더니 전번의 사슴이 다시 나타나, "한번 더 그 연못에 가 보시오. 이제 선녀들은 연못에 내려오지 않고, 그 대신에 두레박으로 물을 길어서 목욕을 한다오. 그 두레박에 들어가 있으면 당신은 하늘로 올라가 아내와 아이들을 만나볼 수 있을 것이오."라고 했다.

나무꾼은 이번에도 사슴이 가르쳐준 대로 해서, 하늘에 올라가서 아내와 아이들을 만날 수 있었다. 하지만 하늘에서 편안한 생활이 계속되면서, 혼자 남겨둔 어머니가 보고 싶어졌다. 아내에게 부탁을 하자 그녀는 용마龍馬를 한 필 주면서, 용마에서 내려 땅을 밟으면 영원히 하늘로 돌아올 수 없게 된다는 것을 일러주었다.

나무꾼은 그 용마를 타고 잠깐 사이에 어머니 집에 닿을 수 있었다. 어머니는 아들에게 먹이려고 팥죽을 쑤어왔다. 그는 어머니의 호의를 무시할 수가 없어, 말 위에서 팥죽 그릇을 받았다. 그런데 팥죽 그릇이 너무도 뜨거워서 그는 손을 바꾸려고 하다가, 그만 용마의 등에 그것을 떨어뜨리고 말았다. 용마가 놀라서 날뛰는 바람에, 나무꾼은 말에서 떨어져 그만 땅을 밟았다.

말은 하늘로 올라갔으나, 그는 다시 하늘로 돌아갈 수 없었다. 그는 매일 밖에 나가 하늘을 쳐다보면서 슬프게 울었다. 그러다가 죽어서 수탉이 되었다. 그래서 지금도 수탉은 지붕에 올라가 하늘을 쳐다보면서 운다고 한다.94)

이것은 손진태가 1923년에 서울에서 방정환方定煥에게 조사시켜 얻은 것이다. 이 이야기는 앞에서 제시한 다카하시 도오루가 조사·보고한 것과는 다소 다른 내용으로 되어 있다. 곧 명확한 지명이 나오지 않는 대신에, 나무꾼은 선녀가 일러준 금기를 지키지 못하여 하늘로 돌아가지 못하고 울다가 수탉이 되었다는 것이다. 그리고 선녀가 낳는 아이도 세 사람으로 되어 있어, 후자의 설화

94) 孫晉泰, 《朝鮮民譚集》, 東京: 鄕土文化社, 1930, 74~80쪽에서 요약.

와는 약간의 차이를 보여주고 있다.

여기에서 이들 두 자료에서 드러나는 결말의 차이를 어떻게 보아야 할 것인가 하는 문제가 제기된다. 이 문제에 대한 해답은 그렇게 간단하지가 않다. 그렇지만 비극적인 결말을 맺는 전설 형태의 자료 23이 소원성취형의 결말로 끝나는 민담 형태의 자료 22보다 원형에 가까운 것이 아닐까 한다. 이런 상정이 가능한 까닭은 이 유형에 속하는 한국의 설화들과 친연 관계親緣關係를 가지고 있는 만주의 설화가 건국신화로 정착된 것이고, 또 바이칼 호 근처의 부랴트 족Buryat 설화 또한 그들의 시조 기원 신화로 구전되고 있기 때문이다. 그러므로 이런 신화들이 한국에 전래되어 왕권 신화로 진전되지는 못했지만, 민간에 구전되는 전설의 형태로 정착되었다가 다시 민담으로 변했다고 보는 것이 합리적이지 않을까 한다.

이제까지 살펴본 것처럼, '나무꾼과 선녀 설화'가 한반도에 들어와서 이렇게 전설로 정착되고 또 제일 먼저 조사·보고된 자료 23이 금강산을 배경으로 하고 있다는 것은, 이 설화가 만주와 한반도의 북부 지방을 통치 영역으로 하였던 고구려와 관련이 깊다는 것을 말해준다고 보아도 무리가 없을 것이다. 이러한 상정을 하면서 이 유형의 설화가 고구려의 강역疆域이었던 만주에서 청淸나라를 세웠던 건국주建國主의 탄생 신화로 정착되었다는 것은 좋은 참고가 된다고 하겠다.

【자료 24】

　　대대로 전해지기를, 천녀天女가 셋이 있었는데, 맏이는 은고륜이라 하고, 다음은 정고륜, 그 다음은 불고륜이라고 했다. 신작神鵲이 있어,

막내의 옷에 붉은 과일을 놓아두었다. 불고륜은 그것을 좋아하여 차마 땅에 놓지 못하고 입에 넣고 옷을 입다가, 갑자기 뱃속으로 들어가 마침내 임신을 하였다. (그러자 불고륜이) 맏이에게 고하여 이르기를, "나는 몸이 무거워서 능히 날아올라갈 수 없으니, 어떻게 할까?"라고 말했다. 둘째가 말하기를, "우리들은 신선의 반열에 들어가는데 다른 생각을 할 수가 없다. 이는 하늘이 너에게 임신을 시킨 것이니, 출산을 기다렸다가 늦지 않게 오도록 하여라."고 하며, 말을 마치자 떠나갔다. 불고륜은 얼마 있지 않아 한 사내아이를 낳았는데, (그는) 나면서 능히 말을 하였고 갑자기 자라났다. 어머니는 아이에게 모든 것을 말했는데, 붉은 과일을 먹어 임신을 한 연고를 일러주면서, 이어 명령하기를, "너의 성은 애신각라라 하고, 이름은 포고리옹순이라고 하여라."고 했다.[95]

이것은 《삼조실록三朝實錄》에 기록된 것으로, 청태조 애신각라 愛新覺羅 가문의 시조 탄생담이다. 이와 같은 이 설화에서는 목욕을 하기 위해서 벗어둔 날개옷에 신작이 놓아둔 붉은 과일을 먹었기 때문에 천녀가 낳은 아이가 청나라의 시조가 되었다는 것이다. 이런 점에서 이 설화는 세키 게이고가 지적한 것처럼 천녀담天女譚과 이상수태異常受胎 모티브가 합해진 결합형이라고 할 수 있다.[96]

이처럼 이상수태로서 탄생한 인물은 대개의 경우 영웅이 된

---

95) "相傳有天女三 長曰恩古倫 次正古倫 次佛庫倫 浴于池畢. 有神鵲銜朱果置季女衣 季女愛之 不忍置之地 含口中 甫被衣. 忽已入腹 遂有身 告一娣曰 吾身重不能飛昇 奈何. 二娣曰吾等列仙籍 無他虞也. 此天授爾娠 俟免身 來未晚 言已別去. 佛庫倫尋産一男 生而能言 俄而成長 母詳告子 以呑朱果有娠故 因命之曰 汝姓愛新覺羅 名布告哩雍順."
出石誠彦, 《支那神話傳說の硏究》, 東京: 中央公論社, 1943, 520쪽에서 재인용.

96) 關敬吾, 앞의 책, 163쪽.

다.97) 이 설화에서도 이러한 과정을 거친 애신각라는 태어나면서
부터 말을 하였고, 갑작스러운 성장을 하였다. 그리고 마침내 청나
라를 세웠다는 점에서 영웅담英雄譚의 전형을 보여준다고 하겠다.

그런데 위의 기록에는 대대로 전해져왔다는 뜻으로 '상전相傳'이
란 단어가 사용되었다. 이것은 이 이야기가 기록되기 전에 구전되
어왔다는 사실을 말해주는 것이다. 그러므로 이 신화는 만주족들
사이에 입으로 전해져오다가, 청나라가 세워지면서 그들의 건국주
탄생 신화로 정착되었던 것이 아닌가 한다.

이렇게 이 설화가 만주족들 사이에 전승되어왔다고 한다면, 그
들이 살던 만주 지역은 고구려의 강역疆域에 속하던 곳이었으므로,
이것이 고구려와 관련을 가지는 이야기였다고 보아도 무리는 없
을 것이다. 그리고 이와 같은 추단을 하면서, 이 유형의 이야기가
중국 설화의 영향을 받은 것이 아니라 시베리아 설화의 영향을 받
았다고 주장한 손진태의 연구는 상당한 설득력을 지닌다고 할 수
있다.98) 그래서 그가 제시한 몽고족의 한 분파인 부랴트 족의 설
화를 살펴보기로 하겠다.

【자료 25】

어느 날 한 사냥꾼이 새를 잡으러 나갔을 때, 멀지 않은 호수 쪽으
로 날아가는 아름다운 백조를 보았다. 사냥꾼은 백조를 따라갔다. 백조
들은 물에서 나와 날개옷을 벗더니 여자로 변했다. 그리고 그녀들은
호수에서 헤엄을 쳤다.

이 세 마리의 백조는 에세게 마란Esege Malan의 딸들이었다. 사냥꾼

---

97) A. Dundes, *Interpreting Folklore*, Bloomington: Indiana University Press, 1980, p.232.
98) 손진태, 《조선 민족설화의 연구》, 서울: 을유문화사, 1947, 194쪽.

은 백조 한 마리의 날개옷을 훔쳤다. 그 백조는 물에서 나왔을 때, 언니들과 함께 날아갈 수가 없었다. 사냥꾼은 아가씨를 붙잡아서 집으로 데려왔다. 그리고 자신의 아내로 삼았다. 그들에게 자식이 여섯 태어났다. 어느 날 <u>에세게 마란의 딸은 독한 타라순을 증류해서 남편에게 마시게 하고, 자신의 날개옷을 달라고 했다. 남편은 아내에게 날개옷을 주었다. 그 순간 그녀는 백조로 변해서 연기 구멍으로 빠져나간 뒤 날아갔다.</u> 타라순을 빚고 있던 딸이 엄마를 붙잡으려고 했지만, 엄마의 다리만 잡았을 뿐이었다. 딸의 더러운 손은 백조의 다리를 검게 만들었다. 그래서 부랴트 족 사이에서 신성한 새 백조는 양다리가 검다고 한다.

엄마는 공중을 돌다가 말소리가 들리는 거리를 두고 딸에게, "초승달이 뜰 때마다 나에게 마유馬乳와 차를 따라주고, 붉은 담배를 뿌려다오."라고 말했다.

에세게 마란의 딸인 이 백조에게서 트랜스 바이칼의 부랴트 족이 나왔다고 한다.[99]

한국의 '나무꾼과 선녀 설화'가 어디에서 들어왔는가 하는 문제에 관심을 가졌던 손진태는 1927년 《신민新民》이란 잡지에 연재했던 〈조선 민간설화의 연구 ― 민간설화의 문화사적 고찰〉이란 일련의 논고들 속에서 세계적으로 분포된 설화의 하나인 '백조 소녀 전설'을 논하면서, 한국과 중국, 만주, 시베리아의 자료들을 비교하였다. 그런 다음에, 이 유형의 한국 설화는 시베리아의 바이칼 호 근방에 사는 부랴트 족의 설화에서 영향을 받았을 것이라는 견해를 제시한 바 있다. 그가 이런 견해를 제시한 이유는 부랴트 족

---

99) J. Curtin, *A Journey in Southern Siberia*, New York: Arno Press & The New York Times, 1971, pp.98~99.

의 설화가 가장 원시적인 형태를 유지하고 있을 뿐만 아니라, 자료 25의 밑줄 친 곳에서 보는 것처럼 선녀가 천정天井을 뚫고 하늘로 올라가는 것이 천장의 굴뚝으로 빠져나가 승천하는 부랴트 족의 자료에서 비롯되었다고 보았기 때문이었다. 그러면서 그는 북방아시아 민족의 가옥인 몽고포蒙古包와 춤Choom(천막형 가옥), 누목형 가옥累木型家屋, 반 지하형 움집 등에는 천장에 채광採光과 연기의 배출을 위한 창이 있는데, 조선의 고대 가옥도 그와 같은 형태였다는 것을 예로 들었다.[100]

이와 같은 손진태의 연구 성과가 타당한 것이라면, 이 설화가 북방아시아에서 만주를 거쳐 한반도로 들어왔다는 것은 거의 확실하다고 보아도 좋을 것 같다. 그리고 이러한 전래 경로의 설정이 가능하다고 한다면, 한국의 고대 문화에서 이 지역과 가장 밀접하게 관련 있던 나라가 고구려였으므로 이 설화가 고구려 지역으로 유입되었다가 일본으로 건너갔을 것이라는 견해도 상당한 설득력이 있을 것이다.

5. 고찰의 의의

한반도에 존재했던 네 개의 나라, 곧 신라와 가락국, 백제, 고구려의 사람들이 일찍부터 새로운 개척지를 찾아 일본 열도로 건너갔다는 것은 분명하다. 그리하여 그들이 갖고 있던 선진적인 문화와 문명을 거기에 심은 것은 고고학적으로나 역사적으로 충분히 증명이 되고도 남는다.

하지만 고구려 사람들의 경우는 그 위치가 한반도와 만주에 걸

---

100) 손진태, 앞의 책, 198쪽.

쳐 있었던 관계로 일본 열도에서 그 흔적을 찾기가 쉽지 않았다. 그런 가운데서도 사이타마 현 히다카 시에 있는 고마 신사는 고구려 사람들이 일본으로 이주했다는 사실을 명백하게 증명해주고 있다.

그러나 이 신사에 전하는 유래담에 따르는 경우에는 고구려의 주민들이 나라가 멸망하고 난 다음에 이주해간 것으로 착각할 가능성이 있었다. 이럴 가능성을 배제하는 유물이 바로 나라 현 다카이치 군 아스카 촌에서 발굴된 '다카마쓰총'이다. 이 무덤에 그려진 벽화들 가운데 일본적인 색채를 드러내는 4신도가 있다고는 하지만, 여자군상의 복식은 고구려의 수무총과 무용총의 그것을 그대로 옮겨 놓았다고 보아도 좋을 정도이기 때문에 고구려의 영향을 받아 조성된 고분이라는 것을 인정하지 않을 수 없는 처지이다.

그러므로 고마 신사를 세운 집단이 일본에 이주하기 이전에도 고구려에서 일본 열도로 이주는 계속되었을 것이라는 추정을 할 수가 있다. 바로 그런 예의 하나가 《일본서기》에 전해지는 고구려 소국에 관한 기사이다. 그들은 《일본서기》 닌토쿠 천황 12년, 곧 고구려가 영토 확장을 본격화하던 미천왕 시절인 4세기에 철의 방패와 과녁을 자기들에게 바쳤다고 기록하고 있다. 그렇지만 영토를 팽창하고 있던 고구려가 일본에 이런 것들을 바칠 하등의 이유가 없었을 것으로 생각된다. 따라서 이와 같은 역사적 기술은 일본 안에 있던 고구려 소국과 야마토의 관계를 서술하는 것으로 해석하는 것이 마땅하다.

그렇다고 한다면 고구려도 한반도에 존재했던 다른 세 나라들과 마찬가지로 상당히 이른 시기부터 일본에 진출하여 소국을 건설했다고 보는 것이 타당할 것이다. 이러한 추정은 현존하는 일본의 지명들로도 입증할 수 있다. 다시 말해 오카야마 현 구메 군의 '구메'는 '고마'가 변화된 것이다. 그리고 미쓰 군 일대에 있는 '고라 산'과 '고마이' 등은 고구려 사람들이 건너가서 소국을 형성하고 있었음을 드러내는 것으로 보았다. 그리고 이 지역에 존재하는 고분군이 고구려적인 특색을 지닌다는 사실도 이런 상정을 뒷받침하는 좋은 자료가 된다는 것을 밝혔다.

그래서 본 연구에서는 우선 일본의 건국신화에 해당하는 〈진무 천황 동정 신화〉에 나타나는 고구려적인 성격을 분석하였다. 여기에서 진무 천황 이와레비코의 아버지인 호오리노미코토는 원래 야마사치히코라고 하여, 천신인 니니기노미코토와 지신인 오야마쓰미노카미의 딸 고노하나노사쿠야비메의 사이에서 태어난 존재였다. 그런 그가 형에게서 빌렸던 낚시 바늘을 잃어 버렸는데, 형인 우미사치히코는 굳이 그 낚시 바늘을 찾아주어야 한다는 것이었다. 그래서 그는 그것을 찾다가 시오쓰치노카미에 의해 바다의 궁궐로 안내되었다가 바다신의 딸인 도요타마히메를 만나서 그녀와 결혼하였고, 그들 사이에서 진무 천황이 태어났다.

이와 같은 탄생 모티브는 고구려의 건국주인 고주몽의 그것과 매우 유사한 것이기 때문에, 이 신화가 고구려에서 많은 영향을 받았다는 추정을 했다. 그리고 이런 추정의 방증으로 〈주몽 신화〉에 나오는 어별교 모티브와 유사한 것이 이와레비코 형제의 동정 이야기에도 등장한다는 것을 들었다. 곧 뒤에 이와레비코 일행에게 사오네쓰히코라는 이름을 하사받은 토지의 신이 "거북이 등을 타고 낚시를 하면서 소매 자락을 새의 날개처럼 펄럭이며 다가온" 것과도 서로 비슷하다는 것이다. 이 문제에 대해서는 에가미 나미오도 "대륙 기원의 전설이 바다의 나라인 일본에 전해져, 그 새로운 환경에 적응하여 변형이 이루어진 것"으로 구명하였다는 것을 덧붙였다.

그리고 형으로서 바다의 원리를 대표하는 이쓰세노미코토는 도미비코의 화살에 부상을 입어 죽음으로써 건국에 실패한 데 견주어, 아우로서 육지의 원리를 대표하는 이와레비코는 건국에 성공하는 형태를 취하고 있었다. 이것은 진무의 동정담에 선행하는 형인 우미사치히코가 아우인 야마사치히코에게 굴복하는 것과 유사한 구조로 된 것이었다. 이렇게 아우가 건국에 성공하는 것으로는 《삼국사기》에 전해지는 백제의 건국신화를 들 수 있다. 곧 바닷가인 미추홀을 택했던 비류는 건국에 실패하였는 데 견주어, 하남의 위례성에 도읍하였던 온조는 건국에 성공하는 구조로 되어 있다. 그래서 여기에서는 부여·고구려와 긴밀한 관계를 가지는 이와레비코 집단이 한반도의 남부 지방을 지나면서 백제의 건국 전승을 계승했을 것이라는 상정을 하였다.

다음으로 이렇게 고구려와 관련을 가지는 집단이 존재했었다는 사실을 해명하고자, 일본의 서남제도의 무당의 한 부류인 유다들 사이에 전해지는 '오모이마쓰가네 신화'와 고구려의 신화들의 관계를 살펴보았다. 일본의 학자들은 이 '오모이마쓰가네 신화'를 일본 본토에서 전해진 것으로 보려고 하는 경향이 농후하다. 이와 같은 연구 태도는 이 신화를 이용하여 서남제도와 일본 본토가 문화적으로 관계가 깊다는 것을 증명하기 위한 것이다.

그런데 이 신화는 오모이마쓰가네의 '일광감응'과 '심부고난' 모티브로 이루어져 있다. 그래서 본 연구에서는 '일광감응' 모티브에 따른 오모이마쓰가네의 탄생은 《삼국사기》 고구려본기 동명성왕 조에 전해지는 주몽의 출생담과 같은 계통의 이야기라는 사실을 구명하였다.

그리고 이러한 일광감응의 모티브는 하늘에서 건국주의 왕권이

유래되었음을 나타내는 것으로, 중앙아시아 일대에 거주하던 유목
민들의 세계관과 밀접한 관련을 가지는 것으로 파악하였다. 그러
면서 《원조비사》에 전하는 징기스칸의 선조 보돈차르의 어머니
알란고아가 낳은 아기의 이야기와, 선비족이 세웠던 북위의 태조
도무제의 탄생담을 소개하였다.

그런 다음에 오모이마쓰가네가 그의 아버지를 찾아 하늘나라에
올라가 어려움을 극복하는 '심부고난'의 모티브는 고구려의 '유리
신화琉璃神話'에 나오는 유리의 하늘 여행과 비슷한 것이라는 추정
을 하였다. 다시 말해 주몽이 유리에게 "너는 내 아들이다. 무슨
신성한 것을 가졌느냐?"고 묻자 유리가 몸을 날려 공중으로 솟아
올라가 해에 다녀오는 신성성을 보여준 것과 상통한다는 사실을
규명함으로써 이 신화 또한 고구려 문화와 밀접한 관계가 있다는
것을 해명하였다고 하겠다. 또 여기에서 이들이 천상 여행을 했다
고 하는 것은 이 신화들이 북방의 샤머니즘 사상, 곧 "하계下界에
잠행할 수도 있고, 공중을 떠오를 수도 있다."는 샤먼들의 세계관
을 반영하는 것임을 밝혔다.

그리고 마지막으로 일본의 '날개옷 설화'가 고구려와 깊은 관계
가 있는 것으로 보았다. 이 설화가 최초로 기록된 것은 가마쿠라
시대에 나가요시라는 승려가 지은 《제황편년기》였다. 여기에는
나라 시대에 편찬된 《오우미국 풍토기》에 일문逸文으로 전해지는
이카고 군의 '이카토미'에 얽힌 이야기가 기록되어 있다.

이 설화는 천녀가 지상에 내려와 이카토미와 살면서 두 아들과
하나의 딸을 낳은 다음에 하늘로 돌아갔다는 내용으로 되어 있다.
그리고 이와 같은 '날개옷 설화' 유형으로는 《단고국 풍토기》에
전해지는 도요우카노메노미코토에 연루된 것이 있고, 또 오늘날까
지 구전되고 있는 시즈오카 현 스루가국 이하라 군의 마쓰바라 지

방에도 전해지고 있다.

이렇게 '날개옷 설화'가 전해지는 지방은 어떤 식으로든 고구려와 관계를 가지는 곳이라는 사실은 상당히 중요한 의의를 가지고 있다고 보았다. 《신찬성씨록》에 따르면, 이카토미의 조상이 아메노코야네노미코토인데, 그의 조상은 아메노미나카누시노미코토라는 것이다. 여기에서 이들은 다카마노하라계의 신들로 이 계통의 신들이 고구려와 관계를 가진다는 점에 착안하여 이카토미의 조상이 고구려와 관련을 가진 신화적 인물이라는 것을 말해준다고 보았다. 고구려 사람들이 '고시越'에 표류하는 경우에는 오우미를 지나 야마시로를 거쳐 교토로 왔는데, 야마시로 지방에는 고구려와 연계된 '고마'라는 지명이 많이 남아 있다. 이런 사실은 이 지역 일대에 고구려에서 건너온 주민들이 상당히 많이 살고 있었음을 드러낸다고 하겠다. 그리고 도요우카노메노미코토 설화는 교토부 나카 군에 있는 나구 신사의 연기담으로 전해지고 있는데, 이 나카 군 또한 일본 서해안에 면한 단고 반도에 자리한 곳이어서, 고구려와의 왕래를 상정할 수 있는 곳이다. 바꾸어 말하면 고구려의 북청이나 원산에서 일본의 서부 해안인 도야마나 돗토리로 가던 배들이 풍랑을 만나는 경우에 착륙하는 장소였을 것으로 추정된다.

따라서 일본의 이 '날개옷 설화'는 고구려에서 유입되었을 가능성이 높다고 볼 수 있다. 하지만 한국에서는 이 유형의 설화가 왕권 신화로 정착되지 못했던 관계로 문헌에 기록되지는 못했다. 그 대신에 구전으로 전해지고 있는 대표적인 설화가 '선녀와 나무꾼 이야기'로 금강산을 배경으로 하고 있다는 점에 주목하였다.

그리고 이 설화가 과거 고구려의 영역이었던 만주에서 청나라를 세웠던 건국주의 탄생 설화로 정착된 적이 있으며, 또 몽고족

의 한 분파인 부랴트 족의 기원 신화로 전해진다는 점을 중시하
여, '날개옷 설화'를 고구려 문화의 유산으로 간주하였다. 그리하
여 고구려에서 한국의 동해안을 거쳐 일본 열도로 진출한 집단들
에 의해 이 설화가 전해졌을 것이라는 결론을 내렸다.

제6장
결론과 전망

이 책은 신화와 설화 자료들을 대상으로 하여, 한국과 일본의 문화적인 관계를 밝히기 위해서 마련되었다. 이 과정에서 한반도에 존재했던 네 개의 나라들, 곧 신라와 가락국, 백제, 고구려로부터 건너간 집단들이 일본에서 꽃피웠던 문화의 흔적들이 여러 곳에 남아 있다는 사실을 확인하였다.

두루 알다시피, 한국과 일본은 아직까지도 두 나라 사이의 지난날 불행했던 역사적인 관계를 정리하지 못하고 있다. 일본의 위정자들은 과거에 자기 조상들이 저질렀던 일제 강점기의 과오에 대해 철저한 반성을 하지 않고, "유감遺憾"이니 "통석痛惜의 염念"이니 하는 몇 마디의 말로서 그 역사적 책임을 다한 것처럼 호도하고 있다. 하지만 일본 측이 이렇게 자기들의 잘못을 덮어 두려고 한다고 해서, 명백하게 존재했던 역사적 사실이 사라지지 않는다는 것은 너무도 명백하다.

그 때문인지 우리는 흔히 일본을 '가깝고도 먼 나라'로 부르고 있다. 한국 사람들에게는 지리적으로 가깝게 있으면서도 정서적으로는 멀게만 느껴지는 나라가 일본이라는 뜻으로 이런 말을 사용해왔다. 이것은 일본의 경우도 마찬가지이다. 근래에 일본에서 불고 있는 한류韓流 바람에 위협을 느낀 보수 우익들은 염한厭韓 정서를 조장하는 데 혈안이 되어 있다고 해도 결코 지나친 말이 아니다.

정말로 일본은 이렇게 먼 나라일까? 우리는 한번쯤 이런 의문을 가져볼 필요가 있다. 저자는 이 책을 집필하면서, 일본이란 나라가 '멀면서도 가까운 나라'라는 사실을 절감하게 되었다. 다시 말해 정서적으로 멀게 느껴지기는 하지만, 역사적으로 볼 때는 너무도 가까운 나라였다는 것이다. 비록 한때 불행했던 과거가 존재하기는 했지만, 그렇다고 그것이 한·일 사이의 관계를 전부 반영하는 것은 아니란 것을 새삼 알 수 있게 되었다는 것이다. 더욱이 유사有史 이전은 말할 것도 없이 역사시대에 접어들어서도 한국과 아주 밀접한 관계를 유지해오고 있는 나라가 일본이었다. 그래서 그런 관계를 증명하기 위한 방법의 하나로 두 나라 사이의 관계를 설명해주는 신화와 설화 자료들을 살펴보았다.

우선 신라 사람들의 일본 진출을 단적으로 나타내는 것이《이즈모국 풍토기出雲國風土記》에 기록된〈국토 끌어당기기 신화國引き神話〉라고 할 수 있다. 남의 나라 땅을 끌고 와서 자기들 나라로 만들었다는 얘기는 자신들이 살던 곳의 경험을 반영하는 것이라고 보지 않을 수 없다. 그리고《부젠국 풍토기豊前國風土記》에 수록된 가하루 신사鹿春神社에 좌정한 신들의 연기담緣起譚 또한 이곳이 신라 사람들이 신봉하던 곳이었음을 말해주는 것이 명백하다. 또 부젠국 중심지의 하나인 우사宇佐 일대에 신라의 신을 받드는 신궁神宮이 존재한다는 사실은, 신라 사람들이 일찍부터 이 지역으로 건너가 정착했다는 사실을 반영하는 것이라고 하겠다.

이렇게 신라 사람들이 일본으로 이주한 것을 서술하는 한국의 자료로는 〈연오랑 세오녀 설화〉가 있다. 이것은 신라의 동해안 지역에서 해조류海藻類를 채취하던 사람이 일본으로 건너가서 왕이 되었다고 하는 내용으로 되어 있어, 한·일 양국의 학자들로부터 일찍부터 주목을 받아왔다. 이 설화의 고찰에서는 이상준李相俊의 연구로부터 많은 도움을 받았다. 그는 현전하는 지명 전설들을 바탕으로 해서 이 설화가 영일迎日 지역에서 있었던 근기국勤耆國과 밀접한 관계를 가지는 것으로, 이곳에 살던 고구려〔濊族〕계 지배자가 신라의 고대국가 팽창 과정에서 밀려나게 되자 일본의 이즈모 지역 변방에 진출하여 그 지역의 지배자로 군림한 사실을 반영하는 것이라는 주장을 하였다. 바꾸어 말하면 연오랑 세오녀를 중심으로 한 근기국의 삼족오三足烏 태양 숭배 집단이 조상신을 중시하는 사로국斯盧國 세력들에게 압박을 받게 되었고, 전통적인 천제天祭를 유지할 수 없게 되자 신라의 복속 요구를 받아들이지 않고 '돋이 들〔都祁野〕' 앞바다에서 배를 타고 양곡陽谷의 땅 신천지 일본으로 건너갔다는 것이다. 이러한 그의 주장은, 이 설화가 영일만에서 이즈모와 돗토리鳥取 일대로 건너가던 항로가 존재했으며 신라 사람들이 이 항로를 이용하여 이 지역에 진출했었다는 사실을 해명했다는 점에서 상당한 타당성을 지닌다고 보았다.

다음으로 〈석탈해 신화〉와 일본의 관계를 검토하였다. 이 신화는 탈해가 용성국龍城國이라는 곳에서 알의 형태로 태어나서 신라에 도래했기 때문에 '방주 표류 신화方舟漂流神話'의 한 유형으로 분류되고 있다. 그래서 일본의 미시나 아키히데三品彰英는 이 신화와 대만의 고산족高山族 신화 및 동남아 지방의 자료들을 근거로 하여, 한국의 남부 지방이 남방 해양 경역南方海洋境域에 속한다는 견해를 피력하였다.

그러나 저자는 이러한 일제 어용학자들의 주장이 한반도 남쪽의 한족韓族과 북쪽의 예맥족濊貊族을 구분하여 한국 민족의 2원적 성격론을 주창함으로써, 한국에 대한 식민지 통치를 효과적으로 수행하고자 마련한 분할통치分割統治를 위한 발상이었다는 점에 유의하였다. 그리하여 이런 정략적인 연구의 잘못을 바로잡는 방안의 하나로, "용성은 왜의 동북 1천 리에 있다."는 신화적 기술에 나오는 '1천 리'를 지원 거리至遠距離로 보고, 캄챠카 반도에 살고 있는 코랴크 족Koryak이 난생 신화를 가지고 있다는 점을 기반으로 하여, 탈해 집단이 오야시오 한류親潮寒流를 따라 남하하였을 것이라는 가설을 제시한 바 있다는 것을 밝혔다.

또 이와 같은 가설을 바탕으로 하고, 일본에 전해지는 '하타 가와카쓰秦河勝의 사코시坂越 도래 신화'가 석탈해 신화와 유사한 형태로 되어 있다는 것을 인정한 미나카미야마 스사皆神山すさ의 견해를 받아들여, 탈해 전승을 가졌던 석 씨昔氏 집단이 일본 열도로 건너가서 그들의 조상에 얽힌 이야기를 남겼을 것이라는 추정을 하였다.

그런 다음에 일본의 다지마但馬 지역에 정착하여 다지마 모리田道間守란 성씨의 조상이 되었다고 하는 '아메노히보코 설화天日槍說話'를 살펴보았다. 북한의 김석형金錫亨은, 이 설화에 나오는 '스에히토陶人'를 '스에키須惠器'를 만드는 장인匠人을 가리키는 말이며, 이 토기는 고분시대古墳時代에 처음으로 나타난다는 것을 해명하였다. 이 책에서는 이와 같은 연구 성과를 수용하여, 이 설화가 고분시대에 이루어졌던 신라 사람들의 일본 이주를 서술해주는 것이라고 보아야 한다는 것을 지적하였다.

그런데 《고사기》의 '아메노히보코 설화'에 등장하는, 그의 아내 '아카루히메阿加流比賣'는 일광감응日光感應으로 태어난 존재였다.

그렇지만 그녀가 신라를 떠나면서, "대체로 나는 당신의 아내가 될 여자가 아닙니다. 나의 조국으로 가겠습니다."고 말한 것은 앞뒤가 맞지 않는 모순을 내포하고 있다는 것을 분명하게 하였다. 바꾸어 말하면 일본의 신화 세계에 나오는 '다카마노하라'가 표현 그대로 '높은 하늘 저 멀리에 있는 곳'으로, 일본 민족의 고향인 한반도를 가리킨다는 것이 확실하다. 그렇다고 한다면 햇빛이 비치어 임신이 되어 태어난 아카루히메가 자신의 조국이 일본이라고 한 것은 하늘이 일본이었다는, 앞뒤가 맞지 않는 표현이라고 할 수 있다.

그런데도 《고사기》의 편찬자가 이런 서술을 한 것은 아메노히보코가 일본으로 건너온 것을 합리화시키기 위한 하나의 방편이었을 것이다. 이런 추정을 한 이유는 당시의 편찬자들이 신화시대에 '다카마노하라', 곧 하늘의 세계에서 그 출자를 구하는 신들이 한반도과 연계되어 있다는 사실을 알고 있었으므로, 신화시대의 이야기에서와 같은 전철을 밟지 않고 일본적인 특성을 드러내는 방법으로 자료를 변개했을 가능성이 높기 때문이었다.

그리고 아메노히보코가 다지마에 정착하는 과정에는 선주민들의 저항이 상당했을 것이라고 상정하였다. 이런 상정은 《하리마국풍토기播磨國風土記》에 실린 지명연기 설화들을 통해서 증명할 수가 있었다. 또 이상과 같은 '아메노히보코 설화'에 대한 고찰을 거쳐서, 당시에는 신라에서 이즈모 지역으로 들어가는 항로航路와 구별되는 별개의 항로가 존재했었음을 확인한 것도 하나의 성과라고 하겠다.

그런 다음에 일본의 역사학계에서는 지금까지도 미련을 버리지 못하고 있는 '임나일본부설'의 근거가 된 '진구 황후神功皇后의 신라 정벌 설화'를 검토하였다. 일본의 학자들도 이 임나일본부설 자체에 대해서는 의문의 여지가 있다는 것을 인정하고 있다. 그러면서도 그들은 4·5세기에 한국의 남부 지방을 지배했었다는 것을 전제로 한, 고대사 연구의 틀을 그대로 유지하고 있다.

이 설화가 이런 사람들의 이론적 근거가 되었다는 점을 고려하면, 이에 대한 더 철저한 연구가 요청되는 것은 두말할 나위도 없다. 그래서《고사기》에 실린 이 설화의 전반부에 대한 연구에서는 진구 황후가 신의 의사를 인간들에게 전해주는 무녀巫女였다는 것을 확인하였다. 곧 그녀의 남편인 주아이 천황仲哀天皇이 구마소熊襲를 토벌하려고 하였을 때에, 부정을 물리친 신성한 장소인 '사니와沙庭'에서 '다케우치노스쿠네建內宿禰'로 하여금 신의 의사를 물어보게 하였는데, 그때에 신이 내린 사람은 다케우치노스쿠네가 아니라 진구 황후였다는 것이다. 이렇게 되면 그 옆에서 거문고를 타던 주아이 천황은 무녀의 굿판에서 장단을 맞추는 '제금提琴잡이'였고, 다케우치노스쿠네는 신의 의사를 물어보는 '심신자尋神者'였다고 할 수 있다. 실제로 오카모토 겐지岡本堅次나 와다 아쓰무和田萃도 진구 황후의 무녀적 성격을 지적한 바 있었음을 일깨워둔다.

어쨌든 이런 진구 황후에게 내려진 신탁은 "서쪽에 나라가 있다. 금과 은을 비롯해 눈부신 여러 가지 보물이 그 나라에는 많이 있다. 나는 지금 그 나라를 복속시켜 너희들에게 주고자 하노라."라는 것이었다. 여기에서 말하는 '서쪽의 나라'는 명시적인 표현은 없지만, 신화의 문맥으로 볼 때에 신라가 거의 확실하다.

그러나 굿판이 벌어졌던 쓰쿠시筑紫의 가시히 궁詞志比宮이 있는 곳을 오늘날의 후쿠오카 시福岡市 가시히香椎로 보는 경우에는 신라의 방향이 북쪽이 되어야 마땅하다. 그런데도 여기에서 서쪽으로 기술된 것에 대하여, 일본의 학자들은 야마토 사람들의 관념을 나타낸 것이라는 해석을 하고 있다. 이와 같은 해석은 사료를 자기들의 입맛에 맞게 요리하는 일본인 특유의 사실 왜곡임은 두말할 나위도 없다.

또 주아이 천황과 진구 황후 일행이 신탁으로 금은 보물이 많이 나는 신라라는 나라가 서쪽에 있다는 것을 처음으로 알게 되었다고 하는 것도 납득이 가지 않는 표현이다. 그 이유는 이미 그 이전의 기록에서도 한반도의 신라에 대한 기록을 찾을 수 있기 때문이다. 다시 말해 이즈모계 신화의 최고신인 스사노오노미코토가 다카마노하라에서 신라의 소시모리曾尸茂梨로 내려왔다는 표현이 있고, 또 스진 천황崇神天皇 조에 신라의 왕자 아메노히보코가 일본으로 건너왔다는 이야기가 기록되어 있다.

그래서 저자는 이와 같은 문제점들이 있는 설화적인 표현을 가지고 굳이 한반도의 신라로 해석할 것이 아니라, 가시히 궁의 서쪽에 있던 어떤 나라, 곧 규슈에 있던 신라의 분국分國을 가리키는 것이라는 가설을 제시하였다. 이렇게 본다면, 진구 황후가 신라를 정벌할 때에 "때마침 순풍이라 배들을 받치고 있던 파도가 신라의 땅으로 밀려들어가더니 국토의 반 정도가 잠기게 되었다."고 한 신화적 표현의 모순도 자연스럽게 해결이 될 수 있다. 왜냐하면 이런 기술이 아무리 신화적 표현이라고 하더라도, 신라가 자리했던 경상도 동해안 지역은 산으로 둘러싸여 있어 해일海溢이 국토의 절반 정도를 잠기게 할 수 있는 지정학적 조건을 가진 나라가 아니었기 때문이다. 그러므로 '진구 황후의 신라 정벌 설화'에 나오는 신라는 한반도에 존재했던 나라가 아니라, 신라 사람들이 북규슈에 건너가서 세웠던 신라 소국이었다고 보는 것이 타당하다는 것을 해명했다.

이와 같이 보는 경우에는 이 설화에서 신라의 왕이 항복을 하자 황후가 가지고 있던 지팡이를 왕궁의 문에 꽂아 두었다고 하는 것도 자연스럽게 해결이 된다. 이런 관습의 한 예가 바로 《하리마국 풍토기》에서 아시하라노시코오노미코토葦原志擧乎命가 아메노히보코의 위용에 놀라 이히보 언덕에 올라가서 지팡이를 꽂았다고 한 것이다. 이에 따라, 북한의 최길성은 이러한 행위를 고대 일본 사회에서 행해진 토지 소유의 상징으로 간주하였음을 밝혀둔다.

그러므로 '진구 황후의 신라 정벌 설화'는 야마토 정권의 한반도 남부 진출을 말해주는 것이 아니라, 일본 열도 안에서 소국들 사이에 벌어졌던 영토 병합의 과정을 서술한 것이었다고 해석하는 것이 더 타당하다고 하겠다. 따라서 이 설화를, 그들의 한반도 남부 지방 진출을 증명하는 역사적 사실로 보려고 하는 일본 역사학자들의 주장은 터무니없는 사실의 왜곡이라고 하지 않을 수 없다. 바꾸어 말하면 '진구 황후의 신라 정벌 설화'에 내포된 어떤 역사적 사실을 확대 해석하여 야마토 정권이 한반도에 진출했다고 주장하는 것은 그들의 역사 왜곡 실태를 증명하는 대표적인 예라는 것이다.

다음으로는 일본 열도에 가장 많은 문화적인 영향을 미친 가락국과의 교류를 고찰하였다. 일본에서 가락국 문화의 중요성을 드러내는 증거가 바로 그들이 '한韓'을 '가라'로 읽었다는 것이라고 보았다. 하지만 역사 기술이나 그 해석에 지극히 자기중심적인 일본 사람들은 교묘하게도 '한'을 '가라'라고 읽던 것에서 벗어나 중국을 의미하는 '당唐'을 '가라'라고 읽게 되었고, 나아가서는 외국을 '가라'라고 부르게까지 되었던 것이다.

이와 같은 의미의 확대와 더불어, 그들은 '무無'나 '공空'까지도 '가라'로 읽음으로써 가능한 한 가락국에서 받은 영향력을 배제하려고 했었다. 그렇지만 그러한 사실의 왜곡이 성공을 거두지 못했다는 것은 여러 기록을 통해서도 입증되었다. 바로 그 대표적인 예의 하나가 일본 천황 가의 조상 유래담으로 정착된 '니니기노미코토의 강탄 신화邇邇藝命降誕神話'이다. 이 신화에서는 그가 강탄한 장소를 "쓰쿠시 히무카日向의 다카치호高天穂 구시후루타케久土布流多氣"라고 했다. 여기에 등장하는 '쓰쿠시'는 규슈 북부 지방의 후쿠오카 현 일대를 가리키는 것이지만, '히무카'는 남부의 미야자키 현을 가리키는 옛 지명이었다. 이처럼 명확하게 구분되는 두 개의 지명을 하나로 연결해 놓은 것은 《고사기》나 《일본서기》의 편찬자들이 이 사서들을 저술할 당시부터 벌써 사실의 왜곡에 혈안이 되어 있었음을 드러낸 것이었다.

이렇게 단정적인 표현을 한 이유는, 니니기노미코토가 "이곳은 가라쿠니韓國를 바라보고 있고, 가사사笠沙의 곶岬과도 바로 통하고 있어 아침 해가 바로 비치는 나라, 저녁 해가 비치는 나라이다. 그러므로 여기는 정말 좋은 곳이다."고 말했다는 신화적 표현과는 상치되기 때문이다. 곧 니니기노미코토가 다카마노하라에서 내려온 곳을 규슈 남부의 미야자키 현으로 보는 경우에는 가라쿠니를 바라볼 수 없으며, 아침 해가 비치는 나라 저녁 해가 비치는 나라가 될 수 없다는 것이다.

신화에서 가라쿠니를 바라볼 수 있다고 한 곳은 규슈의 북부 해안 지방의 어떤 곳이어야 한다. 그런데도 규슈 산맥으로 가로막힌 '히무카 다카치호 구시후루노타케'라고 한 것은 천황 가의 기원과 가락국의 관계를 의도적으로 단절하는 역사적 기술을 하기 위한 사료의 왜곡이었다고 할 수밖에 없었다.

이런 의미에서 고대에 낙동강 하류의 가락국에서 북규슈로 건너가는 데는 두 개의 항로가 있었다는 김석형의 연구는 문제 해결의 실마리를 마련해주었다. 그는 먼저 가락국에서 쓰시마와 이키

를 거쳐 마쓰우라 반도와 하카타 만 사이의 이토시마 일대로 들어
가는 것과, 쓰시마에서 오키노시마를 경유하여 후쿠오카 현의 북
부 지역 일대로 들어가는 것을 상정하였다. 이와 같은 두 개의 항
로 가운데 천황 가의 조상 유래담과 밀접한 관련을 가지는 것은
후자였을 것이라고 상정하였다. 이렇게 본 까닭은 후쿠오카 지역
의 북부 지방을 6세기 무렵에는 '가라'라고 불렀던 흔적들을 많이
발견할 수 있기 때문이었다.

　따라서 가락국에서 건너간 천손天孫 계통의 시조 신화를 가졌던
집단은 김해 지방으로부터 규슈의 후쿠오카 현 북쪽 해안으로 건
너가서, 거기에 있던 야마타이국邪馬台國을 정복하고 지내다가 야
마토 지방으로 진출했다는 일본 고대사학계의 견해는 상당한 타
당성을 가지는 것이라고 할 수 있다.

　이렇게 일본의 왕권 성립을 서술하는 '니니기노미코토 강탄 신
화'와 긴밀한 관계가 있는 것으로는 가락국의 '수로왕 신화'가 있
다. 《일본서기》에 본문으로 기록된 이 신화에서, 먼저 천손인 니
니기노미코토가 내려온 '아시하라노나카쓰쿠니'란 단어의 '아시하
라'는 한국어로 읽어서 '새 벌' '첫 벌' 등의 신개척지를 의미하는
것으로 보아야 한다는 것을 밝혔다. 일본어의 '하라原'가 한국어의
'벌'과 대응하는 것이라면, 당연히 '아시'란 단어도 한국어에서 그
의미를 찾아야 한다. 따라서 이 '아시'란 말이 한국어에서 '첫初'
'새新'의 뜻을 지니고 있으므로, 이 '아시하라'는 일본의 학자들이
말하는 것처럼 '갈대가 무성한 벌판'이 아니라 가락국 사람들이
건너가서 처음으로 개척한 '새 벌판' 또는 '첫 벌판'으로 해석해야
마땅하다는 것이다.

　그리고 천손인 니니기노미코토가 '마도코오후스마'란 것에 싸
여서 다카마노하라에서 다카치호의 구시후루노타케로 내려왔다는

신화적 표현이 '수로왕 신화'의 그것과 너무도 유사하기 때문에, 많은 학자들이 이미 이들 두 신화의 관계에 주목한 바 있다. 전자의 니니기노미코토가 싸여 내려온 '마도코오후스마'에 대응하는 것이 후자에서의 '홍색 보자기'이다. 저자는 일찍이 이들 두 가지는 자궁의 박막薄膜을 의미하는 것으로 해석하였다. 이런 해석을 한 까닭은 과거 인도 왕의 즉위 의례를 기록한 《사타파타 브라마나Sataphata Brahmana》에 따르면, 인도印度에서는 사제司祭가 타피야 tarpya라는 옷을 왕에게 입힌 다음에 "당신은 종주권의 안쪽 대망막大網膜입니다."고 말하면서 왕을 종주권의 안쪽 대망막에서 태어난 것으로 보고, 그 다음에 또 사제는 두 번째 옷을 왕에게 입힌 뒤에 "당신은 종주권의 바깥쪽 대망막입니다."고 하면서 왕을 통치권의 바깥쪽 대망막에서 태어난 것으로 보았다. 그리고 이번에는 왕에게 외투를 걸쳐주면서 "당신은 종주권의 자궁입니다."고 말하고는 종주권의 자궁에서 왕을 태어난 것으로 간주했다는 것이다.

왕의 즉위 의례에 보이는 이러한 절차는, 미래의 왕이 이 세상에 태어나 세속적인 삶을 살아오면서 일시적으로 세속화했다가 신성성을 가진 왕으로 다시 태어나는, 의례적인 재생再生 과정을 표현한 것으로 해석된다. 또 이와 같은 해석은 일본 천황의 즉위 의례인 '다이조사이大嘗祭'에서 사용되는 이불을 '마도코오후스마'라고 하고, 그것은 황태자가 금기 기간 동안 바깥의 태양을 피하기 위해서 덮어쓰는 것을 뜻한다는 오리구치 시노부折口信夫의 설명과도 상통하는 것이라고 하겠다.

이렇게 본다면 이들 두 신화는 왕의 즉위 의례를 신화의 형태로 기술한 '구전 상관물Oral-corelative'이란 것을 알 수 있다. 그리고 두 나라의 신화가 이처럼 구전 상관물로 되어 있다는 것은 가락국의 지배 집단이 일본 열도로 건너가서 소국을 세웠다는 사실을 반영하는 것이라는 견해를 밝혔다.

그리고 수로왕의 왕비가 된 '허황옥許黃玉의 도래 신화'도 아울러 살펴보았다. 이 신화에서 왕비가 된 허황옥은 자기를 '아유타국阿踰陀國의 공주'라고 소개하고 있다. 여기에 등장하는 아유타국은 고대 인도의 도시 아요디아Ayodhya의 음역으로, 갠지스 강의 지류인 사유리 강가에 자리 잡고 있었다. 그 때문에 인도나 서역과의 관계를 언급하는 자료로 이 신화가 이용되어 왔다.

그러나 북한의 김석형은 "북규슈 동부, 조선 반도와 가장 가까운 이토시마 반도에는 가라계통加羅系統 소국이 자리 잡고 있었다는 것을 회상한다면 아유타국이라고 하는 것은 이 소국에 불교 보자기를 씌워 놓은 것"이란 견해를 제시한 바 있다. 그래서 저자는 이와 같은 견해를 받아들여, 허황옥은 규슈에 진출했던 가락국 계통의 소국에서 왔을 것이라고 추정하였다. 그리고 이렇게 보는 경우에 제주도 탐라국耽羅國의 건국 신화로 전해지는 '세 성씨 시조 신화'에 등장하는 일본 왕의 공주 문제도 쉽게 설명이 가능하다는 것을 지적하였다.

그 다음으로 아마테라스오카미와 스사노오노미코토가 서약을 한 다음에 전자가 후자의 도쓰카쓰루기十拳劍를 씹은 뒤에 뱉어서 낳은 세 여신들이 무나카타 대사宗像大社의 주재신으로 좌정한 것을 고찰하였다. 곧 제일 위의 다키리비메노미코토는 오키노시마의 오키쓰미야에, 중간의 이치키시마히메노미코토는 육지 가까이에 있는 오시마의 나카쓰미야에, 막내인 다키쓰히메노미코토는 후쿠오카 시 겐카이 정 고노미나토神湊에서 내륙으로 거슬러 올라간 곳에 있는 헤쓰미야에 좌정하였다는 것이다.

이렇게 세 여신들이 좌정한 무나카타 신사는 북규슈 일대에 거주하던 '무나카타'라는 어민 집단의 신앙 대상이었다. 더욱이 그 집단은 잠수어업을 주로 하면서 뛰어난 항해술을 가지고 있었으며, 또 오키노시마 자체를 숭배의 대상으로 했던 것으로 알려져 있다. 이처럼 섬 자체를 숭배했다는 것은 그들이 항해를 하면서 이 섬을 하나의 이정표로 보았을 것이라는 상정에 바탕을 둔 것이다.

무나카타 집단이 이처럼 오키노시마를 이정표로 하면서 왕래했던 곳은 한반도의 남부 지방이었다. 이런 사실은 무나카타 신사에 좌정한 세 여신의 직능을 표현한 《일본서기》의 기록으로도 증명이 된다. 여기에는 아마테라스오카미가 "세 여신은 해로의 도중에 내려가서 천손을 돕고, 천손을 위하여 제사를 지내라."는 명령을 내린 것으로 기술되어 있다.

다카마노하라라는 천상 세계의 최고 신격인 아마테라스오카미가 이와 같은 명령을 내렸다는 것은 이들 세 여신이 항해의 안전을 책임지는 구실을 했을 뿐만 아니라, 천손을 위한 제사에도 관여했음을 드러내는 것이라고 할 수 있다. 따라서 이들이 가락국에서 북규슈로 건너가는 항로의 안전을 지키던 신격들이었다고 보는 것은 매우 타당한 견해라고 할 수 있다. 이렇게 보는 경우에는, '니니기노미코토 강탄 신화'에 나오는 "이곳은 가라쿠니를 바라보고 있고, 가사사의 곶과도 바로 통하여 있어 아침 해가 바로 비치는 나라, 저녁 해가 비치는 나라이다. 그러므로 여기는 정말 좋은 곳이다."고 했다는 것도 자연스럽게 해결이 된다.

또 이와 같은 추정을 뒷받침할 수 있는 고고학적 자료들도 상당수 존재한다는 것도 아울러 지적하였다. 그런 자료의 대표적인 예가 바로 야요이 문화弥生文化의 일본 도해 경로이다. 이 문화와 관련을 가지는 유적들이 북규슈 일대에 집중적으로 분포되어 있어, 이것이 한반도 남해안의 낙동강 하류에 자리했던 가락

국에서 일본 열도에 전해졌다는 것을 명확하게 해주는 것으로
보았다.

다음으로 일제 어용학자들이 날조한 임나일본설의 정당성을 뒷
받침하는 자료로 이용되었던 쓰누가아라시토, 곧 소나카시치 설화
를 고찰하였다. 여기에서는 먼저 《일본서기》에 나오는 미마나, 곧
임나任那란 단어의 기록부터 검토했다. 임나라는 나라 이름이 등장
하는 것은 스진 천황 65년 조였다. 스진 천황 65년은 기원전 33년
에 해당되는 해이다. 이 해에 임나국의 소나카기치가 찾아와서 조
공을 했다는 것이다.

하지만 한국의 《삼국유사》에 실린 〈가락국기〉에 따르면 가락
국이 세워진 것은 후한後漢 세조 광무제 건무建武 18년, 곧 기원후
42년이었다. 따라서 건국되지도 않았던 나라가 왜에 미리부터 조
공을 했다는 이 기록을 역사적 사실로 인정할 수 없다는 것은 너
무도 분명하다.

그런데도 《일본서기》에서는 이와 같은 허구를 사실화하기 위해
서, 스이닌 천황垂仁天皇 2년, 기원전 28년 조에 다시 소나카시치에
연루된 기록을 첨가하였다. 이곳에서는 자기 나라로 돌아가려고
하는 소나카시치에게 천황이 붉은 비단 10필을 가락국의 왕에게
하사하였는데, 그것을 신라 사람들이 빼앗았기 때문에 두 나라가
원한이 생겼다고 되어 있다. 그렇지만 기원전 28년은 박혁거세가
신라를 건국한 초기였으며, 아직 가락국은 건국되지도 않았다. 그
러니까 건국되지도 않은 나라가 일본의 하사품 때문에 건국된 신
라와 사이가 나빠지게 되었다고 하는 코미디와 같은 기록을 가지
고 일본의 어용학자들은 임나일본부설의 근거를 마련하려고 했던
것이다.

그리하여 《일본서기》 스이닌 천황 2년 조의 소나카시치 기사에

이어지는 쓰누가아라시토 관련 기사를 이용하여 역사적 사실을 재구하려고 했다. 이때 이용한 것이 광개토대왕의 비문이었다. 다시 말해 그들은 비문에 나온다고 하는, "백잔(백제)과 신라는 예로부터 속민屬民으로 조공을 해왔다. 그리고 왜는 신묘년辛卯年(기원후 391년)에 바다를 건너와 백잔과 신라를 파하고 신민으로 삼았다."는 글귀를 원용하여, 설화적인 자료들을 역사적인 사실로 파악하려는 억지를 부렸다.

그러나 이진희는 이 비문이 일제에 의해 변개되었다는 것을 명확하게 했다. 또 이형구는 이 문장을 "백잔(제)과 신라는 예로부터 (고구려의) 속민으로 조공을 바쳐왔는데, 그 뒤 신묘년부터 조공을 바치지 않으므로 (광개토대왕은) 백잔(제)·왜구倭寇·신라를 파하여 이를 신민으로 삼았다."고 해석한 바 있다. 이와 같은 해석은 이 비석을 세운 취지와 긴밀하게 연계된 것이어서 타당성이 높은 것으로 보았다.

이처럼 일본의 어용학자들은 이 쓰누가아라시토 설화를 이용해서 존재하지도 않았던 '임나일본부'라는 허구의 역사를 만들기 위해 금석문金石文까지 변개하는 파렴치한 행동을 서슴지 않았었다. 따라서 이런 허구에 입각한 일본의 고대사 연구는 마땅히 재고되어야 한다는 것을 거듭 촉구하였다.

한편 일본의 고대국가 성립과 가장 많은 영향을 미친 것은 백제였다. 일본에서 제일 먼저 성립되었던 야마토大和 정권의 수립에 절대적인 기여를 한 것은 백제에서 건너간 사람들로 알려져 있다. 바로 이런 증거의 하나가 후지노모리 고분藤之森古墳과 시바산 고분芝山古墳, 도즈카 고분塚塚古墳 등에 분포되어 있는 횡혈식 석실의 출현이었다. 이들 세 곳의 횡혈식 석실 고분은 이른 시기에 조성되었을 뿐만 아니라, 야마토 지방을 포함한 긴키 지방에서도 가장 오래된 것들이다. 이런 사실은 횡혈식 석실의 고분이 백제 경역에서 유래되었다는 것을 말해주는 증거라는 것을 말해주고 있다.

그런데도 일본의 어용학자들은 고고학의 발굴 성과마저 왜곡하여 말도 되지 않는, 그들의 한반도 침략을 인정하려는 궤변을 늘어놓고 있다. 곧 그들은 "오진 능應神陵을 중핵으로 하는 후루이치 고분군, 닌토쿠 능仁德陵을 중핵으로 하는 모즈 고분군 등 두 개의 큰 고분군이 오사카 평야에 출현하는 것이 호태왕 비에서 보여준 4세기 말, 5세기 초에 두 왜의 대규모적인 조선 침략이라고 하는 역사적인 중대 사건과 관련되어 있다는 것은 움직일 수 없다."는, 어불성설의 논리를 펼치고 있다.

이와 같은 주장의 타당성을 입증하려면 침략에 앞장섰던 집단의 문화적 특징을 나타내는 자료들이 이들 고분군에서 발굴되어야 마땅하다. 하지만 그 와는 거꾸로 이들 고분에서 나온 것은 한국적인 성격이 짙은 유물들이었다. 이런 사실은 이들 고분을 만들었던 야마토 세력의 형성에 한반도에서 건너간 사람들, 그 가운데서도 더욱이 백제에서 건너간 집단들이 많았음을 반영한다고 하겠다. 이러한 상정은 북한의 역사학자 조희승趙熙昇에 의해서 더욱 분명하게 되었다는 것을 밝혀둔다.

그리고 그 다음으로 한국에 존재했던 네 나라, 곧 신라와 가락국, 백제, 고구려 등의 나라들 가운데 백제왕의 후손들이 남긴 자기들의 시조 전승만이 일본에 전해지고 있다는 사실도, 백제와 야마토의 깊었던 관련을 입증해주는 자료로 볼 수 있다는 것을 지적하였다. 사실 한국에 전해지고 있는 《삼국사기》나 《삼국유사》에는 백제의 건국주로 기술된 온조溫祚와 비류沸流의 신이한 탄생 과정이 빠져 있다. 다시 말해 건국주가 비정상적인 탄생을 함으로써 그가 가졌던 왕권이 신성성과 정통성을 드러내는 다른 나라의 건국 신화들과는 구분되는 것이었다.

그렇지만 일본에서 살고 있던 백제왕의 후손들 사이에 전승되던 그들의 시조 전승인 '도모 신화'에는 그러한 내용이 남아 있어, 원래는 백제의 경우도 건국주의 신성한 탄생 과정이 서술된 신화를 가지고 있었음을 말해주고 있다. 그렇지만 이들 자료는 상당히 마모가 심해서 본래의 모습을 찾기가 어려운 실정이다.

그래서 중국의 사서에 전해지는 백제의 건국신화 자료들을 이용하여 그 원형을 재구하였다. 그리하여 얻은 결과는 위징魏徵의 《수서隋書》 동이전東夷傳 백제 조에 전해지는 자료가 백제 건국신화의 원형에 가깝다는 것을 알 수 있었다. 그리고 이것이 한층 더 부연된 것이 이연수李延壽가 편찬한 《북사北史》 열전列傳 백제 조에 실려 있는 자료라는 사실을 확인하였다.

그런데 이들 백제 건국신화는 중국의 역사책에 전해지는 부여扶餘 건국의 이야기인 〈동명 신화東明神話〉와 같은 계통의 것이었다. 그리하여 왕충王充의 《논형論衡》 길험편吉驗編에 전승되고 있는 〈동명 신화〉도 아울러 고찰하였다. 그 결과, 일본의 백제왕 후손들 사이에 전해지던 백제의 건국신화도 일단은 중국 사서에 남아 있는 부여의 〈동명 신화〉와 같은 계통임을 알 수 있었다. 그리고 이런 추정은 백제의 왕들이 행한 시조 동명묘東明廟에 대한 배알의 기사로도 그 타당성을 인정받을 수 있음을 밝혔다.

다음으로 일본의 미와산三輪山에 얽혀 전해지는 설화들과 백제와의 관계를 고찰하였다. 이것은 '이류 교혼담異類交婚譚'의 일종으로, 신직神職을 맡은 오호타타네코意富多多泥古가 이쿠타마요리히메活玉依毘賣와 밤중에 찾아온 신의 사이에 태어났다는 줄거리의 이야기이다. 이런 줄거리의 설화에서 오호타타네코라는 사람이 미와산 신사神祠를 관장하는 신관神官이 된 이유는, 바로 그를 낳게 한

신인 '오모노누시노카미大物主神'가 스진 천황 시대에 역병을 일으키고 난 다음에 자기의 아들로 하여금 신직을 맡게 해달라는 것 때문이었다.

여기에서 문제가 제기된다. 다시 말해 일본의 신화학계에서는 이 오모노누시노카미를 이즈모계 신화의 최고 신격인 스사노오노미코토須佐之男命의 자손으로 등장하는 '오쿠니누시노카미大國主神'와 동일한 신으로 보고 있다는 것이다. 하지만 이런 견해는 일본 신화의 계통상의 혼란을 야기할 소지가 있다. 왜냐하면 후자는 신라와 관계가 있는 이즈모계 신화出雲系神話에 속하고, 전자는 고구려와 백제, 가락국과 관계가 있는 다카마노하라계 신화高天原系神話에 속하는 전혀 별개의 신들이기 때문이다.

실제로 일본의 신화학자 오바야시 다료大林太良는 "일본의 미와산 형의 전설은 백제계 도래민渡來民들에 의해 가와치 지방으로 가져왔다."는 견해를 피력한 바 있다. 그의 이와 같은 견해는 이 설화가 《삼국유사》에 전해지는 후백제의 건국주 견훤甄萱의 탄생담과 너무도 흡사하다는 데 바탕을 둔 것이었다. 그래서 한국의 장덕순張德順은 이것을 한층 더 구체화하여, "이 유형의 설화가 야요이 문화의 일본 전파와 때를 같이 하는 것이 아닐까 하는 가설"을 제시하기도 했다는 것을 참고로 제시하였다.

이렇게 한국의 백제 경역에서 전해졌을 것으로 추정되는 일본의 미와산 신화를 고찰한 다음, 일본에 전해지는 '왕인 설화王仁說話'를 살펴보았다. 한국에는 전혀 그 기록이 남아 있지 않지만, 일본의 기록에 따르면 왕인은 일본에 《천자문》과 《논어》를 전해주었을 뿐만 아니라, '나니와즈難波津의 와카和歌'를 지은 인물로 알려져 있다.

그런데 이 왕인의 이야기를 부각시킨 것은 일본 제국주의자들이 이른바 '내선일체內鮮一體'를 강조하기 위한 수단의 하나였다. 그들은 1931년 만주사변을 일으켜 중국의 동북 지방을 점령하고 만주에 괴뢰국가를 세웠다. 그리고 대륙 진출을 꾀하고 있던 1933 년에 '박사 왕인의 추모비 건립'에 나섰다. 일제가 왕인의 추모비를 건립하려고 했던 까닭은, "왕인은 조선의 사람이다. 그리고 또 우리(일본을 가리킴) 문교文敎의 시조이다. 지금 왕인을 중심으로 하여, 그러한 내지인內地人과 조선인朝鮮人이 서로 그 공적을 찬양하고 서로 고덕古德을 추앙하려고 하는 것은, 곧 참으로 내선일체 융화融和의 결실을 구체화하는 것이라고 말하지 않을 수 없다."고 한 비석의 건립 취지문에 잘 나타나 있다.

하지만 이와 같은 역사적 사실을 외면한 채, 현재 전라남도의 영암군에서는 그를 영암의 인물로 부각시켜 각종 문화 행사를 개최하고 있다. 그리하여 '왕인 박사 기념 사업회'가 결성되었고, 왕인과 관련을 가진 각종의 유적들이 조성되었으며, 이것이 국가적으로도 인정되어 1997년에는 당시의 문화체육부로부터 그해 11월을 '문화인물 백제 학자 왕인의 달'로 인정받기까지에 이르렀다.

말할 것도 없이, 명확한 고증을 거쳐서 이렇게 하는 데는 반대할 아무런 이유가 존재하지 않는다. 오히려 장려해야 마땅하다. 하지만 1932년 영산포에 와 있던 일본인 승려의 확실하지도 않은 왕인의 영암 출생설을 근거로 하여 그를 우상화하는 작업은 마땅히 재고되어야 한다. 실제로 표인주表仁柱의 연구에 따르면, 문순태文淳太가 1986년 '소설 왕인 박사 간행추진위원회'의 지원을 받아 왕인 박사의 행적을 연대기적으로 정리한《소설 왕인 박사》는 서거정徐居正의《필원잡기筆苑雜記》및《신증동국여지승람》과 같은 문헌에 전해지는 도선 국사道詵國師의 탄생 및 영웅적인 일화들과 구전자료들을 취합했을 가능성이 짙다는 것이다.

1933년에 일제가 왕인 박사의 추모비 건립에 나섰을 때, 건립 장소로 지정했던 곳은 왕인의 출생지인 충청남도의 부여扶餘와 오사카 부大阪府 가와치河內의 시조나와테四條畷, 그리고 도쿄東京의 고라쿠엔後樂園 도쿠진도得仁堂 등 세 곳이었다. 그 뒤에 비석이 세워진 곳은 도쿄의 우에노 공원上野公園이었고, 충남 부여에 건립이 되었는지 어떤지는 확인이 되지 않고 있다. 그렇지만 당시에 그의 출생지를 부여로 비정했는데도, 영암에서 왕인이 탄생했다고 하는 것은 더 철저한 연구가 뒤따라야 한다는 것을 지적해두었다.

어쨌든 백제와 일본의 야마토 정권의 성립이 불가분의 관계를 가지는 것은 사실이다. 그러므로 역사학자들이 나서서 이 문제를 더 명확하게 하는 연구를 계속하여, 한·일 고대사가 보다 분명하게 밝혀졌으면 한다는 것을 덧붙여둔다.

한편 고구려는 그 위치가 한반도와 만주에 걸쳐 있었던 관계로, 그 문화의 발자취를 일본 열도에서 찾기가 그렇게 쉽지 않았다. 그런 가운데서도 사이타마 현埼玉縣 히다카 시日高市에 있는 고마 신사高麗神社는 고구려 사람들이 분명하게 일본으로 이주移住했다는 것을 증명해주고 있어 주목을 끌었다.

그러나 이 신사에 전하는 유래담에만 의존한다면, 고구려의 주민들은 나라가 멸망하고 난 다음에 이주해간 것으로 착각할 가능성이 있다. 이럴 가능성을 배제하는 유물이 바로 나라 현奈良縣 다카이치 군高市郡 아스카 촌明日香村에서 발굴된 '다카마쓰총古松塚'이었다. 이 무덤의 벽화에는 일본색을 드러내는 4신도四神圖가 있다고는 하지만, 여자군상女子群像의 복식은 고구려의 수무총愁撫塚과 무용총舞踊塚의 복식을 그대로 옮겨 놓은 것 같았기 때문에 고구려의 영향을 부정하지 못하고 있다.

그러므로 고마 신사를 세운 집단이 일본으로 이주하기 이전에도 고구려에서 일본으로의 이주는 계속되었을 것이라는 추정이 가능하다. 바로 그런 예의 하나가 《일본서기》에 전해지는 고구려 소국에 관한 기사이다. 그들은 《일본서기》 닌토쿠 천황仁德天皇 12년, 곧 고구려가 영토 확장을 본격화하던 미천왕 시절인 4세기에 철의 방패와 과녁을 자기들에게 바쳤다고 기록하고 있다. 이와 같은 역사적 기술은 일본 안에 있던 고구려 소국과 야마토의 관계를 서술하는 것으로 해석할 수밖에 없다.

그렇다고 한다면 고구려도 다른 세 나라, 즉 신라나 가락국, 백제와 마찬가지로 일찍부터 일본에 소국을 건설하였다고 볼 수 있다. 이러한 상정은 현존하는 일본의 지명들을 통해서도 그것을 입증할 수 있다. 다시 말해 오카야마 현岡山縣 구메 군久米郡의 '구메'는 '고마'가 변화된 것이었다. 그리고 미쓰 군御津郡 일대에 있는 '고라 산高良山'과 '고마이駒井, 高麗居' 등은 고구려 사람들이 일본으로 건너가 소국을 형성하고 있었음을 드러내는 것이다. 그리고 이 지역에 존재하는 고분군이 고구려적인 특색을 지닌다는 사실도 이런 상정을 뒷받침하는 좋은 자료가 된다는 것이라고 하겠다.

그래서 본 연구에서는 우선 일본의 건국신화에 해당하는 '진무 천황 동정 신화神武天皇東征神話'에 나타나는 고구려적인 성격을 분석하였다. 여기에서는 진무 천황 이와레비코의 아버지인 호오리노미코토火遠理命가 원래 야마사치히코山幸彦라고 하여, 천신인 니니기노미코토와 지신인 오야마쓰미노카미의 사이에서 태어난 존재로 되어 있다. 그런 그가 형에게서 빌렸던 낚시 바늘을 찾아 나섰다가 바다의 궁궐로 안내되었다. 그리고 거기에서 바다신의 딸인 도요타마히메豊玉毗賣를 만나 그녀와 결혼하여 낳은 존재가 진무 천황이다.

이와 같은 신화적 모티브가 고구려의 건국주인 고주몽의 탄생담과 같은 형태라는 점에서, 이 신화가 고구려에서 많은 영향을 받았다는 사실을 증명할 수 있었다. 또 이런 추정의 방증으로 고주몽 신화에 나오는 어별교魚鼈橋 모티브와 유사한 요소가 이와레비코 형제의 동정 이야기에도 등장한다는 것을 들었다. 즉 뒤에 이와레비코 일행에게 사오네쓰히코檻根津日子라는 이름을 하사받은 지역의 신이 "거북이 등을 타고 낚시를 하면서 소매 자락을 새의 날개처럼 펄럭이며 다가온"것과도 서로 비슷하다는 것이다. 이 문제에 대해서는 에가미 나미오江上波夫도 "대륙 기원의 전설이 바다의 나라인 일본에 전해져, 그 새로운 환경에 적응하여 변형이 이루어진 것"으로 인정하고 있다는 것을 밝혔다.

이렇게 볼 때, 일본에서 야마토를 세웠던 집권 세력이 고구려의 건국신화와 관련을 가지는 신화를 가지고 있었다는 것을 확인할 수 있다. 그리고 이러한 사실은 이들 두 집권 세력 사이의 관계를 말해주는 것이라고 보아도 좋다고 보았다.

다음으로 이처럼 고구려와 관련 있는 집단이 존재했다는 사실을 해명하고자, 일본의 서남제도西南諸島에 전해지는 '오모이마쓰가네 신화思松金神話'와 고구려 신화의 관계를 고찰하였다. 두루 알다시피, 전자는 '일광감응日光感應'과 '심부고난尋父苦難' 모티브로 이루어져 있다. 그렇지만 일본의 학자들은 이 '오모이마쓰가네 신화'를 일본 본토에서 전해진 것으로 해석하려고 했었다.

그래서 이 책에서는 '일광감응' 모티브에 따른 오모이마쓰가네 탄생은 《삼국사기》 고구려본기 동명성왕東明聖王 조에 전해지는 고주몽의 출생담과 같은 계통의 이야기라는 것을 구명하였다. 그리고 오모이마쓰가네가 그의 아버지를 찾아 하늘나라에 올라가 어려움을 극복하는 '심부고난'의 모티브는 고구려의 '유리 신화瑠璃神話'에 나오는 유리의 하늘 여행과 비슷한 것임을 밝혔다. 다시 말해 주몽이 유리에게 "너는 내 아들이다. 무슨 신성한 것을 가졌느냐?"고 하자, 유리는 몸을 날려 공중으로 솟아 올라가 해에 다녀오는 신성성을 보여준 것과 상통한다는 사실을 규명함으로써 이 신화 또한 고구려 문화와 밀접한 관계가 있다는 것을 해명했다고 하겠다.

그리고 마지막으로 일본의 '날개옷 설화羽衣說話'가 고구려와 깊은 관계가 있는 것으로 보았다. 일본에서 이 유형의 설화가 최초로 기록된 것은 가마쿠라 시대鎌倉時代에 나가요시永祐라는 승려가 지은 《제황편년기帝皇編年記》였다. 여기에는 나라 시대奈良時代에 편찬된 《오우미국 풍토기近江國風土記》에 일문逸文으로 전해지는 이카고 군伊香郡의 '이카토미伊香刀美'에 얽힌 이야기로 수록되어 있다.

그런데 이 설화는 천녀가 지상에 내려와 이카토미와 살면서 두 아들과 하나의 딸을 낳은 다음에 하늘로 돌아갔다는 내용으로 되어 있다. 그리고 이와 같은 '날개옷 설화'와 비슷한 유형의 이야기로는 《단고국 풍토기丹後國風土記》에 전해지는 도요우카노메노미코토豊宇賀能賣神에 관련된 것이 있고, 또 오늘날까지 시즈오카 현靜岡縣 스루가국駿河國 이하라 군庵原郡의 마쓰바라松原 지방에 구전되는 것도 있다.

이렇게 '날개옷 설화'가 전해지는 지역이, 어떤 식으로든 고구려와 관계를 가진다는 사실에 착안하여 이 책에서는 이것이 고구려에서 전해졌을 것이라고 상정하였다. 하지만 한국에서는 이 유형의 설화가 왕권 신화王權神話로 발전하지 못했던 관계로 문헌에 정착되지는 못했다. 그 대신에 구전으로 전해지고 있는 대표적인 설화가 '선녀와 나무꾼 이야기'로, 금강산을 배경으로 하고 있다는 점을 중시하였다.

  그러면서 이 설화가 과거 고구려의 경역이었던 만주에서 청나라를 세웠던 건국주의 탄생 설화로 정착된 적이 있으며, 또 몽고족의 한 분파인 부랴트 족Buryat의 기원 신화로 전해진다는 점에 주목하여, '날개옷 설화'를 고구려 문화의 유산으로 간주하였다. 그리하여 고구려에서 한국의 동해안을 거쳐 일본 열도로 진출한 집단들이 이 설화를 전했을 것이라고 추정했다.

  이상과 같이 한반도에 존재했던 네 개의 나라가 제각기 일본 열도로 건너가서 일본의 고대국가 형성에 이바지했을 뿐만 아니라, 그들의 문화 성립에도 상당히 깊숙하게 관계하였다는 사실을 신화나 설화 자료들을 이용하여 해명하였다. 하지만 일본 측의 문헌은 교묘하게 이러한 사실을 무시하든지 아니면 왜곡하였고, 또 일본의 학자들도 그들의 독자성을 강조하고자 한반도로부터의 영향을 가능한 한 배제하려고 했다는 점도 아울러 밝혔다.

  게다가 근대에 접어들면서 한국은 일본의 식민지로 전락하는 비운의 역사를 경험하지 않으면 안 되었다. 그렇다 보니, 그들에 대해 역사적 반성을 요구하는 것이 하나의 상례가 되다시피 하였다. 그러나 일본 측의 반성을 촉구하기 이전에 우리는 우리 스스로 한국의 역사에 대한 충분한 연구를 통해서 한·일 사이의 관계에 대한 정확한 인식을 가질 필요가 있다는 것을 지적해둔다.

  더욱이 일본에 대해서는 더 많은 연구가 이루어져야 한다. 우리는 양은 냄비와 같은 습성이 있어 일본 측이 도발을 할 때마다 무슨 대단한 일이라도 벌어진 것처럼 떠들다가도 시간이 지나면 그만 제풀에 지쳐서 그만두고 마는 것이 이제까지의 일본에 대한 대응책이었다. 이런 의미에서 일본에 대한 계속적인 연구가 이루어져야 한다는 것을 두말할 나위가 없다.

  또 그러기 위해서 먼저 우리는 일본을 정확하게 이해해야만 한다. 이런 의미에서 신숙주申叔舟가《해동제국기海東諸國記》에서 "일본과는 평화의 관계를 잃어버리지 말라勿失和於倭."고 했던 말을 다시 되새겨볼 필요가 있다. 정말 일본에 대하여 아무 것도 모르면서 일본을 우습게보지는 않고 있는가 하는 문제도 한번 정도 반성해야 할 일이다. 이렇게 정확한 이해가 이루어진 다음에 일본에 대응하는 것이 바람직하다는 것은 당연한 명제가 아닐 수 없다. 일본에 대한 이와 같은 이해를 촉구하기 위한 작업의 일환으로 이 책이 저술되었음을 밝히면서 결론과 전망에 갈음하는 바이다.

참고문헌

국내 저서 및 논문

강인구, 〈석탈해와 토함산, 그리고 석굴암〉, 《정신문화연구(24-1)》, 성
　　　남: 한국정신문화연구원, 2001.

김병모, 〈가락국 허황옥의 출자〉, 《삼불 김원룡 교수 정년퇴임 기념논총 I》,
　　　서울: 일지사, 1987.

＿＿＿, 〈고대 한국과 서역 관계 ― 아유타국고 II 〉, 《동아시아문화연구
　　　(14)》, 서울: 한양대 한국학연구소, 1998.

김병인 외, 《구림연구》, 서울: 경인문화사, 2003.

김부식, 《삼국사기》(영인본), 서울: 경인문화사, 1982.

＿＿＿, 이병도 역주. 《삼국사기(하)》, 서울: 을유문화사, 1983.

김석형, 《초기 조일 관계사(하)》, 평양: 사회과학출판사, 1988.

＿＿＿, 《초기조일관계소사》, 평양: 사회과학출판사, 1990.

김성호, 《비류 백제와 일본의 국가 기원》, 서울: 지문사, 1982.

김열규, 《한국 민속과 문학 연구》, 서울: 일조각, 1975.

＿＿＿, 〈신라와 일본 신화 ― 일본 신화 중첩성을 보는 하나의 눈〉, 《신라
　　　문화제학술발표회논문집(3)》, 경주: 동국대 신라문화연구소, 1982.

김유진, 〈한-일 ‘임나일본부설’ 폐지 합의, 일 스스로 폐지〉, 《시사일번
　　　지 폴리뉴스》, 2010년 3월 23일자.

김정배, 《한국 민족문화의 기원》, 서울: 고려대출판부, 1973.

김정학, 〈神功皇后 신라 정벌설 허구〉, 《신라문화제학술발표회논문집(
　　　3)》, 경주: 동국대 신라문화연구소, 1982.

김은택, 《고대 일본 기나이 지방의 조선계통 문벌들에 관한 연구》, 평양: 사회과학출판사, 1993.

김철준, 《한국고대사회연구》, 서울: 지식산업사, 1975.

김현구, 《임나일본부 연구 — 한반도 남부 경영론 비판》, 서울: 일조각, 1993.

_____, 《임나일본부설은 허구인가》, 서울: 창비, 2010.

김화경, 〈건국신화의 전승경위〉, 《한국문학사의 쟁점》, 서울: 집문당, 1986.

_____, 〈한·일 신화의 비교연구 — 국가 양도 신화를 중심으로〉, 《국어국문학논총》, 서울: 여강출판사, 1990.

_____, 〈한·일 신화의 비교연구 — 일본의 스사노오노미코토 신화를 중심으로〉, 《학산 조종업박사 화갑기념논총》, 서울: 태학사, 1990.

_____, 《일본의 신화》, 서울: 문학과지성사, 2002.

_____, 〈규슈 해안도서와 한국 설화의 전파〉, 《동아시아고대학(15)》, 서울: 동아시아고대학회, 2007.

_____, 〈일본 건국신화의 연구〉, 《민족문화논총(41)》, 경산: 영남대 민족문화연구소, 2009.

나경수, 〈탈해 신화와 서언왕 신화의 비교연구〉, 《한국민속학(27)》, 서울: 민속학회, 1995.

노명호, 〈백제의 동명신화와 동명묘〉, 《역사학연구(10)》, 광주: 전남대 사학회, 1981.

노성환, 〈神功皇后 전승에 관한 연구〉, 《일어일문학연구(16)》, 서울: 한국일어일문학회, 1990.

노성환, 〈神功황후 전승과 신라〉, 《일본학(13)》, 서울: 동국대 일본학연구소, 1994.

_____, 《한일 왕권신화》, 울산: 울산대출판부, 1995.

_____ 역주, 《고사기》, 서울: 민속원, 2009.

문정창, 《광개토대왕 훈적 비문론》, 서울: 백문당, 1977.

서거정, 박홍갑 역, 《필원잡기》, 서울: 지만지, 2008.

서대석, 〈고대 건국신화와 현대 구비전승〉, 《민속어문논총》, 대구: 계명대출판부, 1983.

서보경, 〈渡倭한 백제계 韓人과 河內 — 백제 왕족의 도왜와 관련하여〉, 《한·일 상호간 집단거주지의 역사적 연구》, 서울: 경인문화사, 2011.

성기열, 《한일민담의 비교연구》, 서울: 일조각, 1979.

소재영, 〈연오 세오 설화고〉, 《국어국문학(36)》, 서울: 국어국문학회, 1967.

손진태, 《조선 민족 설화의 연구》, 서울: 을유문화사, 1947.

영암군향토지편찬위원회, 《영암군향토지》, 영암: 영암군, 1986.

_____, 《영암군지(상)》, 영암: 영암군, 1998.

윤석효, 《가야사》, 서울: 민족문화, 1990.

이광수, 〈고대인도-한국문화와의 접촉에 관한 연구 ─ 가락국 허왕후 설화를 중심으로〉, 《비교민속학(10)》, 서울: 비교민속학회, 1993.

이기백, 《한국사신론》, 서울: 일조각, 1967.

이병도, 《한국사(고대편)》, 서울: 을유문화사, 1956.

_____, 《한국 고대사 연구》, 서울: 박영사, 1976.

이상준, 〈연오랑·세오녀 설화의 연구〉, 경산: 영남대 석사학위 논문, 2010.

이선복 공저, 《한국 민족의 기원과 형성(상)》, 서울: 도서출판 소화, 1996.

이유원, 이규옥 공역, 《임하필기(林下筆記)(2)》, 서울: 민족문화추진회, 1999.

이지린 공저, 《고구려역사》, 서울: 논장, 1988.

이형구 공저, 《광개토대왕릉비 신 연구》, 서울: 양지사, 1985.

이홍직, 《한국 고대사의 연구》, 서울: 신구문화사, 1971.

임춘택, 《왕인박사 일대기와 후기 마한사》, 영광: 왕인박사 탄생지 고증위원회, 1997.

임형택 공저, 《전통 ─ 근대가 만들어낸 또 하나의 권력》, 서울: 인물과사상사, 2010.

장덕순 공저, 《구비문학개설》, 서울: 일조, 1971.

_____ 편저, 《이규보작품집》, 서울: 형설출판사, 1981.

_____, 〈한국 야래자 전설과 일본 三輪山 전설의 비교연구〉, 《한국문화(3)》, 서울: 서울대 한국문화연구소, 1982.

정태욱, 〈근세의 왕인전승 ─ 왕인이 가져온 한적에 대한 논의를 중심으로〉, 《일본학연구(35)》, 서울: 단국대 일본학연구소, 2012.

정한덕 편저, 《일본의 고고학》, 서울: 학연문화사, 2002.

조흥윤 공저, 《한국 민족의 기원과 형성(하)》, 서울: 도서출판 소화, 1996.

조희성, 《일본에서 조선 소국의 형성과 발전》, 평양: 백과사전출판사, 1990.

_____, 《초기 조일 관계사(상)》, 평양: 사회과학출판사, 1988.

천관우, 〈삼한의 국가형성(상)〉, 《한국학보(2)》, 서울: 일지사, 1976.

최길성, 〈소위 神功황후의 신라 침략 설화에 대한 비판〉, 《력사과학(2)》, 평양: 과학원출판사, 1963.

_____, 《한국 무속의 연구》, 서울: 아세아문화사, 1978.

최남선 편, 《신증 삼국유사》, 서울: 민중서관, 1946.

_____, 《육당 최남선전집》, 서울: 현암사, 1973.

최래옥, 〈현지조사를 통한 백제 설화의 연구〉, 《한국문화(3)》, 서울: 한양대 한국학연구소, 1982.

최재석, 《백제의 大和倭와 일본화 과정》, 서울: 일지사, 1990.

표인주, 〈인물전설의 전승양상과 축제적 활용 ― 왕인박사 전설과 도선국사 전설을 중심으로〉, 《한국민속학(41)》, 서울: 한국민속학회, 2005.

하우본 공저, 《조선과 유구》, 서울: 아르케, 1999.

홍원탁, 《백제와 야마토 일본의 기원》, 서울: 구다라인터내셔널, 1994.

황패강, 《일본신화의 연구》, 서울: 지식산업사, 1996.

Nioradze, G., 이홍직 역, 《시베리아 제민족의 원시종교》, 서울: 신구문화사, 1976.

石渡信一郞, 안희탁 역, 《백제에서 건너간 일본천황》, 서울: 지각여행, 2002.

외국 저서 및 논문

岡本堅次, 《神功皇后》, 東京: 吉川弘文館, 1959.

江上波夫, 《騎馬民族國家》, 東京: 中央公論社, 1967.

_____ 外, 《シンポジウム日本國家の起源》, 東京: 角川書店, 1966.

皆神山すさ, 《秦氏と新羅王傳說》, 東京: 彩流社, 2010.

鎌田元一, 〈大王による國土の統一〉, 《古代の日本(6)》, 東京: 中央公論社, 1996.

高橋亨, 《朝鮮の物語集附俚諺》, 東京: 日韓書房, 1910.

高島忠平,〈初農耕遺跡の立地環境 ― 北部九州〉,《日韓交涉の考古學, 彌
　　　生時代編》, 東京: 六興出版, 1991.

高木敏雄,《比較神話學》, 東京: 博文館, 1904.

＿＿＿＿,《日本傳說集》, 東京: 武藏野書院, 1924.

關敬吾,《昔話の歷史》, 東京: 至文堂, 1966.

＿＿＿,《日本昔話大成》, 東京: 角川書店, 1980.

＿＿＿,《昔話の歷史(關敬吾著作集2)》, 東京: 同朋社, 1982.

關裕二,《天孫降臨の謎》, 東京: PHP研究所, 2007.

藤澤衛彦,《日本傳說研究(2)》, 東京: 六文館, 1931.

旗田巍 共著,《日朝關係史を考える》, 東京: 靑木書店, 1989.

金和經,〈韓國說話の形態論的研究〉(未刊行), つくば: 筑波大學博士學位
　　　論文, 1988.

吉田晶,《日本と朝鮮の古代史》, 東京: 三省堂, 1979.

鬼頭淸明,〈六世紀までの日本列島〉,《日本歷史(2)》, 東京: 岩波書店,
　　　1993, 1~71쪽.

＿＿＿＿＿,〈ヤマト政權と伽倻諸國〉,《伽倻はなぜほろぼんだか》, 東京:
　　　大和書房, 1998.

金錫亨, 朝鮮史硏究會 譯,《古代日朝關係史 ― 大和政權と任那》, 東京:
　　　勁草書房, 1969.

金澤庄三郎,《日鮮同祖論》, 東京: 成甲書房, 1978.

旗田巍 編,《朝鮮史入門》, 東京: 太平出版社, 1975.

吉田晶,《日本と朝鮮の古代史》, 東京: 三省堂, 1979.

那珂通世,《外交繹史》, 東京: 岩波書店, 1958.

大貫靜夫,《東北アジアの考古學》, 東京: 同成社, 1998.

大林太良,〈說話の比較研究の方法〉,《日本昔話大成(12)》, 東京: 朝日出
　　　版社, 1975.

＿＿＿＿＿,《日本神話の構造》, 東京: 弘文堂, 1975.

＿＿＿＿＿,〈古代日本·朝鮮の三王の構造〉,《比較神話學の現在》, 東京:
　　　朝日出版社, 1975.

＿＿＿＿＿,〈日本神話と朝鮮神話はいかなる關係にあるのか〉,《國文學
　　　(22-6)》, 東京: 學燈社, 1977.

大林太良, 《邪馬台國》, 東京: 中央公論社, 1977.

_____, 〈南島民間文藝の比較研究〉, 《南島說話の傳承》, 東京: 三弥井書店, 1982.

_____, 《東アジアの王權神話》, 東京: 弘文堂, 1984.

_____, 〈海人の系譜をめぐって〉, 《古代海人の謎》, 福岡: 海鳥社, 1991.

大和岩雄, 《日本にあった朝鮮王國》, 東京: 白水社, 1993.

藤澤衛彦, 《日本傳說研究》, 東京: 六文堂, 1931.

末松保和, 《任那興亡史》, 東京: 吉川弘文館, 1949

_____, 《新羅史の諸問題》, 東京: 平凡社, 1954.

末永雅雄 共編, 《朝日シンポジウム: 高松塚壁畫古墳》, 東京: 朝日新聞社, 1972.

梅棹忠夫 共著, 《民話と傳承 ― 世界の民族》, 東京: 朝日新聞社, 1978.

門脇禎二, 《吉備の古代史》, 東京: 日本放送出版協會, 1992.

民俗學研究會 編, 《民俗學辭典》, 東京: 東京堂出版, 1951.

白石太一郎, 《古墳が語る古代史》, 東京: 岩波書店, 2000.

_____, 《考古學からみた倭國》, 東京: 靑木書店, 2009.

范葉, 《後漢書》(影印本), 서울: 景仁文化社, 1975.

寶賀壽男, 《神功皇后と天日槍の傳承》, 東京: 法令出版, 2008.

福田晃, 〈奄美·日光感應說話(神の子邂逅型)の傳承〉, 《南島說話の傳承》, 東京: 三弥井書店, 1982.

山崎源太郎, 《朝鮮の奇譚と傳說》, 서울: ウツボヤ書房, 1920.

山下欣一, 《奄美說話の研究》, 東京: 法政大學出版部, 1979.

_____ 共著, 《南島のフォークロア》, 東京: 方英社, 1984.

三上次男, 《古代東北アジア史研究》, 東京: 吉川弘文館, 1966.

森貞次郎, 〈靑銅器の渡來〉, 《世界考古學大系(2)》, 東京: 平凡社, 1976.

三品彰英, 《建國神話の諸 問題》, 東京: 平凡社, 1971.

_____, 《神話と文化史》, 東京: 平凡社, 1971.

_____, 《增補 日鮮神話傳說の研究》, 東京: 平凡社, 1972.

上田正昭, 《古代國家と宗敎》, 東京: 角川書店, 2008.

上垣外憲一, 《天孫降臨の道》, 東京: 福武書店, 1990.

西嶋定生, 〈日本國家の起源について〉, 《日本國家の起源》, 東京: 至文堂, 1964.

西鄕信綱, 《古事記の世界》, 東京: 岩波書店, 1967.

石田英一郎 共著, 《日本文化の起源》, 東京: 角川書店, 1975.

先賢王仁建碑後援會, 《王仁博士建碑記念誌(上)》, 東京: 岩間幸雄, 1938.

小山利彦, 〈竹取物語〉, 《日本昔話事典》, 東京: 弘文堂, 1977.

孫晉泰, 《朝鮮民譚集》, 東京: 鄕土文化社, 1930.

宋祁, 《新唐書》(影印本), 서울: 景仁文化社, 1978.

松本信廣, 〈古事記と南方世界〉, 《古事記大成(神話民俗編)》, 東京: 平凡社, 1962.

松村一男 共著, 《神話学とは何か》, 東京: 有斐閣, 1987.

松村武雄, 《神話學原論(上)》, 東京: 培風館, 1940.

松原孝俊, 〈朝鮮族譜と始祖傳承〉, 《史淵(12)》, 福岡: 九州大學文學部, 1983.

松前健 共編, 《神話傳說辭典》, 東京: 東京堂出版, 1963.

_____, 《大和國家と神話傳承》, 東京: 雄山閣, 1986.

水野祐, 《古代の出雲と大和》, 東京: 大和書房, 1998.

柴田勝彦, 《九州考古學散步》, 東京: 學生社, 1970.

岩瀬博, 〈奄美說話考〉, 《南島說話の傳承》, 東京: 三弥井書店, 1982.

岩永省三, 〈日本における靑銅武器の渡來と生産の開始〉, 《日韓交涉の考古學, 彌生時代編》, 東京: 六興出版, 1991.

楊家駱 編, 《遙史彙編(1)》, 台北: 鼎文書局, 1973.

魏收, 《魏書》(影印本), 서울: 景仁文化社, 1976.

依田千百子, 〈韓國·朝鮮の女神小事典〉 許黃屋 條, 《アジア女神大全》, 東京: 靑土社, 2011.

伊藤淸司, 《昔話 傳說の系譜》, 東京: 第一書店, 1991.

李文田 注, 《元朝秘史》, 台北: 藝文印書館, 1986.

李延壽, 《北史》(影印本), 서울: 景仁文化社, 1977.

李進熙, 《好太王碑と任那日本府》, 東京: 學生社, 1977.

荻原淺男 共校注, 《古事記 上代歌謠》, 東京: 小學館, 1973.

_____, 《古事記への旅行》, 東京: 日本放送出版協會, 1979.

全浩天, 《朝鮮からみた古代日本》, 東京: 未來社, 1989.

_____, 《キトラ古墳とその時代 ─ 續·朝鮮からみた古代日本》, 東京: 未來社, 2001.

折口信夫, 《折口信夫全集(3)》, 東京: 中央公論社, 1975.

正木荒, 《宗像大社·古代祭祀の原風景》, 東京: 日本放送出版協會, 2008.

井上光貞 共校注, 《日本書紀(上)》, 東京: 岩波書店, 1967.

_____ 共校注, 《日本書紀(下)》, 東京: 岩波書店, 1965.

井上滿郎, 《秦河勝》, 東京: 吉川弘文館, 2011.

井野川潔, 〈天女傳說の渡來と移動〉, 《日本文化と朝鮮》, 東京: 朝鮮文化社, 1973.

朝鮮總督府中樞院, 《朝鮮人名辭書》, 京城: 朝鮮總督府, 1927.

鳥居龍藏, 《鳥居龍藏全集(1)》, 東京: 朝日新聞社, 1976.

_____, 《鳥居龍藏全集(7)》, 東京: 朝日新聞社, 1979.

宗像神社復興期成會 編, 《宗像神社史(上)》, 東京: 宗像神社復興期成會, 1961.

佐伯有精, 《新撰姓氏錄の研究(本文篇)》, 東京: 吉川弘文館, 1981.

_____, 《新撰姓氏錄の研究(研究篇)》, 東京: 吉川弘文館, 1981.

中田祝夫 校注, 《日本靈異記》, 東京: 小學館, 1976.

中田薰, 《古代日韓交涉史斷片考》, 東京: 創文社, 1956.

中村眞弓, 《海に漂う神神》, 東京: 幻冬舍ルネッサンス, 2012.

津田左右吉, 《古事記及日本書紀の研究》, 東京: 岩波書店, 1924.

_____, 《日本古典の研究》, 東京: 岩波書店, 1948.

倉野憲司 共校注, 《古事記·祝詞》, 東京: 岩波書店, 1993.

靑木周平 共編, 《日本神話事典》, 東京: 大和書房, 1997.

塚口義信, 《神功皇后傳說の研究》, 東京: 創元社, 1972.

崔仁鶴, 《韓國昔話の研究》, 東京: 弘文堂, 1976.

秋本吉郎 校注, 《風土記》, 東京: 岩波書店, 1958.

出石誠彦, 《支那神話傳說の研究》, 東京: 中央公論社, 1943.

出羽弘明, 《新羅の神々と古代日本》, 東京: 同成社, 2004.

托克托 編, 《遼史》(影印本), 서울: 景仁文化社, 1976.

片岡宏二, 《弥生時代 渡來人と土器·靑銅器》, 東京: 雄山閣出版, 1999.

平野卓治, 〈ヤマト王權と近江·越前〉, 《古代の日本(近畿 I)》, 東京: 角川書店, 1992.

岸俊男, 《宮都と木簡》, 東京: 吉川弘文館, 1977.

玄容駿, 《日本神話と韓國》, 東京: 有精堂, 1977.

和田萃, 〈古代の祭祀と政治〉, 《日本の古代(7)》, 東京: 中央公論社, 1996.

後藤直, 〈彌生時代開始期の無文土器 ― 日本への影響〉, 《日韓交渉の考古學, 彌生時代編》, 東京: 六興出版, 1991.

黑板勝美 編, 《續日本記》, 東京: 吉川弘文館, 1979.

丸山林平, 《說話文學の新研究》, 東京: 藤井書店, 1937.

喜田貞吉, 〈日鮮兩民族同源論梗概〉, 《同源(3)》, 서울: 同源社, 1920.

_____, 《岡山縣通史》, 岡山: 岡山縣通史刊行委員會, 1939.

《東京日日新聞》

Aarne. A, 關敬吾 譯, 《昔話の比較研究》, 東京: 岩崎美術社, 1979.

Curtin J., *A Journey in Southern Siberia*(reprinted), New York: Arno Press & The New York Times, 1971.

Dundes A., *Interpreting Folklore*, Bloomington: Indiana University Press, 1980.

Hocart. A. M., *Kingship*, London: Oxford University Press, 1927.

Krohn K., *Folklore Methodology*, Austin & London: University of Texas Press, 1971.

Malinowski B., *Magic, Science and Religion*, New York: Doublrday Company Inc, 1954.

Michael J., *Myth of the World*, London: Kyle Cathie Ltd, 1995, pp.8〜9.

Propp V., Transformation of thefairy tales, *Mythology*, New York: Penguin Books Ltd, 1972.

Raglan L., The hero of tradition, *The Study of Folklore*, Prentice−Hall: Englewood Cliffs, 1965.

Thomson S., *The Folktale*, New York: The Dryden Press, 1946.

http//www.komajinja.or.jp/rekisi.html

http//www.nara-np.co.jp/special/takamatu/vol_02c_02.html
http//www.narashimbun.com/n_arc/050233/arc050233a.shtml

찾아보기